범죄소설의
계보학

범죄소설의 계보학

탐정은 왜 귀족적인 백인남성인가

초판 발행일 2018년 1월 30일
지은이   계정민
펴낸이   유재현
책임편집   강주한
마케팅   유현조
인쇄 · 제본   영신사
종이   한서지업사

펴낸 곳   소나무
등록   1987년 12월 12일 제2013-000063호
주소   경기도 고양시 덕양구 대덕로 86번길 85(현천동 121-6)
전화   02-375-5784
팩스   02-375-5789
전자우편   sonamoopub@empas.com
전자집   blog.naver.com/sonamoopub1

책값 18,000원
ⓒ 계정민, 2018
ISBN 978-89-7139-702-2 03840

이 도서의 국립중앙도서관 출판예정도서목록(CIP)은 서지정보유통지원시스템 홈페이지(http://seoji.nl.go.kr)와 국가자료공동목록시스템(http://www.nl.go.kr/kolisnet)에서 이용하실 수 있습니다. (CIP제어번호: CIP2017034808)

탐정은
왜 귀족적인
백인남성인가

범죄소설의
계보학

계정민 지음

소나무

탐문 순서

뉴게이트
소설
1

INVESTIGATION 1   범죄소설의 저항은 어떻게 상품이 되는가?

INVESTIGATION 2   범죄소설의 질병은 어떻게 치유되는가?

추리
소설
2

하드보일드
추리소설
3

범죄소설에
문학적 시민권을

범죄소설에 문학적 시민권을 부여해야 한다는 생각을 처음 한 것은 26
년 전쯤이다. 그때 나는 미국의 대학원에서 영문학을 공부하는 박사과
정 학생이었다. 그곳에서 접하게 된 범죄소설을 향한 학문적 관심과 열
기는 매우 충격적인, 새롭게 눈을 뜨게 하는 경험으로 다가왔다. 그전까
지 나는 범죄소설이란 시간을 때우기 위해 읽는 오락물에 불과하다고
알고 있었기 때문이다.

　우리나라에서 내가 다녔던 영문과는 교수로 계신 외국인 신부님들
덕분에 학풍이 상당히 개방적이고 리버럴한 편이었다. 이분들은 영화
를 강의의 보조적인 수단이 아니라 주된 텍스트로 사용하는 것을 전혀
주저하지 않으셨다. 대중음악에 대해서도 수용적인 입장을 보이셨는데,
레너드 코헨Leonard Cohen이나 조니 미첼Joni Mitchell의 노래를 영시 수업
의 텍스트로 사용하실 정도였다. 1980년대 초였다는 점을 감안할 때 이
런 태도는 매우 파격적인 것이었다.

　당시 우리나라 영문학 풍토와 비교하면 자유롭고 앞서가는 분위기였

음에도 불구하고, 영문과 학부와 대학원을 다니면서 나는 수업 중 단 한 차례도 범죄소설에 대한 진지한 언급을 듣지 못했다. 박사논문 자격시험을 준비하면서 신부님 한 분께 범죄소설로 학위논문 쓰는 것을 고려한다는 편지를 드린 적이 있다. 범죄소설이 박사논문을 쓸 가치가 있다고 생각하느냐는 답장을 받고 몹시 당혹스러웠던 기억이 난다. 문학에 대해 그토록 열린 자세를 가지셨던 분이, 유독 범죄소설에 관해서는 배타적이고 완고한 입장을 견지하신다는 사실이 낯설게까지 느껴졌다.

　내가 최초로 주목했던 범죄소설은 뉴게이트Newgate 소설이었다. 나는 빅토리아시대(1837~1901) 영국소설을 전공하겠다는 생각을 갖고 있었기 때문에, 이 시기의 대표적인 범죄소설이었던 뉴게이트 소설이 자연스럽게 제일 먼저 눈에 들어왔던 것 같다. 뉴게이트 소설이 보여주는 사회적 모순에 대한 문제의식과 불합리한 사회제도를 향한 비판정신은 견고하면서도 강렬했다. 뉴게이트 소설은 일급작가로 평가되던 디즈레일리Benjamin Disraeli나 개스켈Elizabeth Gaskell, 디킨스Charles Dickens가 썼던 '사회-문제 소설(Social-Problem Novel)'과 견주어도 결코 손색이 없어 보였다.

　내가 박사과정에 다니던 1990년대는 추리소설(Detective Fiction)이 가장 뜨거운 학문적 관심을 받던 시기였다. 하지만 그 비평적 열기에도 불구하고 추리소설에 대해서는 여전히 유보적인 평가가 지배적이었다. 추리소설은 창조적인 서사를 만들어내지 못하고 동일한 공식을 반복한다는 이유에서였다. 나는 이러한 평가에 동의할 수 없었다. 추리소설이 창조성을 결여했다는 점 때문에 인색한 평가를 받아야 한다면, 대부분의 빅토리아시대 영국소설 역시 같은 평가를 받아야 하기 때문이다.

추리소설에 대한 평가가 공정하지 않다는 생각은 콜린스Wilkie Collins를 만나면서 확신으로 자리 잡았다. 콜린스의 추리소설은 사건전개의 합리성, 인물의 균형성과 함께 뛰어난 시각적 상상력을 보여준다. 반면에 많은 빅토리아시대 영국소설은 우연과 반전에 기댄 서사, 인물의 통속성, 묘사의 평면성 등과 같은 진부함을 드러낸다. 콜린스의 추리소설은 동시대 영국소설을 훨씬 앞서는 근대성을 지니고 있었다.

하드보일드 추리소설(Hard-Boiled Detective Fiction)은 가장 매혹되었던 범죄소설이다. 동시에 가장 안타깝게 느꼈던 범죄소설이기도 하다. 하드보일드 추리소설은 범죄소설 중에서 가장 혹독한 비난과 공격에 시달렸기 때문이다. 하드보일드 추리소설은, 다른 모든 것을 떠나서 챈들러Raymond Chandler와 해밋Dashiell Hammett이라는 작가의 존재만으로도 높은 평가를 받아야 한다.

챈들러는 내가 개인적으로 헤밍웨이Ernest Hemingway만큼 혹은 그 이상으로 뛰어나다는 인상을 받은 작가다. 챈들러의 간결한 문장, 치밀한 묘사, 절제된 표현 등은 경이로울 정도다. 해밋의 소설은 극도로 강렬하고 압도적이다. 중간에 멈추지 않고 끝까지 질주하는 그의 무정부적인 상상력에는 읽는 사람을 진저리치게 만드는 기세가 있다. 이 두 사람을 중심으로 하드보일드 추리소설에 관해 이야기하는 것만으로도 이 책은 의미를 지닌다고, 나는 생각한다.

범죄소설로 학위논문을 쓰려고 준비하다보니 몇 가지 의문이 생겼다. 디즈레일리, 개스켈, 디킨스와 같은 작가들이 쓴 사회-문제 소설은 정전이나 명작의 반열에 올랐는데, 왜 뉴게이트 소설은 잊히고 사라졌는가? 왜 추리소설에 대한 조명은 남성작가들에게 집중될 뿐 여성작가들은 비껴가는가? 범죄소설 연구에서 유독 하드보일드 추리소설이 철저하게 외면당하는 이유는 무엇인가?

만족스러운 수준은 아니었지만 그래도 답을 찾아낸 것은 뉴게이트 소설이 유일했다. 사회-문제 소설은 사회적 갈등요소의 점진적인 개선을 주장했는데, 이것은 체제 안에서 수용이 가능한 온건한 요구였다. 반면에 계급 지배구도 자체를 전면적으로 뒤집으려는 뉴게이트 소설의 시도는 불온하게 보일 수밖에 없었다. 나는 국가권력이 뉴게이트 소설을 봉쇄한 것은 그 전복성을 우려했기 때문이라고 결론 내렸다.

추리소설에 관한 답을 구하기는 매우 어려웠다. 가장 큰 문제는 자료의 부족에 있었다. 1990년대 초반까지 추리소설 연구는 남성작가, 그중에서도 코넌 도일Conan Doyle, 포Edgar Allan Poe, 콜린스라는 세 명의 작가에 집중되었다. 내가 관심을 가지고 살펴보려던 여성탐정 추리소설은 대부분 절판된 상태여서, 일차자료인 소설 텍스트 자체를 입수하기 힘든 상황이었다. 여성탐정 추리소설로까지 추리소설의 논의를 확장하려는 내 계획은 실행이 불가능해보였다.

하드보일드 추리소설은 최소한 일차자료에 관해서는 여성추리소설에 비해 훨씬 나은 형편이었다. 내가 주목하던 챈들러와 해밋의 하드보일드 추리소설은 계속 출판되고 있었기 때문이다. 문제는 이차자료의 부족이었다. 대부분의 참고자료는 하드보일드 추리소설을 영화화한 누아르 영화(Film Noir)에 관한 것이었고, 하드보일드 추리소설만을 대상으로 연구한 자료는 드물었다. 이 시기까지만 하더라도 하드보일드 추리소설은 누아르 영화의 원작이라는 측면에서 취급되었기 때문이다. 이런 상황에서 유일한 방법은 누아르 영화를 통해 하드보일드 추리소설에 접근하는 것이었다. 그러나 그렇게 우회해 하드보일드 추리소설에 다가가기에는 불필요하게 소모되는 시간과 노력이 너무 컸다.

범죄소설로 학위논문을 쓰려고 하는 데 가장 커다란 장애로 다가왔던 것은, 뉴게이트 소설, 추리소설, 하드보일드 추리소설의 관계를 어떻게 설정하느냐는 문제였다. 이들을 각각 시대와 지역으로 분리된 개별체로 볼 것인지, 아니면 서로 영향을 주고받은 연결체로 볼 것인지 판단해야 했다. 범죄소설이 서로 영향을 주고받았다고 본다면, 어느 지점에서 어떤 방식으로 연결되어 있는가를 밝혀내야 했다.

범죄소설이 서로 어떻게 관련되어 있는지 찾아내고, 이들 사이의 관계를 규정하는 일은 쉽지 않았다. 나는 이것이 자료의 부족을 핑계 삼을 수 없는 내 연구능력의 한계라는 사실을 받아들여야 했다. 결국 범죄소설로 학위논문을 쓰겠다는 계획은 실행되지 않았다. 빅토리아시대 영문학의 계급, 대중성과 수용성을 다룬 내 박사 학위논문에는 뉴게이트 소설에 관한 내용이 일부 포함되었을 뿐이다.

범죄소설에 관해 학위논문 쓰는 것을 고집했다면 어떻게 되었을까라는 생각을 할 때가 있다. 그랬더라면 학위논문은 이 책의 내용과 비슷했을까? 그랬을 것 같지는 않다. 그때만 하더라도 범죄소설의 전개와 발전, 계통과 흐름을 조망할 수 있는 시각을 갖추고 있지 않았기 때문이다. 아마도 내 학위논문은 추리소설만을 독립적으로 다루었을 가능성이 높다. 그게 아니라면 이 책의 1부에 실린 뉴게이트 소설 관련내용의 일부와 2부 추리소설의 한 챕터를 확대한 것에 가까웠으리라 생각된다.

학위를 받고 귀국한 후 나는 학위논문에서 다루었던 계급과 소비, 스펙터클과 남성성 등의 주제를 심화시키고, 연구주제를 동성애로 확대시키는 작업을 계속했다. 이들을 주제로 한 논문을 쓰고 발표하면서도, 범죄소설 연구는 머릿속에 끝마쳐야 할 숙제처럼 남아 있었다. 1990년대의 마지막 해에 뉴게이트 소설을 소개하는 논문 한 편을 발표하면서 나는 범죄소설로 다시 돌아올 수 있었다. 나는 글의 맨 마지막에, 이 논문은 범죄소설의 문학적 복원을 위한 토대를 마련하려는 정지작업이라고 썼다.

2000년대에 들어오면서 범죄소설을 연구할 수 있는 여건은 훨씬 나아졌다. 디킨스와 새커리William Makepeace Thackeray의 것들을 제외하고는 절판된 상태였던 뉴게이트 소설은, 영인본의 형태로라도 대부분 다시 출판되었다. 여성탐정 추리소설 역시 상당수가 재출판되었다. 하드보일드 추리소설에 관한 연구도 누아르 영화의 종속성에서 벗어나 독립적인 영역을 확보해가고 있었다. 나는 연구년이었던 2003년에 미국에 건너가 필요한 연구 자료를 구할 수 있었다. 노스웨스턴Northwestern 대학 디어링Deering 도서관 근무자들의 도움이 컸다.

연구년을 마치면서 범죄소설에 관한 글쓰기를 본격적으로 시작할 때가 되었다는 생각을 했다. 모아놓은 자료도 충분하고, 학위논문을 기획하던 때와 비교하면 연구자로서 나의 역량도 더 단단해졌다고 판단했기 때문이다. 이제는 뉴게이트 소설에서 추리소설로, 추리소설에서 하

드보일드 추리소설로 전개되는 범죄소설의 궤도를 따라가며 그 변모과
정에 숨겨진 뜻을 파악하는 것이 가능하다고 느꼈다.

　나는 범죄소설이 계급, 경제, 인종, 젠더 등의 지점에서 문학적 대리전
을 치르며 형성된 장르임을 알게 되었다. 산업혁명 이후 초기자본주의
로 진입하던 시기였던 영국의 빅토리아시대에는 사유재산이 신성시되
었다. 타인의 사유재산에 손실을 입히는 행위는 모두 신성모독적인 범
죄로 판정되었고, 범죄―그것이 가축을 훔치거나 얼마간의 돈을 소매
치기하는 행위라도―를 저지른 자는 대부분 교수형에 처해졌다. 나는
뉴게이트 소설의 전복성이 초기자본주의 체제의 잔혹성에 저항하는 과
정에서 만들어졌다고 보았다. 그리고 뉴게이트 소설 이후에 등장한 추
리소설은 뉴게이트 소설의 급진적인 흐름을 봉쇄하고 되돌리려는 보수
적인 움직임으로 파악했다. 추리소설은 지배체제에 대한 도전을 범죄행
위로 규정하고, 범죄에 대한 처벌을 통해 기존 체제를 옹호했기 때문이
다. 나는 추리소설이 뉴게이트 소설의 전복성을 무력화시키려는 지배계
급의 입장과 함께한다고 보았다.

　1920년대 미국사회에 대해서도 영국의 빅토리아시대와 비슷한 이야
기를 할 수 있다. 이 시기 미국은 극단적으로 야만적인 자본주의의 지배
를 받았다. 수익을 극대화시킬 수만 있다면 불법적인 투자와 폭력적인
노동탄압도 용납되었다. 나는 추리소설이 순치시켰던 뉴게이트 소설의
급진성이, 대공황을 향해 달려가던 미국사회의 현실에 적개심을 드러낸
하드보일드 추리소설에서 더욱 과격하게, 더욱 폭력적으로 부활했다고
보았다. 단순화의 위험을 무릅쓰고 말한다면, 추리소설이 우파 범죄소

설이라면 뉴게이트 소설과 하드보일드 추리소설은 좌파 범죄소설인 것이다.

범죄소설에 관해 집중적으로 글을 쓴 시기는 2000년대 중반부터 약 10년간이다. 이 기간 나는 뉴게이트 소설, 추리소설, 하드보일드 추리소설에 관한 논문을 십여 편 발표했다. 이 책은 지난 10년간 쌓은 연구결과에 기대어 썼고, 그동안 발표했던 논문과 문제의식을 같이한다. 범죄소설에 문학적 시민권을 부여해야 한다는 생각이 논문과 이 책을 모두 관통하고 있다. 다만 독자들에게 친근하게 다가가기 위해 책의 내용을 새롭게 구성하고, 문장을 고치고, 서술을 보다 상세하고 구체적으로 바꾸었다.

그동안은 해야 할 숙제를 하지 못하고 있다는 개운하지 못한 느낌이 들 때가 많았다. 조금 이르게 더 단호하거나 더 치열했어도 좋았을 것이다. 그래도 이 책의 원고를 완성하고 나니 마치 미뤄놓았던 과제를 마친, 다시 만나야 할 옛 친구를 만나고 돌아오는 기분이 든다. 돌아보니 20대의 마지막 가을에 범죄소설에 새롭게 눈을 뜬 후 30대와 40대를, 때론 멀어지기도 했지만, 나는 범죄소설과 함께 보낸 셈이다. 그 시간이 의미 있게 느껴지기를 바란다.

뜨겁게 끓어오르던 여름날 대구에서 만나 이 책에 전폭적인 지지를 보내주었던 소나무의 유재현 대표님과 책의 완성을 위해 애써준 강주한 편집장님께 감사드린다. 나의 가족들—정결한 삶을 살고 계신 아버님과 어머님, 자기의 길을 힘차게 걷고 있는 아우, 나의 자존을 지켜준 아내, 삶의 기쁨이 되어준 아이—에게 존경과 사랑의 마음을 보낸다.

22년 전 나는 학위논문의 헌사를 다음과 같이 썼다. "Dedicated to the late Yun-Won Kim, my grandmother, teacher, and friend" 다시 이 책을 나의 선생님이었고 친구였던, 나의 할머니 고 김윤원 님께 바친다.

범죄소설은
삼류소설인가?

모든 소설은 본질적으로 범죄소설이다. 인간의 삶과 역사에서 범죄는 사라질 수 없기 때문이다. 범죄는 출생과 죽음, 성장과 쇠퇴, 만남과 헤어짐, 평화와 전쟁처럼 소설문학이 다루어야 할 중요한 주제인 것이다. 영미소설로 범위를 좁혀서 이야기해보자. 영미문학의 주요 배경이자 근원인 유대-기독교 전통에 기대어 말한다면, 최초의 인간들은 범죄를 저지르고 낙원에서 추방당한다. 그들에게서 태어난 형제 중 하나는 다른 하나를 살해한다. 태초부터 범죄는 영미소설의 원천을 형성한다.

　납득하기가 쉽지는 않겠지만, 지금부터 약 30년 전까지 범죄소설은 진지한 문학 연구의 대상이 아니었다는 사실을 기억하자. 영국과 미국에서 범죄소설은 저속하고 부도덕한 상업소설로 규정되어 문학 위계의 가장 아래에 배치되었다. 범죄소설은 범죄라는 선정적인 요소를 이용해 대중적인 호기심을 자극함으로써 상업적인 성공을 추구하는 통속소설로 분류되었기 때문이다. 고급문학과 대중문학을 엄격하게 구분하는 전통적인 문학이론가들은 범죄소설을 본격적인 문학 연구의 대상에서 제외시켰다. 범죄소설이 삼류소설로 취급받았다는 사실은, 영국과 미국의 대표적인 범죄소설이었던 뉴게이트 소설, 추리소설, 하드보일드 추리소설을 향해 19세기에서 20세기까지 이어진 저평가의 역사가 극명하게 보여준다.

　뉴게이트 소설과 추리소설 그리고 하드보일드 추리소설은 범죄와 범죄자를 바라보는 입장과 태도에서 커다란 차별성을 드러낸다. 뉴게이트 소설은 범죄는 불공정한 사회체제로 인해 발생한다고 본다. 그렇기 때문에 범죄자 개인에 대한 처벌이 아니라 사회개혁을 추구해야 한다는 입장을 취한다. 반면에 추리소설은 범죄자를 체포하고 처벌하는 일이야말로 사회의 질서와 합리성을 지키는 행위라고 주장한다. 하드보일드 추리소설은 또 다른 태도를 보인다. 범죄는 계급과 권력구조에서 발생한 거대악이기 때문에 개인적인 노력으로는 근절할 수도 변화시킬 수도 없다고 본다.

　뉴게이트 소설, 추리소설, 하드보일드 추리소설이 함께 지닌 공통점을 찾는다면 이들 소설이 모두 매우 부정적인 평가를 받았다는 사실이 될 것이다. 이 세 범죄소설 장르는 질이 낮고 점잖지 못한 문학으로 평가되거나, 위험하고 불온한 문학으로 분류되었다. 지금부터 영미 범죄소설에 대한 저평가의 역사와 범죄소설에 대한 부정적인 시각이 생겨난 이유에 관해서 살펴보도록 하자. 그와 함께 뉴게이트 소설, 추리소설, 하드보일드 추리소설이 재평가되는 과정과 이들을 새롭게 주목해야 하는 이유에 관해서도 이야기하자.

저평가의 기억

뉴게이트 소설은 중심인물을 주로 범죄자 전기물인 『뉴게이트 캘린더 Newgate Calendar』로부터 가져왔던, 1830년과 1847년 사이에 영국에서 출판된 범죄소설을 말한다. 범죄에 대한 전복적인 메시지를 유포시키던 뉴게이트 소설은 영국과 유럽에서 선풍적인 인기를 끌었으며, 연극으로 공연되면서부터는 노동계급으로부터 열광적인 반응을 이끌어냈다. 뉴게이트 소설을 향한 열광이 노동계급의 컬트현상으로 바뀐 시점에서 뉴게이트 소설에 대한 권력의 개입은 본격화되었다.

국가권력의 억압이 시작된 후 뉴게이트 소설은 급속한 몰락의 길을 걸었다. 지배 이데올로기에 저항하던 극히 예외적인, 혹은 유일한 범죄소설이었던 뉴게이트 소설은 권력에 의해 문학의 타자로 내몰렸다. 한 시절 동안 영국문단의 스타작가로 각광 받던 뉴게이트 소설가들은 잊어진 존재로 사라져갔고, 뉴게이트 소설은 19세기 중반부터 1980년대에 이르는 오랜 기간 동안 비평적 관심에서 제외되었다. 뉴게이트 소설은 1850년대 이후로는 거의 출판되지 않았고, 영국소설의 범죄담론은 뉴게이트 소설로부터 추리소설로 옮겨갔다.

뉴게이트 소설이 퇴장한 후 영국문단에 새롭게 등장한 추리소설에서는 탐정과 범인의 대립구도를 바탕으로 서사가 전개된다. 추리소설은 미스터리로서의 범죄, 범죄자의 추적과 체포, 범죄를 둘러싼 미스터리의 해결이라는 장르적 규범을 준수했다. 이러한 규범에 대한 집착은 추리소설을 저평가하는 결정적 요인이 되었다. 뉴게이트 소설이 이데올로기적인 이유로 배제되었다면, 추리소설은 창조적인 서사구조를 지니지 못한 폐쇄적인 장르라는 이유로 낮은 평가를 받았다. 특히 문학전통의 파괴와 해체를 중시하는 현대 문학이론의 입장에서 볼 때, 추리소설은 새로운 서사의 가능성이 봉쇄된 퇴행적인 소설양식으로 판정되어 오랜 기간 비평적 관심의 바깥에 놓이게 되었다.

우리나라에서 추리소설이 지닌 문학적 위상도 별반 다르지 않았다. 개인적인 경험에 비추어 이야기한다면 추리소설은 영국과 미국에서보다 한국에서 더 오랫동안 학문적 시민권을 받지 못했다. 우리나라에서 영문과 학부와 대학원을 다니던 1980년대에 나는 단 한 차례도 추리소설에 대한 진지한 언급을 듣지 못했다. 다만 문학평론가인 윌슨Edmund Wilson이 추리소설에 대해 조롱조로 이야기한 글을 읽어본 기억이 있을 뿐이다. 지금 돌이켜보면 의아하게 느껴지지만, 윌슨의 명성은 한국 영문학계에서 매우 오래 지속되었다. 그가 1930년대에 쓴 『엑셀의 성 (Axel's Castle)』은 1980년대에도 우리나라 영문과 대학원 수업에서 참고 문헌으로 사용되었다.

윌슨은 추리소설을 매우 낮게 평가했다. 그는 크리스티Agatha Christie 가 쓴 추리소설의 제목인 『애크로이드 살인사건(The Murder of Roger Ackroyd)』을 패러디하면서까지 추리소설을 공격했다. 나도 재미있게 읽었던 그 글의 제목은, 「로저 애크로이드를 누가 죽였건 무슨 상관이냐?(Who Cares Who Killed Roger Ackroyd?)」였다.

내가 미국에서 공부하던 1990년대는 영문학 연구에서 추리소설이 새롭게 주목 받던 시기였다. 나는 박사 학위논문에 추리소설을 포함시키기로 마음먹었다. 논문자격시험에 통과한 후 잠시 귀국해 학위논문 계획에 관해 이야기한 적이 있다. 거의 대부분의 선생님들과 선배들이 내 시도를 만류했다. "그걸로 학위 받아오면 대학에서 자리 구하기 힘들다"고 하시면서. 나에 대한 그분들의 선의와 애정은 분명하게 느낄 수 있었다. 동시에 한국에서 추리소설이 어떻게 인식되는지도 선명하게 알 수 있었다. 국내학계에서 추리소설은 학술적 시민권의 대상으로 아직 고려조차 되지 않고 있다는 사실을.

추리소설 장르 중에는 잘 알려지지 않은 여성탐정 추리소설과, 가장 대중적으로 인기가 높은 노처녀탐정 추리소설이 있다. 1880년대에서 1910년대 사이 영국과 미국에서 새롭게 등장한 여성탐정 추리소설은 매우 흥미로운 장르다. 여성이 범죄를 수사한다는 설정만으로도 기존 추리소설의 젠더규범을 교란시킬 수 있기 때문이다. 여성이 범죄자에 대한 감시와 추적을 담당하고 추론적 과정을 통해 범죄와 관련된 미스터리를 해결한다는 설정은, 여성성으로 규정된 감성적·비논리적·수동적 속성을 전면적으로 거부하고 합리성·분석력·과감성 등과 같은 남성적 덕목을 여성에게 부여하는 행위가 되는 것이다.

여성탐정 추리소설은 당대에 별다른 비평적 주목을 받지 못했다. 1980년대에 들어와 활발하게 진행된 추리소설에 대한 재평가 역시 여성탐정 추리소설을 우회한 채 지나가 버렸다. 추리소설 재평가 작업을 대표하는 연구물을 살펴보아도 여성탐정 추리소설에 대한 논의는 발견되지 않는다. 추리소설에 관해 기호학적인 분석을 시도한 에코Umberto Eco와 세벅Thomas Sebeok의 『세 사람의 서명(The Signs of Three)』, 마르크스주의 관점에서 추리소설에 접근한 만델Ernest Mandel의 『즐거운 살인(De-lightful Murder)』, 구조주의와 마르크스주의의 분석틀을 결합하여 추리소설의 이데올로기와 형식에 대해 고찰한 포터Dennis Porter의 『범죄의 추적(The Pursuit of Crime)』과 나이트Stephen Knight의 『범죄소설의 형식과 이데올로기(Form and Ideology in Crime Fiction)』, 이들 중 어디에도 여성탐정 추리소설을 분석한 사례는 보이지 않는다.

문학적 시민권을 부여받지 못한 여성탐정 추리소설과는 극명하게 대조적으로, 노처녀탐정 추리소설은 영문학 영토 내 자신의 영역을 확보하는 데 성공했다. 노처녀탐정 추리소설은 범죄소설 중에서 유일하게 대중적인 찬사와 호의적인 비평을 모두 획득한 장르다. 뉴게이트 소설과 추리소설, 여성탐정 추리소설은 대중적 인기와는 무관하게 비평적으로는 부정적 평가를 받았다. 그러나 노처녀탐정 추리소설은 이 두 개를 모두 한 손에 거머쥔 것이다.

영미 범죄소설 중에서 하드보일드 추리소설은 가장 심한 편견에 시달린, 가장 낮은 평가를 받은 장르다. 하드보일드 추리소설은 1920년대 초반 『블랙 마스크Black Mask』라는 펄프 픽션Pulp Fiction—1920년에서 1955년 사이에 값싼 펄프 종이에 인쇄되어 간행되던 대중소설—잡지를 통해 최초로 등장했다. 『블랙 마스크』는 선정적이고 자극적인 표지로 대중의 흥미를 자극했고 잡지의 상당 부분을 광고로 채웠다. 하드보일드 추리소설이 권위 있는 문학지가 아니라 선정적이고 자극적인 펄프 잡지를 통해 출발했다는 사실은, 하드보일드 추리소설이 저속하고 부도덕한 문학이라는 부정적인 인식을 강화하는 데 결정적인 원인으로 작용했다. 태생적으로 하드보일드 추리소설은 폭력과 섹스를 통해 판매 부수를 늘려 광고효과를 극대화시키려는, 저급한 잡지에 실린 부도덕한 싸구려 소설로 인식되었다.

1920년대 초반 미국에 등장한 이후 하드보일드 추리소설은, 추리소설에 폭력적 요소와 성적 자극을 추가하여 상업성을 극대화한 고전추리소설의 저속한 아류로 평가되었다. 하드보일드 추리소설은 "고전추리소설 장르에 대한 잘못된 이해에 기반을 둔 추리소설에 대한 모방"[1]으로 판정된 것이다. 오랜 기간 하드보일드 추리소설은 독자들에게 "새로운 전율"을 주기 위해 "셜록 홈즈Sherlock Holmes의 오래된 공식에 지하세계의 냉정한 잔혹성"[2]을 덧입힌 고전추리소설의 유사장르로 폄하되었다.

하드보일드 추리소설의 극도로 낮은 문학적 위상은, 1991년에 미국 컬럼비아대학에서 출판한 『컬럼비아 미국소설사』에서 하드보일드 추리소설이 차지한 분량으로도 확인된다. 35개의 장으로 이루어진 『미국소설사』에서 하드보일드 추리소설은 독립적인 하나의 장을 배당받지 못한다. 900쪽이 넘는 방대한 양의 미국소설사 서술 중에서 하드보일드 추리소설에 대한 논의는 열 쪽이 채 되지 않는 것이다.

재평가와 여덟 개의 질문들

범죄소설이 새롭게 평가되는 데 가장 중요한 역할을 한 인물이 프랑스

철학자 푸코Michel Foucault라는 점은 이견의 여지가 없는 사실이다. 그는 범죄문학이 지배 이데올로기적인 효과를 창출한다는 사실을 밝혀냈고, 그의 선구적인 연구는 범죄소설에 대한 부정적인 시각을 바꾸는 데 커다란 전환점이 되었다. 뉴게이트 소설이 1980년대 이후 새롭게 주목 받게 된 것도 푸코에 힘입은 바 크다.

뉴게이트 소설은 불워-리턴Edward Bulwer-Lytton과 에인즈워스William Harrison Ainsworth라는 두 명의 작가를 빼고서는 거론할 수 없다. 뉴게이트 소설은 불워-리턴에 의해 탄생했고 에인즈워스로 인해 대중적 인기의 정점에 섰기 때문이다. 그럼에도 불구하고 뉴게이트 소설을 새롭게 조명하는 작업에서 불워-리턴과 에인즈워스는 주변부에 배치되었다. 뉴게이트 소설에 대한 재평가는 이 두 작가를 우회하여 디킨스나 새커리 같은 정전작가들을 중심으로 이루어진 것이다. 지금까지도 출판과 유통시장 그리고 문학비평에서 에인즈워스와 불워-리턴의 소설은 중심적인 위치에 있지 않다.

나는 불워-리턴과 에인즈워스를 중심에 놓고 뉴게이트 소설의 부상과 몰락에 관해 이야기하려고 한다. 영문학의 주변부에 위치한 뉴게이트 소설 안에서조차 외곽에 존재하는 이 두 작가를 중심으로 뉴게이트 소설을 살피는 일은, 뉴게이트 소설을 둘러싼 타자성을 걷어내고 새로운 문학적 시민권을 부여하는 행위가 되기 때문이다.

여전히 주변적인 위치에 머무는 뉴게이트 소설과 비교할 때, 추리소설의 문학적 시민권 획득은 극적인 양상을 띤다. 미국을 대표하는 어문학 연구 학술단체인 현대어문학회(MLA)는 매년 말에 4일간 지속되는 대규모 학술대회를 개최한다. 1990년 12월에 시카고에서 열린 연례 학술대회에서는, 학회 역사상 최초로 추리소설을 주제로 세 개의 세션이 구성되었다. 현대어문학회의 학술적 권위와 영향력을 생각할 때 이것은 변화한 추리소설의 위상을 상징적으로 보여주는 사건이다. 1980년대 이후의 재평가 작업을 통해 추리소설은 호사가의 개인적 기호품에서 본격적인 문학 연구의 대상으로 도약한 것이다.

이 책의 2부에서는 범죄의 선정성에 기대어 대중적인 인기를 추구하는 저급한 소설양식으로 간주되던 추리소설이 진지한 소설문학으로 재규정되어야 하는 이유에 관해 이야기하려고 한다. 추리소설은 독자에게 단지 찰나적이고 감각적인 쾌락을 제공하는 데 머물지 않는다. 추리소설은 대중으로 하여금 특정 형태의 관념이나 이데올로기를 받아들이거나 공유하도록 만든다.[3] 추리소설에서 사회는 합리성에 의해 작동되는 구조물로, 범죄는 이러한 합리적인 구조에 균열을 일으키는 위협요소로 재현된다. 추리소설은 기존 체제를 위협하는 범죄자의 체포를 통해 무질서와 비합리성을 질서와 합리성이 대체하는 과정을 보여준다. 이러한 장르적 공식을 반복함으로써 추리소설은 당대의 지배구조를 옹호하고 강화한다.

추리소설에서 탐정은 대부분 남성으로 등장한다. 남성탐정은 비범한 수사능력, 계급적 품위, 신비로움을 드러내는 영웅적 인물로 그려짐으로써 이상적인 남성성을 극대화한다. 여성의 배제와 남성성의 이상화는 추리소설 젠더구조의 핵심을 이룬다. 추리소설을 다루는 2부의 후반부에서는 남성탐정에서 여성탐정으로 연구대상의 성을 전환하려고 한다.

여성이 탐정으로 등장하는 추리소설에 대해 새롭게 주목하는 일은, 추리소설의 젠더규범에 대해 근본적으로 다시 돌아보는 계기가 되기 때문이다.

여성탐정은 남성성의 이상화로 요약되는 추리소설의 성 이데올로기를 허물어뜨리거나 뒤집을 수 있는 존재다. 그러나 그 전복적 가능성에도 불구하고 추리소설에서 여성탐정은 여성해방의 전위적 여성으로 부각되지 않는다. 여성탐정은 극도로 예외적인 여성으로 배제되거나, 지배적 젠더규범에 의해 순치된 존재로 축소된다. 여성탐정의 젠더적 전복성은 여성탐정에 대한 비하적인 재현을 통해 곧바로 봉쇄된다. 여성탐정은 외모가 예외적으로 추한 여성이거나, 아니면 가부장적 여성관을 내면화한 순종적인 여성으로 그려지기 때문이다. 우리는 여성탐정의 등장으로 추리소설 안에 만들어진 급진적 공간과 그 전복적 가능성이 어떻게 봉쇄되는지 살펴볼 것이다.

노처녀탐정 추리소설은 여성이 탐정으로 등장하는 또 다른 종류의 여성탐정 추리소설이다. 여성탐정 추리소설 중에서 유일하게 노처녀탐정 추리소설은 대중적 인기와 비평적 찬사를 모두 거두었다. 노처녀탐정 추리소설의 성공은, 이 장르를 대표하는 작가인 그린Anna Katharine Green과 크리스티Agatha Christie가 추리소설 내에서 차지하는 확고한 입지로도 확인된다. 그린은 뉴욕에 거주하는 나이 든 독신여성인 버터워스Amelia Butterworth가 탐정으로 등장하는 버터워스 3부작을 발표했다. 버터워스 3부작은 비평적 관심과 대중적 호응을 이끌어내는 데 성공했고, 연극으로 각색되어 무대에서 공연된 후에는 예일대에서 범죄학 교재로 사용되었다. 크리스티는 영국의 한적한 시골마을에 사는 할머니 미스 마플Miss Marple을 여성탐정으로 창조했다. 미스 마플 연작은 1926년에 최초로 등장한 이후 40년간 12편의 장편과 20편의 단편으로 출판되었다. 이들 중 다수는 영화로 만들어지거나 텔레비전 연속물로 제작되었다. 21세기에 들어와서도 미스 마플 연작은 추리소설 시장의 인기 상품으로 남아 있다.[4]

노처녀탐정 추리소설의 확고한 위상은 여성탐정 추리소설에 대한 저평가와 거울의 앞뒷면을 이룬다. 나는 노처녀탐정 추리소설의 성공을 추리소설 내 성 이데올로기의 지배력이 입증된 사례로 해석하려고 한다. 노처녀탐정 추리소설이 가장 대중적인 추리소설 장르의 하나로 안착했다는 사실은, 오히려 노처녀탐정 추리소설 내에서 시도된 젠더적 봉쇄가 성공적으로 이루어졌음을 확인시켜주기 때문이다.

흰머리와 온화함으로 상징되는 노처녀탐정은 무성적인 존재로 설정된다. 여기에 더해 노처녀탐정은 젠더에 관해 전통적이고 인습적인 견해를 지닌 인물로 그려진다. 무성성과 보수성을 통해 재현된 노처녀탐정은 젠더적으로 안전한 존재가 된다. 노처녀탐정 추리소설의 성공은 탐정의 지위가 결혼제도 바깥에 위치하고, 여성문제에 대해 보수적인 태도를 표명하는 나이 든 여성에게만 부여된다는 사실을 알려준다. 노처녀탐정은 추리소설 내에서 행사되는 젠더 이데올로기의 영향력이 얼마나 큰지를 역설적으로 드러내는 존재인 것이다.

하드보일드 추리소설이 새롭게 평가되는 과정은 범죄소설 중에서도 가장 특이하고 흥미롭다. 범죄소설 장르 중에서 가장 부정적인 평판에 시달리던 하드보일드 추리소설에 대한 재평가는 소설이 아니라 영화를 통해, 그것도 미국이 아니라 프랑스에서 이루어졌다. 하드보일드 추리소설에 대한 재조명은 2차 세계대전 이후 프랑스의 영화연구자들로부터 시작되었다. 이들은 하드보일드 추리소설을 각색한 누아르 영화의 표현주의적인 스타일에 주목했다. 영화연구자들은 누아르 영화가 뛰어난 예술성을 보여줄 뿐 아니라, 1차 세계대전의 참상으로 인해 형성된 냉소적인 세계관도 잘 반영하고 있다고 격찬했다.

누아르 영화에 대한 발견은 원작소설인 하드보일드 추리소설에 새롭게 관심을 갖도록 만드는 계기로 곧바로 이어지지는 않았다. 하드보일드 추리소설은 학술적 연구의 대상으로 부상하지 못했다. 하드보일드 추리소설은 독립적인 연구분야로 취급되기보다는 다른 정전작가의 소설과 함께 다루어졌다. 많은 경우 하드보일드 추리소설은 소설의 스타일에 관해 언급할 때 동원되었다. 헤밍웨이가 하드보일드 추리소설에 영향을 주었는지, 또는 헤밍웨이의 스타일이 하드보일드 추리소설의 영향을 받았는지에 관해 논의하는 것은 그 대표적인 경우다.

1차 세계대전은 근대 이후 지속되어오던 인간의 이성과 세계의 진보에 대한 신뢰를 붕괴시켰다. 하드보일드 추리소설은 근대적 가치체계가 붕괴된 전후의 폐허 속에서 모습을 드러냈다. 그렇기 때문에 하드보일드 추리소설은 이전의 추리소설과는 전혀 다른, 세계와 사회를 바라보는 태도를 드러낸다. 하드보일드 추리소설은 고전추리소설에 대한 저속한 모방과는 거리가 먼, 변화한 시대와 그에 따른 인식의 전환을 반영한 '새로운' 형태의 추리소설인 것이다.

포에 의해 시작되고 코넌 도일에 의해 완성된 고전추리소설은 이성적이고 합리적으로 작동하는 세계를 전제로 한다. 그러나 하드보일드 추리소설이 바라보는 세계는 고전추리소설의 세계와는 극단적으로 다르다. 하드보일드 추리소설의 세계는 무질서와 불확실, 불합리와 혼돈으로 가득한, 임의적이고 통제가 불가능한 공간으로 그려진다.

고전추리소설에서 범죄란 합리적으로 작동되는 사회체제를 파괴하려는 불순한 시도로 간주된다. 탐정은 논리적 추론을 통해 이러한 시도를 차단시키고, 기존 체제를 위협하는 범죄자를 체포하여 무질서와 비합리성을 질서와 합리성으로 대치시킴으로써 새로운 영웅으로 부상한다. 합리성이 아닌 임의성에 의해 지배되는 하드보일드 추리소설의 세계에는, 전지적이고 오류를 범하지 않는 탐정과 그에 의한 범죄의 논리적인 해결이라는 고전추리소설의 편리한 공식은 더 이상 적용되지 않는다.

하드보일드 추리소설에서 개인은 범죄의 근원에 가닿을 수 없는 극도로 무력한 존재로 그려진다. 범죄의 해결을 통한 사회적 통합과 화해의 가능성 역시 존재하지 않는 것으로 재현된다. 하드보일드 추리소설은 이제 회복해야 할 사회적·정치적·계급적 이상과 질서는 더 이상 존재하지 않음을 음울하게 보여주는, 이전과는 완전히 다른 종류의 추리소설인 것이다.

하드보일드 추리소설에서는 가장 인상적인 인물이 탐정이기보다는 팜므 파탈Femme Fatale일 때가 자주 있다. 어리석고 무력한 탐정보다는 사악하지만 강렬한 팜므 파탈이 부각되는 경우가 많기 때문이다. 하드보일드 추리소설을 이야기하는 이 책의 3부에서 나는 팜므 파탈에 관한 독립된 하나의 장을 확보하려고 한다. 팜므 파탈에 대해 온전하게 이해하지 않고서는 하드보일드 추리소설을 제대로 파악할 수 없기 때문이다.

하드보일드 추리소설에 대한 재조명은 두 단계에 걸쳐 일어났다. 첫 번째는 2차 세계대전 이후 누아르 영화의 가치를 새롭게 발견한 프랑스의 영화연구자들이 주도했다. 두 번째 단계는 1960년대 이후 팜므 파탈의 존재에 주목한 여성주의자들에 의해 시작되었다. 여성주의자들의 재조명은 하드보일드 추리소설 연구에 커다란 영향을 미쳤다. 여성주의영화 이론가들은 성적 매력을 사용해 남성을 파멸로 이끄는 팜므 파탈에 집중했고, 이후 팜므 파탈은 하드보일드 추리소설 연구의 핵심적 주제가 되었다.

여성주의자들이 팜므 파탈을 바라보는 시각은 크게 두 가지로 나뉜다. 이들은 팜므 파탈의 위험한 섹슈얼리티에 집중하거나 또는 팜므 파탈의 젠더적 저항에 초점을 맞춘다. 하지만 나는 계급과 자본을 중심으로 팜므 파탈을 이야기하려고 한다. 하드보일드 추리소설에서 팜므 파탈은 성적 쾌락을 추구하기보다는 물질적 성취를 욕망하는, 자본가계급과 매우 흡사한 존재로 그려지기 때문이다. 나는 팜므 파탈의 욕망이 여권신장이나 성적 쾌락이 아닌 자본증식을 향하고 있으며, 팜므 파탈의 재현에는 자본가계급의 속성이 반영되었다는 사실을 밝히려고 한다. 그렇게 함으로써 젠더와 섹슈얼리티에 의해 가려졌던 계급과 자본을 팜므 파탈에 관한 키워드로 소환할 것이다.

지금까지 뉴게이트 소설, 추리소설, 하드보일드 추리소설에 대한 저평가의 역사와 재평가의 과정에 관해 살펴보았다. 서장에서 한 주장을 보다 상세하고 더욱 정교하게 전개하기 위해, 나는 범죄소설과 관련된 여덟 개의 질문을 독자들에게 던지려고 한다. 여덟 가지 질문은 다음과 같다.

하나, 범죄소설의 저항은 어떻게 상품이 되는가?

둘, 범죄소설의 질병은 어떻게 치유되는가?

셋, 탐정은 왜 귀족적인 백인남성인가?

넷, 추리소설은 어떻게 진짜 남자를 만드는가?

다섯, 여성탐정은 왜 빛나는 존재가 되지 못하는가?

여섯, 성공한 여성탐정은 왜 노처녀여야 하는가?

일곱, 터프 가이는 왜 고독한가?

여덟, 팜므 파탈은 단지 섹시하기만 한가?

이제부터 독자들과 함께 이 의문들을 파헤치는 수사에 착수하려고 한다. 탐문하고, 추적하고, 때로는 잠복의 긴 시간을 견뎌야 하는 우리의 수사가 흥미진진한 모험이 되길 바란다.

뉴게이트
소설

1

범죄소설의
저항은 어떻게
상품이
되는가?

INVESTIGATION 1

전혀 다른 범죄문학의 등장

1829년 3월 13일 영국의 한 일간지에는 아래와 같은 기사가 실린다.

> 1828년 12월 6일 미망인 불워-리턴의 소유인 말 한 필을 훔친 혐의로 할스테드Leigh Dombille Halstead가 기소되었다. 증언을 들은 배심원들은 유죄 판결을 내렸고 판사는 피고에 대해 사형이 기록되어야 한다고 명했다.[1]

말 한 필을 훔쳤다는 이유로 사형판결을 받았다는 사실은 믿어지지 않을 만큼 충격적이다. 하지만 이 시기 영국 형법이 교수형의 남발로 인해 "피비린내 나는 법전(Bloody Code)"으로 불렸다는 것을 기억하자. 사형선고는 살인이나 반역행위 같은 범죄에만 내려졌던 것이 아니다. 사형은 강도, 주거침입, 동성애, 심지어는 소매치기나 상점과 개인주택에서 물건을 훔친 경우에도 선고될 수 있었다.

범죄에 대한 처벌이 이렇게까지 가혹했던 이유가 무엇이라고 생각하는가? 처벌이 비현실적인 느낌이 들 정도로 잔인하게 적용된 것은 당대 영국의 사회경제적 토양 때문이었다. 영국사회가 산업혁명을 거쳐 초기 자본주의로 진입하면서 생산성과 효율성, 사유재산은 신성한 가치를 지니게 된 것이다. 조금이라도 생산성을 훼손하거나 타인의 재산에 손실을 입히는 행위는, 중세시대의 신성모독만큼이나 용서받지 못할 범죄로 취급되었다.

이러한 시대적 흐름 속에서 범죄는 광범위하게 정의되었고 가차 없이 처벌되었다. 개인의 가장 내밀한 사적 영역마저 범죄의 테두리 밖에 존재할 수 없었다. 동성애는 새로운 노동력을 만들어내지 못하는 비생산적인 성적 취향이라는 이유로 범죄로 판정되었고, 동성애자는 교수형을 당했다. 1837년의 형법 개정으로 사형선고가 반역행위, 살인, 강간, 살인의 의도를 지닌 방화 등에 제한되어 적용될 때까지, 사형언도의 남발은 근본적인 변화 없이 계속되었다.[2]

신문기사에 인용된 말 한 필을 도둑맞은 미망인은 불워-리턴Edward Bulwer-Lytton의 어머니였다. 말 한 필을 훔쳤다는 이유로 사형판결을 받는 사법적 현실에 경악한 불워-리턴은, "피비린내 나는" 영국형법을 거세게 공격한 『폴 클리퍼드Paul Clifford』를 쓰기 시작했다. 그가 1830년에 완성해 세상에 내보낸 『폴 클리퍼드』는 최초의 뉴게이트 소설로 기록된다. 영국형법에 대한 비판과 저항으로 시작된 뉴게이트 소설은, 범죄자의 처벌이 아니라 범죄를 양산하는 환경의 근본적인 개선이 시급하다고 주장했다. 또한 사회적 환경을 개선하려는 노력 없이 행해지는 징벌은 또 다른 범죄행위에 불과하다는 메시지를 유포시켰다.

뉴게이트 소설에 관해 본격적으로 살펴보기 전에 먼저 이제는 고전이 된 푸코의 『감시와 처벌(Discipline and Punish)』에 대해 이야기하도록 하자. 1970년대 중반에 나온 『감시와 처벌』은 범죄문학에 대한 시각을 근본적으로 변화시켰다. 범죄소설에 대한 재평가 역시 『감시와 처벌』이 있어 가능했다고 말해도 크게 지나치지는 않다. 이 책에서 푸코는 감옥과 형벌의 역사에 관해, 권력이 어떻게 작동되는지에 대해, 범죄문학이 어떤 기능과 역할을 담당하는지에 관해 이야기한다. 범죄문학과 관련된 푸코의 주장을 한 문장으로 요약한다면 다음과 같다. 범죄문학은 본질적으로 지배 이데올로기적인 기능을 수행한다.

18세기 영국의 범죄문학은 범죄자 전기물이 지배했다. 가장 대표적인 범죄자 전기물로는, 런던의 뉴게이트 감옥에서 처형된 18세기 영국 범죄자들의 일대기를 담은 『뉴게이트 캘린더』가 있었다. 이들 범죄자 전기물은 푸코의 주장을 뒷받침하는 좋은 사례가 된다. 범죄자 전기물에는 체포되어 감금되었던 범죄자가 처형당하기 직전에 남기는 참회의 말과 사형집행 장면이 들어 있었다. 예외 없이 삽입된 참회의 고백과 처형 장면은, 범죄를 저지른 자는 결국 체포되어 처벌받는다는 사실을 분명하게 보여줌으로써 권력에 대한 두려움을 대중에게 각인시켰다. 범죄자 전기물은 범죄에 대한 국가권력의 우위를 보여주고, 국가권력이 행사하는 처벌의 정당성을 입증하며, 법률의 권위를 지키는 역할을 담당했다. 그럼으로써 푸코가 주장한 범죄문학의 지배 이데올로기적인 역할을 적극적으로 수행한 것이다.

1830년대 이후 영국에 등장한 뉴게이트 소설은 이전의 범죄문학과는 전혀 다른, 푸코가 주장한 범죄문학의 체제유지적이고 보수적인 속성을 뒤집는 극히 예외적인 범죄문학이었다. 뉴게이트 소설은 중심인물을 『뉴게이트 캘린더』에서 가져왔다. 그럼에도 불구하고 뉴게이트 소설은 『뉴게이트 캘린더』로 대표되는 범죄자 전기물과는 극도로 다른 성격을 드러냈다.

지배 이데올로기를 옹호하던 일반적인 범죄문학과는 대조적으로, 뉴게이트 소설은 범죄와 범죄자를 향한 전복적인 시각을 보여줬다. 뉴게이트 소설은 사법기구를 지배계급의 억압 장치로 규정하고 법률제도를 거세게 비판하는 급진적인 성격을 드러냈다. 뉴게이트 소설은 참회의 진술을 제외하고는 지워졌던 범죄자의 목소리를 텍스트의 중심에 복원시키고, 범죄자의 입을 통해 처벌의 정당성에 대한 전면적인 부정을 시도했다.

뉴게이트 소설은 범죄자의 개인사를 상세히 밝히면서 범죄자가 처했던 사회적 환경과 그 속에서의 성장과정에 주목했다. 그럼으로써 범죄는 불평등한 사회경제적 환경의 결과물임을 드러내려 했다. 또한 범죄자는 불평등한 계급제도의 피해자이기 때문에 범죄자에 대한 가혹한 처벌은 권력이 자행하는 또 다른 범죄행위라는 점을 보여주려 했다. 뉴게이트 소설은 범죄를 낭만시하거나 범죄자를 이상화하는 극단까지 나아갔다.

십여 년에 걸쳐 일어난 뉴게이트 소설의 부상과 몰락에 관해서는 이야기할 것들이 많다. 뉴게이트 소설은 급진적인 저항담론으로만 전개

『뉴게이트 캘린더』에 실린 처형장면. 범죄에 대한 경각심을 불러일으키겠다는 권력의 의도와는 달리, 범죄자에 대한 공개처형은 거대한 대중적인 엔터테인먼트로 자리 잡았다. 구름떼처럼 모인 군중은 잔혹한 스펙터클에 열광했고, 한몫 잡으려는 소매치기와 잡범들도 그 자리에 함께했다.

되었는지, 아니면 대중성을 겨냥한 문학상품으로 바뀌었는지 살펴보아야 한다. 뉴게이트 소설과 지배권력 사이에 형성된 전선의 양상이 어떠했는지도 검토해야 한다. 뉴게이트 소설의 소비와 수용은 어떤 계급적 양상을 띠었는지, 그런 계급적 양상이 국가권력의 개입을 가져온 직접적인 원인이 되었는지에 대해서도 따져보아야 한다. 이제부터 뉴게이트 소설에 관한 긴 이야기를 시작하도록 하자.

범죄는 질병이다

리비에르Pierre Riviere라는 프랑스 청년은 1835년 6월 3일 자신의 어머니와 여동생, 남동생을 가지 치는 낫으로 무참하게 살해했다. 범행을 저지르고 나서 그는, 아버지와 자기 자신을 어머니의 압제로부터 해방시키기 위해 이러한 일을 할 수밖에 없었다고 털어놓았다. 푸코는 가족 살해범의 회고록과 재판기록 등을 편집해서 『내 어머니와 누이와 남동생을 죽인 나, 피에르 리비에르(I, Pierre Riviere, having slaughtered my mother, my sister, and my brother…)』라는 끔찍한 제목의 책을 1970년대 후반에 펴냈다. 푸코는 경찰기록, 법률가와 의학전문가의 법정증언, 범죄자의 고백 등을 검토한 후 내린 결론을 책의 서문에 다음과 같이 선언적으로 밝혔다. 범죄는 범죄의 '진실'을 규명하기 위해 등장하는 다양한 담론 간의 대립이나 경쟁 또는 연대를 형성한다. 이후 그의 선언은 범죄에 접근할 때 고려해야 할 핵심명제가 되었다.

18세기에서 19세기 초반에 이르는 기간 영국에서도 범죄의 진실을 밝히기 위한 다양한 담론이 등장했다. 이 시기 영국의 범죄담론은 의학담론과 계급담론의 연대로 나타났다. 의학담론은 범죄를 전염성을 지닌 질병으로 정의했고, '보균자'인 범죄자는 '건강한' 일반 시민들로부터 격리되어야만 한다고 주장했다. 계급담론 또한 여기에 가세했고, 범죄라는 질병에 가장 취약한 계급으로 하류계급이 지목되었다. 범죄라는 전염병의 예방을 위해서는 면역성이 결핍된 하류계급에 대한 엄격한 통제가 필요하다는 의학담론과 계급담론의 연대가 이 시기 범죄담론을 구성한 것이다.

18세기를 대표하는 영국작가 필딩Henry Fielding은 당대 범죄담론의 핵심을 가장 잘 보여주었다. 그는 1751년도에 출판한 「성장하고 있는 악의 치유를 위한 몇 가지 제안을 포함한, 최근 강도 등 범죄행위의 증가 원인에 대한 연구(An Enquiry into the Causes of the Late Increase of Robbers, &c., with Some Proposals for Remedying the Growing Evil)」에서 범죄는 인체에 유해한 병원균과 같다고 주장했다. 그는 "몸의 한 부분이 병들면 결과적으로 몸 전체에 치명적인 영향을 미치는 것처럼" 개인의 범죄행위는 국가체제의 근간을 위협한다고 보았다. 그는 여기에서 한 걸음 더 나아가 특정 계급을 대상으로 하는 폭력적이고 억압적인 범죄예방책을 제안했다. 범죄의 예방은 취약한 도덕성과 경제적 궁핍으로 인해 범죄라는 질병에 쉽게 감염되는, 하류계급에 대한 제재와 규율을 통해 가장 효율적으로 이루어질 수 있다고 주장했다.

필딩이 제안한 범죄예방책은 다음과 같다.

첫째, 예비범죄자인 하류계급이 자신이 속한 행정교구를 무단으로 이탈하는 것을 금지한다. 둘째, 그들의 거주지역에 유혹의 요소를 제공하는 향락시설물을 폐쇄하고 노름과 음주행위를 처벌한다. 셋째, 하류계급의 강제노동을 의무화하되, 그들에게 임금에 대해 협상할 권리를 부여하지 않는다.

18세기 영국에서 범죄는 특정 계급에서 발생하는 전염성 강한 질병으로 정의되었다. 범죄에 대한 잔혹한 대응은 질병의 초기 박멸이라는 명목으로, 예비범죄자 계급에 대한 경고의 차원에서 정당화되었다. 19세기에 들어와서 이러한 경향은 더욱 심해졌다. 사소한 범죄에도 교수형이 집행되었고, 감옥에 수감된 자들에 대한 처우 역시 극도로 열악했다.

당시 영국의 감옥은 정부와 계약을 맺은 개인에 의해 운영되고 있었다. 따라서 수감자에 대한 고려란 이윤추구 외에는 존재하지 않았다. 감방에는 난방이나 하수시설이 갖추어지지 않았고, 어둡고 더러운 감방 안에 많은 인원의 죄수들이 수용되었다. 수감된 범죄자들은 최소한의 인간적인 대우도 기대할 수 없었다. 오히려 수감자들에 대한 가혹행위가 규율을 세운다는 명목으로 공공연하게 자행되었다.

1820년대와 1830년대 영국에서는 영국형법의 개혁과 감옥제도의 개선을 위한 사회운동이 일어났다. 이러한 움직임은 범죄와 범죄자를 바라보는 시각의 변화로부터 출발했다. 범죄자는 더 이상 도덕적·법률적·사회적인 규칙을 위반하고도 참회의 빛을 보이지 않거나 교화가 불가능한 위험한 일탈자가 아니었다. 이들은 사회경제적 불평등과 정치적 억압의 희생자로 인식되기 시작했다.

이 시기에 활발하게 진행된 영국형법 개혁운동은 거대한 사회적인 반향을 일으켰다. 1830년대에 등장한 뉴게이트 소설은 바로 그 형법 개혁운동의 문학적 성과물이었다. 그러나 뉴게이트 소설은 영국형법 개혁운동의 결과물로만 존재하지 않았다. 뉴게이트 소설은 지배적 범죄담론에 대항하면서 형법 개혁운동을 끌고나간 거대한 원동력으로 작용했다.

가장 높은 대중적 인기를 누렸던 뉴게이트 소설로는 불워-리턴의 『폴 클리퍼드』(1830)와 『유진 아람Eugene Aram』(1832), 에인즈워스William Harrison Ainsworth의 『룩우드Rookwood』(1834)와 『잭 셰퍼드Jack Sheppard』(1839)가 있다. 이들을 제외하고 뉴게이트 소설의 대표작들을 열거한다면 다음과 같다. 셰리든Frances Sheridan의 『카웰Carwell』(1830), 훅Theodore Hook의 『맥스웰Maxwell』(1830), 스미스Horace Smith의 『게일 미들톤Gale Middleton』(1833), 화이트헤드Charles Whitehead의 『잭 케치Jack Ketch』(1833), 머드포드William Mudford의 『스티븐 두가드Stephen Dugard』(1841), 크로우Catherine Crowe의 『수잔 호플리Susan Hopley』(1841). 디킨스Charles Dickens와 새커리William Makepeace Thackeray 같은 정전작가들 역시 뉴게이트 소설을 내놨다. 디킨스는 『올리버 트위스트Oliver Twist』(1838)와 『바나비 루지Barnaby Rudge』(1841)를, 새커리는 『캐서린Catherine』(1839~1840)을 썼다. 지금부터는 이 소설들 중에서 불워-리턴과 에인즈워스의 뉴게이트 소설을 중점적으로 살펴보도록 하자.

문학적·정치적 기회주의자
— 에드워드 불워-리턴

불워-리턴(1803~1873)의 풀 네임은 '제1대 리턴 남작, 에드워드 조지 얼 리턴 불워-리턴Edward George Earle Lytton Bulwer-Lytton, 1st Baron Lytton'이다. 길고 과시적인 이름이 보여주는 것처럼 그는 평생을 명성과 부를 추구하며 살았다. 문학과 정치는 그것들을 성취할 수 있는 좋은 수단이었다. 불워-리턴은 일관된 문학적 취향이나 정치적 입장을 가지지 않았다. 신념이나 소신에 구애받지 않고 언제나 대중적 인기와 명성을 얻기에 이로운 쪽으로 움직였을 뿐이다. 그는 문학적 흐름에 편승해 다양한 소설 장르를 섭렵하거나 때로는 창조했던 문학적 기회주의자였다. 동시에 그는 정반대의 정치적 입장을 차례로 선택했던 정치적 기회주의자이기도 했다.

불워-리턴은 케임브리지대학을 졸업했다. 그가 최초로 문학적 명성을 얻은 것은 1828년 출판된 실버포크Silver-Fork 소설『펠함Pelham』을 통해서였다. 실버포크 소설은 1820년대 후반에 등장했던, 귀족계급의 라이프스타일을 다룬 풍속소설을 말한다. 불워-리턴은 실버포크 소설이 가진 상품성을 매우 높게 예견했다. 그의 예측대로『펠함』은 출판 즉시 6판 인쇄에 들어갈 정도의 높은 판매 실적을 보였다. 독자들의 열광적 반응은 소설이 묘사하는 귀족 청년들의 사교생활이나 스포츠 활동 그리고 무엇보다도 펠함의 옷차림에 집중되었다. 독자들은 댄디dandy인 펠함에 관심을 보였고, 그의 의상과 장신구 그리고 그의 화장술—특

불워–리턴은 작가를 향한 당대의 열광이 얼마나 부질없는 것인지
잘 보여준다. 문학적·정치적 변신을 거듭하면서 그는 대중의 찬사
와 환호를 만끽하는 삶을 살았다. 사후 불워–리턴의 작가적 업적
은 무시에 가까운 대우를 받았고, 지금은 아무도 기억하지 않는 작
가로 남아 있다.

히 피부를 부드럽게 하는 알몬드 분―에 감탄했다. 『펠함』은 "댄디의 바이블"이란 별칭으로 불렸고, 소설 속에서 펠함이 입던 검정색 이브닝코트와 알몬드 분은 젊은 남성 사이에 유행했다.

불워-리턴은 1830년에 『폴 클리퍼드』를 발표했고, 이 소설은 뉴게이트 소설의 출발점이 되었다. 그는 1832년 또 한 편의 뉴게이트 소설인 『유진 아람』을 출판했다. 두 소설 모두 대중적인 인기를 모으는 데 성공했고, 불워-리턴은 뉴게이트 소설을 대표하는 작가가 되었다. 1834년에 발표한 역사소설 『폼페이 최후의 날들(The Last Days of Pompeii)』은 불워-리턴이 이룩한 문학적 성취의 정점이었다.

불워-리턴의 정치적 커리어 역시 성공적이었다. 그는 두 차례나 하원의원을 지냈다. 그가 뉴게이트 소설을 썼다는 사실에서 알 수 있는 것처럼, 그는 정치적으로 급진적인 입장을 취했다. 그는 1831년부터 11년간 진보당인 휘그Whig당의 하원의원으로 활동했다. 하지만 불워-리턴은 납득할 만한 이유 없이 정반대의 정치적 입장을 견지하는 보수당(Conservative)으로 당적을 바꿨고, 1852년부터 1866년까지 보수당의 하원의원으로 지냈다.

정치활동을 하면서도 불워-리턴은 계속 시와 소설, 희곡을 발표했다. 그가 시도했던 소설장르는 실버포크 소설과 뉴게이트 소설에서부터 역사소설과 심령소설까지 매우 다양하다. 하지만 1820년대 후반부터 약 10년에 걸쳐 누렸던 대중적 명성과 인기와 비교한다면, 영문학에서 그가 차지하고 있는 위상은 초라하다. 오늘날 불워-리턴은 단지 『폼페이 최후의 날들』을 썼던 작가로 기억될 뿐이다.

사회변혁운동의 선봉에 서다 : 『폴 클리퍼드』

『폴 클리퍼드』(1830)

『폴 클리퍼드』는 18세기 말에 활동했던 노상강도에 관한 소설이다. 자신의 친부모가 누구인지도 모른 채 범죄소굴에서 자라나던 클리퍼드는, 열여섯 살에 소매치기 누명을 쓰고 수감된다. 탈옥에 성공한 후 노상강도단을 조직해 범죄자의 삶을 살아가던 그는 다시 체포되어 재판을 받게 된다. 재판을 주재하던 판사 브랜던Judge Brandon이 판결을 내리기 직전, 클리퍼드가 판사 브랜던이 잃어버렸던 아들이라는 사실이 알려진다. 클리퍼드는 사형에서 오스트레일리아로의 종신유배로 감형을 받는다. 오스트레일리아를 탈출한 클리퍼드는 사랑하는 여인 루시Lucy Brandon와 함께 미국으로 건너가 정직하고 행복한 삶을 산다.

『폴 클리퍼드』의 서문에서 불워-리턴은 영국 형법제도가 지닌 두 가지 근본적인 야만성을 지적한다. 그는 수감자를 교화시키기보다는 타락하도록 만드는 "잘못된 감옥 징벌"을 첫 번째 야만성으로 지목한다. 두 번째 것으로는 초범마저 교수형에 처함으로써 범죄자가 건전한 시민으로 사회에 복귀할 수 있는 기회를 박탈하는 "피에 굶주린 형법전"을 가리킨다.

　불워-리턴은 서문에서부터 『폴 클리퍼드』를 쓴 목적이 영국형법의 야만성을 교화하는 데 있음을 분명히 밝힌다. 그는 범죄자가 불평등한 사회적 환경의 피해자라고 주장한다. 그렇기 때문에 범죄자의 처벌보다는 범죄를 양산하는 환경을 개선시키는 일이 시급하며, 이러한 노력 없이 행해지는 징벌은 또 다른 범죄행위가 된다는 것이다.

비천한 요람 속에서 자라난 어린이에게는 악인이 선생이 되고 교도소가 학교가 된다. 미덕이 살아 숨 쉴 수 없고 종교도 틈입할 수 없는 독기를 호흡하고 자라난 그는 이성적이고 책임감 있는 인간이 아니라 황야의 짐승처럼 살게 된다. 이 짐승이 우리의 집 근처로 기어오면 우리는 그를 살해하고 자기방어라 한다. 『폴 클리퍼드』라는 소설은 환경을 개선하자는 그래서 희생자를 구원하자는, 사회에 대한 커다란 외침인 것이다.

클리퍼드는 어린 나이에 거리에 버려진다. 그는 범죄자들이 모여드는 먹Mug이라는 술집에서 소매치기의 정부인 롭킨스Lobkins의 보살핌 속에서 자란다. 클리퍼드는 "자신을 집어삼키려는 환경 속에서도… 강도질이나 사기와는 다른 직업을 소망"하며 존경받을 수 있는 사람이 되기 위해 노력한다. 그러나 열여섯이 되던 해에 소매치기 누명을 쓰고 감옥에 갇힌 그는 자신의 결백이 받아들여지지 않자 절망한다. 법률이 자신과 같은 "돈도 또 한 사람의 친구도 없이 이 세상 속으로 들어온" 사람은 보호하지 않으며 오히려 범죄자로 예단하는 적의를 드러낼 뿐이라는 사실을 깨달은 것이다. 이제 법률의 희생자가 된 클리퍼드는 법률에 대한 적개심을 드러내며 그가 속한 사회체제에 전쟁을 선포한다.

태어나서 이 시간까지 나는 사회의 관습이나 법률로부터 단 한 번의 혜택도 받지 못했다. 나는 공개적으로 사회와의 전쟁을 선포하며 어떤 복수도 참을성 있게 맞이하겠다. … 내게 적대적인 법에 이제는 내가 증오를 보일 차례다. 우리 둘 사이엔 전쟁상태가 있을 뿐이다.

감옥을 탈출한 클리퍼드는 노상강도단의 두목이 되어 범죄자로 살아간다. 귀족의 집을 털다 체포되어 다시 법정에 섰을 때, 클리퍼드는 판사에게 자신의 행위는 범죄가 아니라고 강변한다. "법률에 복종하라고 말하며 법제도를 찬미하는, 그리고 누구보다도 자신만만하게 법을 거역한 자들을 공격하는, 그러면서도 거짓말하고 속이고 사기 치고 횡령하는, 공적으로 모든 안락함을 거둬가면서도 사적으로도 모든 이득을 훔치는" 자들의 재산을 훔치는 일은 범죄라기보다는, 차라리 부당하게 빼앗긴 것을 다시 찾아오는 정당한 행위라고 믿기 때문이다.

클리퍼드는 어떤 참회의 진술도 거부한다. 대신 그는 부유한 자들의 부가 가난한 자들을 착취함으로써 축적된 것임을 지적하며, 법률이 지배계급이 하층계급을 억압하는 수단으로 이용되는 사회현실을 공격한다.

당신들의 법은 단지 두 계급을 위한 것이다. 범죄자를 만드는 계급과 범죄자를 처벌하는 계급. 나는 한 계급 속에서 고통스럽게 살았고 다른 계급에 의해 죽임 당하려 한다. … 나는 7년 전 내가 짓지도 않은 죄로 감옥에 보내졌다. 나는 한 번도 법을 어긴 적이 없는 소년인 채로 감옥에 갔고, 모든 법을 깨뜨릴 준비가 되어 있는 남자로 그곳을 나왔다. 당신들의 법이 나를 지금의 나로 만들고 이제는 나를 죽이려 한다니! 다른 수천의 사람들에게 그런 것처럼! … 법이 보호해준 자들로 하여금 그것을 보호자라 부르게 하라. 언제 법이 나를 보호해주었는가? 법이 가난한 자를 보호해준 적이 있는가? 한 국가의 정부와 법률기관은 복종하는 자에게는 모든 것을 제공한다고 말한다. 웃기지 마라. 누군가 굶주릴 때 먹여주었는가? 누군가 헐벗을 때 입혀주었는가? 만일 그러지 않았다면 당신들은 약속을 깨뜨린 것이고 그를 자연의 제일 법칙으로 몰아버린 것이다. 그런데도 당신들은 그를 목매달아 버린다. 그가 죄가 있기 때문이 아니라 당신들이 그를 헐벗고 굶주리게 내버려두었기 때문인데도!

그는 법률이란 계급 통제를 위한 장치에 불과하며 범죄자는 잘못된 계급제도의 희생자일 뿐이라고 주장한다. 범죄자를 교수대에 보내는 일이야말로 최악의 범죄라는 충격적인 선언은, 범죄자인 클리퍼드의 입을 통해 천명됨으로써 그 전복성이 극대화된다.

19세기 영국소설에서 범죄자의 새로운 삶은 대부분 본국이 아닌 식민지나 신대륙에서 이루어진다. 클리퍼드 역시 미국으로 탈출한 후에야 사랑하는 여인 루시와 결혼하여 모범적인 시민으로 존경받는 삶을 살아가게 된다. 클리퍼드의 미국에서의 새로운 삶을 전하며, 불워-리턴은 18세기 영국의 정치가 윌크스John Wilkes의 말을 인용하면서 『폴 클리퍼드』를 끝맺는다. "인간에 대해 할 수 있는 최악의 행위는 그를 교수형에 처하는 것이다."

『폴 클리퍼드』는 1830년에 출판되어 거대한 사회적인 반향을 일으켰다. 『폴 클리퍼드』는 당시 진행되던 영국형법 개혁운동에 큰 힘을 실어주었다. 개혁운동 지도자 중 하나였던 아나키스트 고드윈William Godwin은 불워-리턴에게 보낸 1830년 5월 13일자 편지에서 다음과 같이 말했다. "이 소설을 황홀한 마음으로 읽었으며 소설의 많은 부분이 너무도 뛰어나서 소설을 읽은 후 필기도구를 불 속에 집어던지고 싶은 충동을 느꼈다."

『폴 클리퍼드』는 전반적으로 호의적인 비평을 받았다. 『먼슬리 리뷰 Monthly Review』는 『폴 클리퍼드』의 재판장면을 전면 인용한 후 이 소설에 나타난 주제의 심각성에 찬사를 보냈다. 『스펙테이터The Spectator』는 『폴 클리퍼드』를 "세상의 거짓과 위선 그리고 법률의 불평등과 빈번한 부당함을 통렬하게 비판한 극도로 뛰어난 작품"으로 평가했다.

범죄자를 신비화하다 : 『유진 아람』

「유진 아람」(1832)

『유진 아람』은 살인자가 된 학자에 관한 이야기다. 가난한 학자인 아람의 삶은 고전연구와 명상으로 채워진다. 자신이 계획하는 인류에게 커다란 진보를 가져올 프로젝트의 자금을 마련하기 위해 아람은 친구와 함께 이웃남자를 살해한다. 그는 사체를 매장한 후 도피생활을 한다. 사체의 유골이 발견된 후, 아람이 사랑하는 여인 레스터Madeline Lester의 사촌 월터Walter에 의해 범죄의 전모가 밝혀진다. 아람은 처형당하고 레스터는 슬픔으로 세상을 떠난다. 월터는 군인으로 외국을 떠돌다가 다시 고향에 돌아와 엘리너Ellinor와 결혼한다.

범죄자에 동정적인 입장에서 범죄서사를 재구성하는 일은 대부분 범죄자와 연대감을 강화하는 방향으로 진행된다. 푸코의 지적대로 이런 일은 범죄자의 타자성을 약화시키기 위한 시도가, 범죄자를 신비화하거나 영웅화하는 결과로 드러나는 "양날의 검"인 것이다. 『폴 클리퍼드』가 보여주는 것처럼 뉴게이트 소설은 영국형법의 부당성을 지적하고 개선을 촉구했다. 소설 내에서 범죄자는 자신의 목소리를 드러내지만 그것은 어디까지나 부당함과 억울함을 항변하는 약자나 피해자로서의 울림을 지닌다.

뉴게이트 소설은 범죄자에 대한 계급적 편견과 법률상의 모순을 비판하는 데 그치지 않았다. 뉴게이트 소설의 급진성은 범죄자가 지닌 범죄성을 신화화하는 데까지 나아갔다. 뉴게이트 소설은 범행에 대한 죄의식을 떨치지 못하고 양심의 가책으로 괴로워하는 범죄자와 그의 범죄를 밝혀내 사회적인 칭송의 대상이 되는 정의로운 시민, 참회의 고백을 하는 자와 용서를 베푸는 자, 피고인과 원고 사이의 경계를 무너뜨릴 뿐 아니라 종종 양자의 역할을 뒤바꿔버렸다.

불워-리턴의 『유진 아람』은 뉴게이트 소설의 급진성을 그 극단까지 몰고나간 경우다. 아람은 18세기에 실재했던 범죄자로서 불워-리턴이 소설화하기 전에도 영국인들 사이에 학자-범죄자로 널리 알려진 인물이었다. 그는 나스보로Knaresborough 지방에서 학생들을 가르치며 고전을 연구하는 가난한 학자였다. 그는 친구인 하우스먼Richard Houseman과 공모하여 동네사람 클라크Daniel Clarke를 살해했다. 아람은 클라크의 시체를 매장하고 도피생활을 하다가, 피해자의 유골이 석회채취 작업 중 발견된 후 체포되어 처형된 것으로 전해진다.[3]

『유진 아람』에서 불워-리턴은 아람의 지적 우월감과 학문에 대한 열정을 범죄의 직접적인 동기로 설정한다. 그럼으로써 아람의 범죄성마저 신비화한다. 소설 속에서 아람은 어떤 궁정 학자들보다 뛰어난 지적 능력을 지니고 "감정보다는 명상 속에서 살아가는" 신비로운 인물로 등장한다. 그는 평범한 이들의 일상에 자신을 개입시키기를 거부한 채, 밤에는 학문에 몰두하고 낮에는 사람들이 이해할 수 없는 철학적인 독백을 하며 지낸다.

아람은 명상을 통해 인류를 계몽시킬 수 있는 연구과제를 발견하게 되고, 연구를 수행하는 데 필요한 자금을 확보하기 위한 수단으로 범죄를 고려한다. "내 속에 인류를 축복할 의지와 정신이 있음을 느낀다. 나는 그것을 성취할 수단을 가지고 있지 않다. 만일 단 한 번의 범죄행위가 내게 그 수단을 제공한다면!" 소설에서 불워-리턴은 아람에게 계시처럼 다가온 '위대한' 연구과제가 구체적으로 어떤 것인지에 관해서는 언급하지 않는다. 그러나 아람의 연구에 대한 구체적인 정보가 제공되지 않기 때문에 그가 하려는 연구의 신비감은 오히려 강화되는 효과를 보인다.

『유진 아람』은 널리 알려진 실제 사건에 근거한다. 그러나 불워-리턴은 아람이 드러내는 범죄성을 신비화하기 위해 역사적인 사실을 왜곡하여 소설을 재구성했다. 역사적인 기록에 따르면 아람은 범죄가 드러나기 전에도 가족을 버린 사실로 사람들의 지탄을 받았다. 반면 그에게 살해당한 클라크는 가정에 충실한 모범적인 시민이었다. 하지만 불워-리턴은 아람의 범죄행위로 인해 그가 지닌 신비성이 훼손되는 것을 방지하기 위해 범죄의 피해자인 클라크를 악행을 일삼는 부도덕한 인물로 윤색한다. 소설 속에서 클라크는 한 어린 여성노동자를 자신의 집으로 유인해 강간함으로써 그녀를 자살하도록 만드는 악의 화신으로 그려진다. 범행 대상이 "한 번도 선한 일에는 발걸음을 한 적이 없는 천의 악덕"을 소유한 자라는 사실은 아람의 범행 의지를 확고하게 만드는 요인으로 작용한다. 이제 아람이 하려는 범행은 자신이 "제사장으로 있는 지식에 대한 위대하고 경건한 제사"로 승화된다.

아람은 범행 중 우발적으로 클라크를 살해한다. 충격과 혼란 속에서도 아람은 자신의 살인행위가 범죄가 아니라 세상을 이롭게 하는 정당한 행동이었음을 강변한다. "나는 쉽게 내가 저지른 개별적인 사건이 범죄가 아니라고 생각한다. 세상에 해가 되는 한 남자를 없앤 것뿐이다. … 나는 많은 이들을 축복하기 위한 도구로 사용됐을 뿐이다. 내가 행한 그 개별적 사건은 인류에게 많은 것을 가져다주었다." 불워-리턴은 범행 후 아람의 스코틀랜드로의 도피 행각을 "카인에게 내렸던 저주가 카인의 자식인 아람에게 이어진" 것으로 묘사한다. 아람의 범죄성은 사회의 법개념을 초월하는 기독교 신화의 차원으로 격상된 것이다.

『유진 아람』은 범죄자를 신화적 인물로 설정하는, 전복적인 범죄담론의 한 극단을 보여준다. 그러나 『유진 아람』의 전복성은 아람의 범죄가 폭로된 이후에 가장 극명하게 드러난다. 범죄자와 범죄를 파헤친 정의로운 시민에 대한 주변인물들의 반응이 거꾸로 나타나고, 범죄자와 정의로운 시민의 역할 역시 완벽하게 뒤집히기 때문이다.

아람의 범죄행위는 그의 과거를 추적한 월터에 의해 밝혀진다. 그러나 비난은 범죄자인 아람이 아니라 "죄인에 대한 단죄와 피해자에 대한 정의와 구원"을 시도한 월터에게 집중된다. 감옥에서 아람은 자신의 무죄를 주장하고 주변사람들은 아람의 결백을 확신한다. 그들은 이미 잊힌 과거의 범죄를 아람의 행위로 고발한 월터의 행동을 경솔하고 악의에 가득한 것으로 여긴다. 사람들은 월터를 외면하고 가족마저도 그의 행동을 비난한다. 월터는 부르짖는다. "아무도 나에게는 동정심을 보여주지 않으시렵니까?" 하지만 그의 절규는 아무런 반향을 얻지 못한다.

　결국 월터는 감옥을 방문하여 아람을 대면한다. 자신의 결백을 주장하는 아람 앞에서 월터는 혼란에 빠지고 아람의 살인행위에 대한 확신감을 상실한다. 월터는 절망적인 상태가 되어 아람에게 호소한다.

　이 힘든 시간에 나는 당신에게 부탁하오. 아니 간청하오. 내 마음에 무겁게 놓여 있는 이 고뇌를 당신의 힘으로 덜어 주기를…. 보편적인 인간성에 호소합니다. 당신의 천국에 대한 소망이 나의 무게를 가볍게 해주기를! … 만일 당신이 결백하다면 내게는 끔찍한 회한만이 남게 될 거요. 제발 자비를…. 만일 당신이 살인을 했다면 내게 말해서 지금껏 나를 갉아먹고 있는 이 불확실한 공포를 내 존재에서 지우게 해주오.

　이제 월터와 아람의 입장은 완벽하게 뒤바뀐다. 범죄사실을 폭로한 자가 죄지은 자에게 은혜와 자비를 간청하게 된 것이다. 아람은 월터의 간구를 받아들이는 '자비'를 베푼다. 아람은 자신이 처형당하고 난 후 공개한다는 조건으로 월터에게 자신의 범죄를 고백하는 글을 써준다.

　월터는 아람의 진술로 불안감에서는 벗어나지만 주변의 책망과 비난을 잠재울 수는 없다. 그는 군인이 되어 여러 나라를 전전한다. 다시 고향에 돌아왔을 때 사람들은 월터를 알아보지 못한다. 그는 마치 자신이 장기간의 갇힌 생활을 끝내고 귀향한 유형자와 같다는 절망감을 느낀다. 월터는 오두막에 살며 가난한 사람들을 돕고 있던 엘리너를 만나 결혼하고, 『유진 아람』은 종결된다.

『폴 클리퍼드』에서 클리퍼드의 결혼이 인간적인 삶의 복원을 약속하는 해피엔딩이라면, 『유진 아람』에서 월터의 결혼은 비극적인 결말 뒤에 덧붙여진 쓸쓸한 후일담의 여운을 남긴다. 이처럼 『유진 아람』은 범죄자와 선량한 시민 사이의 경계를 무너뜨릴 뿐 아니라, 사회집단 내에서 처벌의 대상과 보상의 대상의 구분마저 뒤집는 무정부적인 전복성을 드러내고 있다.

『유진 아람』은 1832년에 출판되어 "유럽대륙을 소용돌이로 몰아넣은"[4] 화제작이 된다. 그러나 『유진 아람』에서 불워-리턴이 시도한 범죄자의 신비화는 격렬한 논란을 일으켰다. 형법 개혁운동의 거센 흐름 속에서 보수주의자들은 뉴게이트 소설이 전달하는 개혁의 메시지에 대해 유보적인 태도를 견지했다. 하지만 이제 그들은 『유진 아람』의 전복성을 공격하기 시작했다.

『프레이저스 매거진Fraser's Magazine』은 불워-리턴에 대한 비판을 주도했다. 이 잡지의 저명한 논객이었던 매긴William Maginn은, 『유진 아람』이 그런 "반사회적" 문학작품이나 쓰기에 걸맞은 감수성을 지닌 작가에 의해 생산된 또 하나의 "천한" 뉴게이트 소설에 불과하다고 혹평했다. 매긴은 불워-리턴이 범죄자나 천한 장소와 관련된 작품을 쓸 때 유달리 그의 야비한 재능을 드러내는데, 이것은 그가 이러한 소재와 개인적인 친밀감을 느끼는 데서 유래한다고 말했다. 매긴은 불워-리턴이 보여주는 "신비로운 범죄자에 대한 홍미를 일깨우는 작업"과 "교수대에 낭비된 감수성"은 그의 "현대적이고 뒤틀린 그리고 타락한 취향"을 보여주는 것이라고 결론지었다.

　범죄자를 신비하고 영웅적인 인물로 그리는 뉴게이트 소설의 전통은 불위-리턴의 『유진 아람』으로부터 시작되었다. 심한 논란에도 불구하고 불위-리턴 이후의 뉴게이트 소설가들은 『유진 아람』의 범죄자 재현방식을 충실하게 모방했다. 그들은 『뉴게이트 캘린더』에 나타난 인물 중 하나를 선정해 현란한 장식을 덧입혀, 범죄자를 비현실적일 정도로 낭만적이고 이상적인 영웅의 모습으로 부각시켰다. 그들의 뉴게이트 소설은 대중적인 열광을 끌어내는 데 성공했고, 『유진 아람』에 가해진 보수주의자들의 비난은 대중성을 획득한 뉴게이트 소설 전반에 대한 비판으로 강화되어 나타나게 된다.

뛰어난 문학상품 기획자
― 윌리엄 에인즈워스

에인즈워스(1805~1882)는 문학과의 만남을 출판사업을 통해 시작했다. 길지는 않았지만 출판사를 경영했던 경험은, 그에게 문학시장의 흐름을 읽을 수 있는 능력을 갖게 했다. 작가생활을 시작한 후에도 그는 문학상품 기획자의 재능을 보였다. 에인즈워스는 특히 뉴게이트 소설이 지닌 상품성을 알아차렸고 그것을 극대화했다.

　에인즈워스가 뉴게이트 소설을 쓰게 된 가장 큰 이유는 이 소설장르의 상업적 가능성을 예견했기 때문이다. 또 다른 이유로는 변호사였던

에인즈워스에게는 일정 수준 이상의 문학적 재능과 대중의 욕구에 예민하게 반응하는 비상한 능력이 있었다. 그가 가장 빛나던 순간은 소설을 쓸 때가 아니라 소설을 홍보하고 기획한 행사를 진행할 때였다. 그가 쓴 소설과 기획한 문화상품은 센세이션에 가까운 커다란 성공을 거두었지만, 시대를 초월할 정도는 아니었다. 에인즈워스 역시 다른 뉴게이트 소설가들처럼 문학사의 뒤편으로 사라졌다.

아버지의 영향을 들 수 있다. 범죄사 전문가였던 그의 아버지는 어린 아들에게 노상강도 등에 관한 흥미진진한 이야기를 많이 들려주었다. 에인즈워스 자신도 아버지로부터 들은 이야기가 『룩우드』를 쓰는 계기가 되었다고 말하곤 했다.

출판사업에서 손을 떼면서 에인즈워스는 20대 중반의 나이에 경제적 위기를 맞았다. 아내와 어린 두 딸의 부양을 위해 그는 그만두었던 변호사 일을 다시 시작했다. 1830년에 셋째 아이가 태어난 후 그는 『프레이저스 매거진』에서도 일하게 되었다. 이때부터 에인즈워스는 경제적 곤란을 타개하고자 『룩우드』 집필에 매달렸다. 1834년에 출판된 『룩우드』가 거대한 성공을 거두면서 그는 창작에만 전념할 수 있게 되었다.

『룩우드』는 1837년에 5판이 나왔다. 그때까지 식지 않은 『룩우드』를 향한 대중적 환호를 확인하면서, 에인즈워스는 뉴게이트 소설의 상품성이 아직 충분히 남아 있다고 판단했다. 그는 뉴게이트 감옥 수감자 중 가장 유명했던 잭 셰퍼드에 관한 소설을 준비해서 1839년 1월에 『잭 셰퍼드』 연재를 시작했다. 『잭 셰퍼드』는 출판시장의 성공을 뛰어넘는 복합문화상품이 되었다. 부와 명성을 손에 넣은 에인즈워스는 런던 사교계의 유명인사로 살아갔다. 그는 세련되고도 독창적인 의상으로 인해 당대의 댄디로 불렸다. 그는 자신의 소설이 거둔 이익을 독점하고 싶어 했고, 결국 1842년에 『에인즈워스 매거진Ainsworth's Magazine』을 직접 창간했다. 이 시점을 에인즈워스 생애와 문학경력의 정점으로 볼 수 있다.

에인즈워스는 문학을 상품으로 기획할 줄 안다는 점에서 다른 작가들과는 크게 달랐다. 그는 책의 시각적 측면이 중요하다는 사실을 알고 있었다. 특히 소설 속에 등장하는 삽화의 중요성을 강조했다. 그는 자신의 소설을 담당하는 일러스트레이터들을 최고 수준으로 구성했다. 크룩생크George Cruikshank나 매클리스Daniel Maclise 같은 당대 최고의 화가와 일러스트레이터들이 여기에 포함되었다. 에인즈워스는 자신의 소설을 그리는 일러스트레이터를 여러 차례 교체했고, 일러스트레이터들 또한 그의 까다로운 요구에 질려 중도에 그만두곤 했다. 에인즈워스는 소설이 출판된 후에도 이벤트를 통해 판매부수를 높이는 전략을 사용했다. 1840년에 출판된 『런던 타워(The Tower of London)』를 기념하는 엄청난 규모의 파티를 개최한 것은 그 대표적 사례다.

특유의 성실함과 대중적 경향을 읽어내는 예민함을 통해 에인즈워스는 많은 성취를 거두었다. 『룩우드』로 최초의 성공을 거둔 후에도 그는, 세상을 떠나기 전까지 39편의 소설을 연달아 발표할 정도의 꾸준함을 보였다. 그는 디킨스나 포스터John Forster 같은 거장들과 친분을 나누었고, 영국사회에서 가장 널리 알려진 문학명사 중 한 명으로 살았다. 그러나 사후에는 급속도로 잊혔고, 오늘날 에인즈워스는 역사로맨스를 많이 썼던 작가로만 기억되고 있다.

범죄, 그 유쾌한 모험 : 『룩우드』

『룩우드』(1834)

『룩우드』는 루크Luke Bradley라는 청년을 둘러싼 삼각관계와 비극적 결말이 주된 이야기를 이룬다. 여기에 범죄자 터핀Dick Turpin의 모험이 곁들여진다. 집시들 속에서 자란 루크는 자신이 급사한 룩우드 경Sir Rookwood의 장남이라는 계시를 받는다. 룩우드 영지(Rookwood Place)의 저택에 모인 친족들은, 루크가 룩우드 경의 유산을 물려받을 적법한 상속자임을 확인한다. 루크의 할아버지인 피터Peter Bradley는 루크가 집시소녀 러벨Sybil Lovel과 헤어져서 이복동생인 러널프Ranulph Rookwood의 약혼녀 엘리너Eleanor Mowbray와 결혼하기를 강요한다. 루크는 결국 러벨과 헤어진다.

룩우드 영지에는 신분을 위장한 터핀이 나타나서 즐거운 시간을 보낸다. 추적자들이 다가오자 터핀은 자신의 애마 블랙 베스Black Bess를 타고 룩우드 영지를 떠난다. 긴 도주로 지친 블랙 베스는 터핀의 애도 속에 사망한다. 추적자들을 따돌리고 다시 룩우드 영지로 돌아온 터핀은 루크가 엘리너와 결혼하도록 도와준다. 그러나 집시들에 의해 엘리너는 납치당하고, 결혼식에는 엘리너로 가장한 러벨이 들어온다. 그녀가 엘리너가 아니라 러벨이라는 사실을 알게 된 루크는 그녀를 내친다. 수치심에 휩싸인 러벨은 스스로 목숨을 끊고 루크도 그녀에게서 건네받은, 독이 묻은 머리타래의 냄새를 맡다가 죽는다. 엘리너와 러널프는 결혼해서 룩우드 영지의 상속자가 된다.

뉴게이트 소설은 1830년대 중반 대중적 인기의 절정에 달했고, 그 중심에 에인즈워스의 소설이 있었다. 산업사회로의 이행이 상당 부분 이루어진 시기를 살아가던 영국인들은 자신들이 점점 왜소해지고 무기력해져 간다고 느끼고 있었다. 그들은 이전 세기인 18세기를 '좋았던 옛 시절'로 기억했다. 이제는 더 이상 기대할 수 없게 되어버린, 개인의 기운이 충만하고 자유롭게 살아가던 '신나는 영국(merry England)'이 그 시절에는 존재했었다고 생각한 것이다.

에인즈워스로 대표되는 2세대 뉴게이트 소설가들은 널리 알려진 과거 범죄자들의 모험을 통해 옛 시절의 역동적이고 자유로웠던 삶을 그리려고 했다. 이들의 시도는 커다란 대중적인 호응을 일으켰다. 1834년 익명으로 출판된 에인즈워스의 뉴게이트 소설 『룩우드』는 하루에 6,000여 명의 예약자를 모았다. 『룩우드』는 같은 해 재판이 나온 후 1835년과 1836년 그리고 1837년 연속 새로운 판본이 출간되었다.[5]

뉴게이트 소설이 1830년대 중반 이후 영국에서 대중적인 오락물로 인기를 누릴 수 있었던 또 다른 이유로는 달라진 사회적 상황을 들 수 있다. 이 시기의 사형 구형이나 집행은 이전에 비해 그 수가 현저히 감소했다. 사형집행 건수는 감소세를 이어가다가 1837년에는 438건을 기록했고, 1839년에는 56건으로 줄었다. 또한 열악한 환경과 죄수에 대한 비인간적인 대우로 악명 높던 수형제도도 1832년에 시작된 감옥시설의 공공화에 따라 급격하게 개선되었다. 감옥에 대한 사적 계약자의 권한이 대부분 정부에 이양되었기 때문이다.

따라서 1830년대 중반부터는 범죄자에 대한 심각한 담론이 아닌 젊은 범죄자의 유쾌한 모험담을 가벼운 마음으로 즐길 수 있는 사회적 분위기가 형성되고 있었다. 이 시기에 나타난 뉴게이트 소설에 대한 대중의 열광은 "형편없던 옛 시절이 끝나고 아침처럼 새로운 시대가 찾아온 것을 기뻐하는, 생각지 못한 상태에서 또 신중한 고려 없이 터져 나온 찬가"[6]였다.

『룩우드』에 대한 대중의 열광은 소설 속에 등장하는 터핀이라는 전설적인 범죄자에게 집중되었다. 독자들은 터핀의 모험을 통해 민담에 등장하는 영웅의 일대기에서 느끼는 흥분과 유사한 즐거움을 제공받을 수 있었다. 터핀은 절박한 상황에서도 두려움을 보이지 않는 담대함과 적들의 어떤 흉계도 피해 나가는 지혜를 모두 지닌 인물로 그려진다. 그는 필요한 경우에는 폭력도 불사한다. 하지만 언제나 가난하고 약한 사람들 편에 서서 행동하는 따뜻하고 인간미 넘치는 성품의 소유자로 묘사된다. "수려한 용모에는 높은 용맹성이, 쾌활한 태도에는 훌륭한 예절이, 그리고 멋진 수염에는 남성적인 미가 엿보이는" 터핀은 로맨스에 등장하는 매력적인 영웅의 모습을 모두 구현한다.

"세상의 모든 잘난 사람들 가운데서도 최고인" 터핀은 계급과 신분에 구애받지 않고 우정을 나눈다. 그는 모든 사람들로부터 사랑과 숭배를 받는다. 사회적인 구속을 거부하고 자유롭게 삶의 기쁨을 만끽하며 살아가는, 어떤 사회적인 권위에도 경의를 표하지 않는 집시의 무리들마저 "위대한 인물 터핀에게 몸을 구부려" 존경을 표시한다. 터핀은 또한 상류계급의 사람들을 대할 때에도 비굴하지 않고 당당한 자세로 그들을 매혹시킨다. 오만한 피어스 경Sir Piers까지도 터핀을 만난 후 그의 재기와 남성적인 면에 반한다. 피어스 경은 터핀을 "말 잘 타고 어떤 종류의 허식도 용납하지 않는 아주 멋진 청년"으로 극찬하면서 그를 자신의 사교 모임에 가입시킨다.

에인즈워스는 터핀이라는 범죄자를 수려한 외모와 매력적인 성품 그리고 뛰어난 능력을 모두 갖춘 고귀한 인물로 그린다. 그뿐 아니라 터핀의 노상강도 행위마저 범죄가 아닌 낭만적인 삶의 한 형태로 묘사한다. 에인즈워스가 드러내는 범죄행위에 대한 미화는 터핀이 상류계급 앞에서 노상강도를 영국의 자랑으로 예찬하는 장면에서 두드러진다.

권총을 차고 얼굴에 복면을 하고 말 위에 걸터앉은 노상강도를 보십시오. 그것보다 더 늠름한 모습이 어디 있겠습니까? 그가 탄 말의 말굽소리는 그의 귀에 들리는 음악소리입니다. … 여러 선생님들, 영국은 노상강도를 자랑스럽게 여길 이유가 있는 것입니다.

『룩우드』에 드러난 범죄자의 이상화는 터핀이 요크까지 추격자들을 피해 말을 달리는 장면에서 정점에 이른다. 이 장면에서 터핀은 범죄를 저지르고 도주하는 불안에 떠는 범죄자의 모습이 아니라, 역사에 남을 위업을 달성하고 있는 가슴 벅찬 영웅의 형상으로 묘사된다.

그의 피는 혈관 속을 휘돌아 심장을 지나 머리 위로 용솟음쳤다. 멀리! 멀리! 그는 기쁨으로 미칠 것 같았다. … 움직임은 감지되지 않을 만큼 빨랐다! … 그는 이 모든 모험과 흥분을 원했었다. 그러나 그는 지금 자신이 어느 때보다 더 흥분되는 일을 하고 있고 이제 그것으로 자신의 삶이 기억될 것임을 인식했다. … 후일 그는 영국에서 최초로 이런 일을 해낸 사람으로 기록될 것이고 "자신의 뛰어난 승마술로 세상을 매혹시켰음"을 자랑스럽게 알릴 수 있게 될 것이다.

요크에서 체포되어 교수형을 당하는 순간에도 터핀은, 조금도 생명에 대한 집착을 드러내지 않고 당당하게 죽음을 맞는다. "그가 교수대에 올랐을 때 그의 왼쪽 다리가 떨렸고, 그는 그 다리를 신경질적으로 바닥에 쾅 하고 내리치고 교수형 집행관과 짧은 말을 나눈 후 스스로 단호하고도 재빠르게 몸을 날렸다." 터핀은 평소 자신이 노래했던, "다른 이들처럼 차츰 차츰 죽어가는 것이 아니라 / 한순간에 울먹임 없이 아주 의연하게 죽는다"는 약속을 지킨 것이다. 에인즈워스는 터핀을 "마지막 로마인"으로 찬양한다. 그와 동시에 에인즈워스는 터핀의 죽음과 함께 "노상의 기사들의 가슴을 뜨겁게 했던 기사정신과 일에 대한 정열과 애정 그리고 여성에 대한 고결한 헌신의 정신"이 사라졌음을 애통해한다.

『룩우드』는 뉴게이트 소설의 상품성을 극명하게 드러낸 최초의 소설이었다. 대중은 소설을 구독하는 데 만족하지 않았다. 그들은 소설과 관련된 장소를 방문하거나 관련상품을 구입하는 열성을 보였다. 터핀이 요크까지 말을 달린 부분은 역사적 사실과는 무관한, 에인즈워스가 범죄자의 무용담이라는 오락요소를 극대화시키기 위해 창조한 허구였다. 그러나 이런 사실은 대중적인 열광 속에 묻혀 부각되지 않았다. 터핀이 말을 타고 지나갔다고 소설 속에 기록된 그레이트 노스 로드Great North Road에 있는 마을들은 관광명소가 되었다. 터핀의 말달리는 장면을 그린 여섯 개가 한 세트인 그림도 인기상품으로 판매되었다.[7]

범죄자의 영웅화나 범죄에 대한 낭만적 묘사 같은 뉴게이트 소설이 지녔던 전복성의 흔적은『룩우드』에서도 엿보인다. 그러나 그러한 전복성이 소설 전반을 지배하는 가벼운 분위기와 흥미 위주의 서사전개에 압도되는 한 뉴게이트 소설은 감시의 눈길로부터 자유로울 수 있었다. 뉴게이트 소설의 급진적인 범죄담론에 민감하게 반응했던 보수주의자들도 오락적 기능이 전면에 부각된『룩우드』에 대해서는 관대한 반응을 보였다.

『프레이저스 매거진』에 실린 「높은 길과 낮은 길, 혹은 터핀이 주석을 단 에인즈워스의 사전(High-ways and Low-ways; or Ainsworth's Dictionary, with notes by Turpin)」이란 기고문은 에인즈워스를 불워-리턴과 비교하여 높게 평가했다. "에인즈워스에게는 모든 것이 자연스럽고 자유롭고 기쁨에 가득하나 불워-리턴에게는 모든 것이 강요되고 제한되어 있으며 또 냉담하다. 에인즈워스는 항상 그의 주인공을 생각하나 불워-리턴은 항상 그 자신을 생각하고 있다."『룩우드』는 또한『아틀라스The Atlas』와 『스펙테이터』로부터 호의적인 반응을 얻어냈다.『쿼털리 리뷰The Quarterly Review』는 에인즈워스를 "신선하고 자극적인 상상력을 지닌" 유망한 젊은 작가로 높게 평가했다.

복합문화상품이 되다 : 『잭 셰퍼드』

『잭 셰퍼드』(1839)

뉴게이트 감옥 안에서 태어난 셰퍼드는 어머니에 의해 거리에 버려진다. 가난하지만 따뜻한 성품의 소유자인 목수 우드 씨Mr. Wood는 죽어가는 셰퍼드를 발견하고 구해준다. 어느 날 우연히 우드 씨는 한 신사와 불량배 사이의 추격전에 말려든다. 우드 씨는 신사를 불량배에게서 도망치도록 도와준다. 불량배를 피해 달아난 강 위에서 이들은 태풍을 만나고, 신사는 익사하지만 우드 씨는 신사가 데리고 있던 남자아기 대럴Thames Darrel과 함께 살아남는다. 우드 씨는 셰퍼드와 대럴을 아들로 삼는다. 대럴은 선한 시민으로 성장하지만, 셰퍼드는 강도가 되어 탈옥의 명수로 이름을 날린다. 범죄자이기는 하지만 선한 품성을 지닌 셰퍼드는 위기에 처한 대럴을 구하기 위해 자신의 목숨이 위태로워지는 것도 감수한다. 강도죄로 다시 감옥에 갇힌 셰퍼드는 탈옥을 시도하지 않고 당당한 태도로 처형을 당한다. 셰퍼드의 시체는 어머니 무덤 옆에 묻힌다.

에인즈워스는 1839년 1월에 또 하나의 뉴게이트 소설인 『잭 셰퍼드』의 첫 번째 에피소드를 발표했다. 그는 뉴게이트 감옥 탈출사건으로 영국인들에게 이미 널리 알려진 잭 셰퍼드를 통해『룩우드』에서 얻은 대중적 인기를 되살리려 했다.『잭 셰퍼드』는 에인즈워스의 기대를 완벽하게 충족시켜줬다. 그의 소설은 대중으로부터 "셰퍼드 선풍(Sheppard Craze)"이라는 문화적 현상을 이끌어낸 것이다.

『잭 셰퍼드』는 소설로 출판되어 거대한 상업적 성공을 거둔 후 연극으로도 공연되었다. 노동계급이 공연의 주관객층을 점유하기 시작했고, 『잭 셰퍼드』를 향한 대중적 열광은 계급적인 현상으로 바뀌었다.『잭 셰퍼드』에 대한 노동자들의 환호는 이제 '불온한' 저항의 구호로 의심받게 되었다. 뉴게이트 소설은 더 이상 방치해도 좋은 '안전한' 범죄오락물로 남을 수 없게 된 것이다. 저항담론과 전복담론의 역할을 하던 시절에도 건재했던 뉴게이트 소설이, 대중오락물의 정점에 오르면서 집중적인 공권력의 제재를 받기 시작했다는 사실은 역설적으로 들릴지 모른다. 그러나 1840년대로 진입하기 시작한 영국사회의 계급적 반목과 대립은 노동계급의 오락물에도 민감하게 반응할 만큼 심각한 파국으로 치닫고 있었다.

『잭 셰퍼드』는 런던의 슬럼가에서 태어나고 자란, 그리고 런던의 뒷골목을 주된 범죄 장소로 삼은 범죄자의 이야기를 다루고 있다. 그렇기 때문에 『잭 셰퍼드』의 분위기는 『룩우드』가 보여준 낭만적이고 유쾌한 정조와는 거리가 멀다. 그러나 『잭 셰퍼드』는 범죄를 오락적인 요소에 치중하여 그려낸 『룩우드』류의 뉴게이트 소설과 근본적인 차이를 드러내지는 않는다. 에인즈워스는 『잭 셰퍼드』에서 『폴 클리퍼드』의 사회적인 메시지나 『유진 아람』의 전복성을 거세했다. 그 대신 선정적이고 충격적인 묘사와 감상적이고 멜로드라마적 요소를 강화해 대중적인 인기를 겨냥했다.

에인즈워스는 『잭 셰퍼드』에서 런던 빈민들의 비참한 생활을 보여준다. 이들은 과도한 노동으로 인해 망가진 육체로, 일자리도 없이 집도 없이 거리를 떠돌며 싸구려 독주를 위안 삼아 하루하루 버틴다.

진gin은 가난한 이의 친구야. … 진은 가장 쓸쓸할 때 위로해주지. … 집 없는 떠돌이가 되어 거리를 헤맬 때, 버려진 건물 안으로 기어들어 헛된 휴식의 소망으로 지친 팔다리를 펼 때, 이 술을 마시고 근심과 가난과 죄의식을 곧바로 잊어버린다오. … 진은 아마도 파멸을 가져올 거요. 하지만 가난과 범죄와 혹사가 있는 한 이 술을 마실 거외다.

『잭 셰퍼드』는 감옥과 정신질환자 수용소의 열악한 환경 그리고 그 안에서 자행되는 가혹행위 등도 사실적으로 그려낸다. 에인즈워스는 뉴게이트 감옥을 다음과 같이 묘사한다.

감옥 주변을 지나가는 행인이 건물의 뛰어난 설계와 찬란한 외양을 감상하면서 얻은 즐거움은, 튼튼하게 만든 창의 쇠창살 사이로 나타나는 창백하고 지저분한 죄수들의 모습을 보면 모두 사라졌다.

비위생적인 환경으로 인해 감옥 안에 열병이 돌면 "가여운 열병의 피해자들은 수레에 실려 감옥 밖으로 나가 장례의식도 없이 그리스도 교회 매장지 구덩이에 던져졌다." 또한 뉴게이트 감옥은 열병만큼이나 끔찍한 착취가 제도적으로 일어나는 곳으로 그려진다. "간수들은 죄수들을 털었다. 죄수들은 서로를 털었다."

에인즈워스는 베들램Bedlam 정신병원의 실상에 대해서도 폭로한다. 소설 속에서 베들램은 환자를 치료하는 곳이 아니라 학대와 방기의 장소로 규정된다. 이곳에 수용된 환자들은 "짚이 깔린 더러운 지하방에서 처참한 모습"으로 지낸다. 의료진들은 채찍질과 쇠사슬로 묶기, 차가운 물 끼얹기 등을 정신질환자에 대한 치료법으로 사용하는 것으로 그려진다.

『잭 셰퍼드』는 당대 영국의 비참한 현실을 사실적으로 드러낸다. 하지만 에인즈워스의 관심은 불의를 고발하고 열악한 현실을 개선하는 데 있지 않다. 그는 영국민중이 겪는 고통스러운 현실을 값싼 센세이션을 창조하는 소재로만 사용한다. 베들램의 정신질환자들이 등장하는 장면을 예로 들어보자. 그는 환자들의 비참한 상황에 관해서는 간략하게 다룬다. 그러고 나서 다양한 증상의 환자들에 관해서는 거의 한 페이지에 걸쳐 길고도 자세하게 묘사한다.

광인들 중 몇은 쇠사슬을 흔들어 쨍그랑거리는 소리를 내고 있었다. 몇 명은 비명을 지르고 있었다. 몇은 또 노래를 부르고 있었다. 몇 명은 광기 어린 폭력성으로 머리를 문에 찧고 있었다. … 광인들 중에는 방에서 방으로 걸어다니면서 즐겁게 웃고 있는 무리가 있었는데, 그들에게는 이 모든 비참한 상황이 재미있어 보이는 것 같았다. … 여기에는 머리에 짚으로 된 왕관을 쓴 반쯤 벌거벗은 불쌍한 피조물이 있었다. … 저기에는 미친 음악가가 있었다. 여기에는 이를 갈면서 야생동물처럼 울부짖는 대단한 인물이 있었다. 저기에는 손을 움켜쥔 연인이 있었다. … 이를 드러내고 실실 웃으며 횡설수설하는 미치광이가 있었다.

에인즈워스는 정신질환자들이 받는 부당한 대우를 비판하기보다는, 정신병원에 수용된 다양한 증상의 환자들을 흥미로운 구경거리로 만드는 데 집중한다.

뉴게이트 감옥을 묘사할 때도 양상은 비슷하다. 에인즈워스는 죄수들을 착취하는 간수들에 대해 이야기하며 감옥의 불법적인 관리체계를 비판한다. 그런데 그는 많은 간수들 중에서도 유독 한 흑인 간수에 집중한다.

그는 넓고 구부정한 어깨와 납작한 코, 야생동물의 것 같은 귀, 몸통에 비해 너무 큰 머리, 다리에 비해 너무 긴 몸통을 소유한 흉측하고 기형적이고 악의 넘치는 괴물이었다. 이 두렵고 기형적인 물건은 뉴게이트의 검정개라는 별명으로 불렸다.

이 흑인 간수가 벌이는 악행에 대한 묘사는 소설 속에 전혀 나오지 않는다. 그는 감옥의 부조리와 악습을 비판하려고 동원된 것이 아니라, 충격적인 볼거리로만 사용되고 있다. 이처럼 『잭 셰퍼드』에 간헐적으로 등장하는 당대 민중의 고통과 열악한 수용시설에 대한 비판은, 소설 속에서 선정성을 강화하기 위해 길고도 자세하게 이어지는 조악한 스펙터클에 가려진다.

『잭 셰퍼드』에 자주 등장하는 범죄행위에 대한 사실적이고 세밀한 묘사 역시 사회현실에 대한 비판적 발언과는 무관하다. 그것 역시 대중의 흥미를 끌기 위한 선정성만을 고려해 사용될 뿐이다. 예컨대 셰퍼드가 살해된 시체를 어두운 건물 내에서 발견하는 장면을 보자. 이 장면은 소설의 주제 또는 서사의 진행과는 전혀 관련이 없다. 여기에서는 단지 끔찍한 볼거리를 창조하기 위한 의도 외에 다른 어떤 것도 감지되지 않는다.

> 바닥의 끈적거리는 물질을 밟은 셰퍼드는 그것이 무엇인지를 만져보려고 허리를 굽혔고 다음 순간 공포의 소리를 내지르며 손을 뗐다. … 바닥은 입술연지를 바른 것처럼 피로 덮여 있었고… 살해된 자가 입던 외투에는 도장이 찍히듯이 핏자국이 나 있었고 엉긴 핏덩어리로 더럽혀져 있었다. 그의 모자 역시 피로 뒤덮인 채 구겨져 있었고 그의 칼 역시 피로 얼룩져 있었으며 나머지 옷들 역시 피로 물들어 있었다. 특히 마루를 따라서 피 묻은 발자국이 인상적으로 남아 있었으며 이외에도 여러 끔찍한 모습이 이 도살적인 행위를 증언하고 있었다.

무엇보다도 에인즈워스는 셰퍼드가 범죄자로 전락하게 되는 이유를 사회경제적 환경 속에서 탐색하지 않는다. 셰퍼드는 첫사랑에 실패한 후 범죄자의 길로 가는 것으로 그려지는 것이다. 셰퍼드와 그의 형 대럴은 윈프레드Winfred를 동시에 사랑하는데, 윈프레드는 셰퍼드가 아닌 대럴을 선택한다. 실연으로 깊은 절망에 빠진 셰퍼드는 범죄의 세계로 빠져드는 것으로 처리된다. 범죄가 개인적인 차원에서의 비극 또는 불운으로 축소되는 것이다.

에인즈워스는 감상적인 효과를 극대화하고 셰퍼드에게 영웅적인 비장미를 덧입히기 위해 역사적 기록과는 무관한 비극적인 모자관계를 『잭 셰퍼드』에 삽입했다. 기록에 따르면 셰퍼드의 어머니는 어린 아들을 거리에 버린 사실을 제외하고는 알려진 게 없다. 셰퍼드와 그의 어머니의 관계에 대한 언급 역시 어디에도 존재하지 않는다. 그러나 『잭 셰퍼드』에서 셰퍼드의 어머니는 아들을 지극히 사랑하지만 가난과 신병으로 자식을 돌볼 수 없는 불쌍한 여인으로 나온다. 셰퍼드 또한 어머니에 대한 깊은 애정을 가진 효성 지극한 아들로 재현된다. 그녀가 아들의 범죄로 괴로워하다 칼로 자신의 목숨을 끊은 후, 셰퍼드가 어머니의 시신 앞에서 오열하며 자신의 과거를 참회하는 장면은 감상적 분위기의 정점을 보여준다.

"내가 어머니를 죽인 거예요." 그는 어머니의 가슴에서 솟아나는 피를 멈춰보려고 애쓰며 외쳤다. "용서하세요, 용서하세요!" … "오, 하느님! 어머니가 죽습니다." 그는 감정이 북받쳐 목이 메어 소리쳤다. "용서하세요. 오, 용서하세요! … 오, 하느님! 나 역시 죽게 하소서." 그는 어머니 곁에 무릎을 꿇으며 외쳤다.

비극적 모자관계를 통해 부각된 센티멘털리즘을 강화하기 위해 에인즈워스는 셰퍼드의 처형장면에서도 또다시 역사적 사실을 왜곡시켰다. 『로빈슨 크루소Robinson Crusoe』의 작가 디포Daniel Defoe는 셰퍼드가 처형되는 것을 지켜본 후 잡지에 글을 기고했다. 그에 따르면 셰퍼드는 "전력을 다해 결박을 풀려고 발버둥 쳤다. 마차에 실리기 전 몸수색을 했을 때, 그에게서 그를 묶은 밧줄을 끊는 데 사용되리라고 추정되는 접는 주머니칼이 발견되었다. 그는 밧줄을 끊은 후 그의 마지막 보호막이 될 군중들 사이로 뛰어들려고 했던 것으로 생각된다."[8]

에인즈워스는 셰퍼드가 어머니의 죽음 앞에서 비통해하는 장면만큼이나 셰퍼드의 처형장면을 감상적이며 비장미 넘치게 처리한다. 처형장에 들어선 셰퍼드를 본 군중은 그에게 환호를 보내고 탈출을 돕기 위해 몰려온다. 하지만 셰퍼드는 오히려 군중을 만류한다. "그의 가슴속으로 커다란 통증이 나타났으나… 모든 세속적인 생각을 떨쳐버리려고 노력하며 그는 기도에 진실하게 또 깊게 빠져들었다." 그는 마지막 순간까지 당당하고 침착한 모습을 보이다가 "내 불쌍한 어머니! 곧 당신과 만나게 될 거예요!"라는 마지막 말을 남기고 처형된다.

선정주의적인 색채와 멜로드라마적인 요소는 『잭 셰퍼드』가 열광적인 대중의 반응을 얻는 데 결정적으로 기여했다. 『잭 셰퍼드』는 1839년 10월 세 권의 분량으로 출판된 후 첫 주에 3,000부가 판매될 정도의 높은 인기를 누렸다.[9] 특히 연극으로 무대에 오르면서부터 『잭 셰퍼드』의 대중적 인기는 더욱 고조되었고, 여덟 가지나 되는 상이한 대본이 등장했다. 『잭 셰퍼드』의 연극공연에는 군소극단뿐만 아니라 드루어리 레인Drury Lane과 코벤트 가든Covent Garden 같은 일급의 극단도 참여했다.[10]

노동계급은 원래 뉴게이트 소설의 주된 독자가 될 수 없었다. 그들의 상당수는 문맹이었기 때문이다. 그러나 『잭 셰퍼드』가 연극으로 공연된 후 가장 열광한 관객은 노동계급이었다. 이들이 가세하면서 『잭 셰퍼드』에 대한 환호는 "잭 셰퍼드 선풍" 또는 "셰퍼드주의(Sheppardism)"라고 불리는 사회문화적 현상으로 발전했다.

노동계급 관객들은 극장 안에서 셰퍼드의 모험에 열광하고 그의 탈옥에 환호하고 그의 죽음에 눈물 흘렸다. 이들은 극장 바깥에서조차 그의 행위에 대한 찬사를 아끼지 않는 셰퍼드주의의 가장 열성적인 지지자들이었다. 특히 연극에 삽입된 〈안 돼, 나의 도로시. 벗들이여, 속이고 도망치게나(Nix My Doll, Pals, Fake Away)〉라는 발라드는 노동계급의 큰 사랑을 받았는데, 점차 계급과 성별 그리고 연령을 초월한 대중의 애창곡으로 자리 잡았다. 마틴 경Sir Theodore Martin의 회고담은 이러한 현상을 잘 보여준다.

〈안 돼, 나의 도로시〉라는 노래는… 어느 곳에서나 들렸고, 도둑이나 강도가 사용하는 은어를 마치 사람들이 일상적으로 사용하는 친숙한 말처럼 만들었다. 나중에 설리번Sullivan이 만든 밝은 노래들이 그랬던 것처럼 〈안 돼, 나의 도로시〉는 거리의 오르간 연주자들이나 독일 악단에 의해 즐겨 연주되어 거리에 나선 우리의 귀를 멀게 할 지경이었다. 이 곡은 한낮의 에든버러 대성당의 첨탑에서도 울렸다. 사실이다. 그런 내용의 곡이 스코틀랜드에 있는 대성당의 종으로 연주되는 곡이 됐다는 것이 참으로 믿을 수 없는 일일지라도. 그러나 놀랍게도 나는 종종 그것을 들었던 것이다. 모든 더러운 부랑아들이 이 곡을 휘파람으로 불었고 규방의 아름다운 입술이 지금 부르는 노래의 가사가 무엇을 의미하는지도 모르면서 이 곡을 불렀다.[11]

뉴게이트 소설의 몰락이 시작되다

뉴게이트 소설이 등장하기 전에도 영국에서는 범죄가 대중적인 관심의 대상이었다. 범죄자에 대한 공개처형은 대중이 열광하는 스펙터클로 자리 잡았고 범죄자의 유물은 고가에 거래되었다. 1773년에는 악명 높은 범죄자의 전기를 모은 『뉴게이트 캘린더』가 다섯 권으로 출판되어 판을 거듭하는 인기를 누렸다. 또한 범죄를 다룬 소설이 대량으로 출판되어 대중에게 읽혀졌다. 1722년에 출판된 디포의 『몰 플랜더스Mall Flanders』, 1743년에 출판된 필딩의 『조나단 와일드Jonathan Wild』 그리고 18세기가 저물 무렵 출판된 고드윈의 『칼렙 윌리엄스Caleb Williams』 등이 대표적이다. 18세기와 19세기 초엽까지는 범죄에 대한 대중적 호기심과 범죄를 소재로 한 출판물의 상업적 성공에 대한 우려의 시선과 견제의 움직임은 아직 두드러지지 않았다.

뉴게이트 소설이 등장하기 전까지 범죄문학은 사회적 비난과 경멸의 대상이 아니었다. 하지만 "센세이셔널 할 정도로"[12] 대중적인 인기를 누린 뉴게이트 소설의 등장과 함께 모든 것은 달라졌다. 뉴게이트 소설은 범죄자와 선량한 시민, 처벌의 대상과 보상의 대상 사이의 경계를 허물었고, 종종 양자의 위치를 뒤바꾸어버리는 전복성을 드러냈다. 범죄자의 범죄성마저 신비화하는 뉴게이트 소설이 대중적·상업적으로 성공을 거두자, 지배계급은 뉴게이트 소설에 경계와 우려의 시선을 보내기 시작했다.

새롭게 작동되기 시작한 뉴게이트 소설에 대한 권력의 감시는 1830년대와 1840년대 영국사회의 계급적·문화적 징후로 보아야 한다. 이 시기에는 권력의 배분을 둘러싸고 계급적 이해관계가 첨예하게 대립했다. 노동계급은 선거권 획득을 위한 투쟁인 차티스트Chartist 운동을 주도했고, 차티스트 운동의 격렬함으로 인해 중상류계급이 느끼는 하위계급에 대한 공포심은 커져갔다. 이러한 상황에서 법률제도, 계급, 범죄와 사회 환경 같은 예민한 소재를 전복적으로 다루는 뉴게이트 소설은 기득권을 소유한 계급에게는 휘발성 강한 불온한 문학으로 다가올 수밖에 없었다.

뉴게이트 소설은 "범죄담론과 정치적 급진주의가 함께한"[13] 범죄소설이었다. 체제 수호의 차원에서 범죄의 예방과 처벌이 강조되던 시대에 '위협적인' 존재로 다가온 뉴게이트 소설에 대한 권력의 통제는 예정된 귀결이었다. 1840년대에 들어와 뉴게이트 소설을 향한 국가권력의 개입과 탄압이 시작되면서 이들 소설은 급속도로 몰락의 길을 걸을 수밖에 없었다.

범죄소설의
질병은 어떻게
치유되는가?

INVESTIGATION 2

『올리버 트위스트』의 추억

1970년대 한국에서는 책이 고가의 양장본 전집의 형태로 나오는 경우가 많았다. 서적외판원들이 집집마다 방문하여 책을 판매했고, 구입한 전집은 거실 장식장 안으로 들어갔다. 자개장 유리창 안에 놓인 양주병과 전집은, 자동차 뒷유리 부근에 올려놓은 티슈곽처럼 그 시절 '살 만한 집'의 상징이었다.

초등학교 3~4학년 무렵으로 기억한다. 전체 30권인 금성출판사의 '소년소녀 세계문학전집'이 집에 들어왔다. 우리 집에는 술 마시는 사람이 없었고 자개장도 없었다. 전집의 일부는 마루 책꽂이에, 나머지는 나와 동생이 함께 쓰던 방 책꽂이에 꽂혔다. 금성사 전집은 작은 글씨가 빽빽하게 들어차 있어서 싫어하는 아이들도 있었지만, 그때 이미 문자 중독 증세가 있던 나는 읽을 게 많아서 더 좋다고 생각했다. 내가 처음 읽은 책이 디킨스의 『올리버 트위스트』였다. 전집의 첫째 권에 수록되어 있어서였을 것이다.

『올리버 트위스트』를 읽으면서 불편하고 무섭고 두려웠다. 더럽고 음
침한 빈민가의 술집과 아이들을 소매치기로 거느리는 고리대금업자의
폐쇄된 공간이 불편했고, 여성을 곤봉으로 쳐 죽이는 무뢰한이 무서웠
다. 착하고 교양 있는 사람들이 사는 따뜻하고 밝은 가정으로 배경이 바
뀌어도, 올리버를 환대하는 이곳은 잠시 거쳐 가는 장소일 뿐 다시 춥고
어두운 곳에 그가 머물게 되리라는 예감으로 두려웠다.

지금 생각해보면『올리버 트위스트』가 아동용 도서로 분류된 사실이
기이하게까지 느껴진다. 어린이가 주인공으로 등장하기는 하지만『올
리버 트위스트』는 아동들의 꿈과 희망을 키워줄 만한 이야기가 아니기
때문이다. 억지로 찾는다면 인과응보나, 아무리 현실이 힘들어도 참고
견디면 해피엔딩이 온다는 교훈을 발견할 수는 있겠지만.

서둘러 말하자면,『올리버 트위스트』는 아동문학이 아니라 뉴게이트
소설의 질병을 문학적으로 치유하기 위해 기획된 반-뉴게이트 소설인
것이다. 여기에 대해서는 나중에 자세히 이야기하기로 하자.

계급적 컬트와 권력의 개입

근대국가의 중요한 사명 중 하나는 시민을 범죄로부터 안전하게 보호
하는 데 있다. 그렇기 때문에 시민이 범죄의 피해를 입는다는 것은 정부
의 무능을 드러내는 일이다. 범죄는 정부를 불신과 조롱의 대상으로 만

들고 국가체제에 심각한 균열을 가져올 수 있는 위협요소인 것이다. 다른 근대국가와 마찬가지로 영국정부 역시 체제유지 차원에서 범죄를 근절시키기 위한 노력을 계속했다. 1829년에 설립된 런던경찰국(Metropolitan Police)은 이러한 노력의 결정체였다.

범죄 근절을 위한 정부의 노력을 비웃듯이 1830년대 영국에서는 "센세이셔널한 범죄행위가 다발적으로 일어났다."[14] 영국사회에서는 범죄의 증가와 뉴게이트 소설의 대중적 인기를 연관 지으려는 움직임이 나타났다. 『폴 클리퍼드』가 잘 보여준 것처럼 뉴게이트 소설은 형법개혁을 향한 시대적 열망 속에서 탄생했다. 뉴게이트 소설은 저항의 메시지를 유포시켰지만, 영국사회의 개혁을 향한 열기 속에서 권력의 탄압으로부터 보호받을 수 있었다. 그러나 『유진 아람』처럼 범죄성마저 신비화하는 뉴게이트 소설의 무정부적인 전복성은 뉴게이트 소설과 국가권력 사이에 조심스럽게 놓여 있던 안전판을 걷어냈다.

뉴게이트 소설에 대한 열광이 셰퍼드주의와 같은 노동계급의 컬트현상으로 바뀌면서 의심의 눈초리는 더욱 강해졌다. 범죄와 하류계급 간의 친화성을 강조하는 지배적 범죄담론은 영향력을 계속 확장해갔고, 그 결과 1830년대 말에 이르러서는 범죄의 증가와 뉴게이트 소설의 관련성에 대한 공세가 더욱 격화되었다.

1839년 3월 24일자 『벨스 라이프Bell's Life』에는 "살인! 영국은 암살자의 국가가 되었는가?"라는 제목의 기사가 실린다. 신문기사에서는 같은 해 1월에 출판된 『잭 셰퍼드』의 첫 번째 에피소드에 모아진 대중적 열기를 "비정상적이며 병적인 관심"으로 비판했고, 이런 종류의 소설이 범죄를 조장한다고 주장했다. 1839년 『블랙우즈 매거진Blackwood's Magazine』에 실린 「차티스트와 보통선거권(The Chartists and Universal Suffrage)」에도 뉴게이트 소설에 대한 비판적 시각이 잘 드러나 있다. 뉴게이트 소설이 범죄자를 호의적으로 묘사함으로써 범죄자에 대한 도착적인 동정심이 영국사회에 광범위하게 퍼졌고, 권력을 소유한 자들이 범죄에 대한 처벌을 머뭇거림으로써 사회적 위기상황이 조성되었다는 것이다. 새커리도 1839년 12월 1일과 2일에 자신의 어머니에게 쓴 편지에서 『잭 셰퍼드』에 집중된 대중의 열광적 반응을 냉소적으로 언급한다. 그는 소설과 범죄와의 관련성에 대해 다음과 같이 암시적으로 말하고 있다.

나중에 출판된 로맨스는 읽지 못했지만 한두 에피소드는 좋았습니다. 현재 네 개의 극장에서 연극으로 상연되고 있다고 들었습니다. 『잭 셰퍼드』가 공연되는 극장 로비에는 드라이버나 쇠 지렛대 같은 공구가 담긴 셰퍼드-백 Sheppard-bag이 판매되고 있다는 소식도 들었습니다. 『잭 셰퍼드』 극으로부터 소매치기나 도둑질에 대한 아이디어를 얻는 데 많은 도움을 받았다고 고백한 젊은 신사도 한두 명 있다고 합니다. … 연극을 보지 않았더라면 결코 그런 짓을 하지 않았을 터인데요. 이런 사실들이 대중적인 인기를 겨냥한 작가에게는 커다란 즐거움을 제공하리라고 확신합니다.

영국사회가 '굶주린 1840년대(Hungry Forties)'로 옮아가면서 뉴게이트 소설에 대한 우려와 곱지 않은 시선은 더욱 완강해진다. 이 시기는 영국의 경제 침체로 인해 노동계급의 생존이 위협받던 때였고, 차티스트 운동으로 대표되는 노동자들의 투쟁 역시 정점에 이른 정치적 격변기였다. 『잭 셰퍼드』의 연재가 시작된 1839년에는 이미 두 차례나 폭동에 가까운 대규모의 격렬한 시위가 노동자들에 의해 일어난 상태였다.

이러한 격동기에 노동계급 관객이 셰퍼드와 같은 범죄자에 대해 보내는 찬사는 뉴게이트 소설에 대한 우려를 증폭시켰다. 뉴게이트 소설이 존중할 만한 계급성원의 손에서만 머문다면 무해할 수 있겠지만, 하류계급의 수중에 들어가는 것은 전혀 다른 문제가 되는 것이다. 뉴게이트 소설이 노동계급에 의해 열광적으로 소비되는 사태는 결국 사회불안을 일으키리라는 주장이 세를 확산했다.

셰퍼드는 더구나 단순한 범죄자가 아니었다. 그는 감옥 탈주범인 것이다. 셰퍼드는 근대국가의 핵심적인 요소인 "감금의 원칙에 대한 계속되는 저항을 상징하는"[15] 범죄자였다. 국가권력의 감시망 밖으로 탈출하는 범죄자에 대한 노동계급의 이상화와 찬사는, 국가체제를 근본적으로 부정하는 행위로까지 여겨졌다. 『잭 셰퍼드』에 나타난 사회문화적 현상이 노동자가 중심이 된 계급적 컬트로 바뀌면서 지배계급의 우려와 비판의 목소리는 더욱 커져갔다. 노동운동의 격화로 촉발된 정치적 위기 속에서 감옥 탈주자를 둘러싼 노동계급의 열광은 국가의 체제를 위협하는 일로 간주된 것이다.

우려와 불안의 목소리는 심지어 진보적인 작가로 알려진 미트포드Mary Russell Mitford에게서도 발견된다. 그녀는 『잭 셰퍼드』에서 "권력, 정부, 법률―혹은 만일 당신이 이렇게 부르기를 원한다면―지배계급이 그토록 억압적이고 그렇게 악마적으로 재현"된 것에 경악과 두려움의 감정을 느꼈음을 토로한다. "비록 내가 급진주의자이긴 하지만 이런 시기에 『잭 셰퍼드』의 악몽은 내게는 이 땅의 모든 차티스트들의 존재보다 더 위험하다고 생각된다. 물론 에인즈워스의 저작의도가 그렇다는 것은 아니다. 그렇지만 결과적으로 그렇게 나타나고 있는 것이다."[16]

권력의 개입은 계급적 컬트현상을 발생시킨 곳에서 시작되었다. 『잭 셰퍼드』가 탄압의 출발점이 된 것이다. 1840년 5월에 영국에서는 커보져B. F. Courvoisier라는 하류계급 청년이 러셀 경Lord William Russell을 살해하는 사건이 발생한다. 커보져는 자신이 『잭 셰퍼드』 극에서 범죄의 아이디어를 얻었다고 — 그가 나중에 부인하기는 했지만 — 진술했다. 이 사실이 보도된 후 뉴게이트 소설에 대한 권력의 공세는 강화되었다. 체임벌린 경Lord Chamberlain이 뉴게이트 소설을 연극무대에 올리는 것을 금지시킨 것은 그 대표적인 사례다. 뉴게이트 소설이 위해하다고 간주되었다는 점은 트리니티 클럽Trinity Club이 에인즈워스를 회원으로 받아들이기를 거부한 사실로도 확인된다. 애서니엄 클럽Athenaeum Club 역시 그에게 회원자격 부여를 주저했다.[17]

범죄라는 질병과 문학적 치유

영국사회의 한편에서 뉴게이트 소설에 대한 국가권력의 공세가 시작되었다면, 다른 한편에서는 새커리의 『캐서린』과 디킨스의 『올리버 트위스트』로 대표되는 문학적 개입이 시작되었다. 일반적으로 『캐서린』과

『올리버 트위스트』는 뉴게이트 소설로 알려져 있다. 그러나『캐서린』과 『올리버 트위스트』는 뉴게이트 소설로 분류될 수 없다.『캐서린』과『올리버 트위스트』는 뉴게이트 소설의 위해성을 지우려고 기획된 반-뉴게이트 소설로 보아야 하는 것이다. 우리는 이 두 소설이 시도했던 범죄라는 질병에 대한 담론적 치유가 성공적이었는지를 살펴보려고 한다. 실패로 판정된다면 실패한 이유에 대해, 성공했다면 어떻게 성공할 수 있었는지에 관해 이야기할 것이다.

새커리가 범죄를 바라보는 시각에는 주류 범죄담론이 그대로 반영되어 있다. 그 역시 범죄를 특정 계급에서 발생하는 전염성 강한 질병으로 보고 있는 것이다. 새커리는『프레이저스 매거진』1838년 봄호에 실린「반 푼어치 값어치의 싸구려 지식(Half-a-Crown's Worth of Cheap Knowledge)」에서, 뉴게이트 소설이 하류계급에게 "악의 병원균"을 급속도로 주입시키고 있다고 경고한다. 새커리는 뉴게이트 소설의 위험성에 대해 경계하는 입장을 분명히 한다. 그는 가장 대중적인 소설장르로 부상한 뉴게이트 소설을 "점잖지 못한 세상에서 행해지는" "그들만의 문학"으로 방치하여 감염을 확산시켜서는 안 된다고 주장한다. "건강한 문학적 취향"을 지키기 위해서는 "점잖은 세상에 속한 작가의 파견"이 요구되기 때문이다.

새커리는 일 년 후인 1839년 봄에『캐서린』의 연재를 시작한다. 그는 자신이『캐서린』을 쓰는 이유가 "범죄자들을 고귀한 영웅으로 형상화하는, 널리 유행하고 있는 취향을 교정하기 위해서"라는 사실을 분명하게 밝힌다. 소설 곳곳에서 새커리는 뉴게이트 소설의 병적인 현상에 대해 진단과 처방을 내린다. 『캐서린』은 범죄라는 질병에 대해 담론적인 치유를 시도한 반-뉴게이트 소설인 것이다.

결론부터 미리 이야기하자면 새커리의 야심찬 시도는 기대했던 수준의 성공을 거두지 못한 반면에, 디킨스의 『올리버 트위스트』는 치유효과를 극대화했다. 새커리의 치유행위가 뚜렷한 한계를 보인 이유는, 범죄자를 텍스트의 중심에 배치하고 범죄자의 목소리로 범죄담론을 생산했던 뉴게이트 소설 관습을 받아들인 데 있다. 새커리는 『캐서린』에서 범죄자를 극도로 혐오스럽게 그리려고 했다. 그럼으로써 범죄자를 향한 공감의 가능성을 차단할 수 있다고 보았기 때문이다. 그러나 치밀한 통제에도 불구하고, 주인공인 범죄자 캐서린은 텍스트 내에서 발언의 중심이 되었다. 무엇보다도 그녀가 심리적인 갈등을 겪는 모습이 독자에게 전달되게 함으로써 감정이입의 여지를 열어놓았다.

뉴게이트 소설은 범죄자를 동정적인 입장에서 호의적으로 그린다. 디킨스는 『올리버 트위스트』에서 뉴게이트 소설이 범죄자를 호의적으로 재현하는 방식을 충실히 따라했다. 여성범죄자인 낸시Nancy를 악의 세계에서 올리버를 구해내기 위해 자신의 목숨까지 희생하는 인물로 만든 것은 그 대표적인 경우이다. 이런 측면에 주목하여, 새커리는 『올리버 트위스트』를 읽는 대중들이 범죄자에 대해 혐오감이 아니라 오히려 매혹을 느끼게 된다고 주장한다. "페긴Fagin이 저지르는 범죄를 보면서 모두 마음을 죄며, 낸시가 저지르는 실수를 부드럽게 책망하고, 사익스Sikes에게는 일종의 동정과 찬사를, 그리고 도저Dodger 패거리에게는 절대적인 사랑을 보내게 된다."

낸시의 경우처럼 『올리버 트위스트』에는 비판받을 여지가 분명히 존재한다. 디킨스는 낸시를 우호적으로 그렸을 뿐 아니라 그녀가 최후를 맞는 순간을 멜로드라마적으로 처리했기 때문이다. 이것은 뉴게이트 소설이 범죄자의 범죄성을 약화 혹은 무화시키는 방식을 적극적으로 받아들이는 행위다. 뉴게이트 소설의 해악을 반복한다고 볼 수 있는 것이다.

그럼에도 불구하고 『올리버 트위스트』는 뉴게이트 소설의 불온성을 약화시키고 분쇄하는 역할을 성공적으로 수행한다. 그것은 바로 『올리버 트위스트』에 도입된 추리소설적인 요소 때문이다. 몽스Monks의 숨겨진 범죄는 소설의 종결부에서 브라운로우 씨Mr. Brownlow에 의해 밝혀진다. 여기에 등장하는 추리소설적인 기법은 『올리버 트위스트』의 반-뉴게이트적인 치유효과를 극대화한다.

뉴게이트 소설은 범죄와 범죄자에 관해 세밀하게 보여준다. 반면에 『올리버 트위스트』는 범죄의 결과만을 제시하고, 범죄의 원인과 과정 그리고 범죄자를 미스터리로 처리한다. 뉴게이트 소설이 범죄자를 텍스트의 중심에 놓고 그로 하여금 발언하게 한다면, 『올리버 트위스트』는 범죄자의 정체를 마지막까지 은폐시킴으로써 그로 하여금 침묵하게 만든다. 범죄는 오직 탐정을 통해 해결되고, 독자는 탐정의 입장에 자신을 이입한다. 범죄자와의 동일시와 범죄자를 향한 동정적인 시각의 형성은 원천적으로 봉쇄된다. 독자를 범죄자에게서 격리시킴으로써 『올리버 트위스트』는 뉴게이트 소설에 의해 확산된 범죄라는 질병을 효과적으로 치유한 것이다.

추리소설에 대한 접근은 대부분 뉴게이트 소설과 무관하게 이루어진다. 그러나 추리소설을 제대로 이해하기 위해서는 뉴게이트 소설과의 관계에 대한 이해가 반드시 필요하다. 추리소설은 뉴게이트 소설의 전복성을 봉쇄하기 위한 문학적 시도이기 때문이다. 추리소설은 지배계급이 '안전하다'고 판단한 범죄소설이 어떤 것인가를 잘 보여준다. 추리소설에서는 뉴게이트 소설에서처럼 범죄자를 향한 공감과 연대는 결코 발생하지 않는다. 추리소설의 범죄자는 침묵하며, 침묵은 범죄자를 보이지 않는 존재로 만들어버리기 때문이다. 추리소설은 텍스트 안에서 범죄자를 지워버림으로써 범죄라는 질병을 성공적으로 치유한다.

나름대로 위대한 작가
— 윌리엄 새커리

새커리(1811~1863)는 1811년 7월 18일 인도 캘커타에서 출생했다. 동인도주식회사에서 근무하던 아버지가 1815년에 사망한 후 어머니가 재혼을 결정하면서 새커리는 1816년에 영국으로 홀로 귀국한다. 이때 어머니와의 분리경험은 그에게 정신적 상흔으로 남는다.

영국에서의 퍼블릭 스쿨 생활을 통해 새커리는 또 다른 좌절을 경험한다. 인도에서 태어난 영국인이라는 이유로 그는 급우들의 따돌림을 받았다. 교사들에게서도 이해와 보호를 받지 못했다. 그는 동급생들에게는 "얻어맞아 얼얼한 뺨, 달아오르는 귀, 터질 것 같은 가슴, 뜨거운 눈

새커리는 30대 중반에 이미 작가로 우뚝 섰고, 그 후 줄곧 뛰어난 커리어를 이어갔다. 하지만 성장기와 문학청년 시절 겪은 상처와 좌절은 그가 위대한 작가로 인정받은 후에도 자기연민의 성향으로 남았다. 가장 유명한 빅토리아시대 인물사진 중 하나인 이 사진에서도 새커리는 삶의 비애를 응시하는 침울함과 슬픔의 표정을 드러내고 있다.

물"을 지닌 아이로 기억된다. 하지만 그가 다녔던 차터하우스 스쿨Char-terhouse School의 교장은 새커리를 "게으르고 방탕하고 속임수를 잘 쓰는 소년"[18]으로 평가했다.

퍼블릭 스쿨 재학 시절의 경험을 통해 주류로부터 배제당하고 있다는 피해의식을 지니게 된 새커리는, 문학적인 명성을 통해 영국사회 주류로의 진입을 시도했다. 새커리는 1820년대와 1830년대 영국문단의 빛나는 존재였던 불워-리턴과 자신보다 한 살 어리지만 이미 이십대 중반에 소설가로서의 입지를 굳힌 디킨스를 경쟁상대로 삼았다. 새커리는 저널 기고문을 통해 불워-리턴에 대한 도발적인 공격을 감행했다. 그는 자신이 쓴 최초의 소설인 『캐서린』에서 불워-리턴과 디킨스의 뉴게이트 소설을 비판했다. 새커리의 야심작인 『캐서린』과 『베리 린든(The Memoirs of Barry Lyndon, Esq.)』(1844)은 대중적으로나 비평적으로 별다른 주목을 받지 못했다.

새커리 스스로 고백했듯이 "세상에서 한자리를 차지하기 위한 투쟁"의 일환으로 쓴 『허영의 시장(Vanity Fair)』은, 1847년에 연재를 시작한 이후 그가 갈구하던 문학적 명성을 가져다주었다. 『허영의 시장』 이후 새커리는 10년간에 걸쳐 『펜더니스(The History of Pendenis)』(1848~1850), 『헨리 에스먼드(The History of Henry Esmond)』(1852), 『새로 온 사람들(The Newcomes)』(1853~1855)과 같은 걸작을 생산해냈다. 새커리는 2류 저널리스트에서 자신이 꿈꿔온 당대의 대표적 소설가의 반열에 올라섰고 주류사회로의 진입에 성공했다. 새커리가 자신의 어머니에게 보낸 편지에서 쓴 것처럼 "나름대로 일종의 위대한 인물"이 된 것이다. 1863년에 사망

하기까지 새커리는 왕성한 창작활동을 지속했고 『버지니아 주 사람들
(The Virginians)』(1857~1859), 『홀아비 러벨(Lovel the Widower)』(1860), 『필립
의 모험(The Adventures of Philip)』(1861~1862) 등의 소설을 남겼다.

절반의 성공 : 『캐서린』

『캐서린』(1839~1840)

『캐서린』은 반-뉴게이트 소설이라는 점을 떠나서도, 빅토리아시대 영국소설의 한계를 넘어서
는 지점을 보여주는 매우 독특하고 흥미로운 소설이다. 『캐서린』에는 여성이 범죄자로 등장
한다. 여성의 계급상승 욕구와 성적 욕망 ― 당대 소설에서는 금기시되던 ― 이 다루어진다.
소재뿐만 아니라 기법의 사용 역시 시대를 앞서가는 양상을 보인다. 특히 소설 속 신문기사
의 삽입은 포스트모던하다고까지 할 수 있는 효과를 만들어낸다.

캐서린은 어린 나이에 고아가 되어 고모인 스코어 부인Mrs. Score 밑에서 자란다. 주막에서
고된 노동을 하던 캐서린은 목수인 헤이즈John Hayes와 농장일꾼인 불럭Thomas Bullock으로
부터 청혼을 받는다. 하지만 그녀는 이들을 천하다고 여겨 청혼에 응하지 않는다. 캐서린은
갈겐슈타인 백작Count Galgenstein을 흠모하다가 그에게 유혹 당한다. 캐서린은 그의 아기를
임신하지만 버림받는다. 그녀는 자신을 떠나 귀족가문의 여자와 결혼하려는 백작을 독살하려
하지만 실패한다. 범죄사실을 알게 된 고모마저 캐서린을 내치고 결국 그녀는 헤이즈와 결혼
한다.

20년이 흐른 후 캐서린은 백작이 돌아왔다는 소식을 듣고, 재회한 두 사람은 애욕을 불태운
다. 남편이 없어지면 백작이 자신과 결혼해주리라고 생각한 캐서린은, 아들과 하숙인을 시켜
남편을 살해하고 사체를 토막 내어 내다버린다. 다음 날 밤 교회묘지에서 백작을 만난 캐서
린은 묘지의 담장 못에 걸린 남편의 머리를 본다. 실신했다가 깨어난 후 그녀는 정신병에 걸

리고, 결국 남편 살해의 죄목으로 화형당한다.

뉴게이트 소설의 불온성을 폭로하고 뉴게이트 소설가들의 문학적 범죄
행위를 고발하려는 새커리의 기획은 그의 첫 소설인『캐서린』에서 야심
차게 진행되었다. 새커리는 캐서린이라는 여성범죄자를 소설의 주인공
으로 등장시켰다. 새커리는 범죄자를 중심인물로 설정하고 그를 중심
으로 서사를 진행하는 뉴게이트 소설문법을 충실히 따르는 듯 보인다.
그러나 새커리가 선택한 범죄자는 뉴게이트 소설에서의 동정이나 연민
혹은 찬탄의 대상인 범죄자상을 전면적으로 뒤집는다. 그러한 역전복을
통해『캐서린』은 뉴게이트 소설과 주류 범죄담론 사이의 대립을 해소한
다. 궁극적으로『캐서린』은 지배 이데올로기와의 재결합과 재연대를 지
향한다.
　새커리는 뉴게이트 소설의 위험성이 범죄를 소재로 다루는 데 있는
것이 아니라 범죄를 그리는 방식에 있음을 분명히 한다. 그가 반대하는
것은 범죄세계를 재현하려는 작가적 욕망이 아니라, 그 세계를 충실히
그려내지 못하는 작가적 역량인 것이다. 그는 뉴게이트 소설가들이 "범
죄자와 관련된 총체적인 진실을 감히 말하지 못했으며 그들의 악덕을
충실하게 설명하지도 못했"고 개탄한다. 뉴게이트 소설가들은 범죄
세계를 현실적으로 그릴 능력이 없다는 것이다. 그렇기 때문에 이들은
"사람의 목을 따는 자들이나 그런 종류의 다른 악의 천재들"을 묘사할
때 허위적인 유사함에 근거한, 위험한 동정심을 유발할 수 있는 재현을
한다는 것이다. 새커리는 작가들이 "사적으로는 무뢰한들을 껴안고" 그

들을 사랑할 수 있지만 "공적으로 그런 식의 호감을 보이고 그런 자들과 함께한다고 밝히는 것은 잘못된 일"이라고 주장한다.

새커리는 『캐서린』의 화자로 솔로몬즈Ikey Solomons의 아들을 선택한다. 솔로몬즈는 1820년대 런던에서 악명 높던 장물아비였다. 그는 1831년에 영국정부에 의해 오스트레일리아로 추방되어 1851년에 그곳에서 사망했다고 전해진다.[19] 새커리가 전설적인 범죄자의 아들이며 범죄세계에 정통한 솔로몬즈 2세Ikey Solomons, Jr.를 화자로 선택한 이유는, 범죄자에 대한 사실적인 재현을 통해 "인간의 목을 베는 범죄와 그 밖의 거대한 악행에 대해 동정심을 유발시키는" 뉴게이트 소설을 "대중으로 하여금 미워하도록 만들기 위해서"다.

솔로몬즈 2세는 소설을 가로지르며 뉴게이트 소설 전반에 관해 비판과 공격을 계속한다. 그럼으로써 『캐서린』이 반-뉴게이트 소설임을 끊임없이 환기시킨다. 그가 보기에 뉴게이트 소설이 저지른 가장 커다란 해악은 범죄성을 연민의 대상 혹은 영웅적인 자질로 형상화한 데 있다. 솔로몬즈 2세는 이런 행위가 "선과 악을 세 개의 종지 밑에 넣고 어디에 무엇이 있는지를 알아맞히라고 요구하는 마술이나 사기술"과 같다고 본다. 그는 미덕과 악덕, 고상함과 천박함 사이의 경계를 지우는 이 같은 행위는 비난받아 마땅하다고 주장한다. 뉴게이트 소설이 "세상에서 가장 천한 짓을 극도로 위대한 일"로 묘사하고 있기 때문에, "범죄의 달인"인 자신조차도 이제는 더 이상 "어느 것이 숭고하고 어느 것이 하찮은지를 구분할 수 없는 지경에 이르게 되었음"을 고백한다.

솔로몬즈 2세는 대표적인 뉴게이트 소설가의 실명과 작품명을 직접적으로 거론하며 뉴게이트 소설의 폐해를 지적한다. 대중이 열광한 불위-리턴의 『유진 아람』에 등장하는 "플라톤을 인용하는 살인범"이나 에인즈워스의 『룩우드』에 나오는 "영웅적인 풍모의 감옥 탈주범"은, 그가 보기에는 "병적인 상상력을 살찌우기 위해 제공되는 기괴한 음식물"에 불과하다. 그는 범죄자를 "시를 읊조리고 장미향수를 몸에 뿌리고 다니는 댄디"로 미화하는 문학적 범죄자들에게 작가의 도덕적인 의무를 기억하라고 요구한다. "작가가 대중에 대해 그리고 자기 자신에 대해 정직해지는 유일한 방법"은 "술에 취해 방탕하고 천박한 짓이나 일삼는 무뢰한인 범죄자의 실제 모습 그대로" 대중에게 알리는 데 있음을 역설한다.

뉴게이트 소설은 『뉴게이트 캘린더』에 기록된 범죄자를 소설의 중심 인물로 차용했다. 새커리는 뉴게이트 소설문법을 반영하여 『뉴게이트 캘린더』에 등장했던 여성범죄자 캐서린을 주인공으로 선택했다. 그러나 캐서린은 뉴게이트 소설이 선호한 범죄자의 자질—동정의 여지를 지닌 혹은 신비감을 주는—을 전적으로 결여한, 뉴게이트 소설이 미화한 범죄자상을 허물기 위해 선택되었다.

『뉴게이트 캘린더』에 따르면 캐서린은 자신의 사생아인 빌링스Thomas Billings와 그녀의 집에 세든 남성인 우드Thomas Wood를 동원해 목수인 남편 헤이즈를 만취시킨 뒤 살해했다. 그녀는 남편의 신원에 대한 식별이 불가능하도록 시체의 머리와 사지를 절단하여 강물에 버리자고 주장했다. 시체는 그녀의 요구대로 처리되었지만 시체의 머리 부위가 발견되어 이들은 모두 체포되었다. 공모자들이 죄를 자백한 후에도 캐서린은 자신의 무죄를 주장했다. 그녀는 1726년 5월 9일에 이 시기 소역죄(petty treason)였던 남편을 살해한 죄목으로 화형당했다.[20]

캐서린은 남편을 살해하고 시신을 토막 내어 버리고 나서도 자신의 죄를 뉘우치지 않는다. 이러한 캐서린의 범죄성은, "읽는 사람을 끔찍하게 경악하도록 만들어 자신의 소설과 이런 종류의 소설 모두를 손에서 놓도록, 혹은 차라리 집어던지도록" 하려는 새커리의 저작의도를 가장 효과적으로 실현시켜준다. 솔로몬즈 2세가 지적하듯이 캐서린은 "구역질마저 일으키게 하는… 극도로 존엄성이 결여된" 범죄자이기 때문이다. 따라서 캐서린에 대한 묘사는 독자로 하여금 "보다 건전한 습관을 갖추게 하는 데 필수적인… 구토를 유발시켜 건강을 회복시키는 약물의 투여"가 된다. 『캐서린』은 범죄라는 질병에 대한 담론적 치유행위인 것이다.

『캐서린』은 범죄자의 개인사를 텍스트에 복원하는 뉴게이트 소설 규칙을 충실하게 수행한다. 그러나 『캐서린』은 뉴게이트 소설과는 정반대의 효과를 만들어낸다. 뉴게이트 소설은 주인공을 범죄로 내몬 사회적 요인을 비판하기 위해 범죄자의 성장과정에 주목한다. 하지만 『캐서린』은 범죄성이 사회적으로 결정되는 것이 아니라, 특정한 개인에게 본래 내재되어 있던 성향임을 부각시키기 위해 범죄자의 성장과정을 보여준다.

캐서린은 어린시절부터 "나태와 허위, 교태, 허영, 중상과 폭언, 폭력과 같은 다양한 악덕"을 지닌 인물로 소개된다. 생명의 은인이며 그녀에게 언제나 동정적이고 관대했던 의사인 돕스Dobbs마저도 캐서린을 그가 아는 아이들 중 "가장 게으르고 가장 비열하고 가장 거칠게 행동하는 작은 무뢰한"으로 기억한다. 그녀의 피를 이어받은 아들 빌링스 역시 어머니인 캐서린을 닮아 성품이 음흉하고 싸움과 도둑질을 일삼는 "성인들도 공포에 떨게 한" 악동으로 설정된다.

새커리는 범죄성의 선천적인 면을 강조하고자 솔로몬즈 2세의 친형제인 아미나답Aminadab을 소환한다. 아미나답은 "태어났을 때부터 죽는 시간까지 범죄자일 수밖에 없는, 자연이 그로 하여금 범죄라는 직업에 맞게 만든, 그의 환경이 어떻든 간에 다른 무엇도 될 수 없는" 인간으로 규정된다. 새커리는 캐서린과 솔로몬즈 2세의 가계를 예시하면서 범죄자의 환경적 요인을 강조하며 범죄자에게 동정적인 태도를 보이는 "심오한 철학자들"에게 "경멸의 웃음"을 보낸다.

뉴게이트 소설은 빠르게 이어지는 긴장감 넘치는 범행의 묘사로 독자를 몰입시킨다. 또한 범죄행위의 묘사에 엽기적인 상상력을 동원하여 선정적이고 충격적인 효과를 극대화한다. 『뉴게이트 캘린더』의 기록은 캐서린의 범죄행위에 엽기성과 선정성이 포함되어 있음을 보여준다. 그러나 『캐서린』은 당시 『데일리 포스트Daily Post』에 게재되었던 사건기사의 간략한 인용으로 범행장면의 묘사를 대신한다. "범행가담자들은 피해자 헤이즈 씨가 잠든 방으로 들어가 손도끼로 피해자의 두부 후면을 강타하여 두개골을 파열시켰다." 이 같은 건조하고 절제된 묘사는 뉴게이트 소설의 상세하고 과장된, 조악한 폭력의 묘사와는 극단적인 대조를 이룬다.

범행장면 직전에 새커리는 스토리의 전개를 유보시킨다. 그런 상태에서 그는 독자를 호명하여 자신의 서술전략을 설명한다. "준비되고 있는 구절"은 "최근에 유명작가들의 펜에 의해 양산된 잔인하고 소름끼치는 유혈장면에 염증을 느끼는 분별력 있고 정직한 독자들"을 대상으로 하는 것이 아니라, "이제껏 피와 더러운 범죄소설 쓰레기들을 포식한 대중"을 위한 것임을 분명히 밝힌다.

새커리는 취급하는 소재의 엽기성과 선정성을 배제시키기 위해, 간략한 범죄행위의 사실만을 기재하고 독자를 미리 호명하여 자신의 의도를 환기시켰다. 이러한 장치를 통해 새커리는 독자로 하여금 소설 속의 범죄행위와 비판적인 거리두기를 가능하도록 한다. 비판적인 거리를 통해 독자가 자신의 병적인 취향을 반성하고 뉴게이트 소설의 뒤틀린 감수성과 거짓 윤리를 거부하도록 하려는 것이다.

대개의 경우 뉴게이트 소설은 처형장면에서 범죄자의 의연함을 강조하여 비장미를 구축한다. 또한 사랑하는 사람과의 영원한 이별이라는 사실을 부각시킨다. 이러한 방식을 통해 센티멘털리즘을 강화함으로써 뉴게이트 소설은 범죄자의 범죄성을 무화 혹은 약화시키는 것이다.

새커리는 1726년 5월 10일자 『데일리 저널Daily Journal』의 기사를 인용해 캐서린의 처형장면을 대치한다. 소설 속에 인용된 기사문에는 범죄자에 대한 처벌이라는 명제가 극도로 냉정하고 객관적으로 서술되고 있다. 캐서린에 대한 최초의 화형 시도가 실패한 후 "사형집행인이 불 속에 집어던진 나무토막 하나가 그녀의 머리를 부셔서 그녀의 뇌가 상당 부분 두부 밖으로 쏟아졌으며, 화형이 다시 집행된 지 한 시간 후쯤에는 완전히 재로 변했다." 이처럼 임상기록문적인 화법이 사용됨으로써 감상적인 정조가 텍스트 속으로 침투할 여지는 철저하게 봉쇄되고 있다.

새커리는 범행장면과 더불어 캐서린의 처형장면을 신문기사를 원용하여 처리했다. 이것은 범죄자의 신비화 혹은 미화라는 뉴게이트 소설의 전복성을 역전복하기 위해 새커리가 시도한 리얼리티 강화전략이 가장 극명하게 드러난 사례다. 소설 속으로 틈입한 기계적일 정도로 사실적인 기사문은 범죄와 관련되어 대중에게 떠돌던 모든 불순한 추측을 제거하는 역할을 해낸다. 푸코의 표현을 빌리자면, 이제 텍스트 속에서 "서술은 더 이상 모호한 이야기가 아닌 확고한 권위를 지닌 뉴스가 되고 풍문은 진술로 전화"되어 뉴게이트 범죄담론의 도발성을 무력화한다.

『캐서린』의 실패

『캐서린』을 통해 뉴게이트 소설 관습을 해체시키겠다는 새커리의 야심찬 기획은 별다른 주목을 받지 못했다. 1840년 1월에 어머니에게 보낸 편지에서 새커리가 말한 대로 『캐서린』은 "널리 사랑받지 못했다." 『캐서린』은 대중의 열광적인 반응을 얻지 못했고 극화되어 무대에 오르지도 않았다.

비평적으로도 『캐서린』은 높은 평가를 받지 못했다. 대부분의 비평가들은 『캐서린』을 저명한 뉴게이트 소설가들을 공격하여 자신의 문학적 입지를 확보하려는, 작가로서의 출발선상에 선 새커리가 문학적 야심을 드러낸 첫 작품 이상으로 보지 않았다. 도즈John Dodds가 「풍자작가로서 새커리(Thackeray as a Satirist)」에서 『캐서린』을 "문학에 있어서의 아기 곰"이 발톱을 갈고 있는 재롱떨기로 규정한 것은 그 대표적인 경우다.

새커리는 1840년 3월에 카마이클-스미스Carmichael-Smyth 부인에게 보낸 편지에서 자신의 시도가 좌절되었음을 인정했다. 그는 『캐서린』이 "처음부터 끝까지 잘못되었으며… 충분히 혐오스럽지 못했다"고 침통하게 고백했다. 그러나 『캐서린』이 제대로 효능을 발휘하지 못한 근본적인 이유는 새커리의 진단대로 캐서린을 "충분히 혐오스럽게" 그리지 못한 데 있는 것이 아니다. 보다 근원적인 문제는, 그가 역사적인 사실을 변용하고 왜곡하여 텍스트를 재구성함으로써 캐서린이 드러내는 범죄성을 약화시킨 데 있다.

『뉴게이트 캘린더』에 따르면, 캐서린은 망설이는 공범자들을 설득하여 남편을 살해한다. 그러나 새커리는 살인을 주도하는 인물을 우드로 변경하고, 캐서린은 남편을 살해하려는 그를 말리는 것으로 처리했다. 역사적 사실의 윤색으로 인해 캐서린의 범죄성은 결정적으로 약화되었다. 흉측한 범죄자를 창조해 대중으로 하여금 뉴게이트 소설을 혐오하도록 만들겠다는 새커리의 의도는 제대로 실현되지 못한 것이다.

『뉴게이트 캘린더』에 기록된 캐서린의 범죄는 동기가 명확하지 않은 가정범죄와 처벌이라는 단순한 서사구조를 가진다. 그러나 새커리는 갈겐슈타인 백작이라는 인물을 창조하여 소설 속에 삽입했다. 또한 실존 인물인 헤이즈를 변용했다. 이러한 수정을 통해 『캐서린』의 서사는 범죄와 처벌에서 계급과 성적 욕망에 관한 것으로 바뀌었다.

새커리는 "직업적인 바람둥이"인 갈겐슈타인 백작을 캐서린 앞에 등장시키고 그녀로 하여금 백작의 잘생긴 용모와 세련된 매너에 매혹되도록 만든다. 캐서린은 백작과 사랑에 빠지고 그의 아이를 임신한다. 그러나 백작은 그녀를 버리고 부유한 귀족의 딸과 결혼한다. 캐서린은 자포자기한 상태로 자신을 흠모하던 목수인 헤이즈와 결혼한다. 역사적인 기록에 따르면 헤이즈는 정직하고 성실한 모범적인 남편이었다. 그러나 새커리는 범죄의 피해자인 헤이즈를 추하고 부도덕한 인물로 윤색한다. 헤이즈는 가난한 사람들을 착취하는 피도 눈물도 없는 대금업자며 장물아비인 "더럽고 비열한 인간"으로 묘사된다. 그는 "창백하고 허약하며 수줍은… 등이 구부러진 초라한 피조물"인 동시에 "이기적인 수전노로 악명이 높은" 인물로 재현된다.

갈겐슈타인 백작이라는 인물의 창조와 헤이즈라는 인물의 변용은 고귀한 애인과 비천한 남편의 대비효과를 낳는다. 남편 살해의 직접적인 계기가 되는, 캐서린이 귀향한 백작과 재회하는 장면에서 이러한 효과는 두드러진다. 두 사람이 20년 만에 다시 만났을 때, 백작의 "희고 섬세한 손길"과 "부드럽고 자상한 눈길"에서 캐서린은 남편 헤이즈와의 결혼생활에서 경험하지 못한 에로틱한 긴장감을 느낀다.

백작과 예전과 같은 열정적인 관계를 회복한 후 캐서린은 남편 살해를 결심한다. "내가 자유롭다면 백작은 나와 결혼할 거야. 나는 그가 그러리라는 것을 알아. 그는 어제 그렇게 말했어." 두 남성의 대비효과가 극대화된 상황에서, 추악한 남편과의 불행한 결혼을 끝내고 진정으로 사랑하는 남성과 결합하려는 캐서린의 욕망은 독자에게 호소력을 확보한다. 그녀는 잔혹한 범죄자이기보다는 진실한 사랑을 되찾으려는 비련의 여인으로 변모하는 것이다. 이제 『캐서린』은 범죄자를 미화한 기존의 뉴게이트 소설과 동일한 효과를 창출한다.

새커리는 『캐서린』을 통해 뉴게이트 소설의 전복성에 대한 역전복을 시도했다. 그는 인간의 존엄성을 결여한 범죄자를 주인공으로 선택하여 독자로부터의 공감을 차단하려 했다. 또한 재판과 처형장면을 신문기사로 대체하여 범죄자의 목소리로 처벌의 부당성에 대한 분노를 드러낼 수 있는 기회를 배제했다. 이것들은 모두 그의 의도를 성공적으로 실현시킬 수 있었던 훌륭한 전략이었다. 그러나 새커리는 범죄의 동기 및 범죄행위와 관련된 주요지점에서 결정적인 실책을 범했다. 그는 가공의 인물을 삽입하고 실재했던 인물을 왜곡하여 범죄를 정당화했다. 독자와 범죄자 사이의 비판적인 거리가 없어짐으로써 범죄자에 대한 동정심을 유발시켰고 독자와 범죄자를 연대하도록 만든 것이다.

자신이 "여주인공에게 조금씩 친절함을 보였고 그녀를 극도로 무가치하게 만들고 싶어 하지 않았다"는 새커리의 후회는, 뒤늦은 것이지만 정확하다. 『캐서린』은 "구토를 유발시켜 건강을 회복시키려는 약물"로 독자에게 투입되었다. 그러나 『캐서린』은 강력한 치유력을 지녔음에도 불구하고 치유효과가 반감되는 안타까운 결과를 낳았다.

의심할 바 없는 대문호
─ 찰스 디킨스

디킨스(1812~1870)는 19세기 영국을 대표하는 작가다. 그는 뛰어난 문학적 능력을 지녔으며 동시대 작가 중 누구보다도 부지런했다. 그가 수다스러우면서도 냉소적인 문체로 그려낸 영국사회와 영국인들의 삶은 지금 이곳의 우리에게도 생생하게 다가온다. 디킨스 특유의 섬뜩한 유머와 버무려진 리얼리즘에는 독특한 아우라가 있다.

디킨스는 어린 나이부터 밑바닥 생활을 했고 몸으로 느낀 당대 민중의 신산한 삶을 글로 써냈다. 아버지가 빚을 갚지 못해 감옥에 갇히는 것을 경험했고 12세부터는 공장노동을 했다. 디킨스는 정규교육의 혜택을 제대로 받지 못했다. 하지만 독서를 통해 쌓은 지식과 글쓰기 능력을 가지고 법률사무소의 사환과 법원서기가 될 수 있었고, 마침내는 신문기자까지 올라갔다.

디킨스는 24세에 단편 모음집인 『보즈의 스케치(Sketches by Boz)』(1836)를 출판하며 작가로 등단했다. 이후 대중적 인기와 비평적 찬사를 받는 소설을 계속 내놓았다. 어린아이를 통해 빈곤문제와 아동학대, 사회제도의 문제점을 비판한 『올리버 트위스트』(1838)와 『오래된 골동품 상점(The Old Curiosity Shop)』(1841), 역사소설인 『두 도시 이야기(A Tale of Two Cities)』(1859), 자전소설인 『데이비드 코퍼필드David Copperfield』(1850)와 『위대한 유산(Great Expectations)』(1861), 뉴게이트 소설인 『바나비 루지』(1841), 자본주의 비판 동화인 『크리스마스 캐럴Christmas Carol』(1843), 과

영국소설을 대표하는 작가로 한 사람만을 뽑아야
한다면, 아마도 그 한 명의 작가는 디킨스가 되리
라고 생각한다. 모더니즘의 규범을 적용하면 달라
질 수도 있겠지만, 소설의 질과 양 모두에서 그는
가장 뛰어난 면모를 보이기 때문이다. 디킨스는 믿
기지 않을 정도로 부지런하게 훌륭한 글들을 써냈
고, 국내와 해외를 가리지 않고 열광하는 독자들
앞에서 경쾌하게 자신의 문학적 성취를 과시하는
삶을 살았다.

도기적 추리소설인『황폐한 집(Bleak House)』(1853), 산업사회 이데올로기를 비판한『어려운 시절(Hard Times)』(1854) 등이 그러하다.

디킨스는 대중적 인기와 명성을 한껏 누렸다. 그가 런던 거리를 산책하면 사람들은 그를 알아보고 모여들었다. 디킨스를 향한 독자들의 사랑은 해외에서도 변함없었다. 1842년 최초로 미국을 방문했을 때 디킨스는 엄청난 환영 인파에 둘러싸였고, 1867년에 다시 미국을 방문해서는 낭독회를 통해 거액을 벌어들였다. 미국을 방문한 작가 중 누구도 그런 열광적인 환영을 받지 못했다고 전해진다.

디킨스는 어린시절의 불우한 기억에 집착하는 모습을 보였고 자기연민적인 성향도 드러냈다. 그러한 기억은 작가로서 성공한 후에도 다양한 작품 활동을 계속하게 만드는 원동력이었다. 디킨스는 살아서 문학적 명성과 대중의 사랑을 함께 누린 행운아였다. 사망하는 해에도 그는 추리소설인『에드윈 드루드의 비밀(The Mystery of Edwin Drood)』(1870, 미완성)을 집필 중이었다. 작가로서는 매우 행복한 삶이었다.

성공한 반-뉴게이트 소설 :『올리버 트위스트』

『올리버 트위스트』(1838)

『올리버 트위스트』는『크리마스 캐럴』과 더불어 디킨스의 소설 중 가장 많이 알려져 있다.『올리버 트위스트』는 아동용 도서로도 많이 출판되었고 영화나 텔레비전 드라마, 뮤지컬로도 나왔다. 소설 속에는 거장으로 나아가는 젊은 디킨스의 에너지와 아직은 다소 유순해 보이는 유머가 함께한다.

고아인 올리버는 구빈원(Poor House)에서 자란다. 배고픔에 굶주린 소년들을 대표해 먹을 것을 더 달라고 했다는 이유로 그는 구빈원에서 쫓겨난다. 범죄소굴로 들어간 올리버는 우여곡절 끝에 신사 브라운로우 씨의 도움과 매춘여성 낸시의 헌신으로 범죄의 세계에서 빠져나온다. 범죄자 사익스와 페긴, 몬스는 처벌받고, 올리버는 존중받는 시민의 삶을 걷게 된다.

『올리버 트위스트』에는 뉴게이트 소설의 특성이 잘 나타난다. 무엇보다도 범죄자들을 소설의 주요인물로 등장시키고 그들의 삶을 세밀하게 묘사하는 뉴게이트 소설 관습은『올리버 트위스트』에서도 반복된다. 또한 디킨스는 텍스트 내에서 뉴게이트 소설의 원전인『뉴게이트 캘린더』를 직접 호명한다. 그럼으로써『올리버 트위스트』와 뉴게이트 소설과의 연관성을 분명히 하고 있다.

『올리버 트위스트』에서『뉴게이트 캘린더』는 소년들에게 범죄를 교사할 때 교재로 사용된다. "위대한 범죄자들의 삶과 재판을 기록한"『뉴게이트 캘린더』를 읽으며 올리버는 자신의 삶이『뉴게이트 캘린더』에 등장하는 범죄자처럼 될까봐 두려움에 떤다. 반면에 소년범죄자 베이츠 Charley Bates는 동료인 도저가 체포되었을 때, 좀도둑 수준의 죄명으로 인해 도저가『뉴게이트 캘린더』에 등장하지 못하게 되리라는 사실을 안타까워한다. 소설 속에서 호출되는『뉴게이트 캘린더』는『올리버 트위스트』와 뉴게이트 소설과의 연관성을 환기시킨다.

페긴과 사익스를 비롯한 여러 범죄자들을 텍스트의 주요인물로 설정한 점 역시『올리버 트위스트』를 뉴게이트 소설로 분류하는 근거가 된다. 그러나『올리버 트위스트』는 기존의 뉴게이트 소설과는 크게 다르다. 뉴게이트 소설은 주요범죄자의 이름을 소설 제목으로 삼고 그를 서사구조의 중심에 배치한다. 하지만 『올리버 트위스트』에서는 범죄자의 이름이 타이틀로 사용되지 않으며 그를 중심으로 서사가 진행되지도 않는다. 『올리버 트위스트』의 주인공은 올리버이며, 그의 이름이 소설의 제목으로 사용된다. 올리버는 건전한 시민으로 성장하기 때문에 『올리버 트위스트』는 일반적인 뉴게이트 소설 관습에서 멀리 벗어난다.

뉴게이트 소설의 주인공은 대개 어린시절이나 감수성이 예민한 시절에 체험한 사회적 불평등과 억압으로 인해 범죄자의 길을 걷게 된다. 올리버가 구빈원 시절에 경험하는 부당한 대우와 천대는 전형적인 뉴게이트 소설의 서사를 보여준다. 구빈원에서 올리버와 아이들은 "천천히 굶어 죽이는 고문을 당한다." 극도의 굶주림에 시달리던 올리버는 "원장님 제발 죽을 더 주세요"라고 간청한다. 그러나 올리버는 정당하게 할당된 것보다 더 많이 소유할 것을 욕망하는 예비범죄자라는 판정을 받을 뿐이다. 그에게는 훗날 교수대에 서게 되리라는 진단이 내려진다.

"올리버 트위스트가 더 달라고 요구했습니다!" 모든 사람이 놀랐다. 공포가 모두의 얼굴에 나타났다. "더 달라고!" 림킨스 씨Mr. Limbkins가 말했다. … "식사규정에 따라 할당된 저녁을 먹은 후에도 더 달라고 요구했다고 이해해도 되나?" "그렇습니다, 이사님." 범블Bumble이 대답했다. "저 소년은 교수형 당하게 될 거야." 흰 조끼를 입은 신사가 말했다. "장담하는데 저 소년은 교수형 당할 거야."

구빈원에서 생활하던 올리버가 먹을 것을 좀 더 달라고 간청하는 장면. 구빈법과 아동학대라는 당대의 사회문제가 가장 분명하게 드러나는 순간이다. 여기에서도 당대의 끔찍한 현실은 분노와 슬픔보다는 디킨스 특유의 기이한 블랙유머를 통해 그려지고 있다. 디킨스의 소설이 부조리한 현실에 대한 저항이 아니라 해학과 유머로 버무린 타협과 회피에 가깝다는 비판이 나오는 이유이기도 하다.

한참 먹을 나이의 소년이 굶주림을 면하고자 간청한 최소한의 요구가 미래의 흉악한 범죄자를 예고하는 징표가 된 것이다. 이러한 상황은 사회에 대한 불만과 증오를 키워 범죄를 통해 체제에 저항하는 동기가 되기에 충분해 보인다. 그러나 올리버는 최악의 환경에서도 태생적이라 할 수밖에 없는 탁월한 도덕적 통제력으로 범죄의 유혹을 물리친다. 그의 미덕은 소설 속에서 결국 사회적 보상을 받는다. 디킨스는 올리버를 통해 범죄성이 사회적 구성체이기보다는 선천적인 품성임을 예시한다. 그럼으로써 범죄를 불평등한 사회적·계급적 환경의 산물로 주장한 뉴게이트 소설의 전복성을 역전복시킨다.

『올리버 트위스트』에는 범죄를 찬미하고 범죄자로서의 자부심과 현시욕을 드러내는 베이츠와 도저가 등장한다. 이들은 뉴게이트 소설에 흔히 등장하는 유쾌한 범죄자의 소년 판으로 볼 수 있다. "자기 사업의 교리를 이해하는" 도저는 올리버에게 동전을 한 줌 보여주면서 범죄자의 삶이 "로맨스와 열정"에 가득한 "즐거운 인생"이라고 이야기한다.

"여기 봐." 한 줌의 실링과 반 페니 동전을 꺼내며 도저가 말했다. "이건 즐거운 인생이야! 이 돈이 어디서 왔는지 상관이 있겠어? 자 받아봐. 이 돈을 훔쳐온 데에는 남아 있는 돈이 훨씬 더 많아. 안 할 거야, 안 할 거니? 너 정말 이상한 바보구나."

이들은 범죄자의 삶을 즐겁고 유쾌한 놀이인 동시에 생명을 담보로 하는 모험으로 규정한다. 도저가 올리버를 설득하는 동안 베이츠가 그

옆에서 무언극으로 교수형을 연출하는 장면은 이러한 삶을 상징적으로 보여준다.

뉴게이트 소설에서는 매혹적인 범죄자를 텍스트의 중심에 배치한다. 그러나 디킨스는 이들을 소설의 주변부로 내보내 독자의 주목에서 비껴나도록 만든다. 소설 안에서 도저와 베이츠가 차지하는 비중은 혐오감을 주는 추하고 잔인한 성인범죄자들에 비해 미미하다. 사익스와 페긴 같은 성인범죄자들은 각각 독립된 장을 부여받지만, 소년범죄자들은 간헐적으로 잠시 등장하다가 소설의 후반부터는 아예 모습을 보이지 않는다. 도저와 베이츠는 매력적인 범죄자의 자질을 지니고 있음에도 불구하고 독자의 시선을 오래 끌거나 독점하지 못한다.

포드Richard Ford는 『올리버 트위스트』에 대한 논평에서 디킨스의 선의와 뛰어난 능력을 인정한다. 그럼에도 불구하고 그는 "하류계급의 무법적인 언어로 이 세계를 재현하는 것"은 독자들에게, 특히 젊은 독자들에게 위험한 결과를 낳을 수 있다고 경고한다. 새커리는 포드보다 더욱 엄중하게 디킨스의 문제점을 지적한다. 그는 디킨스가 범죄자에 대한 왜곡과 변형을 통해 "괴물을 호의적으로 그리고 있다"고 비난한다. 이런 점에서 디킨스는 다른 뉴게이트 소설가들에 비해 나을 것이 없다고 평가한다. "디킨스의 놀라울 정도로 유쾌하고 부자연스러운 풍자"에 의해 범죄자들이 "우리 모두가 찬미해야 하는 신사들"로 변모한다는 것이다. 새커리는 디킨스의 소설 중에서 여성범죄자인 낸시가 고결한 인물로 그려지는 『올리버 트위스트』에서 이런 경향이 가장 두드러진다고 주장한다.

새커리의 비판처럼 『올리버 트위스트』에는 범죄자에 대한 호의적인 형상화 같은 뉴게이트 소설문법이 일정 부분 반영되고 있다. 그럼에도 불구하고 『올리버 트위스트』는 그 효과에 있어서 반-뉴게이트 소설로 기능한다. 새커리의 우려와는 달리, 낸시는 대중에게 범죄자에 대한 매혹을 유발시키기보다는 범죄자에 대한 증오심을 강화하는 기제로 작동한다. 특히 사익스가 낸시를 살해하는 장면에서 이러한 점은 극명하게 드러난다.

> 강도는 그녀의 머리와 목을 움켜잡고 그녀를 방 한가운데로 끌고 가서 문 쪽을 한번 쳐다보고는 자신의 두툼한 손으로 그녀의 입을 막았다. … 그는 자신의 얼굴에 거의 닿으려고 하는 그녀의 들어 올린 얼굴을 있는 힘을 다해 권총으로 두 번 내리쳤다. 그녀는 비틀거리다 쓰러졌다. 이마의 찢어진 상처에서 비처럼 쏟아져 내리는 피로 거의 앞이 보이지 않았다. 힘겹게 몸을 일으켜 무릎을 꿇고 로즈 메일리Rose Maylie의 흰 손수건을 가슴에서 꺼내 마주잡은 손에 쥐었다. 얼마 남지 않은 힘이 허락하는 만큼 손수건을 하늘 높이 치켜들고 하느님의 자비를 비는 기도 하나를 토해냈다. 그것은 보기에 끔찍한 모습이었다. 살인자는 벽 쪽으로 비틀거리며 물러서서 손으로 눈을 가리고 무거운 곤봉을 쥐고 그녀를 내리쳤다.

낸시는 올리버를 범죄세계로부터 구해내기 위해 자신의 생명까지 바치는 지극히 선한 인물로 그려진다. 그렇기 때문에 그녀의 육체에 가해지는 사익스의 잔혹한 폭력은 그 범죄성이 극대화된다. 디킨스가 낸시의 죽음을 처리하는 멜로드라마적인 방식 역시 뉴게이트 소설에서의 저급한 감상주의와는 거리가 멀다. 디킨스가 사용한 멜로드라마적인 방식은 오히려 낸시를 무참하게 살해하는 범죄자에 대한 독자의 적대감을 고조시키는 전략으로 사용되기 때문이다.

뉴게이트 소설에서 범죄자는 처벌의 부당성에 대해 분노의 목소리를 드러내고, 많은 경우에 감옥을 탈주하여 법률의 포획 밖으로 나간다. 따라서 『올리버 트위스트』가 뉴게이트 소설과의 차별성을 극명하게 드러내는 순간은 무엇보다도 범죄자에 대한 처벌의 확보에 있다. 사익스를 처리하는 방식은 이러한 점을 매우 잘 보여준다. 그는 낸시를 살해한 후 자신을 추적하는 권력으로부터, 그리고 자기 자신으로부터 도피한다. 사익스는 정신분열 증세를 보이다가 실수로 로프에 목매달려 죽게 된다.

살인자는 뒤돌아 지붕 쪽을 보고 머리 위로 팔을 올리면서 공포에 가득 찬 비명을 질렀다. "그 눈들이 다시 나타났어!" 그는 끔찍한 비명을 질렀다. 마치 번개에 맞은 것처럼 비틀거리며 그는 균형을 잃고 난간 너머로 떨어졌다. 올가미가 그의 목에 걸려 있었다. 올가미는 그의 무게로 활시위처럼 팽팽하고 쏜 화살처럼 빠르게 조여들었다. 그는 10미터 아래로 떨어졌다. 밧줄이 갑작스럽게 잡아당겨졌고 그의 팔다리는 엄청난 경련을 일으켰다. 뻣뻣이 굳은 손으로 날이 펴진 나이프를 움켜잡은 채 그는 거기에 매달려 있었다.

범죄에 대한 처벌은 이처럼 참회나 저항을 위한 최소한의 유예도 허락되지 않고 집행된다. 범죄자의 죽음 역시 최소한의 인간적인 연민이나 동정이 개입할 여지도 봉쇄된 정의의 실현으로 그려지는 것이다.

『올리버 트위스트』와 뉴게이트 소설은 서술에서도 커다란 차이를 드러낸다. 뉴게이트 소설은 대부분 전지적 관점을 채택하고, 전지적 관점은 범죄자의 시점과 일치한다. 범죄자의 시각에 맞춰진 전지적 관점의 화자는 범죄자에게 우호적으로 진술한다. 뉴게이트 소설의 사건전개에서 절정 부분에 위치한 재판장면에서 특히 이러한 경향은 두드러진다. 전지적 관점의 화자에 의해 법정에서의 내러티브는 범죄자의 변호에 초점이 맞춰지는 것이다.

『올리버 트위스트』가 채택한 전지적 관점은 그 창출하는 효과에서 뉴게이트 소설과는 극명하게 다르다. 전지적 관점의 화자가 드러내는 시각은 범죄자의 시점과 일치하지 않고 범죄에 대해 호의적이지도 않다. 화자는 사익스가 낸시를 살해한 행위에 대해 다음과 같이 분명하게 선언한다.

밤이 런던 지역의 하늘을 덮은 이래 어둠 속에 숨어 행해진 모든 악한 행위 중 그것이 최악이었다. 아침공기 위로 악취를 풍기며 솟아오르는 모든 공포 중에서 그것은 가장 더럽고 가장 잔인한 것이었다.

사익스의 범죄는 용서나 구원의 여지가 없는 행위라고 화자는 단호하게 말한다. 그로 인해 독자는 범죄자가 경험하는 내면적인 공황에 대해서도 동정적인 태도보다는 비판적인 거리두기를 할 수 있게 된다.

사익스는 자신의 한가운데까지 기어드는 두려움과 공포를 느꼈다. 그의 앞에 있는 것은 물체건 그림자건, 고정되어 있건 움직이건, 무서운 물건의 형상을 띠었다. 그러나 이런 두려움은 그날 아침의 끔찍했던 모습이 자신의 발꿈치를 따라오면서 떨어지지 않고 있다는 느낌에 비하면 아무것도 아니었다. … 팔다리를 모두 떨면서 땀구멍마다 식은땀이 솟아나는 가운데, 그는 자신 외에는 아무도 모르는 그러한 공포 속에 머물렀다.

사익스가 낸시를 살해한 후 느끼는 공포와 불안에 대한 묘사도 범죄자에 대한 동정심을 유발하지 않는다. 오히려 이것들은 범죄자에게 따라오는 심리적 고통에 대한 경고의 기능을 수행하며 반-뉴게이트적인 효과를 창출하는 것이다.

뉴게이트 소설에서 재판정은 범죄자에 대한 단죄가 이루어지는 장소가 아니다. 『폴 클리퍼드』의 재판장면은 이런 사실을 극명하게 보여주었다. 뉴게이트 소설에서 법정은 피고가 영웅적인 자질을 드러내며 사회적 부정의와 불평등에 대한 공세를 펼치는 장소다. 또한 법정은 계급 불평등을 합리화하는 수단으로 전락한 법률에 대한 피고의 항변에 대해, 방청객들의 공감과 절대적인 지지가 표출되는 장소다.

『올리버 트위스트』의 재판장면에서 범죄자와 방청객은 뉴게이트 소설에서의 전형적인 피고와 방청객으로 재현되지 않는다. 법정에 선 페긴은, 대중의 찬탄과 경이의 대상이 되는 뉴게이트 소설의 범죄자와는 거리가 멀기 때문이다. 그는 『폴 클리퍼드』에서처럼 사회체제를 거부하고 사회적 억압에 맞서는 고독한 영웅이나, 『유진 아람』에 등장하는 스스로 은둔을 선택한 심오한 철학자로 그려지지 않는다. 페긴은 독자에게 매혹적으로 다가설 만한 외적 조건을 갖추고 있지 않다. 그는 먼지와 기름때로 뒤덮인 "더러운 늙은이"일 뿐이다. 더구나 디킨스는 페긴을 호칭할 때 본래의 이름과 함께 유태인이라는 명칭을 교차하여 사용함으로써 페긴의 인종적 타자성을 강조한다. 페긴은 다른 무엇보다도 유태인이라는 인종적 배경으로 인해 대중의 영웅이 될 수 있는 자격요건을 근본적으로 상실한다.

소설 종결부에 위치한 재판장면에서 페긴은 영웅적인 범죄자가 아니라 모든 이로부터 경멸과 증오를 받는, 두려움에 떠는 초라한 늙은 범죄자로 그려진다. 방청을 위해 몰려든 수많은 사람들 중 "누구도 페긴에게 최소한의 동정심이나 어떠한 연민의 감정"도 보여주지 않는다.

법정은 바닥에서부터 지붕까지 사람들의 얼굴로 포장되어 있었다. 그의 눈이 방황하다 방청석에 닿았을 때, 페긴은 사람들이 자신의 얼굴을 보려고 저마다 일어서는 것을 보았다. 몇몇 사람들은 서둘러서 쌍안경을 눈에 대고 있었다. 다른 사람들은 혐오를 드러내는 표정으로 옆 사람들과 속삭였다. … 그러나 누구의 얼굴에서도, 심지어는 방청석에 많이 와 있는 여성들에게서도 페긴은 자신에 대한 최소한의 동정심이나 어떠한 연민의 감정도 읽을 수 없었다. 그들은 오직 그에게 유죄판결이 내려져야 한다는 데만 관심을 가지고 몰두하고 있었다.

밀러D. A. Miller는『소설과 경찰(The Novel and the Police)』에서『올리버 트

위스트』가 건전한 대중을 범죄자로부터 엄격하게 분리시키는 방역선을 설치했다고 주장한다.『올리버 트위스트』의 가장 커다란 특징이 범죄자에 대한 엄중한 처벌에 있다는 점에서 그의 지적은 적절하다. 로프에 목매달린 사익스의 스펙터클이 상징적으로 보여주는 것처럼,『올리버 트위스트』는 범죄자의 비참한 최후를 통해 국가권력이 행사하는 처벌의 정당성을 입증하고 권력에 대한 두려움을 대중에게 각인시킨다.

안전한 범죄소설, 추리소설의 서막 :『올리버 트위스트』

트레이시Robert Tracy는 「'옛이야기'와 내막들('The Old Story' and Inside Stories)」에서 "올리버의 분투는 어떤 종류의 소설에 자신을 끼워 맞추어야 하는가에 대한 분투"라고 주장한다. 그의 주장은『올리버 트위스트』에 뉴게이트 소설 외에도 또 다른 소설장르의 규범이 있다는 사실을 재치 있게 표현한 것으로 볼 수 있다.『올리버 트위스트』는 범죄자의 사회적 고립과 처벌을 극명하게 보여주면서 뉴게이트 소설양식의 전복성을 역전복시킨다. 그러나『올리버 트위스트』는 평면적이고 기계적으로 뉴게이트 소설을 공격하지는 않는다.『올리버 트위스트』는 기존의 범죄서술과는 근본적으로 다른, 추리소설적인 요소를 도입해 뉴게이트 소설의 불온성을 효과적으로 제거한다. 뉴게이트 소설의 전지적 관점이 보장하는 범죄자의 발언권은 범죄를 추리하고 범죄자를 추적하는 인물에 의해 차단되고, 그가 범죄자를 지목함으로써 사건은 종결되는 것이다.

『올리버 트위스트』는 범죄와 관련된 음모를 파헤치고 범죄자에 대한 추적과 처벌을 담당하는 주체를 통해 추리소설의 낯익은 관습을 보여준다. 추리소설에서는 범죄수사를 직업으로 삼는 제도권의 인물은 범죄를 해결하는 데 제구실을 하지 못한다. 반면에 아마추어 탐정은 범죄수사에서 주도적인 역할을 담당한다.

『올리버 트위스트』에서도 경찰인 블레이더즈Blathers와 더프Duff는 범죄해결에 전혀 도움을 주지 못한다. 반면에 일반시민인 브라운로우 씨는 탐정 역할을 성공적으로 수행한다. 몽스는 브라운로우 씨에 의해 범죄가 밝혀지고 "거리에서 붙들려" 강제된 고백의 수순을 밟는다. 올리버 역시 브라운로우 씨에 의해 범죄자의 길에서 벗어나 존중받는 시민의 길을 가게 된다. 이처럼 브라운로우 씨는 범죄와 관련된 진실을 밝혀내고 범죄자를 색출하는 역할을 담당한다. 그는 선한 대상을 구원하고 악한 대상을 처벌하는 정의의 수호자로 기능하는 것이다.

뉴게이트 소설에서와는 달리 추리소설에서 범죄에 대한 발언은 범죄자가 아니라 탐정 역할을 수행하는 인물이 주도한다. 범죄자는 범죄 피해자와 관련된 부분을 제외하고는 침묵한다. 『올리버 트위스트』에서 범죄와 관련된 발언은 브라운로우 씨가 주도한다. 브라운로우 씨가 범죄의 미스터리를 밝히는 부분은, "당신의 이야기가 가장 장황하다"는 몽스의 불평처럼 길고 자세하게 나열된다. 반면에 범죄자인 몽스의 발언은 추리소설의 관습대로 피해자인 올리버와 직접적인 연관성을 가지는 한도에서만 허용된다. 몽스에게는 자신이 범죄를 저지를 수밖에 없었던 환경이나 삶의 조건과 같은 개인사에 대해 이야기 할 기회가 주어지지 않는다. 소설의 종결부에서 마침내 몽스는 발언하지만, 그의 발언은 단지 브라운로우 씨의 발언을 유도하는 기능을 한다. 몽스가 짧은 발언 후 침묵할 때마다 브라운로우 씨는 "이야기의 매듭"을 이어주고 "몽스를 대신해서 이야기한다."

> 몽스는 말이 없었다. … 이 악한이 팔짱을 완강하게 끼고 좌절된 악의로 인한 무력감으로 스스로에게 저주를 중얼대는 동안, 브라운로 씨는 자신의 옆에 있는 공포에 질린 사람들에게 몸을 돌려 설명을 해줬다.

뉴게이트 소설의 해악을 지적할 때 항상 등장하는 "잘못된 동정심"의 유발은 몽스와는 무관하다. 그는 구원과 동정의 여지가 없는 완전한 악인으로 등장한다. 몽스는 브라운로우 씨에 의해 다음과 같은 인물로 규정된다.

> 겁쟁이, 거짓말쟁이. 밤에 어두운 방에서 도둑들과 살인자들과 회합을 주도하는 너… 요람에서부터 아버지의 가슴에 원한과 쓸쓸함이었던 너, 모든 악한 열정, 악덕, 방탕이 내부에서 곪아서 추한 병으로 터져 나와 결국에는 내면에 대한 지표로 얼굴에 표출된 너.

몽스는 독자로 하여금 최소한의 정서적인 끌림도 허용하지 않도록 만든다. 그는 개성을 지닌 입체적인 캐릭터로 부각되지 않기 때문이다. 몽스는 추리소설의 관습적인 범죄자, 즉 평면적이고 전형적인, 몰개성적이고 즉물적인 인물로 축소되어 주목의 대상에서 제외된다. 그는 얼굴을 찌푸리고, 더듬거리고, 반항하다가 움츠러드는 것과 같은 상투적이고 기계적인 반응밖에 보이지 못한다. 범죄자인 몽스는 평면적이고 단선적인 인물로 재현됨으로써 독자에게 다가가지 못하는 것이다.

몽스의 처벌은 잠시 유보되는 것처럼 보인다. 하지만 그의 삶은 범죄자의 전형적인 궤적에서 벗어나지 못하는 것으로 처리된다. 그는 신대륙으로 건너간 후에도 "사기와 악행으로 오랫동안 감옥에 구금되어 있다가", 지병인 간질병의 발작으로 감옥 속에서 비참한 최후를 맞는다.

브라운로우 씨가 『올리버 트위스트』의 후반부에 갑작스럽게 탐정으로 변신하여 몽스의 범죄를 폭로하고 미스터리를 푼다는 설정은, 추리소설 장르의 법칙에 비추어볼 때 "불충분하고 성급한"[21] 것일 수 있다. 그러나 이런 약점에도 불구하고 『올리버 트위스트』의 추리소설적인 결말은 화자의 시점과 범죄자의 시각이 연대할 가능성을 분쇄해버린다. 텍스트의 종반부에 도입된 추리소설적 기법은 효과적인 장치로 기능하는 것이다. 그렇기 때문에 『올리버 트위스트』는 『캐서린』보다 범죄에 대한 치유력이 훨씬 더 강력한 반-뉴게이트 소설로 평가할 수 있다. 또한 『올리버 트위스트』는 초기 추리소설의 양식을 보여주는 동시에 추리소설의 서막을 알리는 문학사적인 의미를 지닌다.

뉴게이트 소설의 몰락과
추리소설의 부상

뉴게이트 소설의 부상은 형법 개혁운동으로 대표되던 변혁적 움직임과 함께했다. 뉴게이트 소설은 범죄가 불평등한 사회구조에서 기인하며 범죄자 개인에 대한 처벌은 부당한 계급적 탄압에 불과하다고 주장했다. 그럼으로써 범죄를 하류계급에서 주로 발생하는 전염성 강한 질병으로 정의하고 범죄의 박멸을 위해 범죄자에 대한 가혹한 처벌의 필요성을 주장한 지배적 범죄담론을 전복시키려 한 것이다. 뉴게이트 소설은 지배계급에 의해 범죄자에 대한 위험한 동정심을 유발하고 사회적 불안을 일으키는 불온한 범죄담론으로 규정되었다.

새커리는 『캐서린』에서 범죄자와 범죄세계를 사실적으로 재현함으로써 범죄자를 향해 매혹과 공감의 시선을 표출한 뉴게이트 소설의 도착적인 증세를 치유하려 했다. 『캐서린』은 범죄자들의 추악함과 저열함을 극명하게 드러내는 데 성공했다. 그러나 독자와 범죄자 사이의 심정적 연대를 분쇄하는 작업에는 실패함으로써 근원적인 치유에는 이르지 못했다.

디킨스는 『올리버 트위스트』에 추리소설적인 요소를 도입하여 범죄에 대한 치유행위를 성공적으로 수행했다. 몽스의 경우에서 보듯이 소설 안에서 범죄자는 미스터리로 처리되고, 화자가 범죄자의 내면에 개입하는 것은 불가능해진다. 『올리버 트위스트』에서는 뉴게이트 소설에서처럼 전지적 화자의 시점과 범죄자의 시점이 일치하는 경우는 원천적으로 봉쇄된 것이다. 『올리버 트위스트』는 텍스트 내에서 범죄자의 목소리를 사라지도록 하고, 독자로 하여금 법률과 법률의 문학적 대리자인 탐정과 자신을 동일시하도록 만들었다. 그럼으로써 뉴게이트 소설이 남긴 전복성의 흔적을 제거하는 데 성공한 것이다.

추리소설은 태생적으로 보수성을 지닌다. 뉴게이트 소설이 고양된 혁명적 기운을 반영한다면, 추리소설은 전복적인 에너지를 감시하고 처벌하려는 지배계급의 움직임과 함께한다. 이런 측면에서 볼 때, 열성적인 디킨스 연구자이자 비평가인 포Edgar Allan Poe가 1841년에 발표한 '최초'의 추리소설인 「모르그가의 살인사건(The Murders in Rue Morgue)」이 파리를 배경으로 하고 있다는 사실은 매우 시사적이다. 유럽에서 혁명의 시대가 저무는 시점에, 혁명의 진원지였던 파리를 배경으로 추리소설은 태동한 것이다. 뉴게이트 소설의 몰락과 추리소설의 부상은 우려하던 급진적인 사회적·정치적 변동이 발생하지 않았음을 문학적으로 확인시켜준다. 이제 혁명의 시대는 가고, 위협받던 개인의 사유재산과 계급적 특권은 다시 안전하게 보장되는 것이다.

추리
소설

2

탐정은 왜
귀족적인
백인남성인가?

INVESTIGATION 3

새로운 영웅의 탄생

추리소설은 거대한 대중적인 인기를 누려온 장르다. 추리소설은 후기 빅토리아시대 맨체스터에서 검은 연기를 뿜어내던 방직공장 소유주의 서재를 장식했으며, 2차 세계대전 노르망디 상륙작전에 참가한 연합군의 배낭 속에 들어 있었고, 20세기가 저물 무렵 플로리다의 주정부건물 근처 서점 한복판의 가장 눈에 잘 띄는 섹션을 차지했다. 출판된 지 150년도 더 된 고전추리소설이 여전히 새로운 독자들과 만나고 있으며, 밀레니엄의 순간에 등장한 북유럽 추리소설은 21세기 출판시장을 질주한다.

추리소설은 다양한 독자층을 거느린 장르다. 한쪽 편에는 여름휴가 동안 휴양지에서 추리소설과 함께 더위를 식히거나, 비행기에서의 지루한 시간을 범죄의 미스터리가 풀리고 진범이 밝혀지는 과정의 서스펜스를 즐기며 견디는, 가볍고 편안하게 추리소설을 소비하는 독자들이 있다. 다른 한편에는 동호회를 결성해서 추리소설의 법칙이나 추리소설에서의 금기사항 등에 관해 논쟁을 벌이고 기어이 문건까지 발행하고야마는 열혈독자들이 존재한다.

추리소설 독자들의 계급적 배경과 교육수준, 직업 또한 매우 범위가넓다. 두 사람을 예로 들어보자. 레지스탕스로 활동했던 노동운동가이자 저명한 마르크스주의 경제학자인 만델Ernest Mandel은 추리소설 광으로도 유명했다. 60대에 들어서서 그는 마르크스주의 관점으로 범죄소설과 추리소설을 분석한,『즐거운 살인』이라는 감각적이고 튀는 이름의연구서를 펴냈다.

캔터베리 대주교의 아들로 태어나 가톨릭 사제가 된 녹스Ronald A. Knox 역시 널리 알려진 추리소설 애호가였다. 영국 가톨릭운동의 지도자이자 영어성서 번역의 권위자이기도 했던 그는 자신의 영적 소명에잘 어울리는 제목을 가진,「추리소설의 십계명(Ten Commandment of Detective Fiction)」이라는 문건을 작성했다. 녹스는『1928년 최고의 추리소설선집(The Best Detective Stories of the Year 1928)』을 편찬하기도 했다.

추리소설을 향한 대중적 열광과, 견결한 유물론자에서 독실한 성직자까지를 아우르는 광범위한 스펙트럼의 독자층은 어디에서 온다고 생각하는가? 여러 요인을 말할 수 있을 것이다. 논리적 추론과 분석, 범죄자에 대한 추적과 대결, 범죄해결을 둘러싼 스릴과 서스펜스 등. 결론부터 미리 이야기하자. 추리소설의 인기와 광범위한 독자층을 가능하게한 이 모든 흥분과 몰두는 탐정의 활약에서 온다. 그가 바로 추리소설에지적 자극과 무용담을 한껏 퍼나르는 공급책인 것이다. 우리가 탐정을 중심으로 추리소설에 관해 살펴보려는 이유다.

영미 추리소설의 기원에 대해서는 다양한 주장이 존재한다. 최초의 추리소설이 1841년에 발표된 포의 「모르그가의 살인사건」이라는 견해에는 거의 모든 연구자들이 동의한다. 의견이 갈리는 지점은 영국에서 언제 추리소설이 처음 등장했느냐다. '최초'의 추리소설인 「모르그가의 살인사건」의 영향으로 1840년대 이후에는 이미 영국에도 추리소설이 나타났다는 견해가 있다. 아우즈비Ian Ousby가 이런 입장을 보이는 대표적인 학자다. 반면에 선풍적인 인기를 끌던 범죄 스릴러물인 선정소설(Sensation Novel)이 몰락하고 난 1880년대 이후에야 영국에서 추리소설은 독립된 장르로 존재하기 시작했다는 주장도 있다. 이런 주장을 주도하는 연구자로는 스튜어트R. F. Stewart가 있다. 다양한 입장에도 불구하고, 콜린스Wilkie Collins가 1868년에 발표한 『문스톤The Moonstone』을 영국 '최초'의 추리소설로 평가하는 주장이 가장 일반적이라 할 수 있다. 허터Albert D. Hutter, 램버트Gavin Lambert, 시몬즈Julian Symons, 카웰티John Cawelti 등과 같은 뛰어난 추리소설 연구자들이 『문스톤』을 영국 최초의 추리소설로 승인했다.

19세기 후반의 초기 영국 추리소설에서부터 탐정은 '상류계급 출신' '백인' '남성'으로 등장한다. 탐정이 '귀족적인' '백인' '남성'으로 그려졌다는 사실을 기억하는 것은 매우 중요하다. 이러한 탐정의 재현은 추리소설의 계급적·인종적·젠더적 원형을 제시하고 있기 때문이다. 하지만 지금은 추리소설의 계급적·인종적 측면에만 집중하려 한다. 젠더에 관해서는 나중에 이야기할 기회가 많을 것이다.

뉴게이트 소설은 하류계급의 범죄자를 영웅적인 인물로 그렸다. 폴 클리퍼드나 잭 셰퍼드 같은 범죄자 영웅을 떠올릴 수 있으리라 생각한다. 그러나 추리소설은 상류계급 출신 탐정을 새로운 영웅으로 탄생시켰다. 추리소설은 지배계급의 규범을 거스른 자는 체포되어 처벌받는다는 사실을 보여줌으로써, 범죄는 패배가 예정된 계급적 환상에 불과함을 폭로하려 했다. 추리소설에서 탐정은 합리적 사유와 과학적 분석을 통해 범죄와 관련된 미스터리를 해결하는 완벽한 인물로 재현된다. 상류계급 출신 탐정이 발휘하는 고도의 추리능력과 범죄수사에서의 전문성은, 탐정이 대변하는 상류계급의 수월성을 입증하여 기존의 계급 지배체제를 강고하게 만든다.

빅토리아시대 영국으로 식민지 출신 외국인이 대규모로 유입되면서 외국인 범죄 또한 급속도로 증가했다. 범죄는 계급적인 일탈에서 민족적·인종적인 위반으로 재규정되기 시작했다. 이 시기 추리소설이 빠르게 성장한 것은 외국인 범죄자의 위협이 있어 가능했다. 영국의 민족공동체가 외부로부터의 위협에 직면하게 되었다고 인식되면서, 추리소설은 소박한 민족주의의 등을 타고 부상한 것이다.

민족공동체 내부의 범죄자와는 달리 외국인 범죄자는 동일시나 공감의 여지가 근원적으로 차단된, 철저한 타자로 다가왔다. 그럼으로써 영국인들이 느끼는 공포와 혐오의 감정을 극대화할 수 있었다. 추리소설에서 외국인 범죄자는 오래된 과거에 머무는 식민지에서 근대화된 문명세계로 침입한, 시대착오적인 존재로 나타났다. 반면에 탐정은 과학적 지식과 측정, 관찰로 대표되는 근대 서구문명의 총아로 그려졌다. 외국인 범죄자의 야만과 광기는 탐정의 과학적 합리성과 극명하게 비교되고, 외국인 범죄자와 탐정의 극적인 대비 속에서 영국인의 민족적·인종적 우월성은 분명해졌다.

추리소설에서는 탐정이 합리적인 추론과 과학적인 수사를 통해 식민지 출신 외국인 범죄자의 야만과 광기를 제거하는 것으로 그려졌다. 이러한 재현은 영국의 식민지배를 정당화하는 효과를 만들어냈다. 영국의 식민지 통치는 침략과 약탈이 아니라, 야만을 넘어서기 위한 선진문명의 교화와 이식이라는 주장이 설득력을 지니게 되었기 때문이다.

추리소설은, 아주 오랫동안, 문학적으로 매우 낮은 평가를 받아왔다. 광범위한 대중적 인기는 추리소설의 평가에 오히려 부정적으로 작용했을 뿐이다. 추리소설은 범죄의 선정성에 기대어 대중적인 인기를 추구한 상업적인 장르소설로 규정되었다. 그러나 추리소설이 저급한 대중소설에 불과하다는 주장은, 부당하고 성급하다. 추리소설은 탐정의 재현을 통해 지배적인 계급, 인종, 젠더담론을 구축한 소설문학의 주요지점이기 때문이다.

지금부터 콜린스의 『문스톤』과 코넌 도일Conan Doyle의 셜록 홈즈 Sherlock Holmes 연작을 살펴보면서 추리소설에 관해 이야기하도록 하자. 이들 소설은 추리소설의 전형성과 대표성을 함께 지니고 있다. 『문스톤』은 "영국 최초의 추리소설인 동시에 가장 위대한 추리소설"[1]이며, "수많은 자식을 남긴 근대 추리소설의 아버지"[2]라는 극찬을 받았다. 셜록 홈즈 연작은 "가장 위대한 탐정"이 등장해 범죄자를 상대로 "가장 위대한 게임"[3]을 벌이는, "고전추리소설의 전범"[4]이라는 찬사를 받았다. 추리소설이 새로운 영웅으로 등장한 탐정을 통해 어떻게 계급, 민족, 인종 이데올로기를 지탱하며 옹호하고 있는지 살펴보는 작업을 시작해보자.

의사, 소설가, 제국주의자, 심령술사
― 코넌 도일

코넌 도일(1859~1930)은 에든버러대학에서 의학을 전공했고, 20대의 대부분을 의사로 살았다. 1887년에 최초의 셜록 홈즈 연작인 『주홍색 연구(A Study in Scarlet)』를 발표했으나 별다른 반응을 얻지 못했다. 1890년에 발표한 『네 사람의 서명(The Sign of Four)』이 대중적으로 높은 인기를 얻게 되면서 그는 전업 작가로서의 삶을 진지하게 고려했다. 하지만 그는 1890년대 내내 의사와 작가의 삶을 병행했다.

코넌 도일은 다양한 장르의 소설을 썼다. 그는 추리소설 외에도 공상과학소설, 역사소설 등을 썼다. 그가 쓴 역사소설로는 영국과 프랑스의 백년전쟁을 다룬 『백색회사(The White Company)』(1891)가 대표적이다. 공상과학소설 중에서는 영화 〈쥬라기 공원〉에 영감을 준 『잃어버린 세계(The Lost World)』(1912)가 가장 많이 알려져 있다.

코넌 도일은 추리소설을 통해 제국주의 이데올로기를 유포하고 옹호했다. 그는 종군활동과 저서 집필을 통해서도 영국 제국주의를 선전했다. 보어전쟁이 발발했을 때는 군의관으로 참전했으며, 전쟁 중 영국군

셜록 홈즈가 탐정의 대명사라면 코넌 도일은 추리소설의 대표 작가이다. 셜록 홈즈 연작은 그에게 부와 명성을 가져다주었지만, 코넌 도일은 셜록 홈즈에게 고마워하기보다는 부담스러워하고 불편해했다. 그는 자주 셜록 홈즈를 떠나 다른 문학세계로 이주하려고 했다. 그럼에도 불구하고 그는 20대 후반부터 60대 후반까지 셜록 홈즈 연작을 계속해서 써냈고, 결과적으로 셜록 홈즈는 코넌 도일에게 불멸의 지위를 안겨주었다.

이 보인 제국주의적 만행을 변호하는 책을 펴내기도 했다. 1902년에 코 넌 도일은 영국여왕으로부터 기사작위를 수여받았다. 제국에 대한 그의 헌신과 공헌이 마침내 보상을 받은 것이다.

코넌 도일은 말년의 10년간을 심령술(spiritualism)에 심취해서 보냈다. 가장 과학적이고 합리적인 장르인 추리소설 작가에서, 죽은 사람과 영 매를 통해 소통할 수 있다는 비과학적이고 초자연적인 현상의 신봉자 가 된 것이다. 코넌 도일은 심령술에 관해 연설을 하던 중 심장마비로 숨을 거두었다. 근대적 합리성에서 출발한 그의 삶은 초자연적 심령술 로 마감되었다. 그가 살았던 시대만큼이나 분열되고 복합적인 개인이 었다.

귀족적인 게임이 된 범죄수사

추리소설은 체제순응적인 문학이다.[5] 추리소설의 체제수호적인 특성 은, 추리소설이 등장하기 전까지 영국의 대표적인 범죄소설이었던 뉴게 이트 소설과 비교할 때 더욱 뚜렷해진다. 뉴게이트 소설은 독자로 하여 금 주인공인 하류계급 출신 범죄자와 심정적 연대를 형성하도록 했다. 또한 범죄자가 전달하는 불평등한 사회구조에 대한 비판과 모순된 체 제를 전복하고자 하는 의지를 독자가 공유하도록 유도했다. 뉴게이트 소설의 전복성은 범죄자의 목소리를 텍스트의 중심에 배치하고, 재판 장면에서 범죄자의 입을 통해 처벌의 정당성을 전면적으로 부정하도록

한 데서 가장 강렬하게 표출되었다.

추리소설은 범죄자를 감시하고 처벌하려는 지배계급의 입장과 함께한다. 뉴게이트 소설은 범죄의 사회적·계급적 요인에 대해 조명하지만, 추리소설은 서사구조를 통해 범죄가 사회적·정치적 탐구의 대상이 될 수 없도록 봉쇄한다. 추리소설에서는 범죄의 원인과 과정이 생략된 채 범죄의 결과만 제시된다. 추리소설에서 범죄는 더 이상 계급적·정치적 탐구의 대상이 아니라, 단지 탐정의 추리를 통해 해결되어야 할 미스터리로만 존재하게 된 것이다.

셜록 홈즈 연작을 예로 들어보자. 셜록 홈즈는 범죄의 사회적·경제적·정치적 원인에 대해서는 전혀 고민하지 않는다. 그는 범죄와 관련된 미스터리의 해결 자체에만 흥미를 느낄 뿐이다. 심지어 그는 도전할 만한 가치가 있는 범죄가 발생하지 않는다는 사실에 불만을 표시하기까지 한다. 셜록 홈즈에게는 범죄가 단지 "가장 난해한 암호", "가장 복잡한 분석과제"로만 존재하기 때문이다. 그에게는 범죄의 정치적·경제적인 원인은 고려의 대상이 되지 않는다.

『주홍색 연구』에서 왓슨은 다음과 같은 리스트를 작성해 셜록 홈즈라는 인물을 규정한다.

1. 문학에 관한 지식 — 없음.
2. 철학에 관한 지식 — 없음.
……
4. 정치학에 관한 지식 — 미미함.

5. 식물학에 관한 지식 — 일정치 않음.

벨라도나belladonna로 만든 독약, 아편, 일반적인 독극물에 관해서는 상당함. 실용 원예에 관해서는 전혀 없음.

6. 지질학에 관한 지식 — 실용적이지만 제한됨.

한눈에 각기 다른 종류의 토양을 구분함. 산책을 마친 후 자신의 바지에 튄흙탕물을 보여주며, 색과 농도만으로 런던의 어느 지역에서 튀긴 것인지내게 이야기해줌.

7. 화학에 관한 지식 — 심오함.

8. 해부학에 관한 지식 — 정밀함, 그러나 체계적이지 못함.

9. 선정소설에 관한 지식 — 엄청남.

금세기에 자행된 끔찍한 범죄에 관해서 모든 디테일을 알고 있는 것처럼보임.

......

12. 영국법률에 관한 실용적인 지식이 훌륭함.

셜록 홈즈는 해부학, 독성학, 화학, 지질학, 법학, 그리고 심지어는 선정소설에 관해서까지 해박함을 드러낸다. 하지만 유독 정치학에 관해서는 "거의 무지한 것처럼 보인다"는 평가를 받는다. 셜록 홈즈의 캐릭터에는 추리소설의 탈정치적 특성이 그대로 반영되어 있는 것이다.

「주홍색 연구」(1887)

영국 군의관으로 아프가니스탄전쟁에 참가했다가 부상을 입고 런던으로 돌아온 왓슨Watson

은 셜록 홈즈와 한집에서 살게 된다. 그는 홈즈가 드레버Enoch Drebber와 스탠저슨Joseph Stangerson 살인사건을 수사하는 것을 지켜본다. 홈즈는 호프Jefferson Hope를 드레버와 스탠저슨 살해범으로 체포한다. 호프는 자신의 범행동기를 털어놓는다. 미국 유타 주 사막에서 길을 잃고 위기에 빠진 페리어John Ferrier와 그의 양녀 루시Lucy Ferrier는 모르몬교도들에 의해 구조된다. 세월이 흐른 후 루시는 모르몬교 장로의 아들인 드레버와 스탠저슨 중 한 명을 선택해 아내가 되라는 강요를 받는다. 루시의 약혼자였던 호프는 루시와 페리어를 모르몬교 거주지에서 탈출시킨다. 하지만 페리어는 살해당하고, 강제로 드레버의 아내가 된 루시는 오래 지나지 않아 세상을 떠난다. 호프는 루시와 페리어의 복수를 위해 드레버와 스탠저슨을 살해한 것이다.

  뉴게이트 소설의 주인공이 하류계급 출신 범죄자인 것과는 극히 대조적으로, 추리소설은 상류계급 출신 탐정을 새로운 영웅으로 등극시킨다. 추리소설에서 탐정은 귀족적인 여유와 상류계급의 세련됨을 지닌 매혹적인 댄디dandy나 천재적인 능력을 드러내는 신비로운 인물로 그려진다. 브래돈Mary E. Braddon의 『오들리 부인의 비밀(Lady Audley's Secret)』에 등장하는 로버트Robert Audley와 코넌 도일이 창조한 셜록 홈즈는 그 대표적인 사례라고 할 수 있다.

  브래돈(1835~1915)은 19세기 영국대중에게 가장 많이 알려진 작가 중 한 사람이었다. 70편이 넘는 장편과 100편이 넘는 단편을 쓰는 다작을 했음에도 불구하고, 그녀는 독창적인 플롯을 사용했다는 평가를 받는다. 특히 그녀는 여성의 육체와 광기를 통해 전복적인 여성상을 보여주는 데 재능을 발휘했다. 『오들리 부인의 비밀』은 브래돈의 첫 소설이자 가장 대중적 인기가 높은 소설이다. 이 소설에서 브래돈은 신분의 위장,

아내의 배신, 살인과 방화 같은 범죄를 다루고 있다.

『오들리 부인의 비밀』에서 탐정 역할을 수행하는 로버트는, "침착하고 여유로운, 무심하고 열의가 느껴지지 않는 태도 밑에 교활한 위트와 조용한 유머를 지닌, 호기심을 불러일으키는" 인물로 등장한다. 그는 "독일산 파이프로 담배를 피우고 프랑스 소설을 읽으며" 가끔씩 "템플 가든에서 한가롭게 산책을 하면서" 세월을 보낸다. 그는 생계를 위한 직업적 수단이 아닌, 삶의 단조로움을 극복하기 위한 취미활동의 일환으로 수사에 참여한다. 로버트는 범죄의 사회적·정치적 원인에 대해서는 관심을 전혀 보이지 않는다. 단지 수사행위를 지적인 게임으로 즐길 뿐이다.

셜록 홈즈는 귀족적인 미덕과 악덕을 모두 한 몸에 갖춘 인물로 등장한다. 그는 뛰어난 육체적 능력을 소유한 스포츠맨일 뿐 아니라 훌륭한 바이올린 연주자이기도 하다. 그는 "목검술과 권투, 펜싱의 전문가"이면서도, "바이올린 연주를 잘하고… 난해한 곡들도 연주할 수 있다." 셜록 홈즈는 고질적인 우울증을 바이올린 연주를 통해 달랜다. 그러다가 우울증이 심해지면 귀족계급의 전통적인 악습대로 마약을 복용한다.

셜록 홈즈는 벽난로 위 선반의 구석에서 약병을, 말쑥한 모로코가죽 케이스에서 자신의 피하주사기를 꺼냈다. 그는 길고 하얗고 신경질적인 손가락으로 섬세하게 바늘을 조정하고는 왼쪽 셔츠 소매를 말아올렸다. 잠시 동안 생각에 잠긴 그의 눈이 셀 수 없이 많은 주사자국으로 점이 찍혀 있고 상처가 나 있는 자신의 근육질 팔과 손목에 머물렀다. 마침내 그는 날카로운 주삿바

늘을 찔러 넣고 작은 피스톤을 아래로 눌렀으며, 만족스러운 긴 한숨을 지으며 벨벳쿠션의 안락의자에 몸을 뉘었다. (『네 사람의 서명』)

『네 사람의 서명』(1890)

메리Mary Morston라는 여성이 셜록 홈즈를 찾아온다. 10년 전에 아버지와 연락이 끊긴 그녀에게 6년 전부터 매년 진주 한 알이 배달되고 있다. 진주를 보내주던 사람으로부터 만나자는 연락이 오고, 그녀는 어떻게 해야 할지 셜록 홈즈에게 의논하러 온 것이다. 메리와 함께 약속장소로 나간 왓슨과 홈즈는 솔토Thaddeus Sholto의 집까지 가게 되고, 그곳에서 숨겨진 과거의 비밀을 듣는다. 군인이었던 메리의 아버지와 솔토의 아버지는 인도 아그라Agra의 보물을 영국으로 가져왔다. 메리의 아버지는 보물을 분배하다 심장마비로 사망하고, 솔토의 아버지는 보물이 어디에 있는지 알려주기 전에 세상을 떠났다. 솔토의 쌍둥이 형 바돌로뮤Bartholomew가 그 보물을 발견하게 된다. 솔토는 바돌로뮤를 설득해 메리에게도 보물을 나눠주기로 했고, 분배를 위해 그녀에게 만나자고 연락한 것이다. 그들이 바돌로뮤의 방으로 갔을 때 그는 독살된 시체로 발견되고 보물은 사라지고 없다. "네 사람의 서명"이라고 적힌 종이만 살인현장에 남아 있다.

홈즈는 범인과 보물을 추적한다. 템스 강의 배 위에서 홈즈는, 독침을 쏘는 키 작은 흑인을 총으로 쏘아 죽이고 의족을 한 스몰Jonathan Small을 체포한다. 스몰은 솔토의 아버지가 자신을 배신하고 아그라에서 발견한 보물을 혼자 빼돌렸다는 사실을 밝힌다. 복수를 위해 런던까지 온 스몰은 바돌로뮤를 죽이고 보물을 되찾았다. 그러나 도망가는 도중 보물을 템스 강에 빠뜨렸고, 보물은 결국 찾을 수 없게 된다. 소설은 메리와 왓슨의 결혼으로 종결된다.

셜록 홈즈는 부와 명성 같은 현실적 이득을 얻기 위해서가 아니라, 우울증을 가져오는 무료하고 권태로운 삶에서 벗어나기 위해 수사에 참

가하는 것으로 그려진다. 따라서 그는 범죄의 사회정치적 맥락 따위에
는 조금도 관심을 보이지 않는다. 그에게 범죄란 정신적인 고양을 가져
오는, 마약 없이도 살아갈 수 있게 하는 지적인 게임이기 때문이다.

> 나의 마음은 정체(stagnation)에 반발하네. 내게 문제를 주게, 내게 일거리를
> 주게, 내게 가장 난해한 암호나 혹은 가장 복잡한 분석문제를 주게, 그러면
> 나는 내게 적합한 상태가 되지. 그러면 나는 인공적인 흥분제 없이도 지낼 수
> 있네. 나는 지루하고 판에 박힌 생활을 혐오하네. 나는 정신적인 고양을 갈망
> 하네. 그게 바로 내가 스스로 이런 특별한 지적 작업을 선택한, 아니 차라리
> 창조한 이유라네. (『네 사람의 서명』)

탐정이 독점하는 추리서사

뉴게이트 소설에서는 범죄서사가 하류계급 출신 범죄자의 행위와 발언
을 중심으로 진행되었다는 사실을 기억하리라 생각한다. 그러나 추리소
설의 범죄서사는 상류계급 출신 탐정에 의해 독점된다. 범죄자의 목소
리는 탐정에 의해 봉쇄되어 독자에게 전달되지 않는다. 추리소설에서는
오직 탐정만이 범죄의 의미와 성격에 대해 이야기할 수 있는 자격을 부
여받는다.

　추리소설에서 범죄의 전말은 탐정이 재구성한다. 탐정에 의해 독점
적으로 재구성된 범죄서사는, 소설의 종결부에서 범죄자의 고백이나 변

명이 아닌 탐정의 진술을 통해 독자에게 공개된다. 추리소설에서는 범죄자의 개입이 탐정에 의해 철저하게 차단되고 봉쇄된다. 그럼으로써 범죄에 대한 전복적인 시각이 형성될 가능성은 근원적으로 제거된다.

『배스커빌의 사냥개(The Hound of the Baskervilles)』(1902)는 탐정의 추리 서사 독점을 잘 보여주는 사례다. 소설 속에서 범죄자인 스테이플톤은 범죄와 관련해 줄곧 침묵을 지킨다. 범죄는 오직 탐정인 셜록 홈즈에 의해 단독적으로 재구성된다. 셜록 홈즈는 범죄와 관련된 미스터리가 해결될 시점에 이르러 다음과 같이 예고한다.

사건이 마무리되어 가고 쌓여 있던 어려운 일이 사라지고 있으므로… 곧 현대의 가장 끔찍한 범죄를 단일하게 연결된 하나의 이야기로 들려줄 위치에 있게 될 것입니다. 이 사건은 전적으로 고유한 특성을 지니고 있습니다. … 오늘밤 잠자러 가기 전까지 사건이 해결되지 않는다면 나는 매우 놀랄 것입니다.

스테이플톤은 도주하다가 늪에 빠져 죽는다. 그에게는 발언의 기회가 아예 주어지지 않는 것이다. 스테이플톤이 사망하고 난 후 셜록 홈즈는 범죄자를 대신해 "사건의 전체적 경위"에 대한 설명을 시작한다. 소설의 마지막 장인 "회고(Retrospection)"에서야 비로소 그는 "사건들의 전체적인 전개"에 관해 이야기한다. 11쪽이 넘는 소설의 종결부는 셜록 홈즈의 진술로만 채워지는 것이다.

『배스커빌의 사냥개』(1902)

『배스커빌의 사냥개』는 코넌 도일의 심령술에 대한 취향을 매우 뚜렷하게 드러낸 소설이다. 저주받은 가문, 고성, 안개에 덮인 늪, 전설의 사냥개 등 초자연적 현상과 공포가 소설 전반을 휘감기 때문이다. 배스커빌 경Sir Charles Baskerville은 심장마비로 사망한다. 하지만 그의 얼굴에는 강한 공포의 표정이 남아 있었고, 시체 주위에는 거대한 사냥개의 발자국들이 찍혀 있었다. 사람들은 배스커빌 가문에 대대로 내려오는 저주 — 거대한 유령 개가 목을 물어 살해한다 — 를 떠올린다. 홈즈는 배스커빌 경의 죽음에 대한 수사를 의뢰받는다. 그는 누군가 개를 이용해 배스커빌 경을 살해했으며, 재산을 상속받기 위해 미국에서 귀국한 헨리 경Sir Henry Baskerville 역시 위험한 상태라고 판단한다.

사건 이후 배스커빌 영지는 기이한 현상과 인물들로 가득하다. 그곳에는 불을 뿜는 유령 개가 나타나고 여인의 음산한 울음소리가 들린다. 그곳에서는 속을 알 수 없는 괴이한 느낌의 배리모어Barrymore 집사와 기묘한 박물학자(naturalist) 스테이플톤 씨Mr. Stapleton와 그의 여동생이 살고 있다. 또한 그곳에는 탈옥한 살인범 셀든Selden이 숨어 있다. 홈즈는 박물학자와 그의 여동생이 남매가 아닌 부부라는 사실과, 남편인 스테이플톤 씨가 헨리 경을 죽이려 한다는 것을 파악한다. 헨리 경의 낡은 옷을 입고 있던 탈옥범 셀든이 개에 물려 죽고 난 후 홈즈의 이런 생각은 더욱 확고해진다. 스테이플톤 씨와 저녁을 먹고 돌아오던 헨리 경은 개의 습격을 받지만 홈즈 일행에 의해 구조된다. 개는 총에 맞아 죽고 스테이플톤 씨는 늪으로 도망가다가 목숨을 잃는다.

홈즈는 범죄와 관련된 진실을 이야기한다. 셀든은 배리모어 집사의 처남이고, 지금까지 집사의 수상한 행동은 처남의 도피를 도와주기 위해서였다. 스테이플톤 씨의 본명은 로저Roger Baskerville이고 배스커빌 가문의 후손 중 하나다. 그는 삼촌인 배스커빌 경과 사촌인 헨리를 살해하고 재산을 독차지하려 했다. 개는 유령 개가 아니라 인광체(phosphorus)를 바른 털이 짧고 덩치가 큰 맹견(mastiff)과 사냥개의 혼종이었다. 홈즈와 왓슨이 〈위그노 교도들(Les Huguenots)〉이라는 오페라를 보러 떠나는 것으로 소설은 끝난다.

『주홍색 연구』에도 탐정의 추리서사 독점이라는 원칙은 똑같이 적용된다. 범죄자인 호프에게는 범죄에 대한 발언권이 부여되지 않는다. 호프는 범죄의 동기가 된 과거의 개인적인 원한관계에 관해 법정에 서서 진술할 기회를 얻지 못한다. 법정에 서기 직전인 재판 당일 아침에 시체로 발견되기 때문이다.

> 우리는 모두 목요일에 법원에 출두하라는 통지를 받았었다. … 하늘에 계신 판관께서 사건을 맡으셔서 호프는 엄격한 심판이 내리는 하늘나라의 법원에 소환당했다. 그는 체포당한 날 밤 동맥이 파열되어 감방 바닥에 누워 있는 시체로 아침에 발견되었다. 마치 죽어가는 순간에 보람된 삶과 잘 마친 일을 돌아볼 수 있었던 것처럼 그의 얼굴에는 평온한 미소가 깃들어 있었다.

호프의 사망 사실이 알려진 후 셜록 홈즈는 "모든 사건 중에서도 최상급인" 사건의 전말에 대해 이야기한다. 그가 재구성한 5쪽이 넘는 범죄서사가 공개되면서 소설은 종결된다.

추리소설에서 탐정은 범죄에 관해 타인과 소통하지 않는다. 범죄의 동기와 범죄자의 정체를 파악하는 작업은 모두 탐정이 홀로 수행한다. 셜록 홈즈는 자신의 동료이자 유일한 친구라고 할 수 있는 왓슨에게조차 범죄와 관련된 주요 정보와 단서를 알려주지 않는다. 『배스커빌의 사냥개』에서 왓슨은 홈즈의 이런 습성에 대해 다음과 같이 지적한다.

> 셜록 홈즈의 단점 중 하나는ㅡ만일 그것을 단점이라 부를 수 있다면ㅡ그가

완전히 수사를 종료하는 순간까지는 자신의 머릿속에 가득한 생각에 대해 타인과 소통하는 것을 극도로 싫어하는 것이다. 부분적으로는 그것이 주변 사람들을 지배하고 놀라게 하는 것을 좋아하는 그의 오만한 개인적인 기질에서 왔음은 의심할 바 없다. 또한 부분적으로 그것은 안전에 만전을 기하려는 그의 직업적인 조심성에서 기인했다. 그러나 결과적으로는 그의 대리인과 조수 역할을 하는 사람들을 매우 괴롭게 했다.

셜록 홈즈는 사건이 해결되는 최후의 순간까지 왓슨에게 범죄수사에 관해 아무런 말도 하지 않는다. 왓슨은 "셜록 홈즈의 수사진행 방향에 대해서는 오직 추측만 할 수 있을" 따름이다.

셜록 홈즈는 수사과정 내내 입을 열지 않다가 범죄자를 체포하고 나서야 비로소 다음과 같이 선언한다.

"자, 신사 여러분." 그가 즐겁게 웃으며 말을 이었다. "우리는 작은 사건과 관련된 미스터리의 결말에 도달했습니다. 이제는 내게 어떤 질문을 해도 좋습니다. 이제는 제가 여러분들의 질문에 답변을 거부할 어떤 위험도 없습니다."(『주홍색 연구』)

수사에 관한 정보를 타인과 공유하지 않으려는 셜록 홈즈의 배타성은 종종 그의 오만하고 폐쇄적인 특성으로 오해된다. 그러나 그것은 범죄서사에 관해 탐정의 독점적인 위치를 보장하려는 추리소설의 전략으로 보아야 한다. 그렇게 함으로써 추리소설은 범죄자의 관점이 침투될 가능성을 완벽하게 봉쇄하는 것이다.

추리소설은 범죄자의 정체를 마지막까지 은폐시킴으로써 그로 하여금 침묵하도록 만들었다. 또한 범죄에 관한 발언은 모두 탐정이 독점하도록 했다. 범죄서사와 진술에 있어서 탐정의 독점적 지위로 인해, 추리소설에서는 독자가 범죄자와 동일시하거나 동정적인 시각을 형성하는 일이 원천적으로 봉쇄된다. 독자는 범죄자의 과거사에 흥미를 보이거나 범죄행위에서 긴장감을 느끼기보다는 탐정의 추리와 수사과정에 집중하게 된다. 추리소설의 독자는 자신을 범죄자가 아니라 탐정과 동일시함으로써, 자연스럽게 탐정이 대변하는 지배계급의 관점을 수용하게 되는 것이다.

범상치 않은 삶을 산 디킨스의 친구
─ 윌키 콜린스

콜린스(1824~1889)는 영국 최초의 추리소설로 평가되는 『문스톤』(1868)과 선구적 추리소설이자 여성탐정 추리소설인 『흰옷 입은 여인(The Woman in White)』(1860)의 작가로 기억된다. 그는 추리소설의 개척자일 뿐 아니라 뛰어난 시각적 상상력과 입체적인 서술방식을 보여준 작가이기도 하다. 콜린스의 시각적 형상화 능력이 그가 사랑하고 존경한 화가인 아버지의 영향에서 비롯된 것이라면, 입체적인 서술방식은 그의 법학전공과 관련된다. 한 사건을 여러 사람의 증언과 진술을 통해 접근했던 변

검약과 절제, 가족의 가치를 중시한 빅토리아시
대 영국 중간계급의 윤리관으로 콜린스를 재단한
다면, 그는 사치스럽고 화려한 삶을 추구하고 결혼
제도의 신성함을 모독했던 배덕자가 될 것이다. 다
른 시각에서 본다면 그는 동시대의 남성에게서 발
견하기 힘든 높은 수준의 젠더적 감수성과, 당대의
규범적 미학에 얽매이지 않는 예술적 감각을 소유
한 특별한 개인으로 다가올 것이다.

호사 시절의 경험이 콜린스가 소설을 구성하는 방식에 반영된 것이다. 그의 소설은 여러 인물들의 진술과 기록을 통해 다양한 시점에서 서술되는 입체성을 드러낸다.

콜린스는 당대의 관습과는 무관한 보헤미안적 삶을 살았다. 그가 살아가는 스타일은 빅토리아시대 도덕률에 비추어볼 때, 충분히 방탕하고 부도덕하다는 비판을 받을 수 있는 수준이었다. 그는 극단적인 미식가였고 과도하게 와인에 탐닉했고 현란한 의상을 즐겨 입었다. 해외여행을 즐겼으며 아편을 대량으로 소비했다. 두 명의 여성과 깊고 길게 사귀었으나 그들 중 누구와도 결혼하지 않았다.

콜린스는 다양한 예술가들과 교류했는데 그 중심에 디킨스가 있었다. 콜린스와 디킨스의 친교는 영문학사상 가장 유명한 사례 중 하나다. 그는 1851년에 디킨스와 처음 만났고, 1852년부터는 디킨스가 발행한 잡지인 『평소에 잘 쓰는 말들(Household Words)』에 「지독하게 낯선 잠자리(A Terribly Strange Bed)」라는 글로 기고를 시작했다. 그는 1856년부터는 이 잡지의 상임직원이 되었다. 디킨스는 콜린스가 성실하고 신뢰할 수 있는 작가라고 평가했으며 여러 차례 협업으로 크리스마스 특별호를 제작했다. 이들은 자주 유럽대륙을 함께 여행했다. 둘의 우정은 디킨스가 사망한 1870년까지 계속되었다.

『문스톤』(1860)

『문스톤』은 여러 측면에서 추리소설의 원형을 보여준다. 우선 『문스톤』은 추리와 로맨스 서사가 화학적 결합을 이룬 추리소설의 모범적인 사례다. 또한 『문스톤』은 추리소설이 제국주의와 함께 부상한 장르임을 분명하게 보여준다. 추리소설로서의 장점을 제외하고도, 『문스톤』은 풍경묘사의 정밀함과 표현력이 돋보이는 소설이다. 인물의 내면묘사 또한 매우 뛰어난데, 특히 여성인물의 내면과 심리에 관한 묘사는 남성작가가 쓴 빅토리아시대 영국소설 중에서 단연 최고라 할 수 있다.

문스톤은 본래 인도에 있는 달의 여신상 이마 위에서 빛나던 다이아몬드였다. 헨캐슬John Herncastle 대령은 문스톤을 인도에서 강탈하여 영국으로 가져온다. 그는 조카인 레이철 Rachel Verinder에게 문스톤을 남기고 죽는다. 문스톤은 열여덟 살이 되는 생일날 레이철의 손에 주어진다. 그날 밤 문스톤은 사라지고, 커프 경사Sergeant Cuff가 사건의 수사를 맡는다. 커프 경사는 전과가 있는 하녀인 스피어맨Rosanna Spearman에게 혐의를 두지만, 그녀의 자살로 수사는 실패로 끝난다. 레이철은 연인이었던 블레이크Franklin Blake와 결별한다.

블레이크는 스피어맨이 죽기 전에 남긴 편지를 받는다. 편지에는 자신이 블레이크를 흠모하여 그가 문스톤을 훔친 증거를 은폐했다는 내용이 들어 있다. 레이철 역시 블레이크가 문스톤을 훔치는 것을 목격했다고 털어놓는다. 문스톤을 훔친 기억이 없는 블레이크는 자신의 무죄를 입증하고자 수사에 착수한다. 의사 제닝스Ezra Jennings의 도움을 받아 블레이크는 자신이 아편에 취해 잠이 든 상태로 문스톤을 가지고 방에서 나왔으나, 문스톤은 자신의 손에서 빠져나가 바닥에 떨어졌음을 입증한다. 커프 경사와 블레이크는 함께 진범을 밝혀낸다. 범인은 돈을 노리고 레이철에게 접근해 그녀와 약혼했다가 파혼당한 에이블화이트Godfrey Ablewhite였다. 에이블화이트는 인도인들에게 살해된 시체로 발견된다. 문스톤은 원래 있던 곳으로 되돌려져, 인도에 있는 달의 여신상 이마 위에서 다시 빛난다. 레이철과 블레이크는 결혼하여 부부가 된다.

경찰에 대한 계급적 경멸

빅토리아시대 영국의 지배계급은 자신들의 헤게모니를 위협하는 두 세력의 도전을 받았다. 하나가 노동계급에 의해 주도되는 혁명이라면, 다른 하나는 경찰로 상징되는 국가기구의 강화였다. 이들 지배계급은 노동계급의 봉기를 두려워한 것만큼이나, 국가의 통제와 개입 역시 자신들의 특권적 위치를 뒤흔드는 위협이 될까 두려워했다.

영국의 1840년대는 경기침체가 심화되어 '굶주린 1840년대'로 불리던 시기였다. 생존권을 위협받게 된 노동계급의 투쟁은 이 시기에 정점에 이르렀다. 노동자 혁명에 대한 지배계급의 위기감이 커져감에 따라 강력한 통제력을 지닌 국가기구에 대한 저항감은 약화될 수밖에 없었다. 지배계급이 느낀 불안과 우려는 경찰력의 강화를 승인하는 계기로 작용했다.

파국의 위협으로 가득한 1840년대를 통과하면서 영국에서는 노동자계급을 위한 개혁조치가 단행되었다. 1847년부터 시행된 공장법령(Factory Acts)으로 노동현장의 상황은 개선되었고, 곡물수입을 제한하여 노동계급을 굶주리게 했던 곡물조례(Corn Laws)는 1846년에 철폐되었다. 노동자계급이 체제 내에 포섭되기 시작하면서 이전과 같은 노동자 소요는 상당 부분 사라졌고, 노동자 혁명에 대한 공포 역시 잦아들었다. 1851년 런던에서 열린 수정궁박람회(Crystal Palace Exhibition)에 몰려든 노동자들은 더 이상 사회체제를 위협하는 혁명세력이 아니었다. 그들은 진열된 상품에 호기심을 보이는 소비자일 뿐이었다.

이런 풍경은 우리에게도 낯설지 않다. 1980년대에 격렬하게 진행되던 한국 노동계급의 투쟁은 1987년 여름 노동자대투쟁으로 정점에 이르렀다. 이후 경제호황과 노조의 임금인상 요구의 관철로 노동자는, 특히 대공장 노동자들은 중간계급으로 빠르게 편입되었다. 울산의 대공장으로 출근하는 노동자들의 자동차 행렬은 이러한 변화를 극적으로 보여주었다. 좋았던 시절은 1997년 IMF를 겪으면서 고용구조가 근본적으로 바뀔 때까지 계속되었다.

영국사회가 굶주린 1840년대에서 소비자의 시대인 1850년대로 넘어오면서 경찰을 향한 지배계급의 시선은 다시 부정적으로 바뀌었다. 범죄학자 라이너Robert Reiner가 『경찰의 정치학(The Politics of the Police)』에서 지적한 것처럼, 경찰은 불필요한 경비를 지출하게 만드는 무익한 기구로 인식되었다. 동시에 경찰은 지배계급의 기득권을 침해하는 적대적인 조직으로 간주되었다.

빅토리아시대 영국의 경찰은 대부분 하위계급 출신으로 구성되었다. 낮은 계급적 성분을 지닌 경찰조직에 대한 적대감은, 영국 최초의 추리소설인 『문스톤』에서부터 분명하게 드러난다. 문스톤 도난사건을 맡게 된 런던경찰국 소속 커프 경사는, 베린더 부인Lady Verinder에게 집사 베터리지Gabriel Betteredge를 자신의 조수로 허락해달라는 수사협조 요청을 한다. 충직한 집사 베터리지는 "경찰의 앞잡이 노릇을 했다는 말을 듣는 것"은 "크리스천으로서 들을 말이 못 된다"는 판단을 내린다. 베터리지는 가문의 명예를 지키기 위해 커프 경사의 요청에 격렬한 부정의 반응을 보인다.

"마님께 한 말씀 올려야겠습니다." 내가 말했다. "제가 아는 한 저는 어떤 식으로든, 초지일관으로, 이런 혐오스러운 수사업무를 도운 적이 결코 없습니다. 커프 경사가 감히 그런 요구를 하려면 제 말을 부정해야 할 겁니다."

추리소설에서 경찰은 무능하면서도 교활한 존재로 그려진다. 코넌 도일의 『주홍색 연구』에 등장하는 레스트레이드Lestrade 경감과 "런던경찰국에서 가장 똑똑한 친구"인 그렉슨Gregson 경감은 그 대표적인 인물들이다. 이들은 독자적으로 범죄를 수사할 능력을 가지지 못한 "직업적으로 쓸모없는" 존재일 뿐만 아니라, "너무 약삭빨라 깊이가 없는" 경박하고 이해타산에 밝은 인물들로 묘사된다.

그렉슨과 레스트레이드는 별 볼일 없는 인간들 중에서는 그래도 나은 편이지. 잽싸고 지치지 않고 극도로 평범하지—충격적일 정도로 평범하지. 또한 이들은 서로에게 칼을 갈고 있지. 이들은 예쁜 창녀 한 쌍만큼이나 질투심이 많거든.

셜록 홈즈는 범죄를 해결하는 데 번번이 실패하는 이 두 사람을 노골적으로 무시하고 경멸하고 조롱한다. 그는 자신에게 "아무런 이익이 돌아오지 않는다고 하더라도 이들을 비웃어줄 수 있기 때문에" 수사에 참여한다고까지 말한다. 셜록 홈즈가 드러내는 경찰에 대한 극도로 부정적인 태도에는, 경찰조직을 자신들의 기득권을 잠식할 적대적인 세력으로 여기던 지배계급의 입장이 투영되어 있다.

추리소설에서 경찰은 계급적인 천박성을 드러내는 혐오스럽고 무능한 인물로 그려진다. 이들과는 극히 대조적으로 탐정은 오류를 범하지 않는 완벽한 인물로 재현된다. 추리소설에서 분석과 추론을 통해 범죄를 해결하여 사회체제를 수호하는 인물은, 하류계급 출신 경찰이 아니라 상류계급 출신 탐정인 것이다.

탐정은 수사를 할 때 상류계급의 일원이며 유한계급의 성원이라는 자신의 특권적인 위치를 이용한다. 이들 탐정은 공적인 영역과 사적 영역을, 그리고 계급의 경계를 자유롭게 넘나들며 범죄를 수사한다. 탐정은 계급적 배타성으로 인해 경찰의 공적인 수사에는 허용되지 않던 상류계급에 대한 근접성을 확보하여 범죄를 해결해낸다. 경찰에게 밝히기 곤란한 지배계급의 수치스러운 비밀은 동일계급 출신 탐정에 의해 계급 내에서 그리고 사적으로 해결되는 것이다. 이제 위협받던 지배세력의 계급적 권위와 이해관계는 다시 안전해진다.

추리소설에서 경찰은 범죄를 해결하는 데 실패한다. 경찰이 공식적인 수사에서 실패한 범죄의 해결은, 범죄수사를 취미생활이나 지루한 일상으로부터 도피하기 위한 지적인 게임으로 여기는 탐정에 의해 이루어진다. 이들 탐정은 탁월한 지적 능력을 발휘해 범죄자를 색출하여 혼란을 제거하고 질서를 회복시킨다. 그럼으로써 자신들의 계급적인 수월성을 입증해낸다.

인도반란과 추리소설

영국 추리소설을 태동시킨 것이 내부의 계급적인 적대감이었다면, 영국 추리소설의 발전을 가져온 것은 외부로부터의 민족적·인종적 위협이었다. 빅토리아시대는 제국주의가 확장되고 식민지가 확대되던 시기였다. 따라서 영국인과 외국인의 접촉은 이전의 어느 시기보다도 더 빈번해졌다. 영국인들에게 외국인들은 민족적·인종적·문화적 차이로 인해 이해와 소통이 불가능한 이질적인 존재였다. 특히 외국인 범죄자는 평화로운 영국 사회와 가정을 침입하는 혐오와 공포의 대상으로 다가왔다.

1857년에서 1859년에 걸쳐 발생한 인도반란(Indian Rebellion)은 빅토리아시대 영국의 "대중적인 상상력을 가장 강력하게 장악했던"[6] 사건이었다. 인도반란은 영국군으로 복무하던 인도인인 세포이Sepoy에 의해 주도되었다. 이들에게 지급된 소총의 탄약포(cartridge)에 소기름이 발라져 있다는 소문이 사건의 발단이 되었다. 탄약포는 입으로 잘라야 했기 때문에, 이러한 약포를 지급하는 것은 대다수가 힌두교 신자인 세포이를 모독하는 것으로 여겨졌다. 더 나아가서는 힌두교 신앙을 배신하고 기독교도로 개종시키려는 음모로 받아들여졌다. 약포사용을 거부한 세포이들은 투옥되었고, 처벌에 격앙한 세포이들이 1857년 5월 10일 영국군 장교를 살해하면서 반란은 시작되었다. 세포이의 반란은 군사반란에 그치지 않았고, 지배계급과 지주계급, 농민 등을 모두 포함하는 인도의 독립항쟁으로 번져갔다. 3년에 걸친 반란은 대포를 앞세운 영국군

때로는 사소한 것이 절대로 무너지지 않을 것만 같던 지배체제에 치명적인 균열을 내기도 한다. 인도반란 혹은 세포이반란으로 불리는 역사적 사건이 바로 그런 경우다. 자신들이 쓸 소총의 탄약포에 소기름이 발라져 있다는 확인되지 않은 소문이, 대영제국의 용병 노릇을 하고는 있지만 여전히 신실한 힌두교 신자이던 세포이들을 제국주의 항쟁에 나서게 한 것이다.

의 무력진압으로 인해 실패로 끝났다.

인도반란은 인도의 자주독립을 위한 반제국주의 항쟁으로 인정되지 않았다. 인도반란은 영국인에 대한 무차별적인 공격행위로만 선전되었다. 인도반란이 발생한 원인과 진행과정에서의 성격변화 등에 대한 논의는 부재했다. 대신 인도인들이 저지른 영국인 학살, 특히 인도에 거주하던 영국 어린이와 여성에 대한 잔인한 살해행위가 강조되었다. 인도인들은 살인과 방화, 파괴를 일삼는 야만적인 존재로 영국인들에게 각인된 것이다.

인도인의 위협과 해악이 증폭되고 과장되어 영국 내에 유포됨에 따라, 영국인이 인도인에 대해 가지는 공포심과 경계심은 극대화되었다. 이러한 영국인들의 반응은 전형적인 역식민적 심리상태를 보여준다. 가해자인 제국의 성원들이 피식민지인의 폭력적인 저항을 경험한 후, 거꾸로 자신들이 피해자라는 의식을 갖게 된 것이다. 이러한 분열적이고 도치된 심리상태는 21세기를 사는 우리에게도 익숙하다. 9·11 테러 이후 미국인들이 자신들을 테러의 희생양으로 규정하고, 이슬람에 대한 가차 없는 응징을 다짐하고 실행한 것은 그 대표적인 사례다.

9·11 사태는 커다란 비극이다. 여기에는 어떤 논쟁의 여지도 있을 수 없다. 죄 없는 수많은 사람들이 끔찍하게 죽어갔기 때문이다. 개인적으로도 이 비극의 공간은 낯설지 않다. 친동생이 세계무역센터 근처의 직장에 다녀서 뉴욕을 방문하면 무역센터 1층의 커피와 도넛을 팔던 가게, 1층과 2층에 걸쳐 있던 책방, 조금 더 거리를 따라 내려가면 나오는 고서점을 자주 들리곤 했었다. 비극이 일어나고, 계절이 바뀐 뒤에도 이 근

방을 걷다보면 스테이크 굽는 냄새 같은 것을 맡게 된다는 이야기를 들은 적이 있다. 한순간에 처참하게 죽어간 사람들을 떠올리고 몸서리쳤던 기억이 난다.

9·11 사태는 증오마케팅으로 소비되었다. 복수가 아닌 사랑을 이야기하는 유족들의 목소리는 크게 보도되지 않았다. 대신 무역센터가 불에 타서 무너졌다는 소식을 듣고 기쁨에 들떠 모여 춤추는 이슬람국가 사람들의 모습이 텔레비전 화면을 채웠다. 나중에 이 영상은 9·11과는 전혀 관련이 없다는 사실이, 오보였음이 밝혀졌다. 하지만 촉발된 복수심과 분노는 사그라지지 않았다. 미국이 그동안 이슬람 지역과 사람들에게 자행했던 부당하고 불법적인 개입이나 폭력에 대한 성찰은 일어나지 않았다. 미국은 외부의 적대적 세력에 의해 무참하게 침공당했다는 공포와 상흔만이 강조되었다. 미국사회에는 역식민적 심리상태가 만연했다. 결과적으로, 군사주의자들이 테러와의 전쟁이라는 명목으로 이슬람국가와 전쟁을 벌이는 것을 대다수 미국인들은 승인했다.

영국 추리소설에서 인도반란은 중요한 모티프로 등장한다. 셜록 홈즈 연작을 살펴보더라도 살인을 저지르는 범죄자의 상당수가 인도인으로 설정되어 있다. 『네 사람의 서명』은 그 좋은 예인데, 인도반란은 악마들에 의해 대규모로 자행된 방화와 학살로 그려진다.

아, 내게 행운은 오래가지 않았소. 경고의 분위기도 없이 대반란은 우리에게 닥쳐왔소. 한 달 동안 인도는 겉으로 보기에 영국의 켄트Kent와 서리Surrey 지역처럼 고요하고 평화로웠소. 바로 그 다음 날 20만 명의 시커먼 악마들이

다른 민족을 향해 적개심을 고취시키는 가장 효과적인 방식의 하나는, 젠더적 분노를 촉발시키는 것이다. '순결한 우리 여성'에 대한 '저들의 성적 착취와 학대'를 부각시키는 방식의 뛰어난 효력은 인도반란에서도 확인된다. 인도반란은 '가정의 천사'인 영국여성을 대상으로 한 성적 폭력으로 규정되었고, 이후 영국인들에게는 식민지배에 대한 죄책감 대신 인도인들에 대한 노여움과 공포라는 역식민적 심리기제가 작동하게 된다.

갑자기 몰려나왔고 인도는 완벽한 지옥이 되었소. … 밤이면 밤마다 방갈로들이 타면서 하늘이 온통 붉게 변했다오.

평화롭던 인도가 세포이들의 반란으로 "고문과 살인과 능욕"의 장으로 변모했다는 것이다. 반란이 발생한 인도의 아그라Agra 인접지역은 "광신자와 온갖 종류의 악마 숭배자들이 득시글거리는" 곳으로 묘사된다. 인도인들은 영국여성을 "갈기갈기 찢어" 죽이고 영국인의 집을 불태우는 악귀들로 그려진다.

나는 커다란 연기가 방갈로에서 피어오르는 것을 보았소. 불길은 지붕을 뚫고 올라갔소. … 내가 서 있는 곳으로부터 불타는 집 앞에서 춤추고 환호하는 붉은 코트를 등에 걸치고 있는 시커먼 악귀들이 보였소.

최초의 영국 추리소설인 『문스톤』에서도 인도인은 잔인하고 무도한 자들로 재현된다. 또한 인도는 인간의 생명을 하찮게 여기는 자들이 살고 있는 야만과 광기의 나라로 규정된다.

그 나라에서는 사람을 살해하는 일을 파이프에서 담뱃재 터는 정도로 여긴다네. 다이아몬드를 되찾아오는 데 방해가 되는 사람들이 천 명이 있다 하세. 그렇다면 그들은… 기꺼이 천 명의 목숨을 빼앗을 걸세. … 인도에서는 신분제도를 희생시키는 것은 심각한 일이라네. 하지만 생명을 희생시키는 일은 아무것도 아니라네.

인도에 의해 영국이 침범당하고 있다는 역식민적 심리상태는 『문스톤』에서도 잘 드러난다. 인도의 신비와 광기를 상징하는 보석인 다이아몬드로 인해 영국가정의 평화가 위협당하는 것으로 그려지기 때문이다. 집사인 베터리지의 탄식은 이런 심리상태를 잘 보여준다.

> 이 평온한 영국의 집은 악마와 같은 인도 다이아몬드에 의해 ― 살아 있는 악당들의 음모와 더불어 지금은 죽고 없는 한 사나이의 복수심에 의해 ― 갑자기 침범당한 것이다. … 진보의 시대에 그리고 영국헌법의 축복 속에 기뻐하는 나라에서 누가 이와 같은 일을 들어본 적이 있겠는가? 아무도 이와 같은 것을 들은 적이 없었을 것이다. 따라서 누군가 그것을 믿으리라고 기대할 수 없는 것이다.

『네 사람의 서명』과 『문스톤』은 인도반란을 다루고 있는 대표적인 추리소설이다. 이 두 소설은 인도반란 이후 극대화된 인도인에 대한 두려움을 주요 모티프로 사용하고 있다는 점에서 공통점을 지닌다. 그러나 인도/인도인의 재현양상에서는 차이를 드러낸다. 코넌 도일은 인도인을 잔인하고 사악한 야만인으로 재현하여 "인도에 대한 영국의 지배를 자연스럽게 지지하도록"[7] 유도한다. 반면에 콜린스는 인도인을 "신비스러운 동방"[8]에서 온 자긍심을 지닌 존재로 그리고 있다. 콜린스는 인도와 인도인에 대해 상대적으로 객관적이고 균형 잡힌 시각을 드러내는 것이다. 그럼에도 불구하고 『네 사람의 서명』과 『문스톤』은 모두 인도인에 의해 위협받는 영국인을 그린다. 두 소설 모두 탐정을 인도의 위협에서 영국을 수호하는 영웅적인 존재로 그림으로써, 동일한 이데올로기적인 효과를 만들어내고 있다.

외국인 범죄자와 추리소설의 부상

영국이 외국인이라는 새로운 위협세력에 직면했다는 불안감이 커져가면서, 범죄성은 계급뿐 아니라 민족과 인종에 의해서도 구성되기 시작했다. 추리소설의 부상은 외국인, 그중에서도 특히 유색인종 외국인 범죄자에 대한 영국인의 공포와 불안에 빚지고 있다. 빅토리아시대 영국에서 범죄성을 외래성과 연루시켰다는 사실은, 영국 최초의 본격적인 수사과학서『범죄자(The Criminal)』(1890)를 통해서도 확인된다. 저명한 의사이자 과학자인 저자 엘리스Havelock Ellis는 범죄자와 아프리카, 인도, 중국 등에 거주하는 사람 사이에는 유사성이 존재한다고 보았다. 엘리스는 인류학적 분류를 통해 아래와 같은 결론을 내렸다.

> 태생적인 범죄자는 튀어나온 귀, 뻣뻣한 머리카락, 가느다란 턱수염, 튀어나온 돌기, 거대한 입, 네모지고 튀어나온 턱, 커다란 광대뼈, 빈번한 몸짓이라는 특징을 지니는데… 간단히 말해 몽골인종이나 때로는 흑인을 닮았다.

영국 추리소설에서 외국인의 범죄성은 문화적 후진성과 야만성, 정치적 불온성으로 재현된다. 외국인 중에서도 특히 식민지 출신 외국인은 이러한 범죄성을 가장 잘 구현한다. 이러한 경향은 모리아티Moriarity 교수가 셜록 홈즈의 숙적이자 가장 위협적인 범죄자라는 사실로도 확인된다. 모리아티 교수는 영국의 식민지 중 가장 극렬하게 저항한 아일랜드 출신이라는 점에서, 외국인의 범죄성을 드러내는 최적의 대상으로 선택된 것이다.

콜린스의 『흰옷 입은 여인』에는 1851년 영국 "하이드파크에서 개최된 유명한 수정궁박람회"가 소설의 배경으로 등장한다. 소설 속에는 박람회에 참가한 엄청난 숫자의 외국인들을 잠재적인 범죄자로 바라보는 당대 영국인들의 시각이 드러난다. 수정궁박람회를 관람하기 위해 "영국에 와 있거나 계속 도착하고 있던" "전에 없이 엄청난 숫자의 외국인들" 중에는, 1848년 유럽의 혁명을 주도했던 정치적 불온세력도 포함되어 있으리라는 것이다. 영국인들은 유럽의 혁명을 촉발시킨 급진적 이념이 영국 내로 유입될 것이라는 우려와 경계심을 보인다. "우리와 함께 있던 외국인 중 수백 명은 그들의 정부에 의해 계속 의혹을 받던 자들이어서 지정된 요원이 우리의 해안까지 몰래 따라왔다."

『흰옷 입은 여인』에는 비밀정치결사 조직인 "형제애단(the Brother-hood)"과 그 핵심멤버인 포스코 백작Count Fosco이 등장한다. 이들은 영국 내에 침투한 유럽의 불온세력을 대표한다. 형제애단은 "무정부와 혁명"을 목표로 이탈리아를 중심으로 유럽대륙에서 결성된 단체다. 이들은 "나쁜 왕 혹은 나쁜 수상의 생명을 빼앗는" 활동을 한다. 형제애단은 "조직원끼리는 서로 알지 못하도록" 점조직으로 구성된, "조직원이 조직을 배신하거나 다른 이해관계를 위해 조직에 해를 끼치면 형제애의

원칙에 의해 죽음을 맞이하도록 하는" 비밀스럽고 공포스러운 집단으로 그려진다. 포스코 백작은 불온한 외래의 사상과 외부세력을 대변하는 이탈리아 아나키스트로 등장한다. 소설에서 그는 악의 화신으로 재현되어, 영국인들이 외국인들에 대해 갖는 불안과 우려를 정당화한다.

코넌 도일의 『주홍색 연구』에서 범죄자로 등장하는 드레버는 북미대륙에서 건너온 "뒤틀어진 유인원 같은 용모를 지닌" 인물로 그려진다.

그의 얼굴이 내게 남긴 인상이 너무도 사악해서, 그런 얼굴의 소유자를 세상에서 제거한 자에게 감사 말고 다른 감정을 느끼기가 힘들다는 것을 알게 되었다. 인간의 이목구비 중에서 악을 드러내는 가장 악의적인 유형이 있다면 그것은 확실히 미국 클리블랜드에서 왔다는 드레버의 이목구비였다.

드레버는 모르몬Mormon 교도임이 밝혀진다. 그는 일부다처제를 신봉하는 이교도인 것이다. 문명의 진화를 통해 확립된 건전한 결혼제도를 파괴하는 인물이라는 점에서, 드레버는 추리소설에 등장하는 외국인 범죄자의 전형을 이룬다.

외국인의 범죄성은 『배스커빌의 개』에서 스테이플턴의 아내로 등장하는, 남미 코스타리카 출신 베릴Beryl Stapleton에게서도 유사하게 반복된다. 베릴은 자신의 남편이 죽어가고 있으리라는 상상에 "눈과 이가 날카로운 기쁨으로 번들거리는" 여성으로 그려진다. 그녀는 남편이 "길을 발견하더라도 결코 늪 바깥으로 빠져나오지는 못할 것"이라고 소리를 지르면서 "박수를 치며 웃는" 모습으로 재현된다. 베릴은 동물적이고 원시적 본능에 충실한 외국인의 범죄적 야만성을 잘 보여준다.

『네 사람의 서명』에서 런던으로 잠입해 살인을 저지르는 통가Tonga 역시 추리소설에 등장하는 외국인 범죄자의 좋은 예다. 소설에서 통가는 인도의 안다만제도Andaman Islands 출신으로 설정된다. 소설에서 인용되는 "가장 권위 있는 최신" 지명사전(gazetteer)은 안다만제도의 원주민들을 이렇게 설명한다.

선천적으로 흉물이며, 크고 기형적인 머리와 작고 사나운 눈, 일그러진 이목구비를 지닌다. 발과 손은 대단히 작다. 그들은 너무 완강하고 사나워서 그들을 어느 정도 자기편으로 만들려던 영국 관리들의 노력은 모두 실패했다. 난파한 선원들을 돌도끼로 머리를 때리거나 독침을 쏘아 살해하기 때문에, 그들은 난파한 선원들에게는 언제나 공포였다. 학살 후에는 식인축제를 빼놓지 않는다.

통가는 "잔인하고 뒤틀린 인물"이기 때문에 본명보다는 "피에 굶주린 작은 괴물" 또는 "지옥의 사냥개"라는 별칭으로 불린다. 통가의 외모는 안다만제도 원주민의 특성을 충실히 반영한다.

그것의 정체는 거대하고 기형적인 머리와 충격적일 정도로 엉키고 헝클어진 머리카락을 한, 내가 본 사람 중 가장 작은 흑인이었다. 홈즈는 벌써 권총을 꺼냈고 나도 야만적이고 기형적인 피조물을 보고는 빠르게 권총을 꺼냈다. … 그의 얼굴은 꿈에 나타날까봐 무서울 정도였다. 나는 야수성과 잔인성이 그렇게 깊이 새겨진 얼굴을 본 적이 없다. 그의 작은 눈은 음흉한 빛으로 불타오르고 빛났으며 두꺼운 입술이 말려 올라가서 이빨이 드러났다. 그는 우리를 향해 활짝 웃으며 짐승 같은 분노를 담아 주절댔다.

통가는 이질적이고 추한 외모와 잔인한 야수성을 지닌 인물로 그려진다. 혐오감과 공포를 자아내는 인종적 타자로 재현된다는 점에서 통가는 외국인 범죄자의 전형인 것이다.

과학수사가 입증하는 인종적 수월성

계급적 규범을 위반한 영국인 범죄자들은 참회와 재교육을 통해 민족공동체로의 복귀가 가능하다고 간주되었다. 물론 그러기 위해서는 감옥안에서 공동체의 규범을 다시 내재화하는 고통의 시간이 필요했지만. 그러나 영국으로 스며든 외국인 범죄자들은 이들과는 전적으로 다른 존재였다. 외국인 범죄자는 낯설고 기괴하며 정체를 파악하기 어려운 민족공동체 외부의 위협세력이었다. 극도로 이질적이고 혼란스러운 범주에 속하는 외국인 범죄자들은 축출하거나 제거해야 할 대상으로 인식되었다.

범죄성을 인종적 타자성과 연결시키는 방식이 얼마나 효과적인지 경험해본 적이 있다. 꽤 오래전 얘기인데, 나는 영화관에서 우리나라 영화를 한 편 보고 있었다. 영화는 범죄조직과 우두머리에게서 배신당한 주인공이 조직과 보스에게 복수를 하는 내용이었다. 영화에는 상당히 잔인한 폭력이 난무했고, 과도하게 흉악한 인물들이 여럿 나왔다. 하지만 관객들이 가장 충격을 받은 지점은, 동남아시아 불법체류자들이 범죄조직의 용병으로 등장하는 장면이었다. 극장 안에서는 숨을 순간적으로 멈추는 소리가 들렸고 억누른 비명이 새어나왔다. 피부색과 용모가 이질적이라는 사실이 두려움과 공포, 혐오의 감정을 아주 수월하게 유발시킬 수 있다는 사실을 절감했던 순간이었다.

추리소설에서 외국인의 범죄는 탐정의 과학적 측정과 분석을 통해 해결되는 것으로 그려진다. 탐정은 외국인의 범죄성을 밝혀내는 역할을 성공적으로 수행하는 것이다. 탐정은 과거에 그랬던 것처럼 혹은 여전히 미개한 국가에서 그러는 것처럼, 고문과 협박에 의존해 수사를 진행하지 않는다. 탐정은 범죄와 관련된 단서와 증거를 수집하고, 당대의 첨단 과학지식과 테크놀로지를 동원해 그것들을 분석한다. 탐정은 과학적인 방식을 사용해 외국인 범죄와 관련된 미스터리를 해결하는 합리적 이성의 소유자로 재현된다.

셜록 홈즈는 첨단 과학문명을 구현하는 과학자로 설정되었다는 점에서 탐정의 전형성을 지닌다. 셜록 홈즈 시리즈에서 그가 최초로 등장하는 장소도 바로 병원의 화학실험실이다.

이곳은 셀 수 없이 많은 병들이 줄지어 있거나 흩어져 있는 천장이 높은 방이었다. 주변에는 넓고 낮은 테이블이 여기저기 놓여 있었고, 그 위에는 푸른 불꽃이 깜빡거리는 작은 가스램프와 증류기와 시험관들로 가득했다. 방 안

『주홍색 연구』에서 왓슨이 셜록 홈즈를 처음 만나는 장면. 셜록 홈즈는 실험실에서, 흰 가운을 입은, 과학자로 등장한다. 그가 남긴 강렬한 첫인상은 다른 탐정을 재현할 때에도 커다란 영향을 주었다.

에는 오직 한 사람이 멀리 있는 탁자 위로 몸을 구부리고 자신의 연구에 몰입하고 있었다. (『주홍색 연구』)

셜록 홈즈는 연구실에서 실험에 성공해 "기쁨의 소리를" 내지르는 과학자로 처음 모습을 드러낸다. 그는 항상 관찰과 추리의 도구인 줄자나 확대경 등을 소지하고 다니면서 과학적 측정과 분석을 통해 범죄를 수사한다.

말을 하면서도 그는 줄자와 커다랗고 둥근 확대경을 자신의 주머니에서 빠르게 꺼냈다. 이 두 개의 도구를 가지고 그는 방을 소리 내지 않고 빨리 걷다가 때때로 멈췄고, 가끔은 무릎을 꿇기도 하고 한번은 바닥에 얼굴을 대고 납작하게 엎드렸다. … 내게는 보이지도 않는 흔적 사이의 거리를 그는 가장 세심한 주의를 기울이면서 측정했고… 마침내 벽에 적힌 글씨 한 자 한 자를 가장 세밀한 정확성을 가지고 검사했다. 이 일이 끝나자 그는 만족스러운 듯이 줄자와 확대경을 자신의 주머니에 집어넣었다. (『주홍색 연구』)

셜록 홈즈는 에든버러 왕실병원(the Royal Infirmary of Edinburgh) 소속 의학과 교수였던 벨Joseph Bell 박사를 모델로 창조되었다. 벨 박사는 증상으로 질병을 진단하는 일뿐 아니라, 세부적인 육체의 특징, 걸음걸이, 옷차림 등에서 개인의 직업과 배경을 알아맞혀 사람들을 놀라게 했던 인물이었다고 전해진다.[9] 셜록 홈즈 역시 벨 박사와 마찬가지로 "어떤 사람의 손톱, 코트 소매, 구두, 바지의 무릎 부위, 엄지와 집게의 티눈, 표

코넌 도일에게 법의학을 가르쳤던 벨 박사. 그는
셜록 홈즈의 모델로 알려져 있다. BBC에서 셜록
홈즈 역을 맡을 배우를 결정할 때도 벨 박사의 사
진과 비교했다는 말이 들린다. 벨 박사의 모델 노
릇은 단지 외모 수준에만 머물지 않았다. 그는 경
이로운 관찰력과 분석력의 소유자로 유명했는데,
셜록 홈즈 캐릭터에는 이러한 특성이 그대로 반영
되어 있다.

정, 셔츠의 소매 등"을 관찰하여 "그 사람의 내력이나, 그 사람이 종사하고 있는 생업이나 직업… 그 사람의 본모습을" 파악해낸다.

셜록 홈즈는 범죄수사를 세밀한 관찰과 측정에 바탕을 둔 "정밀한 과학"으로 규정한다. 그는 세밀한 차이까지 구분할 수 있는 관찰력이야말로 뛰어난 탐정의 필수조건이라고 주장한다. 셜록 홈즈는 자신이 담뱃재의 형태에 관한 연구논문을 써낼 정도로 뛰어난 관찰력을 지니고 있음을 자랑한다.

나는 담뱃재에 관해 특별한 연구를 해왔습니다. 사실 나는 그 주제에 관해 논문을 한 편 썼습니다. 제 자랑을 하자면 나는 한 번 보기만 해도, 시가든 일반 담배든, 알려진 상표의 담뱃재를 구분할 수 있습니다. 노련한 탐정이 그렉슨이나 레스트레이드 같은 유형의 경찰과 다른 점이 그러한 세부적인 사항에 있지요.

그는 "유능한 탐정이 그렇게 관찰을 통해 얻은 정보를 모두 가지고서도 사건해결에 실패한다는 것은 거의 상상조차 할 수 없다"고 역설한다. 그는 회중시계와 담배파이프 같은 개인의 사소한 소유물을 관찰한 후, 아무런 사전정보 없이도 그 소유자의 생애를 추론하여 재구성하는 모습을 보여준다. 셜록 홈즈야말로 자신이 탐정의 필수조건이라고 주장한 연역적 추리능력의 모범사례인 것이다.

코넌 도일은 셜록 홈즈를 통해 과학수사의 전범을 확립했다. 셜록 홈즈 연작은 프랑스의 선구적인 수사과학자 로카르Edmond Locard에게까지도 영향을 끼쳤다. 로카르는 범죄자의 몸에 묻은 미립자를 현미경으로 검사하는 "새로운 수사과학"을 개발하려고 했다. 그때 그는 동료들과 제자들에게 셜록 홈즈가 등장하는 "『주홍색 연구』와 『네 사람의 서명』 같은 추리소설을 읽을 것"[10]을 권고했다. 셜록 홈즈가 등장하는 소설들이 자신이 추진하는 수사과학의 근본원칙을 이해하는 데 도움이 된다는 이유에서였다.

왓슨은 셜록 홈즈를 세상에서 가장 완벽하고 정밀한 "측정기계"이자 "자동기계장치"로 규정한다. 셜록 홈즈는 측정과 분석을 통해 외국인의 범죄성을 정밀하게 파악하여 범죄를 해결하는 능력을 보여준다. 그는 사건현장에 남겨진 지문과 이국적인 발자국 속에서 인종적인 타자성을 밝혀낸다. 그럼으로써 왓슨으로부터 "추리를 정밀한 과학의 경지로 끌어올렸다"는 극찬을 이끌어낸다. 셜록 홈즈가 대표하는 과학적 합리성은 외국인 범죄자의 주술적이고 미개한 전근대성과 극명한 대조를 이룬다. 이러한 극적 대비를 통해 영국인의 인종적 수월성은 부각되는 것이다.

추리소설은 범죄가 계급적 질서에 대한 도전에서 민족적/인종적 위협으로 인식되기 시작한 시대적 상황을 반영했다. 추리소설에서 식민지 출신 외국인은 직접 범죄를 저지르거나 범죄의 동기를 제공하는 것으로 그려진다. 추리소설은 민족공동체 외부의 세력에 의해 위협받는 영국의 개인, 가정, 사회를 형상화한 것이다. 추리소설은 영국의 평화로운 가정과 사회가 식민지 원주민에 의해 침공당하고 있다는 역식민담론을 유포시켰다. 외국인 범죄자에 대한 추적과 처벌은 인종적 순결성을 보

『주홍색 연구』에서 셜록 홈즈가 드레버 살해현장을 확대경을
사용하여 조사하는 장면. 지금 우리의 눈에는 우스꽝스럽게
보일 수도 있겠지만, 이런 설정은 셜록 홈즈를 첨단과학을
능숙하게 사용하는 인물로 재현하는 효과적인 장치였다.

호하기 위한 탐정의 성스러운 사명이자 임무가 된 것이다. 이제 외국인에 의해 위협받던 영국의 제국적·인종적 위상과 안전은 탐정이라는 수호자에 의해 다시 확고해진다.

추리소설은
어떻게 진짜
남자를
만드는가?

INVESTIGATION 4

남자 중의 남자, 탐정

영미소설에서 추리소설의 탐정에 비견할 만한 남성 캐릭터를 꼽는다면 누가 있을까? 전통과 명예 그리고 여성을 위해 목숨까지 바치는 중세문학의 기사들은 어떨까? 해양모험소설에 등장하는 바다사나이들은? 미국 서부소설의 카우보이들은? 이들은 모두 전통적인 젠더 이데올로기에 충실한 남성적 매력을 선보인다. 이들은 절도 있거나 용맹스럽거나 호방하고, 패배를 모르거나 혹은 결코 포기할 줄 모른다.

기사와 바다사나이, 카우보이들 중 육체적 강건함과 지적 탁월성, 문화적 감수성까지 모두 갖춘, 탐정과 견줄 만한 인물은 중세문학의 기사가 유일해 보인다. 하지만 기사문학이 근대적 의미의 소설이 아니라 봉건적 가치와 전통을 찬양하던 중세로맨스라는 점을 감안한다면, 탐정은 소설에 등장한 단 하나의 완벽한 남성 캐릭터라고 말할 수밖에 없다. 어떤 의미에서 추리소설이란 극도로 매력적인 남성 캐릭터를 전시하는 갤러리인 것이다.

추리소설의 탐정에 관해 했던 이야기들을 되새겨보자. 추리소설은 탐정을 통해 이상적인 남성상을 전시한다. 추리소설에서 탐정은 과학적 관찰과 분석을 통해 범죄와 관련된 미스터리를 해결하는 합리적 수월성의 소유자로 등장한다. 또한 탐정은 제국의 안전을 위협하는 외국인 범죄에 맞서 싸우고, 외국인 범죄자를 처벌하여 제국의 가치를 수호하는 영웅으로 그려진다. 여기에 더해 탐정은 뛰어난 예술적 소양도 드러낸다. 추리소설의 탐정은 합리성과 분석력, 담력과 완력, 그리고 문화자본까지 모두 갖춘 완벽한 남성으로 전시되는 것이다.

추리소설은 초인적인 남성성을 전시하고 선전하는 데 머물지 않는다. 추리소설은 바람직하지 못한 남성성을 이상적인 남성성으로 개조시키는 일도 해낸다. 추리소설에서는 여성적이었던 남성이 범죄수사를 주도하는 동안에 남성성의 세례를 받게 되는 것으로 그려진다. 남자답지 못하던 남성은 탐정 역할을 통해 진짜 남자로 새롭게 탄생하는 것이다. 추리소설이 어떻게 불완전한 남성성을 완벽한 남성성으로 교정하고 재구성하는지 콜린스의 『흰옷 입은 여인』을 중심으로 살펴보도록 하자.

『흰옷 입은 여인』과 남성성의 재구성

『흰옷 입은 여인』은 추리소설의 구성요소와 장르적 법칙을 모두 갖춘 선구적인 추리소설이다. 『흰옷 입은 여인』에는 추리소설의 핵심적인 요소가 모두 들어 있기 때문이다. 소설에는 외국인 범죄자인 포스코 백작과 탐정의 역할을 수행하는 월터가 등장한다. 월터는 단서를 수집하고 그것을 분석하여 범죄와 관련된 미스터리를 해결한 후 범죄자를 처벌한다. 탐정이 범죄의 위협을 완벽하게 제거함으로써 제국의 안전이 수호된다는 추리소설의 원형적 공식은『흰옷 입은 여인』에서 이미 드러나고 있다.

『흰옷 입은 여인』(1860)

월터Walter Hartright는 페어리Fairlie 가문의 미술 가정교사로 리머리지Limmerage 저택에 입주한다. 그는 로라Laura Fairlie와 사랑에 빠진다. 하지만 로라는 결혼을 약정했던 퍼시벌 경Sir Percival과 결혼하고 이탈리아로 신혼여행을 떠난다. 크게 상처받은 월터는 남미탐험대에 참가하여 영국을 떠난다.

결혼 후 퍼시벌 경은 이탈리아인 포스코 백작과 함께 로라가 받은 유산을 가로채려는 흉계를 꾸미고 그것을 실행에 옮긴다. 이들은 로라와 외모가 흡사한 앤Anne Catherick의 사망을 로라의 죽음으로 바꾸어버린다. 로라는 앤으로 신원이 변경되어 정신병원에 수용된다. 하지만 로라의 이부異父 언니 메리언Marian Halcombe이 로라를 정신병원에서 탈출시킨다.

남미탐험을 마치고 귀국한 월터는 잃어버린 로라의 신분과 재산을 되찾아주기 위해 범죄수사에 참가한다. 월터의 분투로 사건은 해결되고 범죄를 주도했던 퍼시벌 경과 포스코 백작은 죽음으로 죗값을 치른다. 월터와 로라는 부부가 되고, 이들은 메리언과 함께 리머리지 저택에서 살아간다.

『흰옷 입은 여인』은 주인공 월터를 통해 추리소설의 남성성 재구축 과정을 잘 보여준다. 그는 불완전한 남성에서 이상적인 남성으로 변화하는 것이다. 『흰옷 입은 여인』의 초반부에서 월터는 사랑하는 여인인 로라를 무력하게 지켜보는 유약한 그림선생으로 등장한다. 로라가 범죄의 위협에 빠지게 되자 월터는 그녀를 범죄자로부터 구해내기 위해 분투하는 탐정으로 변신한다. 탐정으로의 투신은 그에게 소극적이고 수동적인 성격에서 벗어나 바람직한 남성성을 회복하는 계기가 된다. 범죄의 진실을 밝혀내기 위해 분투하는 동안 월터는, 소극성과 유약함을 독립성, 단호함, 과단성, 용맹성 등으로 대체하고 이상적인 남성으로 새롭게 태어난다.

추리소설이 시도한 이상적인 남성성의 기획은 가부장 지위의 획득으로 완결된다. 불완전한 남성성으로부터 이상적인 남성성으로의 변모는, 오직 여성과 가정을 수호하는 가부장의 역할을 통해서 완성되는 것이다. 『흰옷 입은 여인』은 월터와 로라의 결혼과 그 후 태어난 남자아이의 소식을 들려주며 끝을 맺는다. 결혼과 득남을 통해 획득한 가부장의 지위로 월터를 향한 이상적인 남성성 기획은 완료되었기 때문이다.

교정이 필요한 남성성

추리소설은 남성적 수월성에 기반을 둔 장르라는 사실을 다시 떠올려보자. 이러한 장르적 특성은 탐정 재현을 통해 극명하게 드러난다는 사실도 함께 기억하자. 탐정은 범죄수사에서 과학적 탁월성을, 범죄자와의 대결에서는 지배력과 장악력을 보여주는 인물로 그려진다. 또한 탐정은 상류계급 출신으로 경제적인 여유를 지니기 때문에, 생계 때문이 아니라 삶의 무료함과 권태에서 벗어나고자 수사에 참여하는 것으로 설정된다. 추리소설에서 탐정은 과학적 지식, 육체적 완력과 대담성, 문화적 교양을 모두 지닌, 비현실적일 정도로 천재적/초인적인 남성으로 재현되는 것이다. 추리소설이 남성성에 대한 찬가로 들리는 이유다.

『흰옷 입은 여인』에서 월터는 추리소설의 탐정과는 극단적인 대조를 이루는 인물로 등장한다. 소설의 도입부에서부터 그는 자신이 육체적으로, 정신적으로, 경제적으로 "부실한" 사내임을 고백한다. "건강이 시원치 않고, 기백도 없고, 진실을 말해야만 한다면, 나는 돈도 떨어진 상태다." "스물여덟 살의 그림선생"인 월터는 미술교습 의뢰가 들어오지 않으면 어머니의 오두막에서 얹혀 살 수밖에 없는 경제적 상황에 처해 있다. 육체적·경제적 능력뿐 아니라 그의 사회적 지위 역시 보잘것없다는 사실이, 흰옷 입은 여인 앤이 월터의 정체에 대해 캐묻는 장면에서 분명하게 드러난다.

"신분이 높고 귀족 작위가 있는 분이세요?"
"그것과는 거리가 멉니다. 나는 고작 그림선생에 불과합니다."
……
"신분이 높고 작위가 있는 분이 아니라고요." 그녀가 혼자서 되뇌었다.

월터는 자신이 귀족계급과는 무관한 신분이라는 사실을 "씁쓸하게" 고백한다. 월터는 추리소설의 탐정과는 '거리가 먼' 남성으로 등장하고 있는 것이다.

『흰옷 입은 여인』에서 월터는 추리소설이 찬미하는 이상적인 남성상과는 무관한, 여성적인 면모가 강한 인물로 그려진다. 그는 건장함이나 기세, 박력과는 관계가 없는, 온순하고 얌전한 남성인 것이다. 그는 "조용하고 예의 바른 그리고 관습적으로 가정적인 분위기"를 풍기는 남자로 재현된다. 월터의 여성성은 '미술' '가정교사'라는 직업을 통해 더욱 부각된다. 미술이라는 과목과 가정교사라는 직업은 모두 여성으로 성별화되기 때문이다. 월터 스스로도 '미술' '가정교사'라는 자신의 직업이, "내가 가르치는 여학생 중 아무도 나에게 가장 평범한 관심 이상을 갖지 않도록 막아주는 담보"라고 인정한다. "아름답고 매력적인 여성들 사이에서" 월터는 "마치 위험하지 않은 하인처럼" 취급되는 것이다.

추리소설에서 탐정은 오만함과 자기중심적인 성향을 드러내는 인물로 재현되는 경우가 많다. 셜록 홈즈는 "주변사람들을 지배하고 놀라게 하는 것을 좋아하는 오만한" 인물로 그려진다. 동시에 그는 본질적으로 사람들에 대해 무관심하고 자기세계에만 몰두하는 인물로 설정된다. 그는 모든 일에 쉽게 싫증을 내고 자주 무력감과 우울증에 빠진다. 바이올린 연주와 마약만이 셜록 홈즈의 우울증을 달래준다.

포가 창조한 뒤팽Auguste Dupin 역시 보통사람들과는 구별되는 독특한 삶의 방식을 지닌 인물이다. 비사교적인 성향의 그는 오래된 저택에서 홀로 칩거하며 지낸다. 그는 다른 사람들이 활동하는 시간에는 잠을 자고, 다른 이들이 잠들었을 때에야 활동을 시작한다. 낮에는 실내로 들어오는 빛을 모두 차단한 상태로 잠들었다가 밤에는 깨어 대도시를 배회하는 것이다. 뒤팽은 자신만의 세계에서 "무한한 정신적인 흥분"을 느끼며 살아가는 기인으로 그려진다. 셜록 홈즈나 뒤팽에게서 발견되는 기이하고 개성적인 면모는, 탐정의 천재성을 보여주는 기호로 작동한다.

자기 취향을 숨김없이 드러내며 거칠 것 없이 살아가는 탐정과는 달리, 월터는 타인의 시선을 과도하게 의식하는 소극적이고 자의식 강한 인물로 그려진다. 여성적인 직업과 낮은 사회적·경제적 지위로 인해 그는 자신의 감정과 욕망을 드러내지 못한다. 로라를 사랑하게 되었을 때도 그는 자신의 사랑을 표현하지 못한다. 이미 드러내기보다는 억누르고 감추며 사는 데 너무 익숙해졌기 때문이다.

지난 수년 동안 내 직업으로 인해 나는 다양한 연령층의 다양한 아름다움을 지닌 소녀들과 가깝게 지낼 수 있었다. 나는 그 지위를 삶의 소명의 일부로 받아들였다. 나는 내 나이에 자연스러운 모든 감정을 고용주의 바깥현관에 내려놓는 것을, 마치 이층으로 올라가기 전에 우산을 그곳에 놓아두는 것만큼이나 냉정하게 할 수 있도록 스스로를 훈련해왔다.

월터가 추리소설의 탐정과 가장 다른 지점은 그가 담대함이라는 탐정의 자질을 전적으로 결여한 데 있다. 소설의 도입부에서 월터는 외지고 어두운 밤길에서 흰옷 입은 여인을 만난다. 그때 드러내는 공포와 두려움의 반응은 월터가 대담하지 못한 남성임을 극명하게 보여준다.

내 등 뒤로부터 가볍지만 갑자기 내 어깨에 놓인 손의 접촉에 의해 내 몸 속

『흰옷 입은 여인』의 첫 부분에서 월터가 앤과 마주치는 장면. 이 시절 점잖은 집안의 여성이 보호자 없이 혼자 길을 나서는 것은 허락되지 않았다. 더구나 인적 없는 밤길을 여자 혼자 걷는다는 것은 상상하기조차 힘든 일이었다. 당시의 독자들은 앤이 평범한 여성 캐릭터가 아님을 대번에 알아차렸을 것이다.

의 피가 모두 멈추었다. 막대기의 손잡이를 손가락으로 힘주어 말아 쥐고서 나는 즉시 몸을 돌렸다. … 거기에는 머리부터 발끝까지 흰옷을 입은 여인이 혼자 서 있었다. … 그 수상할 정도로 늦은 시간에, 그 수상할 정도로 한적한 곳에서.

자신이 느꼈던 두려움의 반응이 수치심을 느낄 정도의 "지나치게 어처구니없었던" 것임을 인정하며 월터는 "막연한 자책감 같은 것을 매우 의식하게" 된다.

로라의 언니 메리언으로부터 로라를 포기해야만 하는 상황에 관해 들었을 때 월터가 보이는 태도는, 그의 남성적이지 못한 면모를 더욱 뚜렷하게 드러낸다. 월터는 로라가 다른 남성과 약혼했다는 사실을 담담하고 침착하게 받아들이지 못한다. 그렇다고 그는 로라를 포기하기를 거부하거나 자신의 사랑을 지키겠노라고 반발하지도 못한다. 로라가 이미 퍼시벌 경과 정혼한 사이라는 사실을 알게 되었을 때 월터는 "하얗게 질린 얼굴로" 슬픔에 빠져 어찌할 줄 몰라 한다.

"로라 페어리는 결혼하기로 약정되어 있기 때문입니다."
결혼이라는 단어가 총알처럼 심장에 박혔다. 팔 아래 매달린 손은 모든 감각을 잃었다. 나는 전혀 움직이지 않았고 말하지도 않았다. 마치 나의 어처구니없던 희망 역시 바람에 흩날리는 나머지 낙엽인 것처럼. 발치의 낙엽들을 흩뜨리던 날카로운 가을바람이 갑자기 내게는 차갑게 느껴졌다.

슬픔에서 벗어나지 못하는 월터는 결국 메리언에게서 남성다운 모습을 보이라는 책망까지 듣는다.

"상심을 부숴버려요!" 그녀가 말했다. "당신이 그녀를 처음 본 이곳에서 부숴버려요! 여자처럼 그 아래 숨지 말아요. 찢어버려요. 남자답게 발아래 놓고 밟아 뭉개버려요!"

실연의 아픔에 의연하게 대처하지 못하고 상심한 채 흔들리는 월터의 나약함은, 메리언의 당당함과 극명한 대조를 이룬다. 월터는 여성인 메리언으로부터 "남자답게" 행동하라는 질책을 받는 남성으로 그려지는 것이다.

범죄수사와 재구성되는 남성성

런던대학의 역사학자 조다노바Ludmilla Jordanova 의 놀라울 정도로 예리한 견해를 들어보도록 하자. 그녀는『성적 시각들: 18세기와 20세기 사이의 과학과 의학의 젠더 이미지(Sexual Visions: Images of Gender of Science and Medicine between the Eighteenth and Twentieth Centuries)』에서 근대적 합리성의 상징인 근대과학과 의학은 객관적이고 중립적이기보다는 남성으로 성별화되었다고 주장한다. 근대과학과 의학은 자연을 관통하고 노출시켜서 본질을 알아내려는 "남성적 욕망"에 의해 형성되었기 때문이라는 것이다.

조다노바의 뛰어난 통찰력은 추리소설에도 적용될 수 있다. 그녀의 분석틀을 빌린다면, 범죄와 관련된 미스터리를 해결하려는 탐정의 욕망 역시 남성으로 성별화된다. 과학적 측정, 관찰과 분석, 추론을 통해 범죄와 관련된 본질을 알아내려는 탐정의 분투는 "남성적 욕망"에 의해 추동되기 때문이다.

『흰옷 입은 여인』의 앞부분에서 월터는 상류계급 출신의 자신감 가득하고 담대한 탐정의 전형과는 극단적으로 다른, 가난하고 나약하고 감상적인 남성으로 등장한다. 그러나 월터는 탐정의 역할을 수행하면서 소심함과 무력함에서 벗어나, 투쟁을 두려워하지 않는 용감한 남성으로 변신한다. 범죄수사를 추동하는 탐정의 '남성적' 욕망에 충실하게 반응하면서, 그는 여성적인 남성에서 진정한 남성으로 새롭게 탄생하는 것이다.

『흰옷 입은 여인』은 "전에 없이 엄청난 숫자의 외국인들"이 영국 내로 유입되던, 1851년 런던 "하이드파크에서 개최된 유명한 수정궁박람회"를 배경으로 삼고 있다. 수정궁박람회에 대해서는 조금 더 살펴볼 필요가 있다. 수정궁박람회는 단지 일회성 이벤트가 아니라, 이후 영국인들의 삶의 방식과 내면세계에까지도 커다란 영향을 끼친 거대한 역사적 사건이었기 때문이다.

수정궁박람회는 여러모로 우리나라의 88올림픽을 떠올리게 한다. 두 사건 모두 안으로는 국가와 민족에 대한 자부심을 함양하고, 밖으로는 정치·경제·산업의 발전상을 알리려고 했다. 박람회와 올림픽의 개

1851년에 박람회가 열린 수정궁의 외부전경. 수정궁 건물은 그 자체만으로도 거대한 스펙터클이었다. 그때까지 위용을 자랑하던 공공건축물이나 사원과 성당은, 수정궁의 크기와 비교할 때 아담해 보이기까지 했다.

최는 군사인력의 이동에서 벗어나 외국과 다양한 민간교류를 시작하는 계기가 되었다. 환호와 기쁨으로 개최의 날을 고대하는 사람들이 있었고, 격렬하게 개최에 반대하는 사람들이 있었다. 물론 두 사건은 성격이 근본적으로 다르다. 박람회가 산업발전의 결과물로 발생한 축제인 반면에, 올림픽은 군사정부에 의해 기획된 관제행사였기 때문이다.

수정궁박람회는 무엇보다도 대영제국이 이룩한 산업기술의 진보를 세계에 과시한 사건으로 기록된다. 1850년경 영국은 철강과 유리로 대규모 건물을 건축하는 기법을 개발했고, 수정궁 공사는 그 시대 건축에서 최고의 업적으로 기록된다. 건물이 차지한 면적은 2만 3천 평에 이르렀고 중심건축물의 길이는 564미터 — 세인트 폴 대성당의 길이보다 세 배 이상이다 — 폭은 124미터였다. 건물공사에는 29만 3,655장에 달하는 유리와 4,500톤의 철재가 소모되었고, 공사의 절정기에는 하루 2,660명의 인부가 고용되었다.[11]

수정궁박람회는 영국이 제조업과 금융업에서 세계 정상의 지위를 차지하게 된 것을 기념하는 스펙터클이기도 했다. 수정궁 안에는 32개국에서 온 1만 9,000개에 달하는 물품들이 진열되었다. 하지만 전체 진열품의 절반가량을 차지하는 영국에서 제조한 전시물들과 비교할 때, 외국제품들은 "낡은 물건"이나 "기껏해야 영국물건들의 변형된 복제품"[12]으로 보였다. 박람회의 성공적인 개최를 통해 영국은 지구상에서 가장 부유한 국가이며 최정상의 금융국임을 증명했다.

수정궁박람회를 보고 가슴 벅차했던 이들은 일반대중만이 아니었다. 빅토리아시대 영국의 작가들 역시 수정궁박람회에 깊은 감명을 받았고,

수정궁의 내부 모습. 수정궁은 무엇보다도 백화점과 쇼핑몰이었다. 이곳에 들어선 이들은 정치적 입장이나 계급적 이해와 무관한, 진열된 상품에 매혹된 소비자로 새롭게 탄생했다. 소비의 시대가 시작된 것이다.

자신들의 벅찬 감정을 글로 표현했다. 새커리는 1851년 5월 1일 발행된
『타임즈Times』에서 개막식이 "대관식보다도 훨씬 웅장한, 숭고하고 엄
숙하고 위대한 사랑의 감정을 일으키는 광경"이었다면서, 자신이 느낀
경이감과 자부심을 한 편의 송시로 표현했다.

> 왕자가 사는 궁전처럼,
> 인류가 시작되어
> 요정 집을 짓고 또 단장한 이후,
> 인간이 처음 보는 진귀한 전시관.

「멀로니 씨의 수정궁 이야기(Mr. Maloney's Account of the Crystal Palace)」에
서도 새커리는, 박람회라는 거대한 스펙터클과 최초로 접한 영국민중의
소박하지만 정직한 반응에 대해 아래와 같이 적었다.

> 자부심을 의식하면서
> 나는 내부로 뚫고 들어가
> 세계에서 가장 위대한 박람회를 구경했소.
> 구경거리가 너무도 눈부셔서
> 내 눈이
> 더 이상 쳐다볼 수 없을 때까지.

'자부심'은 빅토리아 여왕이 1851년 수정궁박람회와 관련하여 가장

빈번하게 사용한 단어였다. 1851년 5월 1일에 열린 박람회 개막식에 참석한 후 그녀는 일기에 다음과 같이 적었다. "이날은 우리 생애에서 자부심과 기쁨으로 가득한 가장 위대하고 영광스러운 날들 가운데 하나이며… 지극히 위대함을 보인 내가 가장 사랑하는 알버트와 내가 사랑하는 영국에 하나님의 축복이 있기를 빈다." 세월이 흘러도 "수정궁박람회가 가져온 거대한 산업발전과 필적할 만한 사건은 세계역사에 기록되지 않을 것"[13]이라는 자신감과 자부심이 당대 영국인들 사이에 자리 잡았다.

수정궁박람회에는 첫날부터 국내외에서 많은 관람객들이 몰려들었다. "정오가 될 때쯤에는 천 대가량의 특별마차와 천오백 대가량의 일반마차 그리고 팔백 대가량의 승합마차, 육백 대가량의 역마차, 삼백 대가량의 사인승 마차들이 박람회장 문을 통해 들어왔다."[14] 수정궁박람회는 1851년 5월 1일에 시작해 같은 해 10월 1일 종료되었다. 이 기간 동안 600여만 명의 사람들이 수정궁을 찾았고, 영국정부는 총 18만 6,437파운드의 순이익을 거두어들였다.[15]

수정궁박람회를 향해 환호와 찬사의 목소리만 울려 퍼졌던 것은 아니었다. 박람회를 열기 전부터 영국사회에는 박람회 개최에 반대하는 목소리가 존재했다. 식물학자들은 박람회 장소인 하이드파크에서 자라는 희귀한 종류의 나무들이 멸종될 것을 염려했다. 또 다른 반대 의견은 의사들과 성직자들로부터 나왔다. 의사들은 외국인들에게 묻어서 유입될 전염병, 특히 성병의 만연을 우려했다. 성직자들은 수정궁박람회가 인간의 오만한 발상에 불과하며 신의 분노를 부르게 될 것이라고 경고

했다.[16]

　수정궁박람회에 대한 가장 강력한 반대의 목소리는 외국인 범죄자의 유입을 우려하는 쪽에서 나왔다. 박람회가 개최되기 전부터 존재했던 불안감은 박람회를 구경하려는 외국인들의 행렬이 끝없이 이어지면서 더욱 커져만 갔다. 이 시기에 고조된 외국인 범죄에 대한 예방과 경계의 목소리는 수감제도 감독관이던 힐Fredric Hill의 발언에서도 확인된다. 그는 외국인 범죄에 대한 영국인의 경각심을 강조하면서, "영국인 강도나 혹은 살인자로부터 자신의 주머니와 목을 지키는 것과, 외국어로 말하는 침입자에 저항하는 것이 원칙적으로 무슨 차이가 있을 수 있겠는가?"라고 주장했다.

　『흰옷 입은 여인』에는 수정궁박람회에 대한 감동과 환호의 함성이 아닌, 박람회 개최를 둘러싸고 급속도로 퍼져가던 외국인 범죄자에 대한 불안과 경계심의 목소리가 반영되어 있다. 소설의 중심인물 중 하나인 포스코 백작은 외국인 범죄에 대한 영국인들의 우려를 정당화시키는 인물로 등장한다. 그는 영국 내에 침투한 "무정부와 혁명"을 목표로 하는 이탈리아의 비밀정치결사 조직 "형제애단"의 핵심멤버이기 때문이다. 그는 "평범한 지위와 대열로 분류되지 않는" "능력과 사회적 위치"를 지닌, "특별하게 부여받은 권한을 행사"하는 비밀조직의 거물로 재현된다. 포스코 백작은 퍼시벌 경이 세운 범죄계획을 수정하고, 범죄의 시도가 곤란에 처할 때마다 해결방안을 제시한다. 『흰옷 입은 여인』에서 포스코 백작은 범죄를 기획하고 막후에서 조종하는 거대 악으로 그려진다.

범죄의 진실을 파헤치려는 남성적 욕망에 이끌려 탐정의 역할을 수행하게 되면서, 월터는 이전과는 전혀 다른 담대한 남성으로 변모한다. 월터는 무자비하고 교활한 악인인 퍼시벌 경과 포스코 백작을 전혀 두려워하지 않고 그들의 죄악과 흉계를 파헤치기 위해 분투한다. 월터는 법률의 집행자가 포스코 백작과 퍼시벌 경에게 해내지 못한 정의를 대신 실천하는, 법률의 대행자가 되겠노라고 당당하게 선언한다.

이 일에 책임이 있는 두 명의 남자는 처벌받지 않은 채 살아 있다. … 법정에 앉아 있는 재판관은 그들을 추적할 힘이 없지만 그 두 명의 남자는 그들이 저지른 범죄에 대해 내게 책임져야 할 것이다. 나는 그러한 목적에 내 목숨을 바쳐왔다. 그리고 비록 나는 홀로 서 있지만 신이 자비를 베푸신다면 그 목적을 달성할 것이다.

악명 높은 외국인 범죄조직의 거물인 포스코 백작을 혼자서 상대해야만 한다는 사실을 알게 되었을 때도 월터는 백작과의 정면승부를 전혀 두려워하지 않는다. 그는 오히려 담대하게 전의를 불태운다. "우리 중 하나는 상황의 지배자가 되어야만 하고 우리 중 하나는 불가피하게 다른 사람의 자비를 구하는 수밖에 없다."

월터는 오래된 교회의 서류보관소에서 퍼시벌 경이 부모의 결혼기록을 날조했다는 증거를 발견하여 범죄해결의 결정적 전기를 마련한다. "사기가 발생한 보잘것없는 수단과 그것이 의미하는 범죄의 거대함과 과감함이… 나를 압도했다." 월터는 퍼시벌 경이 준남작(Baronet)이라는 작위와는 무관한 사생아 출신이라는 사실을 밝혀낸다. 범죄와 관련된 진실을 확보함으로써 그는 범죄자에 대한 절대적인 통제력과 영향력을 행사할 수 있게 된 것이다.

그 비밀의 폭로는 수년 전에는 아마도 그를 교수형에 처하게 했을 것이고 지금도 종신유형에 처하게 할 것이다. 그 비밀의 폭로는… 그가 강탈했던 명예와 지위와 영지와 모든 사회적 존재를 일격에 그로부터 박탈할 것이다. 이것이 그 비밀이고 그것은 이제 내 소유다! 내 말 한마디면 그의 집과 땅, 남작의 지위는 영원히 그로부터 사라질 것이다. 내 말 한마디면 그는 이름도 없고 돈도 없고 친구도 없는 추방자로 세상에서 내몰릴 것이다! 그 남자의 미래는 모두 내 입술에 달려 있다.

문서보관소에 불이 났을 때에도 월터는 증거물을 확보하려고 불구덩이가 된 건물 속으로 과감하게 뛰어든다. 이 장면이야말로 월터의 새롭게 구성된 남성성을 극적으로 전시한다. 월터는 탐정의 역할을 수행하는 동안 나약하고 가난한 미술 가정교사에서 "악과 싸워 이기는 강건하고 지적인"[17] 남성으로 새롭게 변신한 것이다.

나는 내가 뭘 하는지도 모른 채, 내게 일어난 첫 번째 본능에 따라 절실하게 행동하면서, 하인을 잡아 벽 쪽으로 밀쳤다. "몸을 구부려!" 나는 말했다. … "나는 너를 밟고 지붕으로 기어오를 거야! 나는 채광창을 깨뜨려서 공기를 집어넣을 거야!" 하인은 머리부터 발끝까지 덜덜 떨었지만… 나는 곤봉을 입에 물고⋯ 지붕에 올랐다. 그 순간의 미칠 것 같은 다급함과 흥분 속에서⋯ 천장의 채광창을 내려쳤고 일격에 금이 가고 헐거워진 유리를 계속 내려쳤다. 불길이 굴속에서 뛰쳐나오는 야수처럼 치솟아 나왔다.

월터는 죽음도 두려워하지 않은 채 불길을 잡기 위한 시도를 계속한다. 그는 사람들에게 명령을 내리면서 화재진압을 지휘한다. "당신 둘은 횃불을 더 가져오고⋯ 당신 둘은 곡괭이와 기구를 가져오시오! 나머지는 나를 따라 기둥을 찾으러 갑시다!" 그는 과감성과 지도력으로 현장을 장악하여 불길을 잡아낸다. 화재현장 주변에 모인 군중은 월터에게 환호한다. 월터는 위축되고 자신감 없는 남성으로부터 과단성과 대담성을 전시하며 군중의 환호를 받는 영웅으로 변모한 것이다.

새롭게 구성된 월터의 남성성은 메리언과 재회했을 때 극명하게 부각된다. 과거에 월터는 "맹렬하고 열정적인" 여성인 메리언으로부터 남성답지 못하다는 책망을 받았었다. 그러나 그녀를 다시 만났을 때 월터는 자신이 달라졌음을, "변화된 남성"이 되어 돌아왔음을 확인한다.

나는 내 본성을 새롭게 단련했다. ⋯ 내 의지는 강해지는 것을 배웠고 내 가슴은 단호해지는 것을 그리고 내 마음은 독립적이 되는 것을 배웠다. ⋯ 전에는 도망갔으나⋯ 이제는 남자가 당연히 그래야 하는 것처럼 맞서기 위해 돌아왔다.

포스코 백작의 편지를 받았을 때 메리언은 "자기통제를 유지할 수 없게 될" 정도로 겁에 질린다. 반면에 월터는 백작의 편지를 보고서도 조금도 동요를 보이지 않는다. 과거의 두 사람과 비교한다면, 메리언과 월터의 대응은 완전하게 뒤바뀐 것이다. 침착하고 담대한 자신과 불안에 가득한 메리언을 바라보면서, 월터는 "그녀는 너무도 진실로 여성"이라고 느낀다. 월터는 포스코 백작을 피하기보다는 직접 만나 최후의 담판을 짓기로 결심한다. 메리언은 포스코 백작을 대면하는 자리에 자신도 데려가 달라고 월터에게 호소한다.

"혼자서는 안 돼요! 오, 월터, 제발 혼자서는 가지 말아요! 나도 당신과 함께 가도록 해줘요. 내가 여자라는 이유만으로 나를 거부하지 말아요. 나도 가야만 해요! 나는 갈 거예요!"

하지만 월터는 메리언의 간청을 들어주지 않는다.

"당신이 나를 돕고 싶다면." 내가 말했다. "여기서 멈춰요. 그리고 오늘 밤 내 아내의 방에서 자도록 해요. 로라에 대한 내 마음이 편안한 상태로 떠날 수 있게만 해줘요. 그러면 나머지 것들은 다 내가 책임지겠어요. 메리언, 와서 내게 입맞춤으로 인사해줘요. 내가 돌아올 때까지 기다릴 수 있다는 당신의 용기를 보여줘요." 나는 그녀가 감히 한마디 더할 시간을 허락하지 않았다.

포스코 백작을 만나 그의 정체를 폭로해야 하는 수사의 가장 결정적인 국면에서 월터는 메리언을 배제시킨다. 월터는 더 이상 그녀의 조력이 필요치 않은 독립적이고 자족적인 남성으로 변모했기 때문이다.

월터는 홀로 포스코 백작과 최후의 대결을 벌인다. 이탈리아에서 망명한 페스카Pesca 교수에게서 얻은 정보를 가지고 월터는, 백작에게서 "조직원이 몸에 지닌, 살아 있는 동안 없어지지 않는 비밀표지"를 식별해낸다. 이를 통해 백작으로부터 자신이 형제애단의 조직원이며 공작을 지휘하기 위해 영국에 왔다는 진술을 이끌어낸다.

> 1850년 여름에 나는 해외로부터 예민한 정치적 임무를 띠고 영국에 도착했소. 기밀에 속하는 인물들이 반공식적으로(semi-officially) 나와 연결되었고, 나는 그들의 행동을 지도할 권한을 가졌소. … 나는 런던 교외에 자리를 잡고 내 역할을 수행하기 시작했소. 내가 수행한 역할에 대해 물어보려는 호기심은 여기서 멈추기를.

월터는 "간명한 사실이라는 저항할 수 없는 무기를 가지고" 포스코 백작의 저항을 저지한다. "한방에 모든 음모를 내려칠 수 있는 권력"을 행사하는 월터에게 결국 백작은 자신의 범죄에 대해 낱낱이 고백한다. 이제 범죄와 관련된 미스터리는 해결되고, 범죄자들은 모두 처벌을 받는다. 영국 밖으로 추방당한 포스코 백작은 조직에 의해 암살되고, 퍼시벌 경은 문서보관소 안에서 월터가 발견한 단서를 없애려는 시도를 하다가 화형을 연상케 하는 최후를 맞이한다.

바람직하지 못한 남성성의 소유자였던 월터는 "전적으로 남성의 영역"[18]인 범죄수사에 투신하면서 남성성의 세례를 받는다. 자신의 남성성을 이상적인 남성성으로 새롭게 구축한 월터는, 퍼시벌 경의 죄악을 폭로하고 포스코 백작의 음모를 분쇄한다. 범죄수사를 통해 월터는 진짜 남자가 되는 데 성공한 것이다.

가부장의 탄생과 남성성의 완성

추리소설이 시도한 남성성의 기획은 가부장 영웅을 탄생시키면서 완결된다. 추리소설이 지향하는 가장 이상적인 남성상은 여성과 가정을 보호하는 역할로 완성되기 때문이다. 외국인 범죄로 인해 위기에 빠진 여성과 가정을 안전하게 지켜내는 가부장적 수호자야말로 추리소설이 그리는 완벽한 남성인 것이다.

추리소설의 남성성 기획이 이처럼 방어적인 경향을 보이게 된 것은 두 가지 이유에서다. 하나가 인종적 타자에 대한 이질감이나 거부감 때문이라면, 다른 하나는 인도항쟁 이후 영국인들에게 심어진, 식민지에 의해 공격당하는 영국이라는 허위의식 때문이었다. 수정궁박람회를 이야기하면서 살펴본 것처럼, 빅토리아시대 영국에는 식민지의 확장과 국제행사의 빈번한 개최로 인해 외국인들이 대규모로 유입되었다. 영국인들은 피부색과 용모가 다르고, 낯선 복장을 하고 이해할 수 없는 언어를 쓰는 외국인들에 대해 이질감과 거부감을 느꼈다. 영국인들의 이런 태도는 이해할 만하다. 낯선 대상에게 방어적이 되는 것은 본능에 가까운 자연스러운 반응이기 때문이다.

두 번째 이유는 자연스럽게 나타난 첫 번째 반응과는 전혀 다른 차원의 문제였다. 그것은 인도반란 이후 언론의 보도와 학습을 통해 형성된 것이기 때문이다. 인도반란에 관해 우리가 나눴던 이야기들을 기억해보자. 인도반란은 식민지배에 대한 저항이 아니라 단지 피에 굶주린 영국인 살상행위로 규정되고 선전되었다. 영국인 자신들을 오히려 피해자로 설정해버리는 역식민담론의 확대로 인해, 외국인 관련범죄는 영국과 영국인들에 대한 공격으로 인식되기 시작했다. 이제 영국인들에게 외국인들은 민족적·인종적·언어적·종교적 차이로 인해 이해와 소통이 어려운 낯선 존재이기보다는, 평화로운 영국사회와 가정을 침입하려는 공포의 대상으로 간주되었다. 학습된 허위의식이 가져온 정치적 효과는 참혹했다. 식민지에 대한 가혹한 지배행위와 인종적 타자에 대한 차별이 외국인 범죄로부터 영국사회와 가정을 수호하는 행위로 정당화된 것이다.

영국의 시대적 상황과 영국인들의 심리적 상태를 반영하여 추리소설은 외국인 범죄의 위협에 노출된 영국여성과 가정을 형상화했다. 대표적인 영국 추리작가인 코넌 도일과 콜린스의 소설에서도 이런 설정은 매우 쉽게, 또 자주 발견된다. 코넌 도일의 『네 사람의 서명』을 한번 살펴보자. 이 소설에는 이상적인 영국여성의 전형인 메리가 등장한다.

그녀는 꼿꼿한 걸음걸이와 평정을 유지하는 태도를 드러내며 방으로 들어섰다. 그녀는 장갑을 제대로 끼고 의상에서는 완벽한 취향이 드러나는, 작은 체구의 고상한 금발의 젊은 숙녀였다. … 표정은 달콤하고 사랑스러웠으며 커다란 푸른 눈은 오직 영적이며 동정심에 가득했다. 여러 국가와 세 개의 대륙을 다니면서 많은 여성들을 경험했지만, 나는 이같이 섬세하고 민감한 본질을 극명하게 약속하는 얼굴을 한 번도 본 적이 없다.

메리는 인도반란의 혼란 속에서 영국 내로 반입된 보물을 둘러싸고 발생한 범죄의 위협을 받는 것으로 그려진다. 순결하고 아름다운 영국여성이 외국인 범죄로 인해 심각한 위험에 빠진 것이다.

콜린스의 『문스톤』에서도 유사한 설정이 눈에 띈다. 식민지에서 반입된 보석으로 인해서 영국 여성과 가정은 위기에 처한 것이다. 18세 생일을 맞은 베린더 가문의 아름답고 정숙한 여성 레이철은 인도 힌두교 여신상 이마에 박혀 있던 문스톤을 생일선물로 받는다. 문스톤이 도난당한 후 가정의 구성원들은 서로를 의혹의 눈초리로 바라보기 시작하고, 레이철의 연인 블레이크는 범인으로 의심을 받는다. 평화로운 영국의 가정공동체는 인도의 보석으로 인해 위기를 맞이한다. 사랑하는 남녀는 헤어지고 전원의 저택은 폐쇄되며, 공동체의 구성원은 이전의 결속감을 상실한 채 서로에게서 소외된다. "영국에 이곳보다 더 행복한 가정이 있을 수는 없으리라" 여겨졌던 베린더 가문은, "산산조각으로 분열되어 공기마저 미스터리와 의혹으로 더럽혀진" 것이다.

『흰옷 입은 여인』에도 외국인 범죄자로 인해 위험에 빠진 이상적인 영국여성이라는 동일한 설정이 등장한다. 소설 속에서 로라는 완벽한 아름다움을 지닌 여성으로 그려진다.

가장 깊은 곳에 거하는 뚜렷한 진실성이 있는 그녀의 눈은 더 순결하고 더 좋은 세상의 빛으로 바뀌는 모든 변화를 통해 빛난다. 가장 부드럽고 그러나 가장 분명하게 표현되는 매력은 얼굴 전체를 내려덮고 인간 본연의 오점도 거의 없도록 변화시킨다. … 이 여인은 우리가 지녔던 미에 대한 그늘진 인식에 처음으로 생명과 빛과 형태를 준다. 그녀는 그녀가 나타나기 전에는 우리 스스로도 몰랐던 우리의 영적인 본성의 빈 곳을 채워준다.

순결하고 아름다운 영국여성 로라는, 거대악을 상징하는 외국인 범죄자 포스코 백작이 꾸민 범죄의 피해자가 된다. 포스코 백작은 퍼시벌 경을 배후에서 조종해 로라와 결혼하게 만들고 그녀의 재산을 탈취하려 한다. 이들은 로라와 외모가 흡사한 앤을 죽음에 이르게 한 후 앤의 죽음을 로라의 죽음으로 위장한다. 로라는 앤으로 신원이 바뀐 상태에서 강제로 정신병원에 수용된다. 월터는 로라가 끔찍한 범죄의 희생자가 되었음을 알게 된다.

처음에는 진행된 음모의 본질이 무엇인지, 어떻게 기회를 엿보았는지, 그리고 대담하고 교묘한 범죄가 처벌을 받지 않도록 하려고 어떻게 상황을 조작했는지 희미하게 알 수 있었다. … 이제 나는 잘못된 행위의 처음부터 끝까지를 뚜렷하게 볼 수 있었다.

"지금껏 다른 어떤 여성도 하지 못했던, 맥박을 빠르게 뛰게 한 최초의 여인"인 로라에게 닥친 범죄의 위협을 제거하기 위해 월터는 탐정의 역할을 수행하게 된다. "진실하고 순결한" "우아한 여인" 로라에게 가해진 "흉악한 잘못을 고쳐야 한다는 목적—정당한 목적"을 이루고자 월터는 범죄수사에 뛰어드는 것이다. 이제 범죄의 피해자가 된 로라를 구해내는 일은 월터의 숭고한 임무로 규정된다. 그는 로라를 범죄의 위협에서 구하기 위해 "내 생명을 바친다. 그리고 그녀에게 바치는 것이 내 생명임을 신께 감사한다"고 선언한다.

『흰옷 입은 여인』에서 본래 여성적인 인물이던 월터는 수사를 통해 극적인 변신을 이룬다. 하지만 그의 변신은 범죄와 관련된 미스터리를 해결하고 정복하려는 남성적 욕망만으로 이루어진 것은 아니다. 그가 범죄수사에 참여한 가장 결정적인 이유는, 외국인 범죄의 희생자가 되어버린 사랑하는 여인을 구해내려는 가부장적 의지에 있기 때문이다. 월터는 자신이 범죄를 수사하는 이유가 순결하고 고귀한 영국여성 로라를 "도와주고 보호하고 소중히 여기고 회복시키는" 데 있음을 분명히 한다.

추리소설에서 바람직하지 못한 남성성은 이상적인 남성성으로 재구축된다. 남성성이 이상적으로 재구성되는 과정에서 범죄의 진실을 향한 남성적 욕망은, 이상적인 영국여인을 지켜내려는 가부장적 결의로 귀결된다. 탐정의 분투를 이끌어가는 힘은 영국여성과 가정을 보호하려는 가부장적 의지에서 나오는 것이다. 범죄가 해결된 후에 결혼으로 종결되는 추리소설의 서사는 탐정이 지닌 가부장적 욕망을 실현시켜준다.

『흰옷 입은 여인』에서 월터는 사망자로 처리되었던 로라의 신원을 법률적으로 복권시킴으로써 그녀를 둘러싼 범죄의 흔적을 완벽하게 제거

"MY HEAD DROOPED OVER IT, MY TEARS FELL ON IT, MY LIPS PRESSED IT," ETC.

월터가 로라의 손에 입 맞추고 있는 『흰옷 입은 여인』의 결말부 장면. 얼굴을 옆으로 돌리고 있는 로라의 표정은 드러나지 않는다. 로라의 감정과는 상관없이 마침내 그녀를 자신의 아내로 소유하게 된 월터는 가슴이 벅차올랐을 것이다. 삽화 하단의 설명문은 친절하게도 월터가 눈물마저 떨구고 있다고 알려준다.

한다. 범죄의 진실을 밝혀내는 데 성공한 월터는, 로라에 대한 보호자 역할을 자임함으로써 가부장적 소망을 실현한다.

내가 약속했던 대로 나는 내 모든 마음과 영혼을 다해 그녀의 아름다운 발아래 비난받지 않도록 헌신하겠노라. … 그녀는 마침내 내 것이어라. … 모든 위험과 희생을 통해 편들고 지켜줄 나의 것.

이제 로라는 월터가 "사랑하고 자랑스러워할 나의 소유물"이 되고, 월터는 로라에 대한 "아버지와 오빠 둘 다"의 역할을 다짐한다. 월터는 메리언에게 로라와 결혼할 것임을 선언한다.

로라의 모든 세속적 이점이 사라지고, 그녀의 지위와 사태를 회복하는 일의 전망이 매우 의심스럽고, 그녀의 남편이 제공할 수 있는 미래보다 더 선명한 미래가 그녀 앞에 없기 때문에 ─ 가난한 그림선생은 마침내 그의 가슴을 무해하게 열 수 있소. 메리언, 로라가 부유한 시절에 나는 단지 그녀의 그림 그리는 손을 인도하는 선생이었소 ─ 그녀가 곤경에 빠진 지금 나는 그녀의 손을 내 아내의 손으로 요구하오!

『흰옷 입은 여인』은 로라와 월터에게서 "리머리지가의 상속자"가 될 사내아이가 태어났음을 알려주며 종결된다. 월터의 분투는 남성성의 재구축을 거쳐 가부장 지위의 획득으로 끝을 맺은 것이다.

추리소설은 완벽한 남성성을 전시할 뿐 아니라 불완전한 남성성을 이상적인 남성성으로 교정한다. 『흰옷 입은 여인』은 추리소설의 남성성 교정작업을 잘 보여준다. 바람직하지 못하던 월터의 남성성은, 탐정임무를 통해 교정되고 로라를 범죄의 위협으로부터 구해내 아내로 삼음으로써 이상적으로 재구축된다. 추리소설의 남성성 기획은 범죄수사를 통한 남성성의 세례를 거쳐 가부장적 욕망의 실현으로 완결되는 것이다. 유약하고 미숙한 소년 같은 남성에서 강인하고 의지할 수 있는 가부장남성으로의 성장담이라는 점에서, 추리소설은 남성 성장소설로도 읽을 수 있다.

여성탐정은
왜 빛나는
존재가 되지
못하는가?

INVESTIGATION 5

다락방의 미친 여자, 세상에 나오다

『다락방의 미친 여자(The Madwoman in the Attic)』라는 책에 대한 소개로 이야기를 시작하자. 이제는 여성주의 문학이론서의 고전이 된『다락방의 미친 여자』는 길버트Sandra Gilbert와 구바Susan Gubar의 공동저작으로 1979년에 출판되었다. 나중에 길버트가 학교를 옮기기는 했지만 당시 이들은 모두 인디애나대학에서 영문학을 가르치던 교수였다. 두 사람은 영문학 연구에 여성주의적 시각의 개입이 절실하다는 데 동의했다. 이들은 19세기 여성작가가 쓴 소설에 나타난 여성의 광기, 감금과 탈출, 젠더와 장르, 여성작가의 불안 등에 관해 선언적으로, 그리고 도발적으로 이야기한『다락방의 미친 여자』를 함께 써냈다. 이 책의 부제는 "19세기 여성작가의 문학적 상상력(The Woman Writer and the Nineteenth-Century Literary Imagination)"이다.

『다락방의 미친 여자』를 처음 접하면 무엇보다도 먼저 책의 부피에

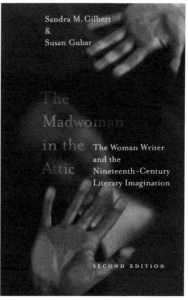

1979년에 출판된 『다락방의 미친 여자』의 표지와 2000년에 출판된 재판본 표지. 초판본에서는 펜을 쥔 여성의 손을 통해 여성의 글쓰기라는 주제를 나타냈다. 새롭게 출판된 책에서는 갇힌 여성의 질식할 듯한 이미지를 통해 여성의 광기와 감금이라는 주제가 강렬하게 부각된다.

압도된다. 거의 800쪽에 가까운 분량이기 때문이다. 우리말 번역본은 1,000쪽이 넘는다. 오스틴Jane Austen, 샬롯Charlotte과 에밀리 브론테Emily Bronte, 엘리엇George Eliot 같은 여성작가의 소설이 영문학도들이 공부하는 정전으로 자리 잡게 된 것은 상당 부분 이 책에 빚지고 있다.

　미국에서 유학생활을 하던 1990년대 초반, 내가 다니던 영문과의 나이 드신 남자교수 한 분이 이런 농담을 한 적이 있다.『다락방의 미친 여자』가 나오지 않았다면 영문과에 임용된 여자교수의 수는 극적으로 적었으리라는. 영문과에서 여성이나 아프리카계, 남미계, 아시아계 작가들에만 집중하고 백인 남성작가들이 썼던 위대한 작품들은 소홀히 한다는 불만을 가지신 분이 하신 농담이었다. 그렇기에 재치 있게 들리기보다는 빈정거리는 느낌으로 다가왔던 것으로 기억한다. 하지만 분명한 것은 길버트와 구바의 역작이 영문학 강의와 연구의 지형을 바꾸어버린 혁명적인 책이라는 사실이다. 영문학에 관심을 가진 독자라면, 여성주의 문학의 원천을 만나고 싶은 독자라면 읽어보기를 권한다.『다락방의 미친 여자』는 여전히 흥미롭고 통찰력을 지닌 책이기 때문이다.

　내가『다락방의 미친 여자』에서 가장 인상적으로 읽었던 부분은 책의 1부 2장인「감염된 문장―여성작가와 저자됨의 불안(Infection in the Sentence: The Woman Writer and the Anxiety of Authorship)」이었다.「감염된 문장」에서 두 사람은 다음과 같이 단호하게 주장한다. "대부분의 서구문학 장르는 결국 본질적으로 남성이다." 계급과 인종을 중심으로 추리소설에 다가가다가 관심의 지평을 젠더로 넓히게 된 것은 이 두 사람이 던져준 문제의식 덕분이었다.

추리소설에 등장한 여성탐정

추리소설도 길버트와 구바의 주장을 넘어서기 어려운 장르다. 이렇게 만 말하는 것은 너무 약하다는 느낌이 든다. 말을 바꾸도록 하자. 추리소 설은 서구문학 장르 가운데 가장 남성적인 장르다. 추리소설은 남성탐 정을 통해 합리성, 독립성, 과단성, 용맹성 등과 같은 이상적인 남성성을 극대화하여 전시하기 때문이다. 여기에서 한발 더 나아가 추리소설은 바람직하지 못한 남성은 아예 진짜 남자로 바꿔버리기까지 한다.

추리소설이 가장 남성적인 장르라는 점에 비추어볼 때, 19세기말 영 국과 미국에서 새롭게 등장한 여성탐정 추리소설은 매우 흥미롭고 특 이한 존재다. 여성이 범죄를 수사한다는 설정만으로도 여성탐정 추리소 설은 기존 추리소설의 남성적 면모를 뒤흔들 가능성을 지니기 때문이 다. 여성이 범죄자에 대한 감시와 추적을 담당하고 추론적 과정을 통해 범죄와 관련된 미스터리를 해결한다는 설정은 합리성, 분석력, 과감성 등과 같은 남성적 덕목을 여성에게 부여하기 때문이다. 결론부터 미리 이야기하자면, 이런 일은 결코 일어나지 않았다.

여성탐정 추리소설이 내재한 추리소설의 남성적 장르규범을 교란시 킬 수 있는 가능성은 즉각적으로 봉쇄되고 만다. 여성탐정은 추리소설 의 성 이데올로기에 제동을 걸거나 균열을 일으키기 위한 장치로 사용 되지 않기 때문이다. 오히려 여성탐정은 추리소설의 젠더적인 편애를 강화하는 도구로 이용될 뿐이다. 여성탐정 추리소설이 어떻게 추리소 설의 남성성에 균열을 일으키기보다는 강화시켰는지는 잠시 후 자세히 따져보도록 하자.

여성탐정 추리소설에 대해 이야기할 때 우리는 이미 친숙해진 콜린스의 『흰옷 입은 여인』에 대해 다시 살펴보려고 한다. 『흰옷 입은 여인』은 여성탐정 추리소설의 기원이 되기 때문이다. 1860년에 출판된 『흰옷 입은 여인』은 1880년대에 들어서야 등장하는 여성탐정 추리소설의 특징을 약 20년 앞서서 보여준다. 『흰옷 입은 여인』에는 외모나 성품, 기질과 가치관이 당대의 이상적인 여성상과는 극단적으로 다른, 진보적인 여성 메리언이 등장한다. 메리언의 젠더적 급진성은 탐정 역할을 수행한다는 사실에 의해 더욱 부각된다.

『흰옷 입은 여인』은 여성탐정 추리소설의 젠더적 봉쇄와 타협을 보여준다는 점에서도 여성탐정 추리소설의 원형이라고 할 수 있다. 『흰옷 입은 여인』에서는 남성탐정에 관한 호의적인 재현과는 극명하게 대조되는 여성탐정에 대한 비하적인 재현이 사용된다. 비하적인 재현과 함께 여성탐정에 대한 퇴행적 재현도 채택되고 있다. 뛰어난 탐정의 자질을 보여주던 급진적인 여성 메리언이, 다시 가정으로 돌아가 전통적인 여성의 역할에 순응하는 것으로 처리되는 것이다. 여성탐정 메리언이 드러내던 젠더적 전복성은 완벽하게 봉쇄된다. 다시 결론부터 미리 말하자면, 『흰옷 입은 여인』에서 사용된 봉쇄와 타협의 전략은 20년 후에 본격적으로 등장하는 여성탐정 추리소설에서도 똑같이 되풀이된다.

여성탐정 추리소설은 1880년대에 들어와 영국과 미국에서 본격적으로 등장하기 시작해서 1910년대까지 활발하게 생산되었다. 이 기간 동안 출판된 영미 여성탐정 추리소설의 대표작들을 출판 연도순으로 열거해보면 아래와 같다. 콜린스의 『흰옷 입은 여인』과는 달리, 거의 모든 작가와 소설이 생소한 이름들이리라 생각한다. 이 시기에 출판된 여성 탐정 추리소설은 대부분 잊혔거나 추리소설의 주변부로 사라졌기 때문이다. 소설텍스트는 다시 출판되거나 전자책 형태로라도 다시 발간되었지만, 작가들에 대해서는 여전히 알려진 사실이 매우 적다.

메릭Leonard Merrick의 『배잘게티 씨의 요원(Mr Bazalgette's Agent)』(1888), 에이켄Albert W. Aiken의 『여배우 탐정(The Actress Detective; or, The Invisible Hand: The Romance of an Implacable Mission)』(1889), 헤이워드W. S. Hayward의 『어느 여류탐정의 폭로(Revelations of a Lady Detective)』(1894), 퍼키스Catherine Louisa Pirkis의 『여류탐정 러브데이 브룩의 경험(The Experience of Loveday Brooke, Lady Detective)』(1894), 에이켄의 『여성 이발사 탐정(The Female Barber Detective: or, Joe Phoenix in Silver City)』(1895), 홀시Harlan P. Halsey의 『여류탐정(The Lady Detective)』(1895), 심즈Geroge R. Sims의 『탐정 도카스 딘(Dorcas Dene, Detective)』(1897), 헤론-맥스웰Beatrice Heron-Maxwell의 『여류 진주중개상의 모험(The Adventures of a Lady Pearl-Broker)』(1899), 앨런Grant Allen의 『힐다 웨이드Hilda Wade』(1900), 레이턴Marie Connor Leighton의 『탐정 조안 마(Joan Mar, Detective)』(1910), 오르치Emmuska Orczy의 『런던경찰국의 몰리 부인(Lady Molly of Scotland Yard)』(1912).

지금부터 『흰옷 입은 여인』과 1880년대 이후 출판된 영미 여성탐정 추리소설을 살펴보며 여성탐정의 젠더적 급진성에 관해 이야기하도록 하자. 그러고 나서는 추리소설의 젠더규범이 동요하거나 붕괴되는 것을 막기 위해 채택된, 여성탐정 추리소설의 봉쇄와 협상의 전략에 대해서

따져보자. 가야 할 길이 멀다. 시작해보자.

여성탐정 추리소설의 급진적 가능성

여성탐정은 추리소설의 젠더규범을 거스르는 극도로 이질적인 존재다. 여성이 범죄수사의 주체가 된다는 기본설정만으로도 남성적인 장르인 추리소설에 대한 저항과 도전이 되기 때문이다. 이전의 추리소설에서 여성은 법률의 보호대상에만 머물렀다. 그러나 여성탐정 추리소설에서는 여성이 범죄수사를 통해서 법률의 집행자가 된다. 여성탐정의 등장은 여성권력의 강화와 독립성의 확대를 위한 문학적 시도로까지 볼 수 있는 것이다.

여성탐정 추리소설의 급진성은 여성탐정이 등장한 시기가 역사적 사실보다 앞선다는 점으로도 확인된다. 미국 최초의 여성탐정은 1912년에 경사대리(Acting Detective Sergeant)로 임명된 굿윈Isabella Goodwin이었다.[19] 영국의 경우는 미국보다 더 늦어서, 여성에게 수사권은 1918년에 부여되었다.[20] 1920년대에 들어와서도 여성이 수사를 담당하는 것은 "온전한 남성의 영역을 침범하는 행위"로 간주되었고, 여성을 런던경찰국의 범죄수사부에 배치한다는 1922년의 결정은 경찰 내부에 심각한 논란을 야기했다.[21] 역사적 사실과 비교할 때, 1880년대에 이미 등장한 여성탐정 추리소설의 시대를 앞선 상상력은 더욱 눈부시게 빛난다.

여성탐정 추리소설의 급진성은 단지 여성이 수사를 맡는다는 설정으로만 나타나는 것은 아니다. 여성탐정 추리소설의 전복성은 여성탐정의 캐릭터 그 자체를 통해서 더욱 두드러진다. 여성탐정은 전통적인 여성성으로 규정된 감성적·비논리적·수동적 속성을 전면적으로 거부하는 인물로 그려지기 때문이다. 헤론-맥스웰의 『여류 진주중개상의 모험』에서 여성탐정으로 등장하는 델라미어Mollie Delamere는 그 대표적인 사례다.

작가인 헤론-맥스웰(1859~1927)의 생애에 대해서는 알려진 것이 많지 않다. 런던에서 출생했고, 아버지가 콘월Cornwall 지역의 하원의원이었으며, 학교에 다니지 않고 가정에서 교육받았고, 첫 번째 남편이 죽고 나서 딸 둘을 키우다 재혼했다는 것 정도가 알려진 사실의 거의 전부라고 할 수 있다. 헤론-맥스웰은 여성탐정 추리소설 외에도 공상과학소설과 역사소설을 여러 편 썼다고 전해진다.

『여류 진주중개상의 모험』은 델라미어가 범죄수사를 하면서 겪는 아홉 가지 모험담으로 구성된다. 소설은 런던의 거물 보석상 레이턴 씨Mr. Leighton가 제안한 진주중개상 자리를 델라미어가 수락하는 것으로 시작한다. 중개상으로 일하면서 그녀는 본업보다도 보석과 관련된 범죄를 해결하는 일을 훨씬 더 많이 하게 된다. 극악무도한 범죄자들을 상대하면서 델라미어는 전혀 예상하지 못했던 위험을 겪는다.

델라미어는 젠더규범에 전혀 구애받지 않는 여성으로 나온다. 그녀는 전통적인 여성의 역할에는 의미를 부여하지 않은 채, 범죄에 얽힌 미스터리를 풀면서 성취감과 희열을 느끼며 살아간다. 델라미어는 "탐정으로서의 감수성을 가졌고 범죄수사를 하고 싶어 하는 격렬한 충동"

을 지닌 여성으로 재현된다. 범죄를 수사하면서 그녀는 산 채로 불타 죽을 위기를 비롯해서 온갖 위험에 직면한다. 그러나 그녀는 탐정 일을 포기하지 않는다. 오히려 "나는 항상 쉽게 해결할 수 있는 문제는 싫어했어—그런 일을 해결하는 데는 아무런 만족감이 없어"라며 전의를 불태운다. 델라미어는 담대하고 적극적이며 도전적인 여성탐정의 전형인 것이다.

홀시의 『여류탐정』도 여성탐정 캐릭터의 진보적인 특성을 잘 보여준다. 여성탐정 추리소설 작가에 대한 정보의 부족은 홀시에게도 적용된다. 그는 1870년대에 '늙은 탐정(Old Sleuth)'이라는 필명으로 '늙은 탐정 연작'을 썼던 작가로만 알려져 있다. '늙은 탐정 연작'의 저작권을 둘러싼 소송이 뉴욕 최고법원에 제기된 적이 있다는 기록이 남아 있을 뿐이다.

『여류탐정』은 스물세 살의 여성탐정 고엘렛Kate Goelet에 관한 이야기다. 소설은 그녀가 수사를 맡게 된 유통채권 도난사건을 중심으로 진행된다. 그녀는 사건을 해결하여 채권의 10퍼센트를 보상으로 받아 노후자금으로 쓰고 싶어 한다. 동시에 그녀는 사건의 범인으로 지목된 윌버Henry Wilbur의 무죄를 증명하기 위해서도 수사에 최선을 다한다.

『여류탐정』에서 고엘렛은 "젊고 섬세한 여성"이라는 이유로 신뢰를 받지 못한다. 하지만 그녀는 여성에 대한 편견과 선입관에 맞서, 여성도 "스스로를 보호할 수 있는 충분한 능력"을 지니고 있음을 보여준다. 소설에서 고엘렛은 "가장 경험이 풍부한 탐정들의 과감성, 교활함, 인내력, 지구력, 명민함"을 드러내며 남성탐정을 능가하는 범죄수사 능력을 보여준다.

여성이 범죄수사를 담당한다는 기본설정과 여성탐정의 캐릭터를 통해 표출되는 젠더적 전복성은, 이미 콜린스의 『흰옷 입은 여인』에서부터 나타난다. 바로 이것이 『흰옷 입은 여인』을 선구적인 여성탐정 추리소설로 기억해야 하는 가장 큰 이유다. 『흰옷 입은 여인』에서 메리언은 합리적 추론과 분석을 통해 범죄를 수사하고 범죄자를 추적하여 로라를 둘러싼 음모와 흉계를 파헤치는, 담대하고 적극적인 여성탐정의 모습을 잘 보여준다.

메리언은 범죄수사를 위해서는 어떤 위협에도 굴하지 않고 위험도 기꺼이 감수하는 대담함과 과단성을 지닌 여성으로 그려진다. 그녀가 수사를 본격적으로 진행하자 포스코 백작은 그러한 행위가 끔찍한 결과를 불러일으킬 것이라고 위협적으로 암시한다. 그러나 메리언은 겁을 먹거나 위축되지 않는 담대함을 드러낸다. 그녀는 "백작의 모든 경고에도 불구하고 이 두 남자가 이야기하려고 앉았을 때 들을 사람이 반드시 있어야 하는데, 내가 그 듣는 사람이 되어야 한다"고 결심한다. 발각될 경우 처할 위험과 거친 날씨에도 불구하고 퍼시벌 경과 포스코 백작의 대화를 도청하기 위해 그녀는, "자신의 거실 창문 밖으로 빠져나와 지붕에 올라가 소리를 내지 않고 기어가서 서재 창문 바로 위인 곳까지 간다"는 계획을 세우고 실행에 옮긴다.

나는 백작이 서재 문을 닫는 소리를 들었다. 나는 퍼시벌 경이 창문의 덧문의 빗장을 거는 소리를 들었다. 비가 줄기차게 내리고 있어서 뼛속까지 시렸고 같은 자세를 유지하느라 몸에 쥐가 났다. 최초로 몸을 움직이려고 했을 때 너

문학고전을 만화로 만든 '클래식스 일러스트레이티
드Classics Illustrated'에서 출판한 『흰옷 입은 여인』
의 표지. 이 시리즈가 우리나라에서도 영어와 우리
말 번역을 함께 싣는 형태로 출판된 적이 있다. 『로
빈슨 크루소』, 『왕자와 거지』, 『로미오와 줄리엣』 등
을 읽은 기억이 난다. 우리에게 익숙했던 일본만화
와는 많이 다른 미국만화의 그림체가 조금은 버거웠
었다.

무 고통스러워서 중지할 수밖에 없었다. 나는 다시 시도했고 젖은 지붕 위에서 무릎을 세우는 데 성공했다. 벽으로 기어가 몸을 벽에 기대서서 백작의 옷 갈아입는 방의 창문에 불이 번뜩이는 것을 돌아보았다.

지붕 위에서 비를 맞은 메리언은 심하게 앓는다. 그녀가 병상에 있는 동안 포스코 백작과 퍼시벌 경은 앤의 죽음을 로라의 사망으로 위장한다. 메리언은 병상에서 일어난 후 로라의 사망소식을 듣지만 그 사실을 받아들이지 않는다. 그녀는 병약해진 상태에도 불구하고 자신이 간파한 의문점을 풀기 위해 수사를 시작한다. 메리언은 사건해결의 열쇠가 되는, 캐더릭 부인Mrs. Catherick이 블랙워터 파크에 다녀갔다는 사실을 알아냄으로써 수사에 중요한 진전을 만들어낸다. 그녀는 로라가 앤의 신분으로 바뀌어져서 앤이 감금되었던 정신병원에 갇혀 있음을 밝혀낸다. 메리언은 정신병원을 방문해서 그곳에 로라가 있다는 사실을 확인한 후 그녀를 탈출시킨다.

『흰옷 입은 여인』에서 젠더적 급진성은 여성탐정 메리언의 분투를 통해 잘 드러나고 있다. 그러나 이 소설의 젠더적 급진성은 메리언이 가부장제가 요구하는 여성의 미덕과는 무관한, 적극적이고 자기주장이 강한 여성이라는 설정을 통해 가장 뚜렷하게 표출된다. 메리언은 순종적이고 소극적인 당대의 이상적인 여성상과는 거리가 먼 여성으로 그려진다. 그녀는 사람과 사물, 사회현상에 대해 "단호한 것이 자연스러운 목소리"로 자신의 견해를 분명하게 밝힌다. 메리언의 당당함과 과단성 그리고 명민함은 포스코 백작의 반응을 통해서도 잘 나타난다. 포스코 백작은 "다루기 쉽지 않은 맹렬하고 열정적인" 그녀를 "이 위대한 피조물" 또는 "이 대단한 여인"이라는 경외심 어린 호칭으로 부르며, "내 모든 영혼을 다해 메리언을 찬미한다"고 고백한다.

메리언 할콤 양을 보고서도 그녀가 남성의 통찰력과 단호함을 가지고 있다는 것을 알아차리지 못할 수가 있는가? 그녀를 내 친구로 만들면 나는 세상을 우습게 여길 것이네. 그녀를 내 적으로 삼는 것은 당신이 내게 백번이나 말했듯이 악마처럼 교활한 나 포스코의 모든 지략과 경험을 가지고도, 영어식 표현을 빌린다면, 달걀껍질 위를 걷는 것과 같이 위태로울 것이네!

메리언은 젠더의 인위적 구분에 구애받지 않으며 남녀는 모두 평등하다는 시각을 드러내는 여성으로 그려진다. 그녀는 "편안하고 가식적이지 않은 자기신뢰"와 "꾸미지 않은 자연스러움과 태생적인 편안한 자신감"을 가지고 남성과 여성을 동등하게 대한다. "상류계급 출신의 여성"임에도 불구하고, 메리언은 숙녀라면 당연히 갖추고 있어야 할 예술적 소양을 결여하고 있지만 남성들이 하는 게임에는 매우 능숙하다. 메리언은 이런 사실을 전혀 부끄러워하지 않는다. 그녀는 자신이 "계명을 구분하지 못할 정도로 음악에는 문외한이지만 체스, 주사위 놀이, 카드 놀이는 자신 있다"고 당당하게 밝힌다.

메리언이 당대의 젠더규범으로부터 자유롭다는 점은 결혼하지 못했다는 이유로 위축되거나 비관하지 않는다는 점을 통해서도 확인된다. 그녀는 여성은 마땅히 결혼을 인생의 목표로 삼아야 한다는 가부장적 요구를 무시한다. 메리언은 결혼상대자를 선택하고 선택받는 일에 자신의 시간과 노력을 쏟기를 거부한다. 대신 그녀는 "나는 호기심으로 불타오르고 있고 이 순간부터 나의 모든 에너지를" 흰옷 입은 여인이 누구인지를 "발견하는 일에 쏟겠다"고 선언한다. 메리언은 자신의 시간과 에너지를 미스터리의 해결을 위한 범죄수사에 바치는 것이다.

여성탐정은 그 존재 자체에 의해 "기본적으로 진보적인"[22] 효과를 만들어낸다. 범죄를 해결하기 위해 분투하는 탐정이 여성이라는 설정 자체가 당대의 젠더규범을 뒤흔드는 것이기 때문이다. 무엇보다도 여성탐정 캐릭터가 드러내는 독립성, 단호함, 과단성, 용맹성, 불굴의 정신 등은 전통적인 여성성이 아니라 추리소설이 찬양해온 남성성과 일치하기 때문이다. 그러나 여성탐정 추리소설이 지닌 젠더적 전복성은 즉각적인 봉쇄를 당하고 만다.

차별적 재현과 그 효과

여성탐정의 전복적 가능성에도 불구하고, 여성탐정 추리소설은 성 이데올로기에 저항하거나 여성권력을 강화하는 방향으로 작동되지 않는다. 여성탐정의 전복성은 철저하게 봉쇄되고, 여성탐정 추리소설은 오히려 기존의 젠더규범을 승인하는 방향으로 작동된다. 젠더적 전복성에 대한 봉쇄는 남성탐정과는 분명하게 구별되는 여성탐정에 대한 차별적 재현을 통해 이루어진다. 그 결과로 여성탐정 추리소설에서는 여전히 젠더적인 편애가 관통되고 있다.

추리소설에서 탐정은 비범한 수사능력과 뛰어난 육체적 능력을 모두 지닌 남성으로 재현된다. 이들 남성탐정은 계급적 품위와 여유도 함께 소유하고 있다. 모든 것을 갖춘 남성으로 설정된 탐정은, 범죄수사를 직업이 아니라 취미생활 또는 지루한 일상으로부터 도피하기 위한 지적인 게임으로 즐긴다.

남성탐정의 이러한 면모는 최초의 탐정으로 등장하는 뒤팽에서부터 분명하게 드러난다. 그는 자신을 직업적 탐정으로 여기지 않는다. 그는 자신을 "얽힌 것을 푸는 도덕적 행위에 자부심을 느끼는 분석가"로 규정한다. 셜록 홈즈 역시 범죄수사를 직업과는 무관한, 자신의 천재성을 시험해보는 장으로 생각한다. 그는 도전할 만한 가치가 있는 범죄가 발생하기를 간절히 기대한다. 영국의 대표적인 추리작가의 한 사람인 세이어즈Dorothy L. Sayers의 소설 『현란한 밤(Gaudy Night)』에 등장하는 윔지Peter Wimsey 경도, 탐정활동을 생활의 무료함을 달래기 위한 "귀족적 스포츠"로 간주한다.

추리소설에서 남성탐정은 개성이 강하고 기벽을 지닌 신비로운 인물로 그려진다. 뒤팽은 오래되고 낡은 저택에 거주하면서 빛을 차단하기 위해 집 안의 창문을 모두 봉쇄하고 지낸다. 그는 낮에는 자고 밤에는 깨어나 파리의 밤거리로 "항해하듯 들어가… 밤늦은 시각까지 먼 지역과 넓은 지역을 거닐며, 사람이 붐비는 도시의 흥분한 불빛과 그림자 사이에서 고요한 관찰만이 누릴 수 있는 무한한 정신적인 흥분"을 추구한다. 셜록 홈즈 역시 성품이 까다롭고 비사교적인 인물로 등장한다. 그는 자신의 고질적인 우울증을 바이올린 연주와 마약으로 달랜다. 남성탐정의 독특한 삶의 방식과 기이한 성향은 이들을 평범한 인물들과 구별 짓는 천재성의 징표로 부각된다.

남성탐정은 범죄의 불온성을 완벽하게 통제하는 초인적인 면모와 상류계급의 기품 그리고 개인적인 신비로움을 모두 지닌 완벽한 남성으로 이상화된다. 그러나 이들과 달리 여성탐정은 두 가지 방식에 의해 비하적으로 재현된다. 첫 번째 방식은 여성탐정을 혐오감을 자아내는 비정상적인 여성으로 그리는 것이다. 두 번째 방식은 여성탐정을 생존이나 생계를 고민해야 하는 절박한 상황에 처한 인물로 설정하는 것이다. 여성탐정에 대한 차별적인 재현을 통해 여성탐정은 이상적인 혹은 정상적인 여성이 아니라 지극히 예외적인 여성으로 배제된다.

기괴하고 혐오스러운 여성

차별적인 재현의 첫 번째 방식은 여성탐정을 비정상적이고 부적절한 여성으로 그리는 것이다. 이 방식을 통해 여성탐정은 여성미를 전적으로 결여한 외모와 남성적 기질을 소유한 인물로 규정된다. 그 결과 여성탐정은 독자를 경악하게 만드는 예외적이고 제한적인 사례로 축소된다.

『흰옷 입은 여인』에서 "아름다운 기대를 가장 기이하고 놀랍게 실망시키는" 외모의 여성으로 설정된 메리언은 첫 번째 재현의 전형적인 경우다. 그녀는 보는 이에게 즉각적인 혐오의 반응을 일으키는 흉하고 남성적인 외모의 소유자로 그려진다.

그 숙녀의 피부색은 거의 검정색이었고, 윗입술 위의 검은 솜털은 거의 콧수염이라 할 수 있었다. 그녀는 크고 단호한 남성적인 입과 턱을 가졌고, 거대하고 꿰뚫어보는 듯한 튀어나온 갈색 눈을 가졌다. … 그녀의 표정에는 부드러움과 유순함 같은 여성적인 매력—이것들이 없으면 이 세상에 있는 가장 아름다운 여성의 미도 불완전해질—이 전적으로 결여되어 있었다. … 남성적인 형태와 남성적인 얼굴은… 잠을 자면서 꿈속에서 변태적인 것과 모순적인 것을 알면서도 그것들을 조화시킬 수 없을 때 느끼는, 무력한 불쾌감과 이상할 정도로 흡사한 기분을 느끼게 했다.

메리언은 여성성을 극도로 결여한 여성으로 재현된다. 그녀는 정상적인/적절한 여성이라기보다는 "자연법칙은 실수할 수 없다는 오래되고 관습적인 격언과 가장 모순되는" 비정상적인 여성으로 분류된다. 여성탐정 메리언은 결코 여성권력의 강화를 상징하는 여성이 되지 못한다. 그녀는 단지 "거의 구역질을 일으키게 하는" 예외적인 여성으로 배제된다.

에이켄(1846~1894)은 보스턴의 배우 집안에서 태어났다. 그의 생애 역시 잘 알려져 있지 않다. 소설을 쓰기 위해 1881년에 연극무대에서 은퇴했지만, 그는 지금도 여전히 배우, 가수, 극작가로 기억된다. 그의 아들과 딸도 배우로 활동했다고 전해진다. 그가 쓴 『여성 이발사 탐정』은 여성탐정에 대한 비하적인 재현방식을 극명하게 보여주는 또 다른 사례다. 『여성 이발사 탐정』의 주인공은 뉴욕 형사인 로렌스Mignon Lawrence다. 그녀는 수사를 위해 뉴멕시코 주의 광산촌에 잠입하고, 자신의 신분

『여성 이발사 탐정』과 『여배우 탐정』의 작가 에이
켄. 여성탐정 추리소설이 별다른 반향을 일으키지
못하고 사라졌다는 것은, 여성탐정 추리소설가들에
관한 전기적 사실이 별로 남아 있지 않다는 점으로
도 확인된다. 에이켄은 특히 그런 경우인데, 그에
대해 알려진 사실은 연극계에 몸담았다는 기록 정
도다.

을 위장하기 위해 이발소를 운영한다.

소설의 도입부에서부터 로렌스는 "끔찍하게도 콧수염이 나서 남자처럼 면도를 해야만 하는" 여성임이 강조된다. "끔찍한 골칫덩어리"인 외모를 통해 극명하게 드러난 그녀의 비여성성은, 이발사와 탐정이라는 그녀의 직업을 통해 더욱 두드러진다. 이발관 운영과 탐정업무가 동일 선상에 배치됨으로써, 범죄수사는 이발소를 운영하며 남자고객들의 머리와 수염을 잘라주는 일과 마찬가지로 여성에게는 전혀 어울리지 않는 행위로 규정된다. 그녀가 수사를 할 때 드러내는 완력과 기민함, 용맹성 같은 자질 역시 존중받거나 긍정되지 않는다. 그것들은 그녀의 코 밑에서 무성하게 자라나는 수염만큼이나 여성에게는 부적절한 요소로 부정된다. 로렌스는 일반화할 수 없는 기괴하고 예외적인 여성으로 배제된다.

에이켄의 또 다른 여성탐정 추리소설인 『여배우 탐정』에서도 여성탐정은 별종의 여성으로 재현된다. 소설이 시작될 때부터 여배우 시린 Hilda Serene은 자신의 재능이 연기보다는 다른 데 있지 않을까 고민한다. 호기심으로 우연히 그녀는 친구의 상속과 관련된 범죄수사에 뛰어든다. 범죄를 해결하는 과정에서 시린은 자신의 천직을 발견한다.

『여배우 탐정』에서 여성탐정으로 활약하는 시린은 "백만 명 중에서 한 명 볼 수 있는" "기이한 남성-여성(a strange man-woman)"으로 묘사된다. "크고 우람하고 무서운 남성적인 체격"을 소유하고 펜싱과 복싱으로 단련된 그녀로부터 일격을 맞은 남자들은 "살과 뼈로 이루어진 것이 아닌 강철로 만든 주먹으로 맞았다는 인상"을 받는다. 개척시대의 미국

『여성 이발사 탐정』의 표지. 총을 들고 대치한 거친 서부
사나이들의 얼굴은 남성성의 상징인 수염으로 덮여 있다.
표지 그림에는 잘 드러나지 않지만, 소설에서는 여성탐정
로렌스 역시 콧수염이 무성한 여인으로 설정되어 있다.

서부에서 "모험으로 단련된 기사"로 성장한 시린은, 스스로도 자신이 정상적인 여성과는 다르다는 사실을 시인한다.

> 나는 남자였어야 해. 그건 의심의 여지가 없어. 내 취향은 전부 남성적이고 여성적인 면은 전혀 없어. 그리고 내가 탐정으로 살아가는 것을 좋아한다는 것이 내 말을 뒷받침하는 가장 훌륭한 증거야.

시린의 고백을 통해 여성탐정은 일반적인 숙녀와 전적으로 다른 존재로 규정된다. 여성탐정은 보통여성과는 구분되는 이질적인 신체와 가치규범, 그리고 행동양식을 소유한 여성인 것이다.

부정적인 재현방식을 통해 여성탐정은 여성으로 일반화할 수 없는, 기괴하고 예외적인 여성으로 축소된다. 그녀는 혐오스럽고 기괴한 외모와 특이한 기질의 소유자인 것이다. 극도로 예외적인 여성 또는 별종으로 재현됨으로써, 여성탐정이 가져올 수 있는 성적 지배체제에 대한 위협은 완벽하게 봉쇄된다. 여성탐정의 젠더적 전복성은 그녀를 예외적 여성으로 배제하는 방식을 통해 사라져버린다.

궁핍하고 자기비하적인 여성

여성탐정에 대한 차별적 재현에는 여성탐정을 비정상적이고 예외적인 여성으로 배제하는 방식만 있는 것은 아니다. 여성탐정을 어쩔 수 없이 범죄수사를 직업으로 삼아야 하는 자기비하적인 인물로 그리는 방식이 남아 있다. 이 경우 여성탐정은 유한계급의 여유로움과 풍요로움을 과시하는 남성탐정과는 전적으로 다르다. 여성탐정은 가세의 몰락으로 궁핍함을 해결하기 위해 또는 경제적으로 절망적인 상황에서 생계를 도모하기 위해 탐정업무를 수행하는 것으로 처리된다. 남성탐정이 범죄수사를 지적 유희로 즐기며 대중의 존경과 찬사의 대상이 된다면, 여성탐정은 절박한 생존을 위해 범죄수사에 참여하면서 계급적 하락을 경험하고 사회적 경멸의 대상이 된다.

헤이워드의 『어느 여류탐정의 폭로』는 여성탐정을 절박한 상황으로 인해 어쩔 수 없이 탐정이 된 여성으로 재현한 대표적인 경우다. 헤이워드는 영국의 소설가이자 극작가였던 웨어James Redding Ware (1832~1909)의 필명으로 추정된다. 웨어에 대해서도 알려진 사실은 많지 않다. 작가가 되기 전에는 가업인 식료품 잡화상을 운영했다는 것, 비밀결사조직인 프리메이슨의 열성적인 단원으로 활동했다는 사실 정도가 전해질 뿐이다. 그가 사용했다고 추정되는 또 다른 필명으로는 포레스터Andrew Forrester가 있다.

열 개의 사건으로 구성된 『어느 여류탐정의 폭로』에는 여성탐정으로 파스칼 부인Mrs. Paschal이 등장한다. 공식적으로 그녀는 런던경찰국 형사부장 워너Colonel Warner의 강력한 요청에 의해 여성탐정이 된 것으로 알려져 있다. 그러나 파스칼 부인은 자신이 여성탐정이라는 "기이하고, 도발적이고, 이상한" 직업을 선택하게 된 어쩔 수 없었던 까닭을 솔직하게 고백한다.

내 남편이 갑자기 사망해서 생계가 곤란해졌습니다. 내게 제안이 왔고 망설이지 않고 그 제안을 받아들여서 나는 나이 사십으로 넘어가는 시점에 많이 우려되고 거의 알려지지 않은, 사람들이 여성탐정이라고 부르는 여자가 되었습니다.

심즈의 『탐정 도카스 딘』은 여성이 탐정이 되는 전형적인 경로를 보여준다. 심즈(1847~1922)는 런던의 부유한 상인이었던 아버지와 여성단체장으로 활동하던 어머니 밑에서 자랐다. 그는 영국과 프랑스, 독일에서 교육을 받았고, 언론인, 시인, 소설가, 극작가로 활동했다. 다양한 스포츠를 즐기고 화려하고 사치스러운 삶을 살던 그는, 유럽유학 중에 배운 도박으로 인해 말년에는 무일푼 신세로 전락했다고 한다.

『탐정 도카스 딘』의 주인공 도카스Dorcas Dene는 런던의 아름다운 정원이 딸린 집에서 화가인 남편 폴Paul Dene과 행복한 결혼생활을 하는 여성으로 등장한다. 그런 그녀에게 "끔찍한 불운"이 발생한다. 그녀의 남편 폴이 "병에 걸려서 눈이 멀어 다시는 그림을 그릴 수 없게" 된 것이다. 그녀는 남편을 대신해 생계를 책임져야만 하는 입장에 놓인다. 사설탐정사무소를 운영하는 이웃사람 존슨Johnson이 자신과 함께 일할 것을 그녀에게 제안한다. 도카스는 이 제안에 대해 경악한다. "당신이 내가 여성탐정이 되기를 원하다니." 생활비와 남편의 치료비를 마련하기 위해 결국 도카스는 존슨의 제안을 받아들인다. 그녀는 "여성적 본능을 희생해야 하는" 탐정의 길에 들어서게 된 것이다.

퍼키스(1839~1910)의 『여류탐정 러브데이 브룩의 경험』 역시 여성탐

단 하나의 악습이 개인의 삶을 비참하게 끝낼 수
도 있다는 사실을 『탐정 도카스 딘』의 작가 심즈의
삶은 잘 보여준다. 그는 극작에 뛰어나다는 평가를
받으며 삶의 대부분을 다양한 흥분과 광채 속에서
살았다. 심즈는 사회개혁가였고, 일급 범죄학자였
고, 좋은 음식과 술의 감식가였으며, 복싱과 경마의
전문가였고, 불독 사육자이기도 했다. 70년 가까
이를 화려함 속에서 살았지만, 도박에 대한 과도한
집착은 결국 삶의 마지막을 황폐하게 만들었다.

정에 대한 비하적 재현의 두 번째 방식을 잘 보여준다. 퍼키스의 문학적 경력은 1877년에 발표된 미스터리 소설 『그녀의 집에서 사라진(Disap-peared from Her Home)』과 함께 시작되었다. 1894년에 출판되어 대중적인 인기를 모은 그녀의 마지막 소설 『여류탐정 러브데이 브룩의 경험』은 퍼키스의 작가적 경력의 정점이었다. 아들 하나와 딸 하나를 둔 그녀는 생체해부 반대운동에 적극적이었고, 그녀의 남편이 회장으로 있던 단체에서 주도한 동물보호운동에도 열정적으로 참가했다고 전해진다.

『여류탐정 러브데이 브룩의 경험』은 "서른 살이 조금 넘은" 여성탐정 브룩Loveday Brooke이 겪는 일곱 개의 사건들로 구성되어 있다. 소설의 초입에서 그녀가 여성탐정이 될 수밖에 없었던 저간의 사정이 소개된다. 브룩 역시 생계문제를 해결하고자 탐정이 되었다.

> 5년이나 6년 전쯤에 브룩은 운명의 수레바퀴에 의해 무일푼으로, 그리고 친구 하나 없이 세상에 내던져졌다. 팔릴 만한 소양이 자신에게 없다는 것을 알게 된 후 그녀는 관습을 거부하고 이 직업을 선택했다.

『여류탐정 러브데이 브룩의 경험』은 여성탐정이 된다는 것이 사회적으로 존중받지 못하는 위치로 전락하는 것임을 보여준다. 남성탐정과 달리 여성탐정은 어떤 사회적 권위도 부여받지 못한다. 수사를 위해 중상류계급 가정을 방문할 때도 그녀를 상대하는 사람은 하인뿐이다. 브룩이 사건현장을 조사하려 할 때 우두머리 하녀는 "남성탐정이 현장에 다녀갔다"는 이유로 "거만하게" 그녀의 요청을 거부한다. 브룩은 탐정이 된 후 "자신이 이전에 형성한 유대관계와 사회적 지위로부터 예리하게 잘려져 나갔다"는 사실을 자주 절감한다.

레이턴이 쓴 『탐정 조안 마』 역시 여성탐정을 향한 혐오와 경멸의 태도를 잘 보여준다. 레이턴(1865~1941)은 당대의 베스트셀러 소설가였다. 하지만 그녀에 대해 알려진 사실은 많지 않다. 젊은 시절 배우로도 활동했던 레이턴은, 시를 투고하면서 만난 잡지의 편집인 로버트Robert Leighton와 사랑에 빠진다. 이후 스코틀랜드로 도피한 두 사람은 결혼한다. 여기까지가 일흔 권이 넘는 장편소설을 출판한 작가 레이턴에 대해 알려진 거의 전부다.

『탐정 조안 마』에서 여성탐정은 사람들로부터 혐오와 적대의 감정 또는 동정이나 연민의 감정을 일으키는 대상으로 재현된다. 소설에서 발리 부인Mrs. Varley은 여성탐정을 직접 경험한 적이 없는 인물로 등장한다. 하지만 그런 그녀도 주변사람들을 통해 얻은 정보를 통해 "여성탐정은 가장 불쾌한 사람이라고 말할 수밖에 없다"는 선입견을 드러낸다. 그녀는 여성탐정이 자신의 집을 방문한다는 소식에 매우 놀란다. 여성탐정 조안 마Joan Mar가 집에 도착하기도 전에 발리 부인은 "벌써 조안 마가 밉고" 그녀에 대해 "불쾌하고 오싹한 느낌"을 갖는다.

『탐정 조안 마』에서 조안 마는 애인 사이인 로린Lorine과 찰턴Brian Charlton을 범죄의 위협에서 구해낸다. 로린은 자신들이 "그녀에게 모든 것을 빚지고 있다"며 진심으로 감사하게 생각한다. 로린은 연민의 감정을 담아 이렇게 말한다. "나는 그녀도 행복하게 해줄 누군가와 결혼하기를 소망해요." 여성탐정은 커다란 도움을 받은 이들에게조차, 행복하지

「탐정 조안 마」를 쓴 레이턴은 무모하고 과시적인 성향이 두드러진 여성이었다. 성인이 되기 전부터 다양한 연령과 직업의 남성들과 교제를 했으며, 각기 다른 남성과 여러 차례 사랑의 도피를 감행했다. 그런 레이턴마저도 자신의 소설 속에서 여성탐정을 존중하고 긍정하기보다는 측은하게 여기거나 경멸하는 태도로 일관했다.

못한 측은한 존재로서 동정의 대상이 되는 것이다.

여성탐정 추리소설에서 여성탐정은 사회적으로 존중받을 수 없는 자신의 처지를 한탄하는 자기비하적 인물로 그려진다. 메릭의 『배잘게티 씨의 요원』은 여성탐정의 이러한 재현방식을 잘 보여준다. 메릭(1864~1939)은 런던의 유태계 집안에서 태어났다. 영국과 독일에서 교육받았고, 남아프리카 광산에서 감독관을 지냈다. 메릭은 런던으로 돌아와 배우와 배우매니저 생활을 하다가 1880년대 후반부터는 소설창작에 전념했다. 1888년에 출판된 『배잘게티 씨의 요원』은 그에게 명성을 가져다주었다. 하지만 그는 이 소설을 수치스럽게 여겼고, 출판된 소설을 모두 되사서 없애버리려 했다고 한다. 메릭은 오웰George Owell과 하웰스William Dean Howells 같은 동료작가들로부터 높은 평가를 받았다. 하지만 오늘날 그의 이름은 희미하게 기억된다. 2009년에 나온 메릭에 관한 전기의 제목이 『메릭: 잊힌, 소설가들이 인정한 소설가(Leonard Merrick: A Forgotten Novelist's Novelist)』가 된 까닭이다.

『배잘게티 씨의 요원』은 여성탐정이 되는 전형적인 경로와 여성탐정이 내비치는 자기모멸적 반응을 잘 보여준다. 소설은 스물여덟 먹은 여성탐정 리Miriam Lea를 중심으로 진행된다. 여배우였다는 이유로 가정교사직에서 해고된 후, 리는 런던의 초라한 하숙집에 살면서 빈궁한 삶을 영위한다. 그녀에게 함께 일하자는 탐정사무소의 제안이 온다. 극도로 곤궁하고 생계가 막연한 상황에 처해 있지만, 그녀는 "그런 직업을 고려해보는 것조차 터무니없다"고 일축한다. 다른 생계수단을 구하려고 열심히 노력하지만 그녀는 직업을 찾는 데 실패한다. 결국 리는 여성탐정

너무 일찍, 자신이 추구하는 문학과는 거리가 먼 작품으로 유명해져버리는 일은 결코 축복이 아님을 메릭은 그의 삶으로 드러냈다. 그는 첫번째 장편소설이라 할 수 있는 『배잘게티 씨의 요원』으로 부와 명성을 얻었다. 이후 작가로서의 그의 삶은 자신은 이런 수준의 소설이나 쓰는 작가가 아님을 입증하는 데 바쳐졌다.

_____

이 된다.

　여성탐정으로 살아가면서 리는 자기비하와 자기연민의 감정들을 쏟아낸다. "나는 절대적으로 내 자신을 일반적인 혐오의 대상으로 만들 수밖에 없었는가?" "아, 나는 왜 탐정이 되기 전에 자존감을 가지고 굶어죽지 못했나!" 여성탐정이 되기 전에도 그녀는, 사회적 존중을 받지 못하던 여배우였고 가정교사였다. 그런 전직을 지닌 리에게조차도 여성탐정이 되는 것은 용납하기 어려운 사회적인 수치로 받아들여지는 것이다.

　소설 속 여성탐정은 여성이지만 정상적인 여성과는 극단적으로 다른, 여성이지만 여성이랄 수 없는 존재다. 또한 여성탐정은 과부, 은퇴한 여자 가정교사, 전직 여배우 등과 같은 여성위계의 하단에 있는 여성들로 구성된다. 이들은 경제적인 필요성에 의해 어쩔 수 없이 사회적으로 혐오스러운 일을 하는 자기비하적 인물로 재현된다. 이러한 부정적 재현을 통해 여성탐정은 기존의 성적 지배체제에 변혁을 일으키는 급진적인 여성으로 우뚝 서지 못한다. 여성탐정은 이례적인 또는 불운한 여성으로 축소되고, 그녀의 전복적 가능성은 제거된다.

여성탐정 추리소설의 타협과 순응

여성탐정 추리소설은 여성이 범죄를 수사한다는 설정만으로도 기존 추리소설의 성적 규범에 심대한 타격을 줄 수 있다. 그러나 우리가 확인한 것처럼 이러한 일은 일어나지 않았다. 성적 규범에 대한 위협은 여성탐

2012년에 재출판된 『배잘게티 씨의 요원』. 비록 작가인 메릭 자신은 극도로 혐오했지만, 『배잘게티 씨의 요원』은 가장 앞서 나온 여성탐정 추리소설일 뿐 아니라 가장 뛰어난 여성탐정 추리소설이다. 메릭은 충분히 자랑스러워해도 좋았다.

정에 대한 차별적인 재현에 의해 사라져버렸다. 하지만 급진적 가능성의 제거가 여성탐정의 재현만을 통해 이루어지는 것은 아니다. 여성탐정 추리소설의 전복성은 서사 안에서 시도되는 협상과 타협을 통해서도 순치되고 있다. 지금부터는 여성탐정 추리소설의 서사가 어떻게 타협과 순응을 시도하는지 살펴보자.

여성탐정 추리서사에서의 협상과 순응의 시도는 세 가지로 요약할 수 있다. 첫째, 여성탐정의 역할을 남성탐정의 순종적인 보조자로 국한시켰다. 둘째, 여성탐정의 수사공간은 가정 내부에 한정되도록 했고, 사건해결은 가사에 정통한 가사전문가로서의 지식과 경험을 통해서 이루어지게 했다. 셋째, 여성탐정의 추리서사는 결혼서사로 귀결되거나 가정의 복원으로 종결되도록 만들었다. 특히 결혼서사로의 결말은 여성탐정 추리소설이 시도한 협상의 요체다. 추리서사를 결혼서사로 대치하여 여성탐정을 가정 안으로 재배치시킴으로써 여성탐정이 지닌 전복적 가능성을 소거해버리기 때문이다.

남성탐정의 순종적인 보조자

여성탐정 추리소설에서 여성탐정은 능동적인 수사의 주체로 활약하지 못한다. 여성탐정은 단지 남성탐정의 보조자 역할을 순종적으로 수행하는 것으로 그려진다. 『흰옷 입은 여인』의 초반에서 메리언은 주체적으로 범죄를 수사한다. 그러나 소설 후반으로 갈수록 그녀는 수사에서 주도적인 역할을 하지 못한다. 앤의 무덤에서 월터와 재회한 이후 메리언은, 이전에는 볼 수 없었던 여성적 약점을 드러내며 수사에서의 주도권을 완전히 상실한다.

포스코 백작의 편지를 월터로부터 전달받았을 때 메리언은 극심한 공황상태에 빠진다. 이런 그녀의 모습에서 월터는 메리언의 여성적 한계를 절감한다. "내가 다룬 것처럼 그 편지를 다루기에는 그녀는 너무도 진실로 여성이었다. 글씨의 역겨운 낯익음은 너무나 심해서 그녀는 자기통제를 유지할 수 없었다." 이제 수사는 월터의 주도로 진행된다. 범죄와 관련된 핵심적인 미스터리의 해결과, 범죄자에 대한 처벌과 추방은 모두 그에 의해 주도된다. 범죄수사의 결정적이고 최종적 역할은 남성인 월터가 모두 담당하고, 여성인 메리언은 보조자 역할만을 충실하게 수행할 뿐이다.

『여류탐정 러브데이 브룩의 경험』에서 브룩은 탐정의 뛰어난 자질을 소유한 여성으로 등장한다. 그녀는 수사에서 발군의 분석능력과 추진력, 책임감을 발휘한다. 하지만 단지 여성이라는 이유로 그녀는 보조적이고 수동적인 역할을 강요당한다. 브룩은 여기에 저항하지 않는다. 그녀는 남성탐정의 권위와 명성에 절대적인 경의를 표하고, 수사방향이 자신의 생각과 다른 경우에도 자신의 의견을 고집하지 않는다.

브룩은 남성탐정의 조력자 역할을 담당할 뿐 아니라 남성의 격렬함과 폭력적인 성향을 부드럽게 조정하는 역할도 해낸다. 범죄수사에서 남성수사관들이 과격한 행동을 보이거나 대립하는 경우가 종종 발생한다. 그럴 때마다 브룩은 미소와 부드러운 표정으로 "너무 서두르지 말라"고 타이르거나 "차분하게 수사를 진행할 것"을 권유한다. 브룩은 격분한 남성탐정을 진정시키고 남성탐정 간의 불화와 갈등을 평화롭게 해결하는, 전통적인 여성의 미덕을 갖춘 인물인 것이다.

『탐정 도카스 딘』 역시 동일한 양상을 드러낸다. 도카스는 "직업적인 여성탐정"이 된 후에도 수사와 관련된 모든 일에서 남성탐정인 존슨의 지시에 따라 움직인다. 자신이 이미 확인하고 결정한 사항에 대해서 존슨이 변경할 것을 요구하면, 그녀는 그의 요구를 전적으로 수용하고 이행한다. 도카스는 순종적인 보조자의 역할에서 한 치도 벗어나지 않는다.

존슨이 은퇴하고 난 후에도 도카스는 수사의 독립성을 추구하지 않고 남편 폴의 지시에 따라 움직인다. 그녀가 밤중에 홀로 범죄자를 감시하기 위해 집을 나서려던 순간, 남편이 "버클리 광장의 가로등 아래서 밤 11시 45분에 친구이자 극작가인 색슨Saxon 씨를 만나서 동행하라"는 매우 구체적인 지시사항을 전달한다. "여보, 당신이 원한다면 물론이지요"라고 말하며 기꺼이 남편의 요구에 따르는 장면은 도카스의 순종적인 면모를 극명하게 보여준다.

여성탐정이 자신의 독립성과 판단, 욕구마저 유보하는 순종적인 여성으로 설정된 또 다른 사례로 세이어즈의 소설에 등장하는 여성탐정 베인Harriet Vane을 들 수 있다. 베인은 대학을 졸업한 지적이고 강인하며 독립적인 여성이다. 그러나 그녀는 수사에서의 주도권을 행사하지 않고 윔지 경의 보조자 역할만을 충실하게 수행한다. 젠더에 따른 역할분리는 여성탐정 추리소설에서도 동일하게 유지되고 있다.

가사전문가

여성탐정 추리소설이 시도한 두 번째 타협은, 여성의 영역은 가정 내부에 한정된다는 젠더규범에 순응하여 성별에 따른 공간분리를 수용한 것이다. 그 결과 여성탐정은 가사와 관련된 지식과 경험을 이용해 사건을 해결한다. 『여류탐정 러브데이 브룩의 경험』은 이러한 순응을 잘 보여주는 텍스트다. 브룩이 범죄를 수사할 때, 남성탐정인 다이어Ebenezer Dyer는 그녀에게 "집 안에서 그녀의 일을 진행하라"고 지시한다. 런던경찰국의 수사관 베이츠Jeremiah Bates 역시 브룩에게 "저택 담장 안"에만 신경 쓸 것을 요구한다. 그녀는 집 안의 상태를 점검하다가, 자신이 소유한 가사노동과 관련된 지식을 바탕으로 사건을 해결한다.

『여류탐정 러브데이 브룩의 경험』에는 상속녀로 자처하는 몬로 양Miss Monroe이 등장한다. 브룩은 몬로 양의 침실을 살펴본 후 몬로 양이 가짜 상속자라는 사실을 밝혀낸다. "브룩의 주의를 가장 강하게 끈 것은 그 방의 극단적인 깔끔함—눈으로 보기에 편안하고 또 편리하게 통제된, 일급 하녀의 손에 의해서만 가능한 깔끔함—이었다." 그 방이 다른 사람의 도움 없이 몬로 양 본인에 의해서 정돈되었다는 정보를 입수한 후 브룩은, 몬로 양이 지금까지 하녀에게 침실 정돈을 맡겨온 상속녀와는 거리가 먼 인물이라고 결론짓는다.

방을 정돈하는 데는 숙녀의 깔끔함이 있고 하녀의 깔끔함이 있어요. 그 두 가지는 아주 다르지요. 내 말을 믿으세요. … 다음에 그 방을 사용할 때 편리하도록 모든 것들이 배치되어 있었어요. 이것은 여주인을 위해 방을 정돈하는 데

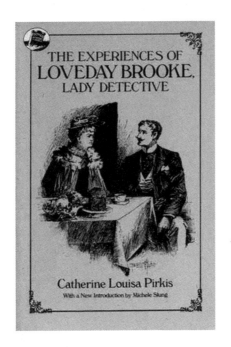

THE EXPERIENCES OF
LOVEDAY BROOKE,
LADY DETECTIVE

Catherine Louisa Pirkis
With a New Introduction by Michele Slung

『여류탐정 러브데이 브룩의 경험』의 표지. 브룩은 여성적인 외모, 순종적인 성격. 가정적인 성향을 지닌 여성탐정이다. 조심스럽고 세심하게 젠더규범과 타협했지만, 『여류탐정 러브데이 브룩의 경험』역시 다른 여성탐정 추리소설들처럼 출판시장의 승인을 받는 데 실패한다.

익숙한 하녀가 기계적으로 행한 것이요. 자신이 몬로 양이라고 주장하는 여성이 쓰는 방의 깔끔함은 숙녀의 깔끔함이 아니라 하녀의 깔끔함이에요.

여성탐정은 이처럼 가정 내부의 영역에서 가사전문가라는 여성의 특성을 이용하여 사건을 해결하는 것으로 처리된다. 그렇게 함으로써 여성탐정 추리소설은 젠더규범과의 충돌이나 마찰을 피하고 있는 것이다.

결혼으로 종결되는 추리서사

여성탐정의 추리서사가 결혼서사로 귀결되는 세 번째 방식은 여성탐정 추리소설에서 시도된 협상의 핵심을 이룬다. 홀시의 『여류탐정』에는 이 세 번째 협상방식이 잘 나타나 있다. 여성탐정으로 등장하는 고엘렛은 채권도난 사건을 수사하면서 절도범 혐의를 받고 있는 윌버를 만난다. 수사과정에서 그녀는 윌버와 "그녀 일생의 진실한 사랑"에 빠지고 만다.

윌버를 처음으로 만난 그 밤 이후, 그녀는 새로운 동기로 끓어올랐다. 어두운 구석을 갑작스럽게 비추는 한줄기 햇빛처럼 찬란한 소망이 그녀의 가슴 가운데에 밝혀졌다. 그녀는 한낱 여자에 불과했고, 여자는 사랑과 관련해서는 이상한 존재인 것이다.

수사를 통해 사랑하는 남자의 무죄를 밝혀낸 후 고엘렛은 윌버의 "든든하고 용맹한 팔에 안겨 뜨겁게 포옹한다." 고엘렛은 탐정으로서 뛰어난 자질을 보였고 수사에서도 남성탐정들을 압도했다. 그토록 열혈 여성탐정이었던 고엘렛이 윌버의 아내가 되어 수사현장을 떠나고, 그것으로 소설은 종결된다. 결혼은 여성의 궁극적인 지향점으로 재규정되고 있는 것이다.

맥스웰의 『여류 진주중개상의 모험』에 등장하는 델라미어는 열정적인 범죄수사를 통해 만족감과 성취감을 느끼며 살아가는 여성탐정이다. 그러던 그녀 역시 핑크색 진주 도난사건을 수사하면서 만난 오스트레일리아 출신 백만장자 앤더슨 씨Mr. Anderson와 연인이 된다. 그녀는 사건을 해결한 후 앤더슨 씨와 결혼하면서 탐정직업을 포기한다.

되찾은 핑크색 진주는 이제 새롭게 세공되어 내가 앤더슨 부인이 된 기쁜 날에 갖게 된 결혼선물 중 하나로 내게 주어졌고 이제는 내 것이 되었기 때문에, 나는 해오던 직무를 영원히 포기했다.

『여류 진주중개상의 모험』에서 진행되던 도전적이고 열정적인 여성탐정의 추리서사는 귀부인으로 급격한 신분상승을 이룬, 행운의 주인공이 된 여성의 결혼서사로 마무리되는 것이다.

앨런의 『힐다 웨이드』는 여성탐정 추리서사가 결혼서사로 종결되는 또 다른 사례다. 앨런(1848~1899)은 캐나다에서 태어나 미국에서 성장했고 영국의 옥스퍼드대학을 졸업했다. 진화생물학의 강력한 지지자였던 그는 공상과학소설의 선구자로 알려져 있다. 코넌 도일과 이웃으로 함께 살며 친구로 지낸 앨런은 『힐다 웨이드』의 마지막 장을 코넌 도일에게 헌정했다.

『힐다 웨이드』에서 주인공 웨이드는 아버지의 오명을 씻기 위해 여성 탐정이 된 인물로 설정된다. 살인누명을 쓰고 기소되어 재판을 기다리던 중에 웨이드의 아버지가 심장마비로 사망한다. 그녀는 아버지가 범인이 아니었다는 사실을 밝히기 위해 수사에 뛰어든다. 결국 그녀에 의해 진범이 밝혀지고, 죽은 아버지의 명예는 회복된다. 웨이드는 자신의 수사를 도와준 젊은 내과의사 컴벌리지Hubert Cumberledge의 청혼을 받아들인다. 그녀는 결혼과 함께 탐정업무를 떠나며 "진정한 삶이 이제 온다"고 선언한다. 여성에게는 한 남자의 아내가 되어 가정의 천사로 살아가는 것만이 참된 삶이라는 젠더규범은 여성탐정 추리소설 내에서도 충실하게 반복된다.

오르치의 『런던경찰국의 몰리 부인』은 여성탐정에 대한 퇴행적 재현을 보여주는 또 다른 사례다. 오르치(1865~1947)는 헝가리의 저명한 작곡가이자 지휘자였던 오르치 남작Baron Felix Orczy의 외동딸로 태어났다. 그녀는 10대에 가족과 함께 영국으로 이주하여 런던의 미술학교에서 수학했다. 화가로도 활동했던 그녀의 미술작품은 왕립미술원(Royal Academy)에서 전시되기도 했다. 오르치는 프랑스대혁명을 배경으로 혁명가와 비밀요원 등의 음모와 암투를 다룬 소설—나중에 연극으로 공연되어 더욱 유명해진—『별봄맞이꽃(The Scarlet Pimpernel)』(1905)의 작가로 기억되고 있다.

『런던경찰국의 몰리 부인』에서 주인공 몰리는 다른 여성탐정과는 달리 사설탐정이 아닌 런던경찰국 소속 수사관으로 등장한다. 그러나 그 사실을 제외한다면 『런던경찰국의 몰리 부인』 역시 여성탐정 추리소설의 익숙하고 상투적인 전개를 보여준다. 우선 이 소설에서는 몰리가 수사관이 된 이유로 남편의 불운이 거론된다. 그녀의 남편 휴버트 대위 Captain Hubert는 보어전쟁에서 공훈을 세웠음에도 불구하고 살인자라는 누명을 쓰고 투옥된다. 몰리는 남편의 무죄를 밝히기 위해 런던경찰국 소속 수사관이 되어 범죄수사를 시작한다.

몰리의 남편은 "영웅적인 불굴의 정신으로 견뎌내던 5년간의 유배생활을 폐하의 사면으로" 끝마치게 된다. 그러자 몰리는 조금도 망설이지 않고 런던경찰국을 떠난다. "몰리는 경찰과 자신과의 연결을 끝냈다. 이유는 그녀의 행복이 돌아왔기 때문이다." 몰리는 공식적인 수사기관에서 활약하던 선구적인 여성수사관이었다. 그러나 그런 그녀에게도 범죄수사는 남편의 석방으로 인한 부부관계의 회복과 가족제도의 정상화로 종결되는 일에 불과할 뿐이다.

여성탐정이 가정의 천사로 탈바꿈하는 모습은 여성탐정 추리소설의 원형을 이루는 『흰옷 입은 여인』에서도 발견된다. 월터는 메리언에게 로라를 돌보는 일에만 집중하여 자신의 마음을 편하게 해달라고 간청한다. 메리언은 월터의 간청을 수락한다. 그녀는 월터가 가정 밖에서 수사에 몰두하는 동안 가정 안에서 로라를 돌본다. 로라는 메리언의 보살핌 속에서 몸과 마음을 빠르게 회복한다. 메리언은 전복적인 여성탐정에서 가족을 위해 헌신하는 전통적인 여성으로 변모한 것이다.

오르치가 쓴 『런던경찰국의 몰리 부인』은 여성탐정이 국가의 공식적인 수사기구에 속한 인물로 설정된 희귀한 사례다. 그녀는 모국어인 헝가리어로 쓰인 문학작품을 영어로 출판하는 일에 보람을 느꼈고, 정치소설과 스파이소설을 쓰는 일에 애착을 보였다. 여성탐정 추리소설에는 별다른 애정을 드러내지 않았다.

여성탐정 추리소설의 투항

당대의 일반적인 여성상과 비교할 때, 여성탐정 추리소설이 보여준 여성상은 이례적일 정도로 강인하고 독립적인 모습이었다. 하지만 이들 여성탐정의 전복성은 비하적인 재현이나 가정으로의 퇴각을 통해 순치되었다. 그토록 주체적이고 담대한 여성탐정이 순종적인 가정의 천사로 변모하는 여성탐정 서사의 결말은 터무니없을 정도로 느닷없고 갑작스러운 것일 수밖에 없다. 캐릭터의 일관성을 희생시키는 것을 감수할 만큼, 여성탐정 추리소설은 지배적인 젠더규범에 순응하고 타협하려 한 것이다.

타협과 순치를 통해 여성탐정은 여성해방을 지향하는 전위적 여성으로 서지 못했다. 여성탐정은 혐오감을 자아내는 예외적인 여성이나, 여성으로서의 한계를 승인하는 의존적인 존재로 축소되었다. 더욱 씁쓸하게 느껴지는 것은, 타협과 순응에도 불구하고 여성탐정 추리소설은 대부분 출판시장에서 사라졌다는 사실이다.

오직 한 종류의 여성탐정 추리소설만이 대중의 찬사와 비평적 주목 속에서 살아남을 수 있었다. 그러기 위해서 여성탐정은 나이 든 미혼여성이어야만 했다. 지금까지도 가장 굳건한 추리소설 장르로 자리 잡은 노처녀탐정 추리소설에 대해 살펴볼 차례다.

성공한
여성탐정은 왜
노처녀여야
하는가?

INVESTIGATION 6

흡연여성과 여성탐정

지금 하는 얘기는 듣는 이의 나이에 따라 체감의 정도가 많이 다를 수 있다. 과거의 어느 시점까지 — 내 기억에는 최소한 1980년대까지는 — 우리나라에서 담배는 매우 자유롭게 소비되었다. 아직 담배의 해악에 대한 의학담론이 절대적 영향력을 행사하지 못하고 있었기 때문에 흡연은 거의 대부분의 장소에서 허용되었다. 식당이나 술집, 다방에서는 당연히 담배를 피워댔고, 시내버스나 고속버스 심지어는 국제선 비행기에도 흡연석이 있었다. 대학의 강의실 안팎과 동아리방은 담배연기로 가득했다. 흡연자에게는 천국인 시절이었다.

모두에게 흡연권이 무제한으로 주어진 것은 아니었다. 흡연자가 미성년자나 여성이라면 전혀 다른 이야기가 되었다. 남자아이들이 몰래 담배를 피우는 것에 대해서는 일종의 통과의례로 너그럽게 보는 경향이 있었다. 심각한 일탈행위로 받아들이기보다는 어차피 성인이 되면하게 될 것을 애들이 호기심 때문에 미리 한다는 식으로 가볍게 치부했다. 당사자들에게도 중고등학교 때 담배를 피웠던 것이 비행으로 기억되기보다는 나이 들어 웃으면서 이야기하는 추억거리로 남았다.

여성흡연은 미성년자 남성의 흡연과는 전혀 다른 문제였다. 담배는 성인남성에게만 허락되는 기호품이었지만, 여기에는 연령보다는 젠더적인 측면이 훨씬 더 강했기 때문이다. 여성이 담배를 피우는 일은 터부시되거나 죄악시되었다. 제대로 된 여성이라면, 정상적인 삶을 사는 여성이라면 흡연은 있을 수 없는 일이었다. 담배를 피우는 여성은 모두 타락하거나 불건전한 여성으로 예단되었다.

지금은 제주 둘레길의 개척자로 잘 알려진 서명숙은 『흡연여성 잔혹사』라는 책을 쓴 적이 있다. 이 책에는 소지품에서 담배가 나왔다는 이유로 "담배나 피워대는 갈보 같은 년"이라고 욕하는 형사 얘기가 나온다. 하물며 여성이 공개적으로 담배를 피우는 일은 금기에 가까웠고 즉각적인 비난과 가혹한 제재의 대상이 될 수 있었다. 시내 한복판에 있는 음악다방에서 담배 피우는 여성에게, 처음 보는 남자가 다가가 폭언을 하거나 심지어 물리적인 제재까지 하는 일이 목격되기도 했다.

그 시절에도 아무 데서나 공개적으로 담배를 피울 수 있던 여성들이 존재했다. 그러기 위해서는 나이가 아주 많아야 했다. 나이가 많이 든 여성은 몰래 담배를 피우지 않아도 괜찮았다. 할머니들은 집 앞에서 지나가는 사람들을 구경하면서도 피웠고, 절의 공양간 뒤에서도 피웠다. 나는 1980년대 중반 여의도 63빌딩 근처에서, 효도관광을 오신 시골 할머니들이 단체로 담배 피우시는 모습을 본 적이 있다. 장관이었다. 더 이상

여성으로 인식되기보다는 노인으로 규정되는, 나이 듦으로 인해 여성성의 범주에서 자유로워진 여성노인들의 행복한 끽연이었다.

앞 장에서 꽤 길게 이야기했던 19세기 말엽과 20세기 초엽의 여성탐정들을 기억하는가? 그들 또한 남성에게만 허용된 영역으로 진입한 여성이라는 이유로 우리나라의 흡연여성과 매우 유사한 비난에 시달렸다. 쏟아지는 공격을 피하기 위해 여성탐정을 비정상적인 여성으로 그리거나, 결혼 등을 통해 가정으로 돌아가도록 하는 전략이 채택되었다. 하지만 여성탐정 추리소설은 대중과 문학권력으로부터 승인받지 못하고 사라졌다.

여성탐정이 추리소설 영역에서 살아남기 위해서는—여성흡연권과 마찬가지로—나이 듦이 필요했다. 노화로 인한 무성성(asexuality)이야말로 여성에게 가혹하게 적용되는 젠더규범과의 충돌을 피하는 가장 확실한 방법이기 때문이다. 흡연여성이 결혼 유무와 상관없이 고연령으로 자유로워지는 존재라면, 여성탐정에게는 두 가지 조건의 충족이 더 필요했다. 먼저 여성탐정은 결혼하지 않은 여성이어야만 했다. 거기에 덧붙여서 여성탐정은 여성의 차별적 지위와 불이익을 당연한 것으로 받아들일 줄 아는 여성이어야 했다. 결론부터 미리 이야기하자면, 노처녀탐정 추리소설은 이 두 가지 조건을 모두 충족시켰다. 그렇기 때문에 노처녀탐정 추리소설은 가장 대중적인 추리소설 장르로 굳건하게 자리 잡을 수 있었다.

노처녀탐정의 성정치학

여성탐정 추리소설의 전복적 가능성에 관해 이야기했던 내용을 다시 떠올려보자. 여성탐정 추리소설은 그 기본설정만으로도 성 이데올로기에 대한 저항과 도전이 될 수 있다. 여성이 수사의 주체가 되어 범죄와 관련된 미스터리를 해결한다는 설정은, 여성에게 합리적 사유와 과학적 분석능력—흔히 남성적인 덕목으로 분류되는—을 부여하기 때문이다.

우리가 이미 확인한 것처럼, 여성탐정 추리소설은 전통적인 젠더규범에 대해 비판적으로 사유하는 데 실패했다. 여성탐정 추리소설은 여성탐정에 대한 비하적인 재현방식을 채택했고, 결혼 이데올로기에 집착하는 모습을 보였다. 여성탐정 추리소설은 기존 추리소설의 젠더규범에 제동을 걸거나 균열을 일으키지 못하고, 오히려 젠더 이데올로기를 재생산하는 데 머물렀을 따름이다.

영미 추리소설의 초창기인 1890년대와 추리소설의 황금기인 1930년대 사이에 출판된 노처녀탐정 추리소설은, 기존의 여성탐정 추리소설과는 많이 다르다. 이 둘 사이의 차별성은 여성탐정의 재현을 통해 가장 분명하게 드러난다. 노처녀탐정은 생존을 위해서가 아니라 정의의 실현을 위해 범죄수사에 개입한다. 그들은 자신의 지적 능력에 대한 강한 자신감을 지니며, 주체적으로 수사를 진행한다. 다른 무엇보다도 노처녀탐정은 결혼을 욕망하지 않는다.

노처녀탐정 추리소설이 다른 여성탐정 추리소설과 가장 구별되는 지점은 그 대중적 인기와 위상에 있다. 대부분의 여성탐정 추리소설은 대중적 인기를 얻는 데 실패하고 추리소설의 주변부로 사라졌다. 하지만 노처녀탐정 추리소설은 가장 대중적인 추리소설 장르로서의 확고한 입지를 차지하고 있다.

지금부터는 노처녀탐정의 재현을 살펴보면서 추리소설에서 작동되는 성정치학에 관해 이야기하자. 노처녀탐정의 재현은 상호모순적이고 분열적이다. 노처녀탐정은 한편으로는 지배적인 성 이데올로기에 도전하는 전복적인 여성으로, 다른 한편으로는 당대의 젠더규범을 적극적으로 옹호하는 극히 보수적인 여성으로 그려지기 때문이다.

먼저, 모순적이고 분열적인 노처녀탐정의 재현에 관해 살펴보도록 하자. 그리고 나서는 노처녀탐정 추리소설이 안정적으로 자리 잡을 수 있었던 이유에 관해 이야기하자. 1890년대에서부터 1930년대 사이에 출판된 노처녀탐정 추리소설 중에서도 그린Anna Katharine Green이 창조한 버터워스Amelia Butterworth 3부작과 애거사 크리스티Agatha Christie의 미스 마플Miss Marple 연작이 우리가 다루는 주요 텍스트가 될 것이다.

복 받은 여성, 성공한 추리작가
― 안나 캐서린 그린

그린(1846~1935)은 주어진 조건과 성취에서 당대 여성의 평균을 훨씬 뛰어넘는다. 그녀는 저명한 법률가 집안에서 태어났고, 상당수의 여성이 문맹이던 19세기 중반에 대학교육을 받을 수 있었다. 그녀는 작가로서도 성공적인 경로를 걸었고, "추리소설의 어머니"[23]로 불리게 되었다.

그린은 장수의 축복도 누렸다. 1900년에 발표된 미국인의 평균수명은 47세에 불과했다. 하지만 1846년에 태어난 그린은 우리 나이로 90세까지 살다가 1935년에 세상을 떴다. 그린의 유년기에 서부개척과 골드러시가 있었고, 10대에 남북전쟁이 터졌다. 20대에 대륙횡단철도의 개통을 목격했고, 30대에 전화기 발명 소식을 들었으며, 40대에 미국 원주민인 아파치족의 항쟁을 겪었다. 50대에 하와이가 미국에 병합되었고, 60대에 라이트형제의 비행기 발명과 포드자동차 설립이 있었으며, 70대에는 1차 세계대전이 발발했다. 80대에는 경제대공황이 터졌고, 말년에는 뉴딜정책이 시행되었다.

그린이 태어나고 자란 곳은 뉴욕의 브루클린이었다. 버몬트 주에 있는 리플리 여자대학(Ripley Female College)에서 공부한 기간을 제외하고 그녀는 줄곧 뉴욕에서 지냈다. 그린의 소설 속 지리적 배경이 대부분 뉴욕으로 설정된 것은 개인적인 친숙함에서 비롯되었다고 할 수 있다. 어린 시절 어머니를 여읜 것을 제외한다면, 그린은 비교적 행복한 유년시절을 경험했다. 유복한 가정에서 법률가였던 아버지의 사랑과 관심 속에서 독서와 글쓰기를 격려받으며 지적으로도 충실한 성장기를 보냈다.

그린은 당시로서는 매우 늦은 나이였던 30대 말에 결혼했다. 남편은 국제적으로 명성이 높은 가구디자이너 롤프스Charles Rohlfs였다. 그들은 행복한 결혼생활을 유지했고 아이 셋을 두었다. 그녀는 기쁜 마음으로 아이를 돌보고 남편을 내조했다고 한다.

가사에 전념하면서도 그린은 40편에 가까운 작품을 써냈다. 처음에

여성작가의 삶은 젠더적 편견과 억압 속에서 훼손되는 경우가 많다. 버터워스
3부작을 쓴 그린은 당대의 젠더 이데올로기에 부합하는 현모양처의 삶을 살았
다. 그녀는 자신의 삶의 방식에 회의하거나 갈등하지 않았고, 오히려 행복해하고
감사했다.

는 소설이 아니라 낭만주의풍의 시를 쓰는 데 집중했지만, 시인으로 인정받지 못하자 추리소설 작가로 전향했다. 결과적으로 매우 잘한 결정이었다. 1878년에 최초로 발표했던 추리소설 『레븐워스 살인사건(The Leavenworth Case)』에서부터 그린은 비평적 찬사와 대중적 인기를 모두 얻는 데 성공했다. 그녀는 버터워스를 주인공으로 한 소설을 세 편 썼다. '버터워스 3부작'으로 불리는 『이웃집의 그 일(That Affair Next Door)』 (1897), 『잃어버린 사람이 간 길(Lost Man's Lane)』(1898), 『나선형 서재(The Circular Study)』(1900)는 추리작가로서 그린의 입지를 공고하게 만들었다. 70대 후반에 이르기까지 그녀는 계속해서 추리소설을 발표했다.

「이웃집의 그 일」(1897)

자정 무렵 창밖을 내다보다가 버터워스는 가족들이 휴가를 떠나 비어 있는 옆집에 남녀 한 쌍이 들어가는 것을 목격한다. 남자만 혼자 나온 것을 수상하게 여긴 그녀는, 다음 날까지도 옆집에 불이 켜지지 않자 경찰관을 불러 함께 이웃집으로 들어간다. 그들은 식당 바닥에서 커다란 골동품 장식용 선반에 깔린 여성의 시체를 발견한다. 현장에 도착한 검시관은 이 여성이 가구에 깔리기 전에 이미 사망한 것으로 판정한다.

살해사건의 수사는 77세의 노장 그라이스Ebenezer Gryce 경감이 지휘하게 된다. 살해당한 여성은 버넘Burnam가 둘째며느리인 루이즈Louise로 판명되고, 남편인 하워드Howard Van Burnam가 살인혐의로 체포된다. 최초의 목격자이자 이웃사람인 버터워스는, 살인사건의 미스터리를 해결하기 위해 독자적으로 움직이고 그 과정에서 그라이스 경감과 대립하고 충돌한다. 그녀는 혐의를 받는 인물들의 동기를 조사하고 제시된 증거들을 정밀하게 검사한다. 버터워스는 진범이 부유한 상류계급의 여성과 결혼하기 위해 숨겨진 아내를 살해하려 했던 스톤Randolph Stone임을 밝혀낸다.

그린은 미국에서 추리소설이 대중적인 인기장르로 자리 잡는 데 가장 큰 공헌을 한 작가 중 하나로 평가된다. 특히 형법과 법의학에 관한 지식을 추리서사와 긴밀하게 결합시킨 그녀 특유의 스타일은 이후 추리소설을 구성하는 주요법칙의 하나로 자리 잡았다. 그린의 추리소설은 셜록 홈즈 연작을 기획하던 코넌 도일에게도 커다란 영향을 미쳤다고 전해진다.

추리소설의 여왕 또는 베스트셀러 제조기
— 애거사 크리스티

애거사 크리스티(1890-1976)는 70편이 넘는 추리소설을 발표했다. 그녀는 푸아로Hercule Poirot와 미스 마플이라는, 아마도 셜록 홈즈와 뒤팽을 제외하고는 가장 유명한 두 사람의 탐정을 탄생시켰다. 트릭과 반전이 범죄미스터리 서사에 자연스럽게 녹아들어 있다는 평가를 받았던 그녀의 추리소설은 모두 일정 수준 이상의 성취를 보여주었다. 그녀는 여성으로서는 최초로 영국추리협회 회장을 지냈다. 셜록 홈즈의 작가 코넌 도일에게 영국여왕으로부터 기사작위가 수여되었던 것처럼, 그녀도 여성에게 수여되는 작위인 데임Dame을 여왕에게서 받았다. 애거사 크리스티가 추리소설의 여왕으로 불리는 이유다.

애거사 크리스티는 영국남부의 작은 해안도시 토키Torquay에서 태어나 그곳에서 자랐다. 정규교육은 받지 않았고, 어머니가 그녀를 집에서

애거사 크리스티는, 누구도 부인하지 않을, 최고의 (여성)추리작가이다. 미스 마플 연작을 통해 그녀
는 노처녀 탐정소설의 문법을 완성했고, 작가가 세상을 떠난 뒤에도 미스 마플은 수다와 활기로 범
죄현장을 누비고 있다.

가르쳤다. 그녀는 1차 세계대전에 참전 중이던 전투기 조종사 아치볼드 Archibald Christie와 1914년 크리스마스이브에 결혼했다. 애거사 크리스티는 1920년에 『스타일즈 저택의 괴사건(The Mysterious Affair at Styles)』을 발표했다. 그녀에게 이 소설은 여러 가지로 최초였다. 그녀의 첫 번째 추리소설이었고, 탐정 푸아로가 최초로 등장한 소설이었다. 1926년에 발표한 『애크로이드 살인사건』은 그녀에게 거대한 부와 명성을 안겨주었다. 하지만 이 시기 시작된 남편의 외도로 인해 그녀의 첫 번째 결혼은 1928년에 파국을 맞았다.

1930년도는 애거사 크리스티에게 기억할 만한 한 해였다. 그해에 그녀는 고고학 교수인 맬로원Max Mallowan과 재혼했고, 미스 마플이 처음 등장하는 『목사관의 살인(The Murder at the Vicarage)』을 발표했다. 그녀는 미스 마플 연작을 계속해서 써내려갔고, 미스 마플은 추리소설의 대표적인 탐정 중 한 명으로 자리 잡았다. 미스 마플 연작은 모두 11편의 장편과 20편의 단편으로 남아 있다.

『목사관의 살인』(1930)

교구목사인 클레멘트Leonard Clement의 목사관 서재에서 프로세로 대령Colonel Protheroe 이 머리에 총을 맞고 죽은 시체로 발견된다. 프로세로 대령은 마을의 모든 이에게 경멸과 미움을 받아온 인물이기 때문에, 주변사람들 모두가 용의선상에 오른다. 화가인 레딩Lawrence Redding과 죽은 대령의 부인인 앤Anne Protheroe이 대령을 죽였다고 자백한다. 하지만 이 둘에게는 확고한 알리바이가 있었고, 이들의 자백은 내연관계인 서로를 지켜주기 위한 것임이 밝혀진다. 총소리를 들은 사람도 없고 어떤 단서도 발견되지 않기 때문에, 자백이 해프닝으로 종결된 후 사건은 미궁에 빠진다. 이때 미스 마플이 등장해 범죄와 관련된 미스터리를 풀어낸다. 그녀는 목사를 포함한 일곱 명으로 용의자를 압축하고 그들을 세밀하게 조사한다. 미스 마플은 처음에 자백을 했던 앤과 레딩이 실제로 살인을 저질렀다는 사실을 밝혀낸다.

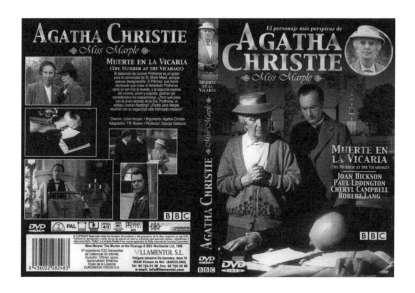

BBC에서 제작한 〈목사관의 살인〉. 소설을 영상물로 만드는 작업은 쉬운 일이 아니다. 원작에 충실하면 평면적이 되고, 영상언어에 집중하면 별개의 텍스트가 된다. BBC에서 제작한 영상물에는 이 둘 사이에서 절묘하게 균형을 잡은 모범적인 경우가 많다. 「목사관의 살인」 역시 여기에 해당한다.

애거사 크리스티의 추리소설은 지금까지 103개 언어로 번역되어 모두 40억 부 이상 팔렸다. 그녀가 베스트셀러의 여왕이라고 불리는 이유다. 그녀가 베스트셀러로 만든 것은 추리소설만은 아니었다. 그녀는 로맨스소설을 포함한 다양한 소설장르에 손을 댔고, 그녀의 소설들은 소

설장르를 통틀어 압도적인 판매량을 기록했다. 그녀는 뛰어난 희곡작가이기도 했다. 특히 1952년 런던 앰배서더Ambassador 극장에서 초연된 『쥐덫(The Mousetrap)』은 21년간 8,800회 연속공연이라는 대기록을 세웠다. 그녀의 소설 중 상당수는 영화로 만들어져 대중적인 인기를 모았다. 애거사 크리스티는 이 모든 것을 살아서—그녀는 죽기 2년 전까지도 공식적인 행사에 모습을 드러내곤 했다—만끽했다. 축복받은 인생이었다.

노처녀탐정의 재현

추리소설은 남성성 찬가라고 할 수 있다. 추리소설에는 계급적 수월성과 탁월한 지적 능력, 그리고 남성적 매력을 소유한 인물이 탐정으로 등장해 활약하기 때문이다. 그러나 탐정의 성性이 여성으로 전환되면 그때부터는 완전히 다른 이야기가 된다. 여성탐정은 남성탐정과는 극단적으로 다른 존재로 그려지는 것이다. 남성탐정은 상류계급의 기품을 지니고 유한계급의 여유로움을 향유하며, 범죄수사를 지적인 게임으로 즐긴다. 하지만 여성탐정은 경제적인 필요성에 의해 어쩔 수 없이 범죄수사에 참여한다. 남성탐정이 수사의 독립성을 완전히 부여받은 능동적인 수사주체라면, 여성탐정은 남성탐정의 순종적인 보조자로 재현된다.

여성탐정이 남성탐정과의 차별성을 가장 극명하게 드러내는 지점은 결혼과 가족제도에 대한 태도에 있다. 남성탐정은 대개 독신의 자유로운 삶을 향유하는, 가족제도 밖에 위치한 인물로 설정된다. 최초의 탐정 뒤팽은 오래되고 낡은 저택에서 홀로 생활한다. 셜록 홈즈 역시 가정을 이루지 않고 하숙집에서 룸메이트인 왓슨과 함께 살아간다. 이들은 가족에 대한 의무에 얽매이지 않은 채 자신만의 삶의 방식을 즐기는, 개성이 강하고 자기중심적인 독신남성들이다.

남성탐정과는 달리 여성탐정은 결혼을 간절하게 소망하는 인물로 묘사된다. 이들은 가정 밖에서 일하는 자신을 비하하고 부끄러워한다. 이들은 전통적인 성역할에 충실하고 결혼/가족 이데올로기에 집착하는 여성으로 재현된다. 여성탐정의 추리서사 역시 대부분 결혼서사로 귀결되거나 가정의 복원서사로 종결된다. 그렇기 때문에 여성탐정 추리소설은 젠더규범에 저항하기보다는 오히려 그것을 지탱하고 강화한다.

노처녀탐정은 다음 세 가지 재현방식에 의해 다른 여성탐정과는 분명하게 구별된다. 첫째, 노처녀탐정을 상류계급 출신의 경제적 여유를 지닌 여성으로 설정하는 것이다. 두 번째 방식은 노처녀탐정을 수사에서 주체성과 독립성을 추구하는 합리적이고 대담한 인물로 재현하는 것이다. 세 번째는 노처녀탐정이 범죄의 해결을 통해 사회적 존경과 찬사의 대상이 되는 것으로 처리하는 방식이다. 노처녀탐정을 다른 여성탐정과 구분 짓는 이 세 가지 재현방식에 대해 좀 더 자세하게 살펴보기로 하자.

경제적 여유와 계급적 품위

먼저 노처녀탐정을 상류계급 출신의 부유한 여성으로 설정하는 첫 번째 재현방식을 살펴보자. 1897년에 발표된 『이웃집의 그 일』에서 처음 모습을 드러내는 여성탐정 버터워스는, "식민지시대 선조를 둔, 상류사회에서도 유력한" 가문 출신의 50대 여성으로 등장한다. 그녀는 그래머시 파크Gramercy Park라는 "가장 귀족적이고 한적한 지역에서 브라운스톤으로 지은 집"에서 산다. 그녀는 고급스럽고 세련된 장신구를 착용하고, "최근에 유행이 된 아주 비싼 장식의 일부이며 너무 값비싸기 때문에 부유한 여성들만 입을 수 있다"는 금속 반짝이로 장식된 드레스를 즐겨 입는다. 이러한 계급적 배경을 지니고 있기 때문에 버터워스 연작은, 뛰어난 노처녀탐정 추리소설인 동시에 "뉴욕과 워싱턴 상류사회 풍속의 재현에 있어서 가장 흥미로운"[24] 소설로 평가된다.

『목사관의 살인』에서 최초로 등장하는 미스 마플은 번화한 대도시가 아니라 세인트 메리 미드St. Mary Mead라는 한적한 시골마을에서 사는 여성으로 설정된다. 미스 마플 역시 존경받는 가문 출신으로 경제적으로도 유복한 여성이다. 미스 마플은 풍족하고 품위 있는 노년을 즐기는 "부드럽고 매력적인 태도를 지닌 흰머리의 노부인"으로 재현된다.

여성탐정은 생존이나 생계를 고민해야 하는 절박한 상황에서 벗어나기 위해 탐정이 되는 것으로 그려진다. 반면에 노처녀탐정은 명문가 출신으로 재정적으로도 안정되어 있기 때문에 생계에 구애받지 않는다. 이들은 정의를 실현하기 위해 또는 승리감을 맛보기 위해 수사에 참여한다. 버터워스는 "범죄에 대해 내가 가지는 관심은 모두 내가 지닌 정의감에서 비롯되었으며" "정의를 위해서" 범죄를 수사한다고 주장한다. 미스 마플도 탐정업무에 대해 유사한 태도를 보인다. 그녀는 범죄를 해결하고 나면 "턱뼈 조각 몇 개와 두어 개의 이빨을 가지고 멸종된 동물을 성공적으로 재구성해낸 전문가가 느낄 것 같은 승리감"을 맛본다고 고백한다. 그리고 그런 승리감을 다시 느끼기 위해 그녀는 수사에 참가한다.

합리적이고 주체적인 수사

노처녀탐정에 대한 두 번째 재현방식은 노처녀탐정을 독립적이고 주체적으로 범죄수사를 수행하는, 합리성과 용기를 지닌 인물로 설정하는 것이다. 이전의 여성탐정은 직감이나 예감에 많이 의존해서 수사를 한다. 그들은 주체적으로 수사를 진행하기보다는 순종적인 보조자 역할을 하는 데 머문다. 그러나 노처녀탐정은 독립성과 대담성을 드러내면서 과학적인 방식에 의해 수사를 진행한다.

『이웃집의 그 일』은 노처녀탐정의 담대함을 잘 보여주는 텍스트다. 부엌에서 살해된 여성의 시체를 발견했을 때 함께 문을 열고 들어갔던 하녀는 기절하고 경관은 허둥대지만, 버터워스는 용기와 판단력을 잃지 않고 의연하게 대처한다. "나는 구토할 것 같았다. 다른 때였다면 나 역시 기절했을지 모른다. 나는 정신없어 하는 남자 앞에서 내 정신을 잃지 않는 것이 현명하다는 것을 깨달았다." 버터워스는 과단성 있고 이성적인 자세로 수사를 주도한다. 그녀는 경관에게 물을 가져와 기절한 하녀에게 먹이도록 하고, 자신이 시체와 함께 있을 테니 그는 나가서 지원을 요청하라고 지시한다.

버터워스는 범죄와 관련된 의문에 관해 "사고, 자살" "살인"으로 분류해 리스트를 만들고 범죄현장에서 단서가 될 수 있는 증거를 수집한다. 그녀는 "결론을 끌어낼 수 있는 몇 가지 사실을 발견했다고 생각했기 때문에 주머니에 있던 잡화상 영수증 뒷면에" 자신의 인상과 느낌, 판단을 종합해서 정리한다. 경찰은 버남가 둘째아들인 하워드를 사전에 아내 살해를 계획하고 실행에 옮긴 혐의로 체포한다. 하지만 그녀는 두 가지 합리적인 의문을 제기하며 그의 무죄를 주장한다. 첫째, 왜 그가 아내를 살해하는 장소로 자기 아버지의 집을 선택했겠는가? 둘째, 범죄가 사전에 계획된 것이라면 왜 무기로 여성 모자의 고정 핀을 사용했겠는가? 하워드는 나중에 사건과 무관함이 밝혀지고, 버터워스의 합리적인 반론이 옳았음이 증명된다.

『나선형 서재』는 부유한 노인 애덤스Felix Adams가 철문이 잠긴 서재에서 잔인하게 칼에 찔려 살해된 사건을 다루고 있다. 목격자라고는 사건의 충격으로 패닉에 빠진, 말하지도 듣지도 못하는 장애인 집사와 "에블린Evelyn을 기억하라"고 계속해서 지저귀는 새장안의 앵무새 한 마리뿐이다. 버터워스는 "침착하고 신속하고 단호하게" 범죄와 관련된 단서와 증거를 수집하고, 꼼꼼하게 분석한다. 그녀는 합리적인 방식을 통해 수사를 진행할 뿐 아니라, 수동적 역할에 머무는 것을 정면으로 거부한다. 그녀는 자신이 분석한 자료와 수사의 결과물을 남성탐정에게 넘겨주라는 요구에 따르지 않는다. 여기에서 더 나아가 그녀는 독자적인 판단으로 살인범이 도주하는 것을 방치한다. 살해당한 애덤스야말로 "비정한 인간"이었고, 그를 살해한 행위는 정당방위였다고 판단했기 때문이다.

미스 마플 역시 범죄를 수사할 때 감성적인 방식이 아닌 이성적이고 합리적인 방법을 사용한다. 그녀는 사건과 관련된 인물들을 유형별로 분류하고, 수집된 증거자료와의 연관성을 비교하고 검증하는 방식으로 범죄를 해결한다. 그녀는 이러한 자신의 수사방식을 과학적 관찰과 추론에 근거한 것이라고 자부한다. 그렇기 때문에 그녀는 자신의 수사를 여성 특유의 육감에 의존한 것이라고 폄하하는 주장에 대해서는 강하게 반발한다.

『마술살인(They Do It with Mirrors)』은 백만장자 여성 루이즈Carrie Louise의 저택 스토니게이츠Stonygates에서 발생한 살인사건을 다룬다. 루이즈의 저택은 세 번째 남편인 세로콜드Lewis Serrocold에 의해 비행청소년들을 교화시키는 시설로 운영된다. 첫 남편의 아들인 크리스천Christian Gulbrandsen이 총에 맞은 시체로 발견되면서 스토니게이츠는 혼돈에 휩싸인다.

그곳을 방문해 머물고 있던 미스 마플은 살인사건 수사에 참여한다. 그녀는 범인이 세로콜드일 가능성이 높다는 결론에 도달한다. 자신의 결론을 남성수사관에게 설명하자, 남성수사관은 그녀에게 "그러면 그날 교회에서 당신은 실제로 예감을 했단 말이오?"라고 묻는다. 그녀는 그의 질문에 대해 "나는 그것을 예감이라고 부르지 않겠어요. 그것은 사실에 근거한 것입니다"라고 답한다. 자신의 수사는 과학적이고 합리적인 방식으로 이루어졌다고 확신하기 때문이다. 미스 마플은 수사를 통해 세로콜드가 자신의 사생아인 에드거Edgar Lawson의 도움을 받아 크리스천을 살해했다는 사실을 밝혀낸다.

여성탐정 추리소설에서 여성탐정은 범죄수사에서 주도적인 역할을 맡지 못한다. 그들은 남성탐정의 보조자 역할만을 순종적으로 수행한다. 그러나 노처녀탐정은 여성탐정과는 전혀 다른 역할을 담당한다. 노처녀탐정은 적극적인 태도를 보이며 수사에 주체적으로 참여하는 것이다. 『이웃집의 그 일』에서 버터워스는 여성이라는 이유로 자신을 살인사건 수사에서 배제하려는 압력에 맞서 수사현장을 지킨다. 살인이 발생한 저택의 주인인 버넘은 자신의 집에서 수사를 계속하고 있는 버터워스를 보고, "도대체 저 여자는 여기서 뭘 하는 거야?"라고 불쾌해한다. 뉴욕경찰청 소속 수사관들은 버터워스에게 범죄수사에 신경을 쓰지 말고 "여자의 일"에나 관심을 가지라고 조롱한다. 그러나 이 모든 불신과 조롱에도 불구하고 그녀는 수사현장을 떠나지 않는다.

『이웃집의 그 일』에서 버터워스의 수사에 반대하는 이들은 남성수사관들만이 아니다. 다른 일에는 그녀를 지지하고 격려하던 변호사 앨보드 씨Mr. Alvord마저 그녀가 범죄수사에 개입하는 데 반대의견을 표시한다.

우리의 대화는 호의적인 것이 아니었다. 앨보드 씨는 영리한 사람이고 빈틈없는 남자다. 그렇지 않다면 내가 그를 내 변호사로 고용하는 것을 주장하지 않았을 것이다. 하지만 그는 나를 결코 이해하지 못했다. … 나는 내 주장을 강력하게 했고 우리 사이에는 생생한 대화가 몇 번 오갔다.

결국 버터워스는 그에게 단호하게 말한다. "내가 말하려는 것은, 내가 당신의 사무실을 수사 관련 서신왕래 장소로 사용한 것이 실수였다는 것입니다." 명성 높은 거물수사관 그라이스 경감 앞에서도 버터워스는 위축되지 않는다. 오히려 그녀는 사건해결을 위해 자신과 수사를 공조하자고 그라이스 경감에게 제안한다. 경감은 "여성의 친절한 마음씨는 범죄자를 적절하게 판단하는 데 방해가 된다"며 버터워스의 제의를 거절한다. 그녀는 자신이 지닌 "남성의 천직에 대한 특별한 천재성"을 그라이스가 "가장 기괴한 종류의 대담성"으로 취급하는 데 분노한다. 버터워스는 자신은 "당신의 라이벌"로 수사에 참여할 것이고, 자신과의 경쟁에서 경감은 "어찌해볼 도리 없이 패할 것"이라고 선언한다.

여성탐정 추리소설에서 여성탐정은 보조적인 역할을 담당할 뿐 아니라 범죄해결 과정에서 자신이 세운 공적을 남성탐정에게 양보하는 모습을 보인다. 그러나 노처녀탐정은 자신의 공로가 다른 남성수사관에게 넘어가는 것을 거부한다. 오히려 그녀는 자신의 공적을 적극적으로 홍보한다. 죽은 사람이 보낸 엽서를 받고 참가한 버스여행에서 발생한 살인사건을 다루는 『복수의 여신(Nemesis)』에서, 미스 마플은 탁월한 통찰력과 분석력으로 범죄를 해결한다. 남성수사관들은 그녀에게 범죄해결의 공을 자신들에게 넘기라고 요구한다. 그러나 그녀는 그러한 요구에 순응하지 않고, 자신의 결정적인 역할과 공헌을 인정받기 위해 남성수사관과 비타협적으로 대립한다. 그 결과 미스 마플은 남성수사관들로부터 "매우 부드럽고 매우 무자비하다"는 평가를 받는다.

버터워스 역시 수사의 주도권을 장악하고 자신이 세운 공로를 인정받기 위해 분투한다. 『이웃집의 그 일』에서 그녀는 세탁실에서 결정적인 증거를 발견한다. 그라이스 경감은 그녀에게 수사과정에서 발견한 증거를 남성전문가와 공유하라는 지시를 내린다. 그러나 버터워스는 "내가 지금 수행하고 있는 일을 남성 중 한 명과 공유하게 되면 내 승리는 축소된다"는 이유로 그의 지시를 단호하게 거부한다. 오히려 그녀는 수사에서 자신이 세운 공로를 기자에게 적극적으로 홍보한다. 버터워스는 "자신이 우호적으로 알려지기를 희망"하기 때문이다.

자존감과 사회적 존경

이제 노처녀탐정을 사회적 존중의 대상으로 만들어 다른 여성탐정과 차별화하는 세 번째 방식에 대해 살펴보자. 여성탐정은 결혼 대신에 범죄수사라는 여성에게는 부적절한 일을 선택했다는 이유로 사회적 경멸과 혐오의 대상이 된다. 그러나 노처녀탐정은 독신여성이라는 자신의 정체성 때문에 조금도 위축되지 않는다. 오히려 이들은 범죄해결을 통해 사회적 존경과 찬사의 대상이 된다. 노처녀탐정은 남성의 보조적인 역할을 거부하는 고집 세고 나이 든 독신여성이라는 이유로 남성수사관들로부터 무시와 경원을 당한다. 하지만 노처녀탐정은 주도적이고 적극적인 자세로 범죄를 해결하여 남성들에게 자신의 우월함을 입증하고 그들의 존경을 이끌어낸다.

노처녀탐정은 결혼에 대해 다른 여성탐정과는 전혀 다른 태도를 보인다. 미혼이라는 자신의 처지에 대해 비하적인 시각을 드러내는 여성탐정과 달리, 노처녀탐정은 결혼을 욕망하지도 않고 나이 들었다는 사실로 위축되지도 않는다. 『잃어버린 사람이 간 길』에서 버터워스가 보이는 태도는 그 대표적인 사례. 한 시골마을에서 여러 명의 사람들이 사라져버린 사건이 발생한다. 그녀는 죽은 옛 친구 놀리스Althea Knollys의 집에 머물면서 실종사건을 수사한다. 그녀는 자신을 멀리하던 마을 사람들에게 성공적으로 다가가 정보를 캐낸다. 마을남자들 중에서 그녀에게 호감을 보이는 이들이 생기고, 그들 중 하나는 버터워스에게 청혼한다. 그러나 그녀는 결혼에 대해서는 전혀 관심을 보이지 않는다. 그녀는 청혼한 남성에게 "나는 당신이 나보다는 결혼하고 싶어서 매우 안달인 여자들에게 주의를 돌리시라고 충고하고 싶어요"라는 답변을 들려준다.

버터워스는 나이가 들면서 자신이 젊은 여성이었을 때 받았던 관심과 주목에서 멀어졌다는 사실을 인정한다. 하지만 그 대신에 젠더규범으로부터 자유롭고 독립적인 삶을 살 수 있게 되었다는 사실에 만족감을 표시한다. "젊었을 때 향유하던 적절한 존중의 표현들"은 사라졌지만 "나이 들어 획득한… 독립성"이 남아 있기 때문이다.

『이웃집의 그 일』에서 버터워스는 범죄를 수사할 때 보이는 과도한 호기심과 집요함 때문에 "옆구리의 가시 같은… 말 많은 노처녀"로 불린다. 그녀는 버남의 딸들로부터는 "여자 괴물"로까지 폄하된다. 버터워스가 수사를 담당한다는 것에 대해 관계자들은 불편해하거나 조롱하고, 그라이스 경감은 이러한 상황에 대해 "단지 즐기기만 하는" 태도로 일관한다. 그러나 버터워스는 세탁실에서의 단서를 근거로 살인에 얽힌 미스터리를 풀어낸다. 그녀는 그라이스 경감에게서 "아주 뛰어난 일격이오! 나도 그것보다 더 잘하지는 못했을 것이오"라는 찬사를 받는다.

> 이제 보시오! 우리도 스스로 세탁실에 대해 생각했어야만 하오. 그러나 우리는 그러지 않았소. 우리 중 누구도 그러지 못했소. 우리는 수사에서 얻은 증거를 너무 쉽게 믿었고 거기에 너무 쉽게 만족했소. 나는 일흔일곱이오. 그렇지만 나는 배우지 못할 정도로 늙은 것은 아니오. 계속하시오, 버터워스 양.

처음에 "오지랖 넓은 노처녀"라는 비난을 듣던 버터워스는 사건을 해결함으로써 "천재적인 여성"으로 재평가된다.

『목사관의 살인』에서 최초로 모습을 드러내는 미스 마플은, 호기심 많고 남의 일에 참견하기 좋아하는 노처녀라는 이유로 동네사람들로부터 우호적인 평판을 얻지 못한다. 그녀는 "밤 내내 창밖을 지켜보는 일밖에는 할 게 없는 소문 잘 퍼뜨리는 늙은 고양이" 또는 "거슬리는 늙은 고양이"로 불린다. 미스 마플은 자신이 살고 있는 세인트 메리 미드 마을을 한 번도 떠난 적이 없다. 그녀는 항상 같은 곳에 앉아서 뜨개질만 하며 시간을 보내는, 사회적 경험이 없는 노처녀로 간주된다. 그렇기 때문에 그녀가 살인사건에 관한 자신의 견해를 말해도 사람들은 그녀의 생각을 쉽게 무시해버린다.

저 시들어버린 노처녀는 자신이 알아야 할 필요가 있는 것은 모두 다 알고 있다고 생각한다. 그런데 그녀는 평생 이 마을 바깥으로 나가본 적이 없다. 어리석다. 그녀가 삶에 대해 뭘 알겠는가?

『목사관의 살인』에서 미스 마플은 인간의 본질에 대한 통찰력과 인간 심리에 대한 이해, 그리고 예리한 관찰력을 통해 살인사건을 해결하는 데 결정적인 역할을 한다. 교구목사 클레멘트는 인간의 본성은 선하다는 믿음을 고수하며 경찰수사를 혼선에 빠뜨린다. 그러나 그와는 대조적으로 미스 마플은 사건을 "전적으로 다른 각도"에서 바라본다. 그녀는 교구목사에게 충고한다.

"친애하는 목사님." 미스 마플이 말했다. "목사님은 너무 세속적이지 않으시군요. 죄송한 얘기지만 나는 줄곧 인간의 본질을 관찰해왔기 때문에 인간으로부터 많은 것을 기대하지 않습니다. 나는 한가로운 험담이 매우 잘못되고 고약한 것이지만 매우 자주 진실로 밝혀진다고 감히 말하겠어요. 그렇지 않나요?"

미스 마플은 대다수 인간들이 나타내는 겉모습은 실제와는 무관한 위장이라고 주장한다. "모든 이들을 조금 의심해보는 것이 분별 있는 자세랍니다. … 당신들은 결코 진실을 알 수는 없지요, 안 그래요?" 그녀는 수사를 통해 범죄와 연루된 사람들의 위장된 실체를 밝혀낸다. 그녀의 수사를 통해 스톤 박사Dr. Stone는 고고학자로 위장한 사기범이라는 사실과, 목사 부인인 그리셀다Griselda는 불륜을 "숨기는 데 능한" 부도덕한 여성임이 드러난다. 미스 마플은 범죄와 관련된 미스터리를 해결함으로써, 비가시적이고 주변적인 존재에서 주민들의 존경과 찬사를 받는 공동체의 중심인물로 부상한다.

젠더적 봉쇄와 순치

노처녀탐정 추리소설은 탐정에게 경제적 여유와 수사에서의 독립성 그리고 사회적 존경을 부여한다. 이러한 재현방식은 노처녀탐정을 매우 위험하고 불온한 존재로 만들어버린다. 풍요롭고 담대하고 주체적인 노처녀탐정은 추리소설의 보수적인 젠더규범에 균열을 일으키기 때문이다.

그 거대한 젠더적 불온성을 생각한다면 노처녀탐정 추리소설은 몰락하거나 배제되었어야 마땅하다. 그러나 노처녀탐정 추리소설은 추리소설 지형 안에 안정적으로 자리 잡았다. 지금부터는 노처녀탐정 추리소설이 어떻게 승인받을 수 있었는지, 어떻게 성공적으로 살아남을 수 있었는지에 대해 살펴보자. 결론부터 미리 이야기하자면, 노처녀탐정 추리소설이 승인된 이유는, 이 소설장르 안에서 젠더적 봉쇄가 성공적으로 이루어진 데 있다.

여성학자 제프리스Sheila Jeffreys는 『노처녀와 그녀의 적들(The Spinster and Her Enemies)』에서 1880년에서 1930년대 사이의 여성 섹슈얼리티에 관해 이야기한다. 이 시기는 우리가 다루고 있는 노처녀탐정 추리소설의 출판시기와 대체로 일치한다. 제프리스는 이 시기 가부장제 내에서 노처녀는 무성적인 존재로 존재했다고 지적한다. 그녀의 주장은 노처녀 탐정 추리소설이 어떻게 추리소설 지형 안에 성공적으로 안착할 수 있었는지를 이해하는 출발점이 될 수 있다.

젊은 나이의 여성이 남성의 영역인 범죄수사에 개입한다는 것은 남성의 권위에 대한 도전과 저항으로 다가온다. 그렇기에 젊은 여성탐정은 불온한 존재로 인식될 수밖에 없다. 반면에 노처녀탐정은 젠더적 위계에 대한 별다른 위협으로 인지되지 않는다. 제프리스가 지적한 것처럼, 또 흡연여성에 대해 이야기할 때 입증된 것처럼, 나이 든 여성은 무성적인 존재로 간주되기 때문이다. 이미 무성적인 존재가 되어버린 노처녀에게는 젠더규범에 균열을 일으킬 도발적이고 선동적인 요소가 존재하지 않는다고 여겨진다. 여성 추리소설가인 세이어즈가 "여성탐정이 가능한 유일한 부류는 나이 든 독신여성뿐이다"[25]라고 단언한 것도 바로 이런 사실을 지적한 것이다.

이제부터는 노처녀탐정 추리소설에서 젠더적 봉쇄가 어떻게 이루어지는가를 살펴보자. 노처녀탐정 추리소설이 시도한 첫 번째 봉쇄방식은 노처녀가 가부장제에서 차지한 주변적 위치를 이용하는 것이다. 노처녀는 가부장제가 "여성에게 허락한 유일한 행복의 통로"[26]인 결혼제도 외부에 위치한다. 그렇기 때문에 노처녀는 여성의 정상적인 삶에 대한 기대치 바깥에 놓여 있는 존재가 된다.

노처녀가 정상적인 여성의 범주 바깥으로 내몰린 존재라는 점은 영국에서 노처녀가 '잉여여성'으로 규정된 사실로도 확인된다. 참고로

1920년대 영국에서 잉여여성의 수는 200만에 가까웠고, 이들은 심각한 사회문제로 대두되었다.[27] 노처녀탐정 추리소설의 전성기였던 이 시기는 인구 1,000명당 43명이 노처녀였던 "노처녀의 시대"[28]였던 것이다. 정상적인 여성의 범주 바깥에 위치한, 잉여여성에 불과한 노처녀를 탐정으로 선택한 것은 젠더규범과의 충돌 가능성을 사전에 제거해버리는 효과적인 전략이었다.

두 번째 방식은 노처녀탐정을 독립성과 대담성을 소유했음에도 불구하고, 젠더 이데올로기에 대해서만큼은 보수적인 입장을 견지하는 여성으로 그리는 것이다. 노처녀탐정 추리소설은 탐정을 사회문제에 대한 관심이 전혀 없는, 여성문제에 대해서는 보수적인 태도를 드러내는 인물로 재현한다. 그렇기 때문에 이들 노처녀탐정은 당대의 젠더규범에 균열을 일으키기보다는 오히려 그것을 옹호하는 기능을 수행한다.

미스 마플은 노처녀탐정 추리소설의 첫 번째 봉쇄방식을 잘 보여주는 경우다. 『목사관의 살인』에서 그녀는 클레멘트 목사로부터 "진짜 할머니"라는 평가를 들을 정도로 품위 있게 나이 든 여성으로 등장한다. 무성성을 드러내는 "흰머리의 나이 많은 여성"이기 때문에 미스 마플의 범죄수사는 여성에게 적용되는 젠더규범을 위반하는 행위로 다가오지 않는다. 나이 든 독신여성이라는 미스 마플의 이미지는 가부장적인 감시를 무장해제 시키는 "위장술"[29]로 작용한다.

버터워스 역시 성적인 긴장감에서 자유로워진 50대 독신여성으로 등장한다. 만일 그녀가 젊고 성적으로 매력적인 여성이었다면, 탐정으로서 버터워스의 존재는 젠더 이데올로기에 대한 위협이나 가부장제에 대한 저항으로 인식되었을 것이다. 그러나 당시 기준으로 이미 초로의 시기에 들어선 버터워스의 수사행위는 그러한 경계와 의혹의 시선으로부터 벗어나 있는 것이다.

이제 두 번째 봉쇄방식에 대해 이야기해보자. 두 번째 방식은 노처녀탐정을 여성문제를 포함한 정치적·사회적 의제에 대해 보수적인 여성으로 그리는 것이다. 영국과 미국에서 노처녀탐정 추리소설이 등장한 시기는—특히 19세기 말엽—여성참정권을 둘러싼 투쟁이 격화된 시기였다. "세기변환기의 젠더 위기"[30]에 봉착한 시대적 상황에도 불구하고, 그린과 애거사 크리스티는 시대적 요구에 무관심했다. 이들은 오히려 여성문제에 대해서 반동적·보수적 견해를 피력했다. 여성문제에 대한 그린과 애거사 크리스티의 보수적인 시각은 노처녀탐정의 재현에 그대로 투영되었다.

그린은 여성에게 투표권을 주는 것에 공개적으로 반대하여 동시대의 여성참정권자들로부터 거센 비난을 받았던 인물이다. 당대의 대표적인 여성참정권자였던 캐트Carrie Chapman Catt는 그린의 정치적 입장을 격렬하게 비판했다. 캐트는 그린이 보여주는 반동적 태도가 그녀가 소유한 부와 특권적 지위에서 기인한다고 주장했다. 그린과 같은 여성들은 "유복하게 살면서 세심하게 보호받는데, 그들과 같은 경제적 계급에서는 일반적인 여성대중에 대한 불신을 즐기고 있다"는 것이다.

애거사 크리스티 역시 사회적 의제에 무관심했으며 당대의 여성문제에 대해서는 극도로 보수적인 입장을 표명했다. 자신이 작가로 활동하고 있음에도 불구하고 그녀는 여성이 직업을 가지는 것에 대한 혐오를 공개적으로 드러내곤 했다.[31] 애거사 크리스티는 여성이 사회진출 시도에 대해 수구적인 태도를 공공연하게 내비치는, "유명해질 정도로 보수적인"[32] 여성작가라는 평가를 받았다.

성장환경과 교육에서 그린은 당대 여성의 일반적인 수준과는 현격한 차이를 보인다. 그녀의 아버지는 형사전문 변호사였고 뉴욕에서 정치적인 영향력을 행사하던 인물이었다. 그린은 1860년대에 이미 대학교육을 받고 작가의 길을 선택했던, 당대 여성으로는 이례적일 정도로 지적이고 독립적인 여성이었다.[33]

그린의 자전적 요소는 버터워스의 재현에 상당 부분 반영되었다. 버터워스는 가부장적인 전통에 순종하지 않는, 주관이 뚜렷한 고등교육을 받은 여성으로 등장한다. 그녀의 진보적인 면모는 아버지가 지어준 이름(first name)을 개명하는 데서 가장 뚜렷하게 드러난다. 아버지가 좋아했던 어래민타Araminta라는 이름이 "구식의 감상적인 여자"에게나 어울린다는 이유에서 그녀는 개명을 결정한다. 아버지가 손수 지어준 이름이 자신과 같은 현대적인 여성과는 맞지 않는다는 이유로 아멜리아Amelia로 개명한 것은, 버터워스의 주체성과 독립심을 잘 보여주는 사례다.

개인적인 차원에서 버터워스는 관습에 구애받지 않고 자유롭게 행동하는 주체적인 성향을 보인다. 하지만 여성 전체의 권리를 상승시키기 위한 노력과 시도에 대해서는 전혀 다른 모습을 드러낸다. 그녀는 젊은 여성들의 진보적인 사회의식이나 정치의식을 수용하지 않는다. "나는 현대여성에 대해서는 인내심을 전혀 발휘할 수 없어. 현대여성은 무모함과 방종으로 구성되어 있어." 여성문제에 대한 버터워스의 보수적인 태도는 여성의 참정권 투쟁을 폄하할 때 가장 분명하게 드러난다. "우리는 우리의 독립성을 차지하기 위해 우리의 예의범절을 잃어버렸는데, 이것은 후회하게 될 중요한 사실입니다."

애거사 크리스티 역시 범죄와 관련된 수수께끼를 만들어내는 데만 골몰하는 작가라는 평가를 받았다. 그녀의 소설에는 범죄를 일으키도록 만드는 사회적·경제적 구조에 대한 고민이 보이지 않기 때문이다. 미스 마플 연작을 살펴보더라도 여성문제를 포함한 당대의 사회적·정치적 상황에 관한 관심은 보이지 않는다. 예를 하나 들어보자. 미스 마플 연작의 공간적 배경은 영국의 농촌마을로 설정되어 있다. 하지만 영국농촌에서 발생했던 급격한 사회경제적 변화는 소설에 제대로 반영되지 않았다.[34]

미스 마플은 "매우 사랑스럽지만 절망적일 정도로 시대에 뒤떨어진… 뼛속까지 빅토리아풍인 완벽한 구시대 인물"이다. 그녀는 자신이 살고 있는 영국사회가 이미 변화했다는 사실을 인정하지 않는다. 그녀는 여성문제를 개선하려는 사회적 움직임에 대해서도 극도로 수구적인 입장을 취한다. 한때 최고의 호텔 중 하나였으며 세월이 흐른 뒤에도 옛 모습을 그대로 간직하고 있는, 버트램 호텔에서 발생한 실종과 살해기도 사건을 다룬 『버트램 호텔에서(At Bertram's Hotel)』는 미스 마플의 시대착오적이고 퇴행적인 면모를 극명하게 보여준다. 소설에서 그녀는 여성지위를 향상시키기 위한 여성들의 투쟁을 신랄하게 비판한다. 그리고 나서 미스 마플은 천진무구한 태도로 기존 체제에 대한 지지를 공개적으로 선언한다. "변하지 않는 것은 멋진 일이에요. 아시지요. 애정을 가지고 즐겁게 지내던 과거로 되돌아가는 일처럼."

미스 마플은 범죄를 수사하고 범죄자를 밝혀내는 탐정의 역할을 훌륭하게 수행한다. 하지만 그녀의 탁월한 수사행위는 젠더규범에 대한 도전이 되지 않는다. 오히려 그녀가 범죄를 해결하는 일은 "전통적인 젠더구획을 옹호하는… 매우 보수적인"[35] 기능을 수행한다.

미스 마플 연작의 지리적 배경인 세인트 메리 미드는 가부장제의 지배 아래 놓인 매우 보수적이고 전통적인 곳으로 설정된다. 이곳에서는 특히 여성에게 엄격한 성도덕을 강요하며, 여성이 "이성에 대해 언급하는 것"이 "마치 야생동물의 한 종에 대해 말하는 것" 같은 부적절한 행위로 취급된다. 세인트 메리 미드에는 다른 가족들이 사라지기를 혹은 살해당하기를 간절히 소망하는 전제적이고 억압적인 아버지와 남편들이 등장한다. 『목사관의 살인』에 나오는 프로세로 대령은 그 대표적인 인물이다. 교구목사인 클레멘트마저도 "프로세로 대령을 살해하는 사람은 크게 봐서 세상에 봉사하는 것"이라고 단언한다.

교구목사의 서재에서 프로세로 대령은 의문의 죽음을 당한다. 거듭되는 수사에도 불구하고 범인은 드러나지 않는다. 미스 마플은 수사에 개입해 범인을 밝혀내는 데 성공한다. 범인은 포악한 가부장의 억압에 시달리던 부인과 그녀를 사랑하고 보호하려던 남자였다. 살인범죄의 해결은 마을공동체와 가정의 전근대적인 젠더규범을 다시 견고하게 만드는 결과를 가져온다. 미스 마플은 전근대적 질서를 복원하고 가부장적 정의를 구현하는 역할을 수행한 것이다.

미스 마플과 버터워스는 모두 퇴행적이고 수구적인 여성관을 견지하는 인물들로 그려진다. 이들의 범죄수사 역시 젠더적 위계에 대한 도전이 아니라 전통적인 성적 규범의 수호로 귀결된다. '나이 든' '독신' 여성탐정들로 하여금 전통적이고 인습적 여성관을 표명하고 가부장적 질서를 옹호하도록 함으로써, 노처녀탐정 추리소설은 추리소설 내 주요장르로 안착할 수 있었다.

젠더규범의 지배와 그 보상

노처녀탐정은 기존의 젠더규범과 배치되는 독립적이고 주체적인 여성으로 재현된다. 동시에 그녀는 가부장제를 적극적으로 옹호하는 보수적인 여성이다. 노처녀탐정이 이토록 분열적이고 모순적인 존재로 재현된 것은, 노처녀탐정 추리소설에서 시도된 젠더적 타협의 결과다. 이전의 여성탐정과는 극명하게 구분되는 노처녀탐정의 주체성과 독립성은 젠더 이데올로기에 대한 위협이 될 수 있다. 그러나 본인의 입을 통해 흘러나오는 가부장제를 지지하는 발언 속에서 노처녀탐정의 젠더적 급진성은 봉쇄되어버린다. 작가 스스로가 표명한 반여성주의적인 입장까지 감안할 때, 노처녀탐정 추리소설은 근원적으로 보수적인 장르가 된다.

노처녀탐정 추리소설이 시도한 젠더적 타협은 확실한 보상을 받았다. 이러한 사실은 그린과 애거사 크리스티의 확고한 입지와, 이들의 소설이 추리소설 지형에서 차지한 높은 위상으로도 확인된다. 그린은 미국 추리소설에서 "논란의 여지가 없는 영예로운 자리"[36]를 확보했다. 그녀는 미국의 포, 프랑스의 가보리오Emile Gaboriau, 영국의 코넌 도일 등과 더불어 초기 추리소설을 대표하는 작가로 평가받고 있다.[37] 또한 그녀의 버터워스 3부작은 비평적 관심과 대중적 호응을 동시에 누렸고, 연극으로 각색되어 무대에서 공연된 후 예일대학에서 범죄학 교재로 사용되었다.[38]

애거사 크리스티 역시 비평적 찬사와 대중의 환호를 모두 거두었다. 그녀는 "가장 교묘한 범죄 미스터리 플롯"[39]을 자유자재로 사용한, 영국 추리소설의 황금기를 대표하는 작가로 평가된다. 미스 마플 연작은 1926년에 최초로 등장한 이후 12편의 장편과 20편의 단편으로 출판되었다. 미스 마플 연작은 21세기에 들어와서도 추리소설 시장의 인기상품으로 남아 있으며, 이들 중 상당수는 영화로 상영되거나 텔레비전 연속물로 방영되었다.[40]

노처녀탐정 추리소설은 가장 대중적인 추리소설 장르의 하나로 자리 잡았다. 노처녀탐정 추리소설의 안착은 노처녀탐정 추리소설 내에서 시도된 타협이 성공적으로 이루어졌음을 보여준다. 흰머리와 온화함으로 상징되는 무성성과 젠더규범에 대한 전통적이고 인습적인 견해를 통해 노처녀탐정은 안전한 존재로 자리 잡은 것이다.

노처녀탐정 추리소설의 확고한 위상은 추리소설에서 작동하는 젠더규범의 지배력을 확인시켜준다. 탐정의 영예로운 지위는 오직 결혼제도 바깥에 위치하고 여성문제에 대해 보수적인 태도를 표명하는 나이 든 여성에게만 부여되는 것이다. 노처녀탐정 추리소설의 성공은 추리소설 내에 자리 잡은 젠더 이데올로기의 강고한 지배력을 분명하게 보여주고 있을 뿐이다.

하드보일드
추리소설

3

터프 가이는
왜
고독한가?

INVESTIGATION 7

재즈시대와 헬 아메리카

하드보일드 추리소설이 모습을 드러낸 미국의 1920년대는 풍요와 환락의 시대였다. 절제와 검약을 강조하던 청교도적인 삶은 구시대적인 유물이 되었고, 화려하고 과시적인 라이프 스타일이 선망의 대상으로 자리 잡았다. 1920년대가 '재즈시대(Jazz Age)'로 불리는 이유다. 이 시기 미국인들의 삶의 모습을 보고 싶다면 피츠제럴드F. Scott Fitzgerald의 『위대한 개츠비(The Great Gatsby)』를 읽기를 권한다. 이 소설은 개츠비의 가슴 아픈 사랑이야기로 기억되지만, 1920년대를 살아가던 미국인들의 화려하고 소비적인 삶에 관한 보고서로도 다가온다. 소설에는 파티에서 살다시피 하는 플래퍼flapper라고 불리는 여성들과, 부를 과시하며 여성을 유혹하려는 남성들이 등장한다. 이들은 "속삭임과 샴페인과 별들 사이를 나방처럼" 부유했다.

재즈시대는 금융자본주의의 전성기였다. 자본은 더 큰 자본을 낳았고 부자는 더 큰 부자가 되었다. 부를 세습받은 자들은 아무런 일도 하지 않으며 세계 곳곳을 여행하거나, "폴로경기를 하면서 모두 함께 부자인" 곳에서 극도로 호화로운 삶을 살았다. 거대한 부를 세습해줄 수 있는 집안은 아니더라도 대학교육을 시켜줄 정도의 부모 밑에서 태어난 사람들은, 폴로를 즐길 수 있는 계급에 포함되기를 간절히 열망했다. 이들은 금융자본주의의 낙숫물을 받아 단번에 최상위계급으로 도약하려고 했다. '상승하기를 꿈꾸던 시대(The Aspiring Age)'였고, '부에 대한 열망으로 들끓던 20년대(The Roaring Twenties)'였다.

빅밴드의 음악과 화려한 파티를 즐기고 폴로경기를 하던 이들에게 1920년대 미국은 천국이었다. 그러나 재즈시대 미국의 뒷면에는 극심한 고통과 분노로 신음하는 사람들이 존재했다. 이들에게 미국은 천국이 아니라 지옥으로 느껴졌다. 지금 우리나라 젊은이들의 표현을 빌린다면, 헬 아메리카Hell America였다.

재즈시대 미국의 물질적 풍요는 상당 부분 불공정한 경제시스템과 노동력 착취, 자본과 권력의 공모 위에 건립된 것이었다. 미국의 금융자본주의는 공정한 시스템에 의해 작동되지 않았다. 주가조작은 일상적으로 발생했고 내부정보가 고가에 거래되었다. 주식시장이 조직범죄단과 은밀한 커넥션을 맺고 있다는 루머가 공공연하게 나돌았고 상당수는 사실로 판명되었다. 증권회사는 한방에 거부가 되려고 야심을 불태우는, 대학교육을 받은 예비범죄자들로 가득했다.

이 시기 미국의 노동계급은 살인적인 노동과 저임금에 시달렸다. 헬 아메리카를 살던 이들에게 미국의 경제호황은 먼 나라의 이야기일 뿐이었다. 노동권을 주장하는 목소리는 철저하게 억압되었고, 노조결성의 시도는 봉쇄되었다. 저임금과 빈곤으로 인한 불만이 행동으로 터져 나오면, 경찰과 구사대 심지어는 군대까지 동원되어 노동자들을 무참히 짓밟았다. 권력자들은 자본가의 호위대가 되었고 자본가는 권력자들의 주머니를 책임졌다. 대부분의 언론은 자본과 권력의 결탁을 비판하지 않고 침묵했다. 언론 역시 지배구조의 한 축을 이루고 있었기 때문이다.

자본, 공권력, 언론으로 이루어진 삼각동맹 안에 들어간 자들과 그들의 가족에게 1920년대 미국은 낙원이었다. 그러나 지배 서클 바깥에 있는 절대다수의 미국인들에게 이 시기 미국은 '그들만의 천국'이었다. 1920년대에 등장한 하드보일드 추리소설은 헬 아메리카의 고통과 절망 속을 통과하는 대중의 분노와 좌절을 형상화했다.

하드보일드 추리소설은 『블랙 마스크』라는 자극적이고 선정적인 펄프 매거진을 통해 등장했다는 이유로 싸구려 잡지에 실리는 저속한 소설로 간주되었다. 하드보일드 추리소설은 등장 이후 폭력적이고 저급하다는 비난에 시달렸고 우호적인 평가를 전혀 받지 못했다. 추리소설 연구자들은 하드보일드 추리소설을 과도한 폭력의 분출을 통해 대중적인 호기심을 자극하는 추리소설의 저급한 아류로 분류했다. 추리소설 애호가들 중에는 탐정의 액션이 통쾌하다는 이유로 하드보일드 추리소설에 열광하는 경우가 없지는 않았다. 하지만 대부분의 추리소설 독자들은 하드보일드 추리소설을 지적인 요소가 결여된 싸구려 추리소설 장르로 여겼다.

하드보일드 추리소설은 한 세기가 지난 지금까지도 낮은 평가를 받

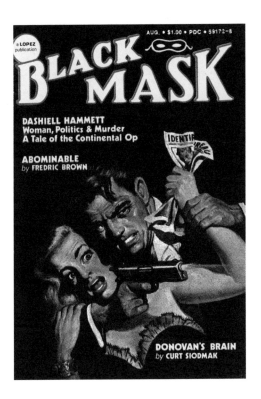

대표적인 펄프 잡지였던 『블랙 마스크』의 표지를 보면 하드보일드 추리소설의 세계가 드러난다. 하드보일드 추리소설의 세계는 잘 교육받고 세련된 매너를 지닌 사람들이 거주하는 곳이 아니었다. 그 속에는 언제라도 폭력을 사용할 준비가 되어 있는 남성들과 성적 매력을 이용해 큰돈을 벌겠다는 여성들이 살고 있었다.

고 있는, 범죄소설 중에서도 가장 큰 편견과 부정적인 인식에 시달린 장르다. 하드보일드 추리소설이 헬 아메리카의 낮고 어두운 통로를 기어가던 대다수 미국인들의 좌절과 고통의 신음소리를 재현했다는 사실을 기억한다면, 하드보일드 추리소설을 향한 비난과 편견의 목소리는 대부분 사라질 것이다. 하드보일드 추리소설은 재즈시대의 풍요와 화려한 광채 뒤에 가려진, 어두운 뒷골목에서 탄생한 분노의 서사시이기 때문이다.

하드보일드 추리소설은 헬 아메리카에 대한 분노와 적개심을 분장이나 미화 없는 맨 얼굴로 드러냈다. 정통문예지의 편집권을 지닌 당대의 문학엘리트들이 하드보일드 추리소설을 수용하리라고 기대하는 것은 불가능에 가까운 일이었다. 그렇게 되기에는 당대의 문학권력과 하드보일드 추리소설 사이의 계급적 간격이 너무 컸기 때문이다. 온몸으로 시대의 질곡을 체험하던 이들이 드러내던 헬 아메리카에 대한 적개심과 분노가, 문학권력자들에게는 날것 그대로의 폭력으로만 느껴졌을 것이다. 하드보일드 추리소설을 받아준 곳이 저명한 문예지가 아니라 싸구려 대중지인 펄프 잡지일 수밖에 없었던 이유다.

하드보일드 추리소설이 받아온 평가나 이해는 좋게 말해서 피상적이고 성급한 것이며, 냉정하게 보자면 편파적이고 악의적인 수준의 것이었다. 추리소설 애호가들의 이해와는 달리 하드보일드 추리소설은 자극적인 액션 추리소설이 아니었다. 하드보일드 추리소설은 1920년대 미국사회에 대한 급진적인 성찰을 통해 범죄, 계급, 남성성에 관한 새로운 담론을 만들어냈기 때문이다. 비평가들의 평가와는 다르게 하드보일드 추리소설은 추리소설의 저속한 모방에 머물지 않았다. 하드보일드 추리소설은 헬 아메리카에 대한 분노와 적개심을 동원하여 추리소설의 보수성에 균열을 일으켰던, 전복적인 수정추리소설로 기능했다.

달라진 세계와 전혀 다른 추리소설의 등장

하드보일드 추리소설은 1920년대 초반에 그 모습을 처음 드러냈다. 다시 한 번 강조하지만 하드보일드 추리소설에 대한 편견에서 벗어나려면 이 소설장르가 등장할 당시 시대적 상황이 어떠했는지를 이해하는 것이 매우 중요하다. 하드보일드 추리소설은 1차 세계대전의 폐허 위에 그 모습을 처음 드러냈음을 기억하자. 이미 전쟁과 대량살상의 악몽을 경험한 이들에게 세계가 합리성에 의해 작동되는 구성물이라는 추리소설의 세계관은 그 설득력을 상실했다. 전후의 극심한 혼돈과 트라우마 속에 살고 있는 사람들에게 세계란, 더 이상 이성에 의해 예측되거나 해석될 수 있는 합리적인 구성체가 아니었다. 세계는 이제 단지 임의적이고 가변적인 구성물에 불과한 것으로 인식되기 시작했다.

　1920년대 미국사회로 범위를 좁혀 이야기해보자. 재즈시대의 표면적인 화려함 뒤에서 미국은 극심한 정치적·사회적 혼란을 경험하고 있었다. 주식시장의 호황으로 가진 자들의 삶은 풍요로워졌으나 노동통제의 강화로 노동자계급의 신음은 더욱 커져만 갔다. 1919년에 발표되어 1920년대 들어와 본격적으로 시행된 금주법(Prohibition)은 미국사회의 혼란을 가중시켰다. 밀주의 생산과 유통을 통해 갱단은 막대한 이득을 거두었고, 미국 내 조직범죄는 급속도로 증가했다. 갱단은 밀주사업을 보호하기 위해 경찰조직과 정치가들을 매수하기 시작했다. 빠르게 번져 나간 정치적 부패와 타락은 공권력과 법률에 대한 대중의 존중심을 극적으로 훼손시켰다. 이 시기에 등장한 하드보일드 추리소설은 법률적·정치적·사회적 권위와 정당성이 사라진 미국사회를 바라보는 분노의 시선을 보여준다.

하드보일드 추리소설이 등장했던 1920년대는 "움직이는 조립라인에 근거한 노동양식"[1]인 포드주의(Fordism)가 본격화되던 시기였다. 노동자를 컨베이어 앞에 배치시켜 부품들을 조립하게 하는 포드주의의 도입은 노동자의 자율성을 급속도로 위축시켰다. 정해진 시간 내에 생산량을 맞추기 위해 노동의 강도를 높이고 노동에 대한 통제를 강화했기 때문이다. 1920년대는 또한 자본가계급이 공권력과 결탁해 노동운동을 극심하게 탄압하던 시기로 기록된다. 이 시기에 절정에 달했던 노동탄압은 "미국 자본주의의 식인풍습"[2]으로까지 불릴 정도였다.

하드보일드 추리소설은 범죄와 탐정에 대한 재현을 통해 노동자계급의 좌절과 분노를 보여주었다. 여기가 바로 하드보일드 추리소설을 이전의 추리소설과 가장 분명하게 구별 짓도록 만드는 지점이 된다. 기억을 되살려보자. 고전추리소설에서 범죄는 계급적 지배규범에서 벗어난 위반행위로, 탐정은 범죄자를 제거하여 계급적 질서를 회복시키는 인물로 규정된다. 상류계급 출신 탐정이 하류계급 출신 범죄자를 체포한다는 기본설정은 고전추리소설의 계급적 성향을 잘 보여준다. 고전추리소설은 지배계급의 규범을 거스른 자는 체포되어 처벌받는다는 사실을 보여줌으로써 기존의 계급 지배체제를 수호하려 한 것이다.

하드보일드 추리소설에서도 범죄성은 계급에 의해 구성된다. 그러나 하드보일드 추리소설에서는 지배계급과 자본가계급이 범죄자로, 노동계급과 하위계급은 범죄의 피해자로 그려진다. 하드보일드 추리소설에서는 법률과 법률의 대리기구인 경찰마저도 사회정의의 수호자로 재현되지 않는다. 경찰은 지배계급과 결탁하여 그들을 비호할 뿐이다. 하드보일드 추리소설은 고전추리소설에서의 계급에 대한 시각을 전복시키고 있는 것이다.

하드보일드 추리소설에서는 탐정에 의해 범죄가 해결되거나 범죄자가 체포되어도 무너졌던 질서는 회복되지 않는다. 탐정의 분투에 의해 해결되기에는 범죄가 사회적·경제적·정치적으로 구조화되어 있기 때문이다. 그렇기 때문에 하드보일드 추리소설의 탐정은 고전추리소설의 탐정처럼 "세상의 도덕적 확실성을 회복시키는… 전지적이고 어디에나 존재하는"[3] 영웅으로 이상화되지 않는다. 하드보일드 추리소설의 탐정은 사회정의와 질서의 회복과 같은 고결한 명분을 위해 헌신하는 영웅이 아니라, 생계를 위해 범죄를 수사하는 노동자 또는 의뢰된 사건의 해결을 통해 수익을 창출하려는 자영업일 뿐이다.

고전추리소설의 탐정은 지적이고 귀족적인 남성으로 재현된다. 이들은 합리적 사유와 과학적 분석을 통해 범죄를 해결한다. 그러나 하드보일드 추리소설의 탐정은 무식하고 거친 사내로 등장한다. 이들은 "무식과 뚝심, 야수적인 민첩성, 육체적인 힘, 폭력적 기세"[4]에 의존해 범죄를 수사한다.

하드보일드 추리소설이 탐정의 재현을 통해 드러내는 거칠고 폭력적인 남성성은, 여성의 사회진출로 인해 위협받는 남성의 헤게모니를 지키기 위해 구성된 것으로 해석하는 것이 일반적이다. 미국에서는 남성들이 1차 세계대전에 대거 참전하여 부족해진 노동력의 보충을 위해 여성들이 동원되었다. 그런데 이들은 종전 후에도 전통적인 여성의 영역으로 돌아가기를 거부했다. 이들 여성이 사회적 성취욕을 드러냄으로써 남성들의 영역이 위협받고 남성들의 자존감이 훼손되었다는 것이다.

위와 같은 주장 중 대표적인 사례를 몇 개 들어 보자. 하드보일드 추리소설의 거친 남성성은 1차 세계대전 중 가정 밖에서 노동을 경험했던 여성들의 사회적 성취 욕구를 견제하기 위한 문학적 대응이다.[5] 하드보일드 추리소설의 터프 가이는 "공격적이고 독립적인 여성"[6]에 대항하기 위해 창조된 캐릭터다. 하드보일드 추리소설의 야수적인 남성탐정은 "여성권력을 마주한 두려움"[7]에 대한 반작용이다.

하지만 이런 식의 주장은 결정적인 한계를 지닌다. 가정 밖에서 일하는 미국여성의 숫자가 본격적으로 증가한 시기는 1차 세계대전 이후가 아니라 2차 세계대전 이후[8]였기 때문이다. 하드보일드 추리소설의 거친 남성성을 여성의 사회진출에 대한 남성의 반발로 보는 것은 역사적 사실과 일치하지 않는다. 이 같은 입장은 사실에 어긋나는, 따라서 역사적 타당성을 지니지 못한 견해에 불과하다.

하드보일드 추리소설의 폭력적인 남성성에 대해서는 시야를 좁혀서 볼 필요가 있다. 야수적인 남성성은 남성 전체에 적용된 것이 아니라 노동계급 남성에 국한된 것이기 때문이다. 하드보일드 추리소설에서 새로운 모습으로 등장한 남성성은, 1920년대 이후 본격화된 노동의 통제와 관리로 위기에 처한 노동계급의 남성성을 수호하기 위해 구성된 것으로 보아야 한다. 하드보일드 추리소설이 드러내는 노동계급 남성성에 대한 강조야말로, 오히려 노동계급 남성의 위기감과 좌절감을 역설적으로 드러내는 징후로 해석되어야 하는 것이다.

(이 글을 쓰면서 트럼프가 미국 대통령에 당선되었다는 충격적인 소식을 들었다. 일종의 황당한 조크로 여겼던 일이 실제로 일어난 것이다. 트럼프 당선의 가장 결정적인 요인이 백인남성 노동자의 지지에 있다는 분석은 설득력을 지닌다. 이들은 1980년대 이후 계속해서 주변으로 내몰린 집단이기 때문이다. 자신의 노동으로 가족을 부양하고 미국을 건강하게 유지시켜왔다는 백인남성 노동자들의 자부심과 정체성은 심각하게 훼손되었다. 제3세계로 옮겨간 공장들로 이들은 일자리를 잃었다. 자유주의자 엘리트들이 주도한 '정치적 올바름(Political Correctness)'—인종, 종교, 성에 대한 차별과 편견을 없애자는 운동—으로 인해, 백인남성 노동자들은 분노와 좌절을 동성애자, 이민자, 유색인종, 여성에게 공개적으로는 쏟아낼 수도 없게 되었다. 이들은 백인우월주의자이고, 남성우월주의자이고, 이성애우월주의자임을 노골적으로 또 폭력적으로 드러낸 트럼프에게 강한 연대감을 느꼈다. 투표소에서야 비로소 표출된 이들의 연대와 지지가 트럼프를 대통령으로 만든 것이다.)

이제부터 우리는 해밋Dashiell Hammett의 소설과 챈들러Raymond Chandler의 말로우Philip Marlowe 연작을 살펴보면서 하드보일드 추리소설에 관해 이야기하려 한다. 이들의 소설을 주요 텍스트로 선택한 이유는, 해밋이 하드보일드 추리소설의 "공인된 창시자"[9]이고 챈들러의 말로우 연작이 하드보일드 추리소설의 전범을 확립했기 때문이다. 이들 텍스트를 중심으로 범죄, 계급, 남성성에 대해 살펴보면서 하드보일드 추리소설에 대한 편견과 선입견을 교정하는 작업을 시작하도록 하자.

탐정, 공산주의자, 난봉꾼, 하드보일드 추리소설의 창시자
— 대실 해밋

하드보일드 추리소설은 1920년대 초반 펄프 잡지인 『블랙 마스크』를 통해 최초로 등장했다. 하지만 하드보일드 추리소설이 장르적 존재감을 지니게 된 것은, 1927년 해밋의 『피의 수확(Red Harvest)』이 같은 잡지에 연재되면서부터였다. 『피의 수확』은 1928년에 완성되었지만, 과도하게 폭력적이며 정치적으로 급진적이라는 이유로 수정을 거쳐 1929년에야 출판될 수 있었다. 출판을 꺼리게 했던 '과도한 폭력성'과 '급진적인 정치성'은 『피의 수확』을 넘어서서 하드보일드 추리소설의 장르적 표지로 자리 잡는다. 찬사의 의미에서든 혹은 비난의 의도에서든 해밋은 하드보일드 추리소설의 창시자였다.

『피의 수확』(1929)

콘티넨털 탐정회사에 소속된 탐정 오프the Continental Op는 의뢰인 도널드Donald Willsson를 만나기 위해 퍼슨빌Personville 시에 출장을 간다. 오프가 도착한 즉시 의뢰인은 피살된다. 오프는 피살된 의뢰인의 아버지인 기업주 월슨Elihu Willsson을 만난다. 오프는 퍼슨빌 시의 지배자인 윌슨이 최근 도시의 이권을 둘러싸고 갱단과 갈등관계에 있음을 알게 된다. 오프는 윌슨으로부터 1만 불을 받고 갱단을 제거하여 도시를 깨끗하게 만들어주기로 약속한다. 오프는 팜므 파탈인 다이너Dinah Brand로부터 퍼슨빌 시의 상황에 관한 정보를 얻는다. 함께 술을 마신 다이너가 살해되자 오프는 살해혐의를 받는다. 그는 다이너를 살해한 자가 갱 단원인 리노Reno Starkey라는 사실을 밝혀내고 누명을 벗는다. 그는 갱단과 경찰 사이를 이간질하여 이들을 모두 제거한다. 오프가 윌슨에게 퍼슨빌 시를 깨끗하게 정리했음을 알리고 떠나면서 소설은 종결된다.

해밋(1894~1961)은 노동계급의 삶을 온몸으로 겪으며 성장했다. 대도시 빈민가에서 노동자의 아들로 어린시절을 보내던 그에게는 기계공이 최선의 미래로 다가왔다. 꿈을 이루기 위해 그는 기술학교에 입학했지만, 13살에 중퇴한 이후 제도교육에서 이탈해버린다. 육체노동자로 살아가던 해밋은 20세에 핑커톤 전국탐정사무소(Pinkerton National Detective Agency)에 들어가, 군대 복무기간을 제외하고는 27세까지 계속 요원으로 근무했다. 그는 탄광노동자 파업분쇄 공작에 참가한 뒤 회의를 느끼고 탐정사무소를 떠났다고 전해진다.

사설탐정으로 활동했던 경험은 해밋이 쓴 첫 번째 장편소설인 『피의 수확』과 두 번째 장편소설 『데인 가문의 저주(The Dain Curse)』(1929)에 생생하게 반영되어 있다. 이 두 소설은 커다란 성공을 거두었고, 작가로서 그의 경력은 세 번째 소설인 『몰타의 매(The Maltese Falcon)』가 출판된 1930년에 정점에 이른다. 이 소설에 등장한 스페이드Sam Spade는 하드보일드 추리소설 탐정의 전형으로 자리를 잡는다. 『유리열쇠(The Glass

Key)』(1931)와 『그림자 없는 남자(The Thin Man)』(1934)를 쓰고 난 이후 해밋은 더 이상 소설을 쓰지 않았다.

미국의 1930년대는 정치뿐 아니라 사회 모든 분야에서 좌파의 약진이 이루어진 시기였다. 수많은 작가들이 자본주의체제의 결함과 그로 인해 고통 받는 민중의 삶을 기록했다. 반파시스트 운동의 열렬한 지지자였던 해밋은 1930년대 중반 이후 좌파 활동가의 삶을 본격적으로 시작했다. 그는 1937년에 미국공산당에 가입했고, 1941년에는 미국작가동맹(League of American Writers) 회장으로 활동했다. 2차 세계대전으로 재입대했던 그는 전쟁이 끝난 후 다시 정치활동을 시작해 1946년에는 민권대표회의(Civil Rights Congress) 의장으로 선출된다.

1950년 한국전쟁의 발발로 미국의 우경화가 시작되고, 해밋에게는 수난의 시기가 닥쳐온다. 1951년 그는 6개월의 실형을 선고받고 복역하였으며, 1953년에는 상원청문회에 불려나갔다. 그는 미국사회에서 암약하는 공산주의자들을 뿌리 뽑겠다는 극우반공운동인 매카시즘을 주도한 매카시Joseph McCarthy 상원의원 앞에 서는 수모도 당했다. 국세청은 해밋의 삶을 파멸로 몰았다. 10만 불의 체납세금을 추징하기 위해 국세청은 그의 미래수익까지 포함한 모든 재산을 압류하는 처분을 내렸다. 이후 그는 초라한 오두막에서 말년을 보내며 심근경색으로 고생하다가 폐암으로 1961년 67세의 나이로 세상을 떠난다.

해밋의 외모는 당대의 할리우드 배우들과 비교해도 손색이 없다는 평가를 받았다. 잘생긴 그에게는 불굴의 삶과 함께, 여성편력의 삶이 공존했다. 그는 첫 번째 군대생활을 하던 22세의 나이에 결핵으로 입원했

한 사람을 쉽게 판단하는 것이 얼마나 위험한지 해밋의 삶은 극적으로 보여준다. 블랙리스트에 오르고 투옥된 경험이 있었지만, 해밋은 사상검증을 하려는 입법위원들 앞에서 "공산주의가 내게는 더러운 이름이 아니다"라고 발언했다. 다수의 여성들과 깊고 무책임한 관계를 맺음으로써 호색한이라는 비난을 자초했던 인물도 또한 그였다.

던 병원의 간호사 돌란Josephine Dolan을 임신시켰고, 결국 그녀와 결혼한다. 해밋은 그녀와의 사이에 두 딸을 두었지만 끊임없이 다른 여성들을 만나고 다녔다. 1929년에 만난 작가이자 배우인 마틴Nell Martin과는 함께 살았고, 1931년에 만난 『작은 여우들(The Little Foxes)』을 쓴 희곡작가 헬만Lillian Hellman과는 연인이었다. 중간중간 영화배우, 작가의 아내 등 다른 여성들이 머물다 가기는 했지만, 유부녀였던 헬만과의 관계는 그가 죽을 때까지 계속되었다.

해밋은 20년 가까운 결혼생활 동안 여성편력이 끊이지 않던 난봉꾼이었다. 동시에 그는 정치적인 신념을 지키기 위해 온갖 고초를 감수한 지사이기도 했다. 무엇보다도 해밋은 하드보일드 추리소설의 원형을 완성한 작가였다. 해밋이 사망하자 그를 정치적으로 탄압하고 파산시켰던 미국정부는 그를 알링턴 국립묘지에 안장했다. 그가 두 차례의 세계대전에 참가했던 참전용사라는 이유에서였다. 실로 복잡하고 다채로운 삶과 죽음이었다.

『몰타의 매』(1930)

샌프란시스코에 있는 스페이드의 탐정사무소로 원덜리 양Miss Wonderly이라는 여성이 찾아온다. 그녀는 서스비Floyd Thursby와 사랑의 도피를 한 여동생을 찾아달라는 의뢰를 한다. 스페이드의 지시로 서스비를 미행하던 아처Miles Archer가 피살되고 서스비도 살해당한다. 스페이드는 원덜리 양이 거짓말을 했다는 것과 그녀의 본명은 브리지드Brigid O'Shauhnessy라는 사실을 알게 된다. 한편, 카이로Joel Cairo라는 남성동성애자가 스페이드를 찾아와 총을 겨누며 검은 새의 조각상을 찾아달라고 부탁하는 일도 발생한다. 여기에 카이로를 배후에서 조종하는 거물범죄자 구트만Casper Gutman이 어리지만 사나운 경호원 윌머Wilmer Cook를 데리고 합류한다.

스페이드는 검은 새의 조각상에 얽힌 미스터리를 풀기 위해 수사를 시작한다. 그는 조각상이 200만 불어치의 값어치가 나가는 16세기 몰타의 보물이라는 사실을 알게 된다. 수많은 우여곡절을 거친 끝에 구트만과 카이로는 검은 새 조각상의 진품을 찾기 위해 콘스탄티노플Constantinople로 떠난다. 스페이드는 서스비와 아처의 죽음 뒤에 브리지드가 있다는 사실을 밝혀낸다. 그녀는 혐의를 모두 인정하며 자신은 스페이드를 사랑한다고 눈물로 용서를 구한다. 그러나 스페이드는 그녀를 경찰에 넘긴다.

자본가의 충복에서
하드보일드 추리소설의 완성자로
― 레이먼드 챈들러

우리가 하드보일드 추리소설의 탐정에 관해 떠올리는 것들 중 상당수는 챈들러에게 소유권이 있다. 탐정의 캐릭터와 언어구사, 옷차림, 심지어는 음주습관까지도 챈들러가 탄생시킨 사설탐정 말로우로부터 온 것이 많기 때문이다. 물론 더 앞서 등장했던 해밋의 스페이드가 하드보일드 추리소설 탐정의 시초이기는 하다. 그러나 스페이드는 『몰타의 매』와 세 개의 단편에만 등장하고 사라진 캐릭터여서 긴 파장을 남기지는 못했다. 반면에 말로우는 여덟 편의 장편소설에 주인공으로 등장해서 하드보일드 추리소설 탐정의 전범을 확립했다. 챈들러는 하드보일드 추리소설의 또 다른 핵심인물인 팜므 파탈의 유형도 완성했다. 그는 하드보일드 추리소설 특유의 문체와 분위기에도 커다란 영향을 끼쳤다. 하드보일드 추리소설의 창시자가 해밋이라면, 챈들러는 하드보일드 추리소설의 전범을 확립한 작가였다.

챈들러(1888~1959)는 미국의 중서부에서 태어나 자랐다. 챈들러가 열두 살 되던 해에 알코올중독자였던 아버지가 가족을 버리고 떠나자, 아일랜드 출신인 어머니는 챈들러의 교육을 위해 그를 데리고 영국으로 이주한다. 그곳에서 고등학교를 졸업한 챈들러는 공무원과 신문기자 생활을 하다가 다시 미국으로 돌아온다. 어머니 역시 미국으로 건너와 그와 합류한다. 1차 세계대전에 참전하고 귀국해 로스앤젤레스에 정착한 챈들러는 열여덟 살 연상녀인 파스칼Pearl Eugenie Cissy Pascal과 사랑에 빠진다. 어머니의 반대로 결혼을 미루던 두 사람은 어머니가 돌아가신 후 1924년에 결혼한다. 챈들러가 서른다섯 살이었고 파스칼은 쉰세 살이었다.

챈들러는 1922년부터 댑니 석유기업연합(Dabney Oil Syndicate)에서 일했다. 그는 1931년에 이 회사의 부사장으로 승진한다. 그러나 1년 후 과도한 음주와 장기결근, 부하 여직원과의 부적절한 관계가 문제되어 해고당한다. 그가 해고된 1932년은 미국이 대공황의 한가운데 있던 시기였고, 실직자인 그의 삶은 매우 곤궁했다. 이미 40대에 접어든 그에게는 다른 길이 보이지 않았고, 챈들러는 소설작가로서의 새로운 삶을 시도한다.

아내의 헌신과 격려 속에서 챈들러는 술을 끊고 창작에 매진해 「협박범은 총을 쏘지 않는다(Blackmailers Don't Shoot)」라는 단편을 1933년 『블

위대한 하드보일드 추리소설가였던 챈들러의 삶은 오히려 멜로드라마에 가까웠다. 그의 문학은 한 여인과의 사랑으로 시작되었고, 그녀의 죽음과 함께 종결되었다.

랙 마스크』에 발표한다. 오랜 기다림 끝에 챈들러는 1939년에 말로우가 최초로 등장하는『깊은 잠(Big Sleep)』을 출간한다.『깊은 잠』의 성공 이후 챈들러의 문학적 삶은 계속 상승세를 기록한다. 1940년『안녕 내 사랑(Farewell, My Lovely)』, 1942년『하이 윈도The High Window』, 1943년『호수의 여인(The Lady in the Lake)』을 발표했고, 1949년『리틀 시스터The Little Sister』를 출간했다. 1954년에 아내인 파스칼이 84세의 나이로 세상을 떠났고, 그의 작가로서의 경력은 같은 해에 출판된『기나긴 이별(The Long Goodbye)』과 함께 끝이 났다. 그는 다시 알코올중독에 빠져 지내다 1959년에 세상을 떠났다.

『깊은 잠』(1939)

말로우는 스턴우드 장군General Sternwood 저택에 들려, 장군의 둘째 딸 카르멘Carmen Sternwood을 협박하는 책방주인 가이거Arthur Geiger에 대해 알아봐달라는 의뢰를 받는다. 말로우는 첫째 딸 비비안Vivian Sternwood에게서 남편인 리건Rusty Regan의 행방불명에 대해 조사해달라는 부탁도 받는다. 말로우는 가이거의 책방이 사실은 포르노 대여점이라는 것과, 가이거가 카르멘의 누드사진을 찍고 그것을 협박에 이용했다는 사실을 알아낸다.

카르멘을 흠모하던 스턴우드 집안의 운전사인 테일러Owen Taylor는 가이거를 살해하고 그녀의 누드사진과 원본을 찾아온다. 가이거의 서점을 인수하여 포르노 대여업을 계속하려는 브로디Joe Brody는 테일러를 자동차 사고로 위장해 살해하고 필름을 탈취한다. 그러나 브로디 역시 그를 가이거 살해범으로 오해한 가이거의 동성애 파트너인 룬드그렌Carol Lundgren에 의해 피살된다. 룬드그렌이 살인죄로 수감됨으로써 카르멘 협박사건은 종결된다.

말로우는 리건이 도박장 업주인 마즈Eddie Mars의 아내 모나Mona Grant와 사랑의 도피를 했다는 소문을 듣고 그 진위를 확인하려 한다. 말로우는 마즈가 아내를 몰래 숨겨놓고서 그녀가 리건과 도망갔다는 소문을 냈음을 밝혀낸다. 카르멘은 말로우에게 사격술을 가르쳐달라고 부탁하고, 그들은 함께 석유채굴이 중단되어 버려진 유정으로 간다. 카르멘은 말로우를 살해하려다 실패한다. 말로우는 카르멘이 리건을 죽였고, 비비안이 시체를 유정의 더러운 웅덩이에 숨기도록 했음을 알게 된다. 말로우는 이 사실을 스턴우드 장군에게 알리지 않기로 결심한다. 그는 비비안에게 동생 카르멘을 책임지고 건사하겠다는 약속을 받고 그들을 놓아준다.

챈들러의 소설에는 자본가들의 삶과 '비열한 거리'를 거니는 자들의 삶이 모두 생생하게 그려진다. 그는 영국식 억양으로 이야기하는 상류계급과 편안하게 교류할 수 있었다. 부유한 외가의 도움으로 영국의 명문사립학교인 덜위치 컬리지Dulwich College에서 수학했기 때문이다. 동시에 그는 캘리포니아 대도시 뒷골목의 정서와 언어도 이해할 수 있었다. 석유회사에서 일하며 노동자들의 삶을 가까이에서 지켜보았기 때문이다.

챈들러는 자본가를 수행하는 삶에서, 그들의 비정한 생리를 비판하고 노동자들의 분노를 옹호하는 하드보일드 추리소설 작가로서의 삶으로 옮아갔다. 그의 변신은 매우 성공적이었다. 챈들러의 작가적 경력은 아내인 파스칼과 더불어 꽃피웠고, 그녀의 부재와 함께 사그라졌다. 일반적이지는 않았지만 순애보적인 부부의 삶이었다.

범죄를 저지르는 뱀파이어들

하드보일드 추리소설이 이전의 추리소설과 차별성을 가장 분명하게 드

영화 『몰타의 매』(1941)와 『깊은 잠』(1946)의 포스터. 험프리 보가트
는 하드보일드 추리소설이 가장 사랑한 배우였다. 『몰타의 매』와 『깊
은 잠』과 같은 대표적인 하드보일드 추리소설을 영화화한 작품에서
그는 스페이드와 말로우의 역을 맡았다. 험프리 보가트의 연기는 하
드보일드 추리소설의 탐정이라기엔 너무 섬세했고 충분히 거칠지
못했다.

러내는 지점은 계급과 범죄를 연관 짓는 방식에 있다. 추리소설에서 범죄는 대개 하류계급이 저지르는 것으로 그려진다. 이와 정반대로 하드보일드 추리소설에서는 범죄를 저지르는 계급이 지배계급으로 설정된다. 하드보일드 추리소설에서 범죄는 지배계급이 노동계급과 하위계급에게 가하는 폭력으로 새롭게 규정되는 것이다. 하드보일드 추리소설이 드러내는 전복적인 시각은 금주법 시행 이후 달라진 미국인들의 태도를 반영한다. 조직범죄와 연루된 경찰의 타락과 정치가들의 부패를 지켜보면서 범죄에 관한 시각이 급격하게 달라진 것이다.

하드보일드 추리소설에서 자본가계급은 자본의 증식만을 목표로 온갖 불법적인 수단을 사용하여 노동자 착취를 일삼는 자들로 재현된다. 공권력 역시 자본가계급과 결탁하여 사회적 약자에게 다양한 형태의 폭력과 억압을 자행하는, 부패하고 타락한 권력으로 그려진다. 하드보일드 추리소설에서 지배계급은 "일하는 것 말고는 모든 것을 할 수 있는" 부도덕한 자들로 규정된다.

하드보일드 추리소설은 자본가계급에게 흡혈귀적인 이미지를 덧씌운다. 이런 방식을 통해 하드보일드 추리소설은 자본가계급의 수탈적이고 기생적인 삶을 우의적으로 폭로한다. 챈들러의 『깊은 잠』은 자본가계급을 노동자계급의 노동력과 생명력을 빨아먹으면서 생존하는 뱀파이어와 같은 존재로 그린 대표적인 소설이다. 소설에는 유전사업으로 거부가 된 스턴우드 집안사람들이 등장하는데, 이들은 모두 흡혈귀적인 특성을 드러낸다. 집안의 가장인 스턴우드 장군은 "납빛의 얼굴"과 "핏기 없는 입술" 그리고 "앙상하고 핏기 없는 손"을 지닌 시체와 같은 노인으로 설정된다. 그는 소박하고 정직한 노동자들의 "생명의 기운"을 흡입함으로써 연명한다. 그의 딸 카르멘 역시 "작고도 날카로운 육식동물의 이빨"과 "혈색 없는 얼굴"을 지닌 뱀파이어의 이미지로 재현된다.

『깊은 잠』에서 흡혈귀 이미지로 그려지는 자본가들은 스턴우드 집안 사람들만이 아니다. 재력가인 마즈 역시 뱀파이어의 특성을 드러낸다. 그는 도박장 불법영업을 통해 다른 사람들을 "창백해질 때까지 피를 흘리게 하고", 그 피를 빨아먹는 경제적 흡혈귀로 묘사된다. 『깊은 잠』에서 말로우는 흡혈귀와 같은 자본가계급에 대해 혐오감과 적대감을 노골적으로 표출한다. 자본가들의 흡혈적인 생존방식과 기괴한 삶의 양태에 경악한 그는 "부자들을 타도하자. 그들은 나를 역겹게 한다"고 선언한다.

하드보일드 추리소설에서 법과 권력은 사회구성원의 안전과 평화를 지켜주고 사회정의를 실현하는 국가기구가 아니다. 공권력은 자본가와 결탁하여 노동계급을 탄압하는 정의롭지 못한 지배기구일 뿐이다. 하드보일드 추리소설에는 착취당하고 억압받는 사회적 약자가 기댈 수 있는 정의로운 권력은 존재하지 않는다.

법과 권력에 대한 극도로 부정적인 시각은 "최초의 장편 하드보일드 추리소설"[10]인 『피의 수확』에서부터 분명하게 드러난다. 퍼슨빌 시의 광산노동자들이 파업에 돌입하자 기업주 윌슨은 주지사에게 파업을 진압해달라는 청탁을 한다. 청탁을 받은 주지사는 파업현장에 경찰과 주방위군을 동원한다. 또한 조직범죄 단원들도 파업분쇄에 투입된다. 공적 권력의 표상인 주지사가 악덕자본가의 이익을 보호하기 위해 군대와 경찰을 동원하고, 여기에 범죄조직이 가세해 조직화된 노동운동에 대한 폭력진압을 시도하는 것이다. 이러한 설정은 하드보일드 추리소설이 폭로하려는, 공적 부문과 사적 부문의 범죄적 공모를 극명하게 보여준다.

하드보일드 추리소설에서 공적인 권력기구는 자본가계급과의 유착을 통해 범죄집단화한다. 그렇기 때문에 법률과 공권력에 대한 적개심은 하드보일드 추리소설의 보편적인 정서로 작용한다. 챈들러의 『리틀 시스터』에서 말로우는 레녹스Lennox에게 "우리는 법을 적으로 생각한다. 우리는 경찰을 증오하는 자들로 구성된 민족이다"라고 선언한다. 『피의 수확』에서 해밋은 더욱 극단적인 방식으로 공권력에 대한 적개심을 표출한다. 콘티넨털 탐정회사에서 파견된 오프는 국가권력을 부패한 범죄집단과 동일하게 여기고 양자 모두에 대해 동일한 적개심을 드러낸다. 그는 갱단과 경찰조직 사이의 살육을 유발시켜 양자를 모두 제거해버린다.

『피의 수확』에서 오프는 퍼슨빌 시를 정화하기 위해 경찰과 갱단 간의 분쟁을 유발한다. 분쟁의 와중에서 끊임없이 살인사건이 발생하지만 오프는 조금도 죄책감을 느끼지 않는다. 그는 계속해서 분쟁을 조장해 폭력사태를 더욱 극단적으로 진행시킨다. 오프는 적대적인 조직들 간의 평화회의를 소집하지만 폭력행위를 종식시키기보다는 오히려 적대감을 고조시키는 방향으로 회담을 이끈다. 도시의 살육행위는 증가되고 갱단의 두목들에 뒤이어 결국은 경찰서장마저 살해되면서 분쟁은 끝이 난다.

하드보일드 추리소설은 합법적인 조직과 비합법적인 조직, 공적인 법률의 대행자와 조직범죄단의 구성원 모두를 타락한 범죄자로 동일하게 바라본다. 양자 모두를 제거해버리는 『피의 수확』의 결말은 하드보일드 추리소설의 범죄관을 극단까지 끌고나간 사례다. 그러나 그 충격적인 결말에도 불구하고 도시는 정화되지 않는다. 범죄집단의 조직원들과 부패한 공무원이 제거된 퍼슨빌 시는 이제 악덕기업주 윌슨의 지배 아래 놓이게 되었기 때문이다.

노동자 또는 자영업자가 된 탐정

하드보일드 추리소설은 범죄에 대한 계급적 재현을 통해 고전추리소설과의 차별성을 뚜렷하게 보여준다. 하드보일드 추리소설과 고전추리소설 사이의 차이는 탐정의 재현을 통해 더욱 분명하게 드러난다. 고전추리소설에서 탐정은 취미나 지적 게임의 일환으로 범죄수사를 즐긴다. 반면에 하드보일드 추리소설의 탐정은 범죄수사라는 위험한 직무를 담당하고 보수를 받는 노동자 또는 자영업자로 등장한다.

하드보일드 추리소설에서 나타난 탐정 재현방식의 급격한 변화는 범죄를 바라보는 시각이 근원적으로 달라졌음을 의미한다. 하드보일드 추리소설에서는 범죄가 개인적인 차원의 위반이나 일시적 탈선이 아니라, 계급적으로 구조화된 현상으로 간주된다. 따라서 한 개인의 노력으로 개별범죄가 해결되더라도 자본가계급의 지배체제는 동요하거나 붕괴되지 않는다. "순전한 근육과 돈의 정부"[11]가 지배하는 하드보일드 추리소설의 세계에서 범죄는 개인의 해결범위 밖에 위치한다. 탐정이 특정 범죄자를 체포한다고 해도 공동선의 회복은 이루어지지 않는 것이다. 하드보일드 추리소설의 탐정은 결코 사회질서를 완벽하게 지켜내는 초인적 존재가 될 수 없다. 그는 단지 생계를 위해서 범죄를 수사하는, "보잘것없고 얄팍한"[12] 노동자로 축소되어버린다.

하드보일드 추리소설에서 탐정은 "돈도 없고⋯ 전망도 없고 가진 게 아무것도 없는" 인물로 설정된다. 그는 생존을 위해 또는 생계를 유지하기 위해 탐정업무를 수행한다. 『데인 가문의 저주』에서 탐정 오프는 자신을 "사람들을 감옥에 처넣으려는 목표를 지니고 그에 따른 대가를 받는" 것이 직업인 사람으로 소개한다. 이들에게 범죄수사는 단지 수익을 내기 위한 사업일 뿐이다. 이들이 여러 난관을 극복하면서 범죄를 해결하려는 것도, 고전추리소설의 탐정처럼 위기에 처한 사회체제를 구하거나 해체된 가족공동체를 복원하기 위해서가 아니다. 하드보일드 추리소설의 탐정에게 이 모든 것들은 물질적인 보상을 얻기 위한 노동에 불과한 것이다.

셜록 홈즈에게 살인은 자신이 지적 능력을 발휘해 풀어낼 수수께끼로 다가온다. 하지만 "20년간 범죄와 씨름한" 오프에게 "모든 종류의 살인"이란 지적 호기심을 자극하는 수수께끼가 아니다. 그것들은 "단지 내가 먹을 빵과 버터"를 제공하는 "그날의 일거리"일 뿐이다. 작가인 해밋은 더욱 직접적이고 분명하게 이야기한다. 자신이 창조한 탐정 오프는 "어떤 종류의 소설에 나오는 중절모를 쓴 오지랖 넓은⋯ 전지적이고 오류가 없는 천재"가 아니라고. "탐정의 직무"는 "영웅적인 체하는 것이 아니라 악당을 체포하는 것"에 불과하다고.

『깊은 잠』에서 말로우는 아예 셜록 홈즈를 직접 거명하면서 자신과 고전추리소설의 탐정과의 차이점을 강조한다. 무엇보다도 그는 자신이 아마추어 탐정이 아니라는 사실을 분명히 한다. 자신은 여가를 이용해 범죄를 수사하고 물질적인 보상과는 무관하게 지적 수월성을 입증하는 데서 만족감을 얻는, 고전추리소설의 탐정과는 다르다는 것이다.

> 나는 셜록 홈즈가 아니오. … 나는 경찰이 덮어버린 곳을 찾아가 부러진 펜촉을 주워 거기에서 사건을 구성하기를 기대하지 않소. 만일 당신이 탐정 중에 그런 식으로 먹고사는 사람이 있다고 생각한다면 당신은 경찰에 대해 전혀 모르고 있다는 얘기가 되오.

「살인의 단순한 기술(The Simple Art of Murder)」이라는 비평문에서 챈들러는, 영국 고전추리소설이 탐정을 "불가능할 정도로 세련됨과 우아함을 지닌" 인물로 재현했다고 비판한다. 챈들러는 자신이 창조한 하드보일드 추리소설의 탐정은 고전추리소설의 탐정과는 극단적으로 다른 인물이라는 사실을 강조한다. 그는 자신의 편집자에게 보낸 편지에서, 말로우는 고작 "말 정도의 사회적 양심을 가지고 있는" 인물이라고 냉소적인 어조로 주장한다.

간헐적으로 말로우는 사회적 불평등과 부정의에 대한 분노나 지배계급에 대한 적의를 드러내기는 한다. 그러나 그는 자기 자신을 정의의 사도가 아니라 임금노동자로 규정하고 그 역할에만 충실하고자 한다. 자신은 하루에 25달러의 수당과 기타 경비를 받고 일하는 노동자일 뿐이라는 것이다. 말로우는 독백을 통해 한낱 노동자로서 하드보일드 추리소설의 탐정이 느끼는 무력감과 한계를 아래와 같이 자조적으로 표현한다.

> 한밤중에 비명소리를 듣고 나는 가서 무슨 일인가 살펴본다. 그렇게 해서는 한 푼도 벌지 못한다. 분별력이 있다면 창문을 닫고 텔레비전 볼륨을 높여라. … 다른 사람들의 성가신 일에 끼어들지 마라. 그래봐야 오점만 남는다.

해밋이 창조한 탐정 스페이드는 고전추리소설과는 극단적으로 다른 하드보일드 추리소설의 탐정상을 잘 보여주는 또 다른 사례다. 스페이드는 고상한 대의명분이나 정의의 실현을 위해 수사에 참여하지 않는다. 그는 수익을 창출할 수 있는지 여부만을 사건의뢰를 승낙하는 기준으로 삼고, 오직 그 기준에 의해서만 행동한다. 스페이드는 사업상 손실을 방지하기 위해서라면, 돈을 숨겼다고 의심되는 여성 용의자를 나체가 되게 한 후 그녀가 벗어놓은 옷을 수색하는 것도 주저하지 않는 인물로 그려진다. 그렇게 행동함으로써 스페이드는 "비정하면서도 머리가 잘 돌아가는 녀석"이라는 평판을 얻는다.

『몰타의 매』에서 스페이드는 수사 중 피살당한 자신의 동료 아처의 복수를 한다. 하지만 그가 복수를 하는 이유는 개인적인 우정 혹은 의리와는 전혀 무관하다. 그가 복수를 하는 것은 복수를 하지 않으면 자신은

"멍청이"가 되어버리기 때문이다. 그리고 그렇게 되는 것은 "사업상 좋지 않다"는 판단을 내렸기 때문이다. 스페이드는 자신의 연인이었던 브리지드를, 그녀의 읍소에도 불구하고 살인범으로 체포해 경찰에 넘긴다. 그렇게 하지 않으면 자신이 경찰에 체포되어 사업에 차질이 생길지도 모르기 때문이다.

　고전추리소설의 탐정은 귀족적인 기품과 숭고한 도덕성을 소유한 영웅이다. 이들과는 극명하게 대조적으로 하드보일드 추리소설의 탐정은 냉소적인 노동자나 비정한 자영업자로 재현된다. 이미 범죄는 개인이 해결하기에는 너무나 거대한 구조물로 자리 잡았고, 탐정의 개인적 헌신과 희생으로 범죄의 근원적 해결은 불가능해졌기 때문이다. 하드보일드 추리소설의 탐정이 "멈춤과 진행을 알려주는 표지판 정도의 도덕적 고매함을 지닌"[13] 존재로 왜소화된 것은, 그 좌절감과 무력감의 반영이다.

고독한 터프 가이가 수호하는
노동계급 남성성

프랑스의 구조주의 문학이론가이자 문예비평가인 토도로프Tzvetan Todorov는 『산문의 시학(The Poetics of Prose)』에서 하드보일드 추리소설이 "상처를 입기 쉬운 탐정에 관한 이야기"라고 주장한다. 그러나 그의 주장과는 달리 하드보일드 추리소설은 거칠고 강한 탐정에 관한 이야기로 채워진다. 고전추리소설의 탐정이 교양과 문화적 세련됨을 지닌 존재라면, 하드보일드 추리소설의 탐정은 지적인 면모를 결여한 거칠고 폭력적인 인물로 그려진다. 합리적인 추론에 의존하는 고전추리소설의 탐정과는 달리, 하드보일드 추리소설의 탐정은 육감과 본능, 그리고 완력을 사용하여 범죄를 해결한다.

하드보일드 추리소설에 등장하는 거칠고 강한 탐정을 이해하려면 1920년대 이후 미국에서 강요된 노동의 재구성에 대해 주목할 필요가 있다. 1920년대 이후 미국에서는 "새로운 형태의 노동자와 인간을 창조하려는 가장 거대한 집단적인 노력"이 진행되었다. 『정의란 무엇인가』라는 책을 통해 우리나라에서 유명해진 샌델Michael Sandel도 『민주주의의 불만(Democracy's Discontent)』에서, 양차대전 사이에 미국사회의 대전환이 발생했다고 주장한다. 1920년대와 1930년대는 "인민 간의 계약으로부터 관리로"의 커다란 변화가 일어난 시기라는 것이다. 바로 이 시기가 하드보일드 추리소설이 등장하고 성장한 시기와 일치한다는 사실을 기억하자.

건국 이래 미국에서는 "자치적인 숙련공 노동자"[14]가 노동계급 남성의 이상적인 모습으로 자리 잡았다. 하지만 1920년대 이후 포드주의로 대표되는, 규격화되고 통제된 생산방식의 도입은 노동자계급의 남성성을 위협했다. 외향성, 적극성, 공격성은 오랜 기간 미국 노동계급 남성의 계급적 정체성을 형성했다. 하지만 포드주의가 주도한 노동의 재구성은 이들 노동계급 남성에게 수동성, 유연성, 순종성 등을 새로운 정체성으로 받아들이라고 요구한 것이다.

하드보일드 추리소설은 노동에 대한 관리와 통제의 증가로 인해 노동의 자율성이 급속도로 위축되던 시절에 그 모습을 드러냈고 성장했다. 이러한 시대적 상황 속에서 하드보일드 추리소설의 탐정이 "무산계급 출신의 거친 사내"[15]로 재현되었다는 사실에 주목할 필요가 있다. 그것은 노동계급 남성의 야성을 제거하려는 "가장 거대한 집단적인 노력"에 맞서 노동계급의 전통적인 남성성을 수호하려는 문학적 시도로 볼수 있기 때문이다. 하드보일드 추리소설에서의 거칠고 독립적인 남성성에 대한 강조는, 노동계급 남성의 이상이 소멸될 위기에 처했음을 드러내는 징후인 것이다.

하드보일드 추리소설의 거친 남성성을, 독점자본주의의 부상으로 기존 남성성이 위협당하는 상황에 대한 반작용으로 보는 견해도 있다.[16] 그러나 이러한 주장은 하드보일드 추리소설의 남성성에 대해 계급적인 구분을 시도하지 않는다는 한계를 지닌다. 하드보일드 추리소설의 남성성은 모든 계급이 아닌, 노동계급이라는 특정 계급의 남성성에 국한된 것으로 보아야 한다. 노동의 표준화로 인해 위기에 처한 것은 자본가나 중간관리자가 아니라 남성노동자였기 때문이다.

이전 추리소설의 탐정과 비교해보면 하드보일드 추리소설에 등장하는 탐정의 거칠고 폭력적인 성향은 더욱 두드러진다. 고전추리소설의 탐정은 관찰이나 측정과 같은 정교한 수사방식을 통해 과학적이고 합리적으로 범죄에 접근한다. 그러나 하드보일드 추리소설의 탐정은 증거를 수집하고 관찰을 통해 범죄를 해결하는 방식에는 별다른 신뢰나 관심을 보이지 않는다. 고전추리소설의 대표적 탐정인 셜록 홈즈는 114가지의 담뱃재 형태에 관한 지식을 자랑한다. 그러나 대표적인 초기 하드보일드 추리소설가의 한 사람인 데일리Carroll John Daly의 『야수가 으르렁거리는 소리(The Snarl of the Beast)』에 등장하는 탐정 윌리엄스Race Williams는, "내게 있어 타버린 담뱃재는 누군가 담배를 피웠다는 사실을 말할 뿐, 그 이상은 아니다"라고 단언한다.

하드보일드 추리소설의 탐정은 육체를 사용해 범죄와 관련된 대상과 직접 충돌하는 방식으로 사건을 해결한다. 『피의 수확』에서 오프는 아래와 같이 자신의 범죄수사 방식을 요약한다.

> "때로는 계획도 괜찮다." 나는 말했다. "그리고 때로는 그냥 마구 휘젓고 다니는 것도 괜찮다. 만일 당신이 살아남기에 충분할 정도로 거칠다면. 눈을 계속 크게 뜨고 있다가 당신이 원하는 것이 맨 위에 떠오르면 그것을 볼 수 있을 것이다."

스페이드 역시 "거칠게 그리고 아무도 예상하지 못한 상태"에서 "스패너를 기계 안에 집어던지는" 돌발적이고 난폭한 방식으로 수사를 진행한다. 하드보일드 추리소설의 대표적 탐정인 말로우가 뛰어나다는 평가를 받는 이유도 그가 합리적이거나 이성적이어서가 아니다. 말로우는 거칠고 용감하다는 점 때문에 뛰어난 탐정이라는 평가를 받는 것이다.

하드보일드 추리소설에서의 "터프함에 대한 찬양"[17]은, 탐정이 빈번하게 사용하는 거친 언어와 폭력의 정당화를 통해 잘 드러난다. 고전추리소설의 탐정은 예의 바르고 지적이며 문법적으로 정확한 언어를 사용한다. 그러나 하드보일드 추리소설에서 이런 식의 언어는 "여성적인" 것으로 경멸된다. 그 대신 하드보일드 추리소설의 탐정은 저속한 말투와 은어, 속어와 욕설 같은 투박하고 공격적인 언어를 구사하며 자신의 남성성을 과시한다.

하드보일드 추리소설에서는 공갈과 위협, 폭행 같은 불법적인 행위가, 범죄의 진실에 접근하기 위해서는 필요한 것으로 수용된다. 심지어 총으로 사람을 살해하는 행위마저도 수사를 위해서는 불가피한 것으로 긍정된다. 『피의 수확』의 오프는 이러한 경향을 잘 보여준다. 그는 협박을 통해 그리고 폭력을 유발시켜 자신이 원하는 것을 성취하는 데 주저하지 않는다. 멈추라는 경고를 무시하고 도망가는 여성에게 총을 쏘는 것도 오프는 부끄러워하지 않는다. 그는 오히려 총을 사용할 적절한 시기는 대화가 실패로 끝난 후라고 강변한다. 오프에게 살인은 "많이 하다 보면 염증을 느끼는 혹은 즐기게 되는 게임"일 뿐이다.

하드보일드 추리소설이 회복시키려 했던 노동계급의 남성성은 폭력성만은 아니다. 하드보일드 추리소설은 탐정을 통해 폭력성 외에도 자율성과 독립성을 남성성의 주요 덕목으로 규정하는 것이다. 고전추리소설에서 탐정은 체제의 수호자로 재현된다. 그러나 하드보일드 추리소설의 탐정은 체제에 냉소적이고 반항적인 단독자로 그려진다. 하드보일드 추리소설의 탐정이 많은 경우 전직경찰로 설정된 것은 이를 잘 보여준다. 하드보일드 추리소설의 탐정은 수직적인 의사결정 구조를 지닌 경찰조직에 저항하다 이탈한 인물로 그려진다. 이들 탐정은 특정 단체나 조직에 속하기를 거부하고 자신의 독자적인 판단에 따라 사건의뢰를 수락하거나 거절한다. 무엇보다도 이들은 자신의 독립적인 행동규범에 입각해 범죄를 수사한다.

하드보일드 추리소설은 탐정을 주체적인 행동규범을 지닌 단독자로 재현함으로써 자율적인 남성성을 부각시킨다. 자신의 자율성을 침해하는 모든 형태의 권위와 압력에 저항하는 인물인 말로우는 그 대표적인 캐릭터다. 말로우 연작의 마지막 소설인 『기나긴 이별』에는 말로우의 개인사가 등장한다. 그는 지방검사 밑에서 일하면서 자신의 독립적인 행동을 용납하지 않으려는 상관에 맞서다가 명령불복종으로 해고되었다. 사설탐정이 된 후 말로우는 스스로를 "독립성에 의해 망가진" 사내라고 자조적으로 규정한다. 그럼에도 불구하고 그는 자신의 독자적인 직업윤리와 행동규범을 결코 포기하지 않는다. 마지막 연작인 『기나긴 이별』에서도 말로우는, 여전히 "자족적이고 자신감 가득한, 통제할 수 없는" 인물로 남아 있다.

『깊은 잠』은 말로우의 자율적인 행동규범을 잘 보여준다. 도박장을 운영하는 마즈는 자신이 범죄에 연루되었다는 사실을 은폐시켜달라며 말로우에게 거액을 제시한다. 그러나 말로우는 마즈의 청탁을 거절한다. 말로우가 청탁을 거절하는 장면은 그의 직업윤리를 극명하게 드러낸다. 말로우는 마즈의 요구가 최초의 사건 의뢰인인 스턴우드 장군의 이해관계와 배치된다는 이유로 거절한다. "나는 내 일의 대가를 이미 지불받았소. 한 번에 한 의뢰인만 상대한다는 것은 훌륭한 원칙이오."

하드보일드 추리소설에서 독립적인 남성성의 수호는, 여성의 유혹에 대해 탐정이 실천하는 자기통제를 통해서도 분명하게 드러난다. 탐정은 자신의 독자적인 직업윤리를 지키기 위해 성적인 유혹을 거부한다. 『깊은 잠』에서 말로우가 보여주는 자기억제는 그 대표적인 경우다. 직무에 충실하기 위해, 의뢰인과의 신뢰를 지키기 위해 말로우는 자매인 비비안과 카르멘의 계속되는 유혹을 물리친다. 말로우는 비비안에게 "당신의 아버지는 당신하고 자라고 내게 돈을 주지 않았소. … 나는 일을 하오. 나는 노는 게 아니오"라고 말한다. 그는 카르멘에게도 "이것은 직업적 자부심의 문제요. 직업적 자부심 말이오. 나는 당신의 아버지를 위해 일하오. … 그는 내가 딴짓을 하지 않으리라고 믿는 것 같소"라고 말한 후, 그녀를 방에서 쫓아낸다.

독립성과 자율성에 대한 강조는 하드보일드 추리소설이 채택하는 관점에 의해서도 확인된다. 고전추리소설에서는 많은 경우 탐정 본인이 아닌 주변인물이 화자가 되어 서사를 진행한다. 셜록 홈즈가 아니라 왓슨이 화자로 등장하는 셜록 홈즈 연작은 이러한 경향을 잘 보여준다. 그러나 하드보일드 추리소설에는 범죄와의 안전한 거리를 유지한 채 탐정의 활약을 기록하고 찬미하는 다른 화자가 존재하지 않는다. 하드보일드 추리소설의 서사는 탐정의 관점에 의해 기록되고, 탐정이 화자가 되어 직접 사건을 서술한다.

『피의 수확』은 "내가 최초로 퍼슨빌이 포이즌빌Poisonville로 불리는 것을 들은 것은"이라는 오프의 서술로 시작한다. 그리고 "나는 상사로부터 혼이 났다"는 탐정 본인의 말로 끝을 맺는다. 『깊은 잠』 역시 탐정의 관점으로 진행된다. 소설은 말로우가 자신의 의상을 묘사하는 서술로 시작한다. "나는 진한 푸른색 셔츠와 타이에 손수건이 꽂힌 담청색

양복을 입고 있었고, 검정구두와 진한 푸른색 수가 놓인 검정색 모직 양말을 신고 있었다." 그리고 "나는 그녀를 다시는 보지 못했다"는 말로우 본인의 목소리로 종결된다. 하드보일드 추리소설에서는 탐정이 직접 화자가 되어 자신의 시점에서 서사를 전개한다. 이러한 관점과 서술방식은 탐정의 독립성을 더욱 부각시키기 위한 문학적 장치가 된다.

하드보일드 추리소설은 고전추리소설이 보여주던 체제친화적이고 귀족적인 남성성을 거칠고 독립적인 노동계급의 남성성으로 대체했다. 하드보일드 추리소설이 부각시킨 폭력적이고 자율적인 남성성은, 통제되고 표준화된 노동으로 훼손되고 위축된 노동계급의 남성성을 수호하기 위해 구성되었다. 하드보일드 추리소설에서의 거칠고 독립적인 남성성에 대한 강조는, 노동계급 남성이 느끼는 위기의식을 징후적으로 드러내는 것이다.

사라지지 않는 불의와 혼돈

하드보일드 추리소설의 탐정은 돌발적이고 직접적인 폭력을 통해 범죄에 즉각적으로 반응한다. 그는 수사의 주도권과 독립성을 쟁취하기 위해 치열하게 경합한다. 하지만 그는 범죄의 근원에 도달하는 데는 실패하는 것으로 처리된다. 과학적 합리성으로 범죄와 관련된 미스터리를 풀어내던 고전추리소설의 탐정과는 달리, 하드보일드 추리소설의 탐정은 "어두운 방 안에서 그곳에 없는 검정색 모자를 찾는 맹인"처럼 수사의 통제력과 방향성을 상실한 무력한 존재로 그려진다.

하드보일드 추리소설에서 탐정의 재현이 이전과 극명하게 달라진 것은, 외부세계를 바라보는 시각이 완전히 바뀌었다는 사실을 의미한다. 사회질서와 정의의 회복과는 거리가 먼 하드보일드 추리소설의 결말은 이러한 변화를 반영한 것이다. 고전추리소설에서는 탐정의 개입에 의해 혼란과 불의가 사라지고, 질서와 정의로의 이행으로 서사가 종결된다. 그러나 하드보일드 추리소설에서는 탐정의 분투에 의해 개별범죄가 해결되어도 미래에 대한 낙관과 희망은 보이지 않는다. 하드보일드 추리소설에서는 다가올 더욱 거대한 불의와 혼돈에 대한 불안으로 서사가 종결되는 것이다.

오프가 의뢰받은 사건을 해결한 후에도 승리감을 맛보지 못하는『피의 수확』의 결말은, 하드보일드 추리소설의 달라진 세계관을 잘 보여준다. 사람들은 퍼슨빌 시가 다시 "달콤한 향기를 풍기는 가시 없는 장미 정원"으로 변할 것이라고 말한다. 하지만 오프는 여기에 대해 극도로 회의적인 태도를 보인다. "모든 것이 좋아지고, 깨끗해진" 도시가 오프에게는 "다시 타락할 준비가 되어 있는" 곳으로 다가오기 때문이다.

하드보일드 추리소설의 세계에는 범죄의 해결을 통한 사회적 통합과 화해의 가능성은 결코 남아 있지 않다. 개인은 범죄의 근원에 가닿기에는 극도로 무력한 존재가 되었고, 노동의 자율성은 수호할 수 없게 된 것이다. 하드보일드 추리소설은 회복해야 할 사회적·정치적·계급적 이상과 질서는 더 이상 존재하지 않음을 음울하게 보여줄 뿐이다.

팜므 파탈은
단지
섹시하기만
한가?

팜므 파탈을 어떻게 볼 것인가?

하드보일드 추리소설의 등장인물 중 누가 가장 인상적인가? 하드보일드 추리소설을 다 읽고 나서 책을 덮은 후에도 가장 오래 기억에 남는 캐릭터는 누구인가? 아마도 그리고 당연하게도 그 인물은 탐정일 것이다. 다른 추리소설과 마찬가지로 하드보일드 추리소설에서도 탐정은 가장 중심이 되는 인물이기 때문이다.

　존재감만으로 하드보일드 추리소설에 등장하는 인물을 평가해도 결과는 마찬가지일까? 그렇지는 않을 것이라고 생각한다. 하드보일드 추리소설에서 가장 강렬한 캐릭터는 팜므 파탈인 경우가 많기 때문이다. 성적 매력을 사용해 남성을 파멸로 이끄는 팜므 파탈은 존재감의 강렬함에서 결코 탐정에 뒤지지 않는다. 그녀는 넘치는 섹슈얼리티와 간교함으로 거칠지만 단순한 탐정을 압도한다. 터프 가이 탐정마저도 팜므 파탈 앞에서는 기세가 꺾이거나 위축되는 모습을 보이는 것이다.

도발적인 등장과 남성을 유혹해 파멸에 빠뜨리는 전개과정, 그리고 비참한 최후를 맞이하는 결말에 이르기까지 팜므 파탈은 그 강렬한 존재감을 과시한다. 그녀는 한순간도 밋밋하거나 단조롭게 그려지지 않는다. 팜므 파탈의 열정, 교활함, 섬뜩함은 하드보일드 추리소설 특유의 건조하고 차가운 감정선까지 크게 동요시킨다.

관행적으로 팜므 파탈을 규정하는 시각은 하나의 등식으로 요약될 수 있다. "여성=섹스=죽음"[18]이라는 등식이 바로 그것이다. 팜므 파탈은 성적 유혹을 통해 남성에게 파멸과 죽음을 가져오는, 공포와 불안의 대상으로 정의된다.

팜므 파탈을 규정할 때 이처럼 "위험한 섹슈얼리티"[19]에 집중하는 방식은 오랜 역사를 지닌다. 전통적으로 팜므 파탈은 "남성을 유혹해 파멸케 하는 거미여인(spider woman)"[20]으로 간주되었기 때문이다. 영문학자이며 미술사가인 스토트Rebecca Stott도 19세기 후반 이래 팜므 파탈은 성적 쾌락을 얻기 위해 남성을 유혹해 죽음에 빠뜨리는, "성적 식인종"으로 규정되었다고 말한다.

하드보일드 추리소설의 팜므 파탈로 범위를 좁혀서 이야기해보자. 하드보일드 추리소설의 팜므 파탈을 보는 시각은 크게 두 가지로 나뉜다. 하나는 팜므 파탈의 성적 욕망에 주목하는 것이다. 여기에서는 팜므 파탈의 치명적 섹슈얼리티로 인한 남성의 파멸과 죽음이 부각된다. 팜므 파탈은 "남성에게 죽음을 초래하는"[21] "노골적으로 성적인 아이콘"[22]으로 정의된다.

다른 하나는 팜므 파탈이 드러내는 젠더적 전복성에 집중하는 것이다. 이러한 입장에서 보면 하드보일드 추리소설의 팜므 파탈은 더 이상 위험한 섹슈얼리티를 지닌 색정광(nymphomaniac)이나 거미여인이 아니다. 팜므 파탈은 여성에게 억압적인 젠더규범에 저항하고 여성의 사회적 성취를 지향하는, "여성의 힘, 저항 혹은 독립성"[23]을 실천하는 존재로 새롭게 규정된다. 그녀는 "20세기 여성운동이 가져온 가부장제에 대한 도전"[24]을 상징하는 주체적인 여성인 것이다.

하드보일드 추리소설의 팜므 파탈을 바라보는 두 개의 관점에는 정확하게 일치하는 지점이 존재한다. 그것은 바로 하드보일드 추리소설의 팜므 파탈이 남성에게는 혐오와 공포의 대상이라는 사실이다. 섹슈얼리티에 집중하는 쪽에서는 팜므 파탈에 대한 공포를 "성적인 포식동물"[25]에 대한 남성의 두려움으로 해석한다. 팜므 파탈과의 성행위 뒤에 닥쳐올 죽음에 대한 불안감이라는 것이다.

팜므 파탈의 젠더적 전복성을 부각시키는 쪽에서는, 팜므 파탈에 대한 남성의 두려움과 혐오를 1차 세계대전 이후 여권신장에 대한 반작용으로 본다. 1920년에 제19차 미국헌법 수정조항이 통과되면서 여성에게도 완전한 투표권이 부여되었다. 동등한 정치적 권리를 획득한 여성들의 사회진출 욕구에 대한 두려움이 팜므 파탈을 향한 태도에 반영되었다는 것이다.[26] 팜므 파탈에 대한 불안은 "개인적 성취의 추구로 인해 여성이 담당해야 할 역할을 노골적으로 포기한"[27] "가정화되지 않은 여성성"[28]과 페미니즘에 대해 남성들이 느끼는 위기감이라는 것이다.

하드보일드 추리소설의 팜므 파탈에 접근하는 길은 이처럼 젠더와 섹슈얼리티로 갈린다. 하지만 두 길 중 어디를 선택하더라도 팜므 파탈에 관한 온전한 이해는 이루어지지 않는다. 두 개의 길 모두 하드보일드 추리소설이 1920년대와 대공황기를 시대적 배경으로 한다는 사실을 충분히 고려하지 못하기 때문이다. 이 기간은 자본가계급의 부당한 자본 축적과 권력의 사유화로 인해 대중이 극심한 고통을 겪던 시기였다. 이러한 역사적 사실을 간과한 채 젠더와 섹슈얼리티에만 집착하기 때문에, 팜므 파탈에 대한 접근에는 계급과 자본이라는 핵심적인 요소가 빠져 있는 것이다.

결론부터 미리 이야기하자면, 하드보일드 추리소설에서 팜므 파탈은 자본가계급과 매우 유사한 존재다. 그녀는 부의 축적에 강한 집착과 욕망을 드러내고 불법적인 수단을 통해 자본의 증식을 추구하는 인물로 재현되는 것이다. 그렇기 때문에 계급과 자본에 대한 고려 없이, 젠더나 섹슈얼리티라는 관점 중 하나를 선택해 팜므 파탈을 이해하려는 시도는 명백한 한계를 지닐 수밖에 없다.

팜므 파탈에 대한 처벌은 정당한가?

추리소설에는 대개 로맨스와 결혼서사가 등장한다. 추리소설에는 범죄의 위협을 받는 이상적인 여성이 등장하고, 탐정은 그녀를 안전하게 구출하고자 분투한다. 수사과정에서 탐정 또는 수사에 참여한 남성과 보호받는 여성 사이에는 로맨틱한 감정이 생기곤 한다. 코넌 도일의 『네 사람의 서명』에서 왓슨과 메리의 로맨스는 그 대표적인 사례다. 여기에서 한 걸음 더 나아가 추리서사는 결혼서사로 종결되는 경우도 많다. 콜린스의 『흰옷 입은 여인』은 월터와 로라가 결혼해서 가정을 이루는 것으로 끝을 맺는다.

고전추리소설과는 극명하게 대조적으로, 하드보일드 추리소설에는 남녀 간의 로맨스나 결혼서사가 존재하지 않는다. 하드보일드 추리소설에는 유혹과 배신, 응징과 처벌의 서사가 등장할 뿐이다. 하드보일드 추리소설에는 보호해야 할, '가정의 천사'로 상징되는 이상적인 여인은 존재하지 않기 때문이다. 그 대신 하드보일드 추리소설에는 강렬한 성적 매력과 간교함으로 남성을 유혹해 파멸로 이끄는 팜므 파탈이 등장한다. 유혹과 배신의 서사 뒤에는 언제나 팜므 파탈이 있고, 응징과 처벌 역시 오롯이 그녀에게 집중된다.

하드보일드 추리소설의 팜므 파탈을 정의하는 방식은 섹슈얼리티나 젠더 중 어느 쪽을 선택하느냐에 따라 결정된다. 한쪽이 팜므 파탈을 젠더규범을 위반하는 여성으로 정의한다면, 다른 쪽에서는 그녀를 성적 향유를 욕망하는 존재로 규정한다. 팜므 파탈에 대한 응징을 바라보는 시각도 어느 쪽에서 접근하느냐에 따라 갈린다. 젠더를 중심으로 바라보는 쪽에서는 팜므 파탈에 대한 처벌을, 전통적인 여성의 역할과 영역을 벗어나 "모성의 안티테제"[29]가 된 여성에 대한 분노로 해석한다. 섹슈얼리티에 집중하는 쪽에서는 그녀에 대한 응징을 다르게 바라본다. 팜므 파탈의 처벌에는 성적 무지로 요약되는 규범적인 섹슈얼리티를 거부하고, "성적 극치의 장"[30]으로 탈주한 여성에 대한 남성의 좌절과 불안이 투영된 것으로 본다.

다시 결론부터 미리 이야기하자. 팜므 파탈에 대한 처벌을 전복적인 젠더나 섹슈얼리티를 지닌 여성에 대한 응징으로만 보아서는 온전한 이해에 이를 수 없다. 팜므 파탈은 젠더적 독립성이나 성적 쾌락에 대한 욕망보다는 물질적 풍요를 향한 경제적 욕망에 의해 움직이기 때문이다.

팜므 파탈에 대한 공포와 불안, 응징과 처벌을 해석할 때도 그녀가 지닌 물질적 욕망과 불법성은 충분히 고려되어야 한다. 불법적인 방식을 통해 부를 증식하는 팜므 파탈은 자본가계급과의 유사성을 강하게 드러낸다. 따라서 팜므 파탈에 대한 불안과 응징은 부패하고 탐욕스러운 자본가계급에 대한 대중의 혐오감과 적대감이 그녀에게 대리 투사된 것으로 보아야 한다. 여기가 바로 하드보일드 추리소설의 폭주가 멈추는 지점이며 지배계급과의 협상과 타협이 이루어지는 곳이다.

하드보일드 추리소설의 주인공들은 자본가계급에 대한 분노로 들끓는다. 자본가들이 공권력과 결탁하고 언론권력의 도움을 받아 만들어낸 정의롭지 못한 세상에 대한 적개심이 하드보일드 추리소설에 가득한 것이다. 하지만 하드보일드 추리소설의 분노는 정당하게 분출되지 못한다. 자본가계급에 대한 노여움과 혐오는 자본가들을 향하지 못하고, 고작 자본가계급의 이미지로 그려진 팜므 파탈을 향해 표출되기 때문이다.

김수영의 「어느 날 고궁을 나오면서」는 우리 아이가 고등학교 올라갈 무렵 공부하던 국어교재에도 실려 있었던, 김수영 시 중에서 가장 유명한 작품이 아닐까 생각한다. 이 시의 두 번째 연과 마지막 두 연을 보자.

한 번 정정당당하게

붙잡혀간 소설가를 위해서

언론의 자유를 요구하고 월남파병에 반대하는

자유를 이행하지 못하고

20원을 받으러 세 번씩 네 번씩

찾아오는 야경꾼들만 증오하고 있는가

……

그러니까 이렇게 옹졸하게 반항한다

이발쟁이에게

땅주인에게는 못하고 이발쟁이에게

구청 직원에게는 못하고 동회 직원에게도 못하고

야경꾼에게 20원 때문에 10원 때문에 1원 때문에

우습지 않으냐 1원 때문에

모래야 나는 얼마큼 작으냐

바람아 먼지야 풀아 나는 얼마큼 작으냐

정말 얼마큼 작으냐……

이 시가 1965년에 발표되었다는 사실을 기억하자. 4월 혁명을 탱크로 짓밟고 들어선 군사정부의 위세가 대단하던 시기다. 시인은 포악한 군사정권에는 감히 저항하지 못하면서, 고궁으로 상징되는 거대권력에게는 분노를 표출하지 못하면서, 권력위계의 가장 낮은 곳에 있는 야경꾼에게나 반항한다. 그는 이러한 자신을 먼지, 풀, 모래처럼 보잘것없고 왜소하다고 자학한다.

하드보일드 추리소설의 선택은 더 형편없는 것이었다. 팜므 파탈에 대한 응징은 여성혐오를 이용한 것이기 때문이다. 하드보일드 추리소설의 처벌은 이발쟁이나 야경꾼에게 항의하기보다는, "그러나 우산대로 / 여편네를 때려눕혔을 때"[31]에 훨씬 가깝다. 팜므 파탈을 처벌한 후 하드보일드 추리소설의 탐정은 김수영의 자학과 자기모멸을 느꼈을까? 하드보일드 추리소설에는 반성과 성찰의 움직임이 발견되는가? 지금부터 함께 살펴보도록 하자.

'돈에 미친' 흡혈인간, 팜므 파탈과 자본가

하드보일드 추리소설에서 팜므 파탈은 뛰어난 성적 매력을 지닌 여성으로 등장한다. 하지만 그녀는 성적 향유에 몰두하는 여성이 아니라 자본증식을 욕망하는 여성으로 설정된다. 팜므 파탈이 드러내는 자본에 대한 끝없는 욕망과 불법성은, 자본가계급이 드러내는 자본의 무한증식을 향한 욕망이나 그들의 범죄성과 매우 흡사하다. 하드보일드 추리소설에서 팜므 파탈과 자본가계급은 매우 밀접한 유사성을 보여주고 있는 것이다.

『안녕 내 사랑』(1940)

『안녕 내 사랑』은 말로우 연작의 두 번째 소설이다. 말로우 연작이 언제나 그렇듯이 『안녕 내 사랑』의 공간적 배경도 로스앤젤레스다. 감옥에서 출소한 "거구의 사내(the big man)" 멀로이 Moose Malloy는, 자신을 버리고 떠난 옛 애인 벨마Velma Valento를 찾아 플로리안스Florian's라는 나이트클럽에 들린다. 그는 벨마의 행방을 놓고 업소의 매니저와 시비를 벌이다가 매니저와 기도를 살해한다. 말로우는 이 모든 것을 목격한다. 멀로이에게 호기심을 느낀 말로우는 벨마에 대해 조사하고, 그녀가 한때 이 나이트클럽의 댄서로 일했음을 알게 된다.

말로우는 도난당한 비취목걸이를 찾으러 가는 동성애자 메리어트Lindsay Marriott의 경호를 맡는다. 만나기로 했던 장소에서 말로우는 곤봉으로 뒤통수를 얻어맞고 의식을 잃는다. 말로우는 전직 경찰서장의 딸인 앤Anne Riordan에 의해 구조되지만, 메리어트는 끔찍하게 살해당

1975년에 리메이크 된 영화 『안녕 내 사랑』의 한 장면. 한때 터프 가이의 대명사였던 로버트 미첨은, 안타깝게도 말로우 역을 맡기에는 너무 늙고 둔해졌다. 헬렌 역을 맡은 샬롯 램플링은 팜므 파탈을 탐욕스럽고 육감적이기보다는 퇴폐적인 여성으로 연기했다.

한 시체로 발견된다. 도난당한 비취목걸이는 거부의 아내인 헬렌Helen Grayle의 소유였음이 알려진다. 말로우는 헬렌을 방문하지만 별 소득 없이 돌아온다.

살인사건 수사를 계속하던 말로우는 사설정신병원에 강제로 수용된다. 병원에서는 마약을 주입해서 그를 무력화하지만, 말로우는 가까스로 병원을 탈출한다. 헬렌이 멀로이가 찾고 있는 벨마라는 것을 확신하게 된 말로우는 이 두 사람을 한자리에서 만나게 할 계획을 짠다. 그는 헬렌에게 자신의 아파트에서 만나자는 약속을 잡고 이 사실을 멀로이에게도 알려준다. 멀로이는 침실 옆에 딸린 옷방에 숨어서 헬렌과 말로우의 대화를 엿듣는다. 말로우는 그녀가 바로 벨마이며, 8년 전 멀로이를 감옥에 보낸 것도 메리어트를 살해한 것도 모두 그녀의 짓임을 폭로한다. 멀로이는 옷방에서 나와 벨마 앞에 다시 선다. 그녀는 그를 총으로 쏴 살해한다. 벨마는 도피생활을 하다가 볼티모어에서 추적한 형사를 살해하고 자살한다.

팜므 파탈의 섹슈얼리티는 어디에 사용되는가?

하드보일드 추리소설에서 팜므 파탈은 강렬한 섹슈얼리티를 소유한 여성으로 나타난다. 챈들러의 『안녕 내 사랑』에 등장하는 벨마는 그 대표적인 사례다. 벨마는 "누구도 더 낫게 만들 수 없을 정도의 완전한 모양새인 몸의 곡선"을 소유하고, "육감적인 입술"로 "엉덩이 주머니 속에서도 느낄 수 있는 미소"를 짓는 여성이다.

> 그녀는 주교가 스테인드글라스 창문을 발로 차 구멍을 내게 만들 금발 미인이었다. … 당신이 무엇을 욕망하든, 당신의 취향이 어떠하든, 그녀는 당신이 원하는 섹시함을 가지고 있었다.

하드보일드 추리소설의 팜므 파탈은 성적 매력을 이용해 남성을 유혹하고 그를 완전히 지배한다. 『피의 수확』에 등장하는 다이너는 팜므 파탈에게 부여된 성적 지배력을 잘 보여준다.

"그녀는 모든 남자들을 한 번쯤은 포로로 만든 것 같군." 내가 말했다.
"그녀가 원하는 남자는 모두 소유하지." 그가 말했다. 그는 아주 심각하게 이 말을 했다.
……
포이즌빌의 아무 남자나 찍으면 넘어오게 만드는 이 여자가 바로 다이너였다.

하드보일드 추리소설에서 팜므 파탈이 드러내는 섹슈얼리티는 이토록 강렬하다. 그럼에도 불구하고 팜므 파탈은 색정광으로 규정될 수 없다. 팜므 파탈의 섹슈얼리티는 성적 쾌락의 도구로 사용되지 않기 때문이다. 그녀는 성적 쾌락의 향유가 아니라 수익 창출을 목적으로 섹슈얼리티를 사용한다.

『포스트맨은 벨을 두 번 울린다(The Postman Always Rings Twice)』를 쓴 작가로 널리 알려진 케인James M. Cain은, 『이중 배상(Double Indemnity)』에서 디트릭슨Phyllis Dietrichson이라는 팜므 파탈을 등장시킨다. 그녀는 압도적인 섹슈얼리티를 무기 삼아 35세의 보험 세일즈맨 네프Walter Neff를 유혹한다. 하지만 그녀는 성적 욕망의 충족을 위해 네프에게 다가간 것이 아니다. 그녀가 네프를 유혹하는 것은 철저하게 경제적 동기에 근거한다. 그녀가 네프와 성행위를 하는 것도 성적 욕망이 아니라 경제적 욕망을 충족하기 위해서다. 결국 그녀는 네프를 사주해서 남편을 살해하고 막대한 보험금을 손에 넣는다.

해밋의 『몰타의 매』에서 팜므 파탈로 등장하는 브리지드는 스페이드와 성관계를 맺기 위해 애쓴다. 성적 매력으로 유혹하려는 자신을 사무적으로 대하며 거리를 유지하려는 스페이드에게, 그녀는 계속 적극적으로 다가간다. 스페이드의 아파트에서 그녀가 먼저 입을 맞추며 그를 도발하자 스페이드도 결국 여기에 응하고 만다.

그녀는 두 손을 올려 그의 뺨을 만지면서 열린 입술을 그의 입술에 강하게 갖다 댔다. 그녀의 몸이 그의 몸에 바싹 붙었다. 스페이드가 두 팔을 그녀의 몸에 두르고 안았고… 그의 두 눈이 노랗게 불타올랐다.

하지만 브리지드가 스페이드와 성관계를 가지려는 것은 성적 향락을 위해서가 아니다. 그녀가 스페이드를 유혹하는 것은 매의 조각상을 찾아내 "어마어마하게 많은 돈"을 차지하기 위해서다. 브리지드는 단지 거액을 위해 "스페이드의 팔에 안겨 그의 침대로 들어온" 것이다.

하드보일드 추리소설에서 팜므 파탈의 육체는 거래와 교환을 위한 매개물로 기능하고, 그녀의 섹슈얼리티 역시 쾌락의 도구가 아니라 자본증식의 수단으로 작동한다. 팜므 파탈은 자신의 섹슈얼리티를 교환가치로 사용할 뿐 성적 쾌락 자체에는 관심을 드러내지 않는다. 따라서 그녀의 섹슈얼리티는 성적 향유의 장이 아닌 교환경제의 장으로 간주되어야만 한다.

『피의 수확』에 등장하는 다이너는 팜므 파탈의 섹슈얼리티가 거래의 매개체로 작동할 뿐이라는 사실을 잘 보여준다. 그녀는 결코 성적인 만족을 위해 남성을 편력하지 않는다. 그녀가 자신의 성적 매력을 발휘해 남성을 유혹하는 것은 오직 경제적 이득을 위해서다. 오프가 그녀에 관해 물었을 때 은행원인 앨버리Robert Albury가 하는 대답은, 다이너의 돈에 대한 탐욕을 극명하게 보여준다.

"그렇다면 비용을 많이 썼겠군. 그녀가 돈을 좋아한다고 들었는데."
"그녀는 돈에 미친… 너무도 철저하게 돈 버는 데만 집착하는, 너무도 노골적으로 탐욕스러운 여자야."

다이너가 성행위를 하는 것도 성적 욕망 때문이 아니라 경제적 이익을 취하기 위해서다. 그녀는 자신만의 이런 '원칙'에 대해 분명하게 천명한다.

"돈이요." 그녀가 설명했다. "더 많을수록 더 좋은. 나는 돈이 좋아요." … "그것이 사물의 원칙이거든요. 만일 대단한 남자에게 가치가 있는 중요한 것을 소유하고 있는 여자가 대가를 얻지 않는다면 그 여자는 멍청이고요."

『안녕 내 사랑』의 벨마 역시 성적 쾌락의 향유가 아니라 경제적 도약을 위한 수단으로 섹슈얼리티를 사용한다. 벨마가 눈독 들이는 그레일Grayle은 엄청난 부를 소유한 금융가이기는 하지만 나이 들고 성적으로 무능력한, "두 눈에 무한한 슬픔이 깃든 병자"로 재현된다.

그는 2,000만 불쯤 되는 돈을 지닌 엄청나게 부자인 투자은행가다. 그는 비벌리 힐스에 있는 KEDK 라디오 방송국을 소유하기도 했었다. … 그레일 씨는 나이가 많고 간이 좋지 않았다.

그녀는 그레일을 결혼상대로 선택한다. 벨마가 욕망하는 것은 성적 쾌락이 아니라, "르윈 로크리지 그레일 부인Mrs. Lewin Lockridge Grayle"이 되어 자본가계급으로 편입하는 것이기 때문이다.

팜므 파탈과 자본가는 모두 타락한 흡혈귀

하드보일드 추리소설에서 팜므 파탈은 자본가적 속성을 강하게 드러낸다. 이러한 사실은 팜므 파탈의 재현이 성담론이 아니라 경제담론과 긴밀하게 결합되어 있음을 통해 더욱 분명해진다. 『안녕 내 사랑』의 벨마는 팜므 파탈의 자본가적 속성을 잘 보여준다. "빈민가의 소녀 출신"인 그녀는 "옛날의 삶이 얼마나 어려웠는지를 잊도록 해주는" 돈을 벌기 위해 최선을 다한다. 벨마는 다양한 사업부문에 진출하여 성과를 거두는, 특히 주식투자에 탁월한 재능을 보이는 "사업가"로 그려진다.

『피의 수확』에서 "1달러 은화처럼 단단한 얼굴"을 지닌 여인으로 재현되는 다이너는, 팜므 파탈과 자본가계급 사이의 유사성을 가장 잘 드러내는 사례다. 사건수사를 위해 경찰서에 들린 오프는 경찰서장을 만나 "다이너 브랜드라는 이 여자는 누구입니까"라고 단도직입적으로 묻는다. 서장은 그녀가 "최상위의 황금광"이라고 대답한다.

소설 속에 최초로 모습을 드러낼 때도 다이너는 성적 매력을 발산하는 여성으로 등장하지 않는다. 그녀는 금융이나 증권과 관련된 서류더미 속에서 투자에 몰두하는 사업가의 모습으로 재현됨으로써, 팜므 파탈에게 부여된 자본가적 속성을 분명하게 드러낸다.

> 나는 집 안으로 들어가 일층 방 안으로 갔는데 그곳에는 젊은 여자가 서류더미 쌓인 책상 앞에 앉아 있었다. … 금융서비스 회보와 증권과 주식 예상표였다. 경마 예상표도 하나 있었다.

하드보일드 추리소설에서 자본가계급은 불법적인 수단을 동원하여 이윤추구와 자본증식을 극대화하는 자들이다. 팜므 파탈 역시 합법적으로는 얻을 수 없는 경제적 성공을 위해 범죄와 같은 불법적인 방법에 의존하는 것으로 재현된다. 불법성과 범죄성이라는 공통분모를 통해 팜므 파탈과 자본가는 밀접한 유사성을 분명하게 드러낸다.

자본가계급의 탐욕과 불법성은 해밋의 『피의 수확』에서부터 뚜렷하게 드러난다. 기업가로 등장하는 윌슨은 "상원의원 한 명과 하원의원 두 명, 주지사, 시장, 그리고 주의원 대부분"을 매수하고, 범죄조직을 동원해 퍼슨빌의 이권을 독점한다. 윌슨은 광산회사와 은행의 사장이자 대주주가 되고, "그 도시의 유일한 신문"과 "그 밖의 중요한 사업체 대부분"을 소유한다. 그는 퍼슨빌의 지배자로 자리 잡는다. "윌슨은 퍼슨빌을, 마음과 영혼과 피부와 내장을 소유했다. … 윌슨이 퍼슨빌이었고 그가 거의 주 전체였다."

윌슨의 불법성과 폭력성은 공권력과 범죄조직을 이용해 노동자들의 정당한 권리행사를 진압하는 행위를 통해 가장 분명하게 드러난다. 퍼슨빌의 광산노동자들은 생계보장과 노동권 허용이라는 요구사항을 내걸고 파업에 돌입한다. 윌슨은 주지사와 결탁해 경찰과 주방위군을 동원하고 갱단까지 가세시켜 파업을 잔인하게 짓밟는다.

파업은 8개월 동안 계속되었다. … 조합원들은 자기들의 피를 흘려야만 했다. 윌슨은 총잡이와 파업분쇄자, 국가방위군 그리고 심지어는 정규군의 일부를 고용했다. … 마지막 두개골이 박살나고 마지막 갈비뼈가 부러졌을 때 퍼슨빌의 노동조직은 이미 사용되어 터지지 않는 폭죽이었다.

자본가계급의 불법성과 도덕적 타락이 강조된 또 다른 사례로는 챈들러의 『안녕 내 사랑』을 들 수 있다. 『안녕 내 사랑』에서도 자본가계급은 공권력과 결탁하고 범죄조직과 연계해 사적 이익을 극대화하는 자들로 묘사된다. 이들의 불법적 행위는 공권력에 의해 규제되거나 처벌받지 않는다. 자본가계급의 비리행위는 오히려 공권력의 비호를 받는다. 경찰은 이들을 "귀찮게 하지 않으며", 이들이 "만일 특별하게 원하는 것이 있으면" "그것을 제공한다." 『안녕 내 사랑』에서 자본가계급은 "도시를 지배하고 시장을 당선시키고 경찰을 부패시키고 마약을 밀거래하고 악당들을 숨겨주는", "일하는 것 말고는 모든 것"을 하는 자들이다.

하드보일드 추리소설에서 자본가계급은 같은 시대를 살아가는 기층계급의 열악하고 비참한 생존에는 고개를 돌린 채, 자신들만의 풍요로운 삶을 즐기는 비정한 자들로 그려진다. 『안녕 내 사랑』에서 자본가들은 국가의 공용재산을 횡령해 "오직 상류계급을 위한 컨테이너"에 축적한다. 그들은 정원에 "백만 송이의 꽃"이 피어 있는, "버킹엄 궁전보다는 작은" 집에서 살아간다. 그들은 "거대하고 푸른 폴로경기장과 그 옆에 똑같이 거대한 연습장"에서 여가를 즐긴다. 이들 자본가계급은 햇볕마저도 자신들만을 위한 "특별한 상표의 햇볕"으로 사유화하는, 부패하고 타락한 경제권력이다.

하드보일드 추리소설에서 팜므 파탈이 자본가계급과의 유사성을 가장 분명하게 드러내는 지점은, 팜므 파탈 역시 회유와 협박, 살인, 그리고 권력자와의 결탁과 같은 불법적인 수단을 동원해 부를 축적하는 데 있다. 『안녕 내 사랑』에 등장하는 벨마는 경제적 이득을 위해서는 살인도 서슴지 않는 인물이다. 그녀는 애인 멀로이를 "현상금을 타기 위해 경찰에 밀고"한다. 6년 후에 그가 출소하자, 벨마는 자신의 경제적 기득권을 지키기 위해 "다섯 발의 총탄을 그의 몸속에 우겨넣어" 살해한다. 『깊은 잠』에 등장하는 비비안 역시 팜므 파탈의 탐욕성과 불법성을 잘 보여준다. 대부호의 딸임에도 불구하고, 그녀는 더 많은 돈을 갖기 위해 불법도박에 관여한다. 비비안은 불법도박장 업주인 마즈와 사전에 모의하고 사기도박을 벌여 큰돈을 챙긴다.

팜므 파탈이 지닌 자본가의 불법적이고 타락한 속성을 가장 적나라하게 보여주는 인물은 『피의 수확』의 다이너다. 그녀는 자본증식을 위해 "필요한 것은 무엇이든지 하는" 여성이다. 다이너는 퍼슨빌 지역의 유력자들에게 성적 매력을 앞세워 접근해서 투자정보를 빼내 막대한 이익을 남긴다. 그녀는 노조의 조직책인 퀸트Bill Quint를 유혹해 파업에 관한 내부정보를 미리 알아낸다. 그러고는 아나콘다Anaconda 주식에 투자해 막대한 수익을 챙긴다.

만일 당신이 어떤 회사의 노동자들이 언제 파업에 들어가는지를 미리 알고, 그러고 나서는 언제 파업을 마칠지를 한참 먼저 안다고 가정해보세요. 그 정보와 어느 정도의 자본을 가지고 주식시장에 가서 그 회사의 주식으로 돈벌이를 잘 할 수 있겠지요? 확실히 그렇지요!

다이너는 추문에 관한 정보도 불법적인 방식으로 입수한다. 그리고 그것들을 신문발행인 도널드에게 팔아넘겨 부를 증식한다.

그는 스캔들을 찾아요. 나는 몇 개를 갖고 있고요. … 그가 사냥에 나섰을 때 내게 돈 받고 팔 스캔들 몇 개가 있다는 것을 알게 해요. 나는 그가 이것들이 좋은 것임을 알 때까지 충분히 보게 해요. 그것들은 좋거든요. 그 다음에 우리는 가격에 대해 이야기해요.

다이너는 복싱경기의 승부도 조작해 막대한 배당금을 챙긴다. 그녀는 은행원인 앨버리를 유혹해 탈세를 돕게 함으로써 "호화로운 사기꾼"의 삶을 살아간다.

컬럼비아대학의 미국사 교수인 브링클리Alan Brinkley는 『개혁의 종말: 경기후퇴와 전시에 있어서의 뉴딜 자유주의(The End of Reform: New Deal Liberalism in Recession and War)』에서 다음과 같이 지적한다. 대공황 이후 시행되었던 뉴딜정책으로 대변되는 경제부흥정책은, 독점기업들로 인한 경쟁의 제한과 자본가계급에 의한 공공자산의 부당한 사유화로 인해 실효를 거두지 못했다. 경제규모의 확대는 평등한 기회의 보장으로 나아가지 못했고, 미국사회의 저성장과 실업사태는 지속되었다. 브링클리가 지적한 시대적 상황은 하드보일드 추리소설에 그대로 반영되었다. 하드보일드 추리소설에서 자본가계급은 권력과의 부당거래와 노동력 착취를 통해 증식한 부로 호화스러운 생활을 즐기는 자들로 그려지기 때문이다.

하드보일드 추리소설은 경제적 착취를 일삼는 자본가계급에 대한 적대적인 시각을 분명하게 드러낸다. 하드보일드 추리소설에서 자본가들은 혐오스럽고 기괴한 존재인, 경제적 흡혈귀로 재현되는 것이다. 자본가계급이 흡혈귀인 존재로 재현된 대표적인 사례로는 챈들러의 『깊은 잠』을 들 수 있다. 소설 속에서 스턴우드 가문은 "고양이보다 더 나은 도덕관념을 지니고 있지 않다"고 평가된다. 가문을 대표하는 스턴우드 장군은 흡혈귀처럼 고용자의 노동력을 빨아먹음으로써 유전사업에서 거부가 된 인물로 등장한다.

『깊은 잠』에서 자본가가 경제적 뱀파이어로 묘사된 또 다른 사례로는 마즈가 있다. 그는 클럽 내 주류 판매를 늘리기 위해 "금주법 시기 내내 매일 밤… 손님들이 나이트클럽 안으로 술을 가지고 들어오지 못하도록, 로비에서 제복을 입은 경관 두 명"이 감시하게 했다. 주류 판매와 불법도박장 영업을 통해 막대한 부를 축적했음에도 불구하고, 마즈는 "다른 사람들을 창백해질 때까지 피를 흘리게 하고… 빨아먹는" 흡혈귀적인 존재로 살아간다. 자본의 증식만을 목표로 다양한 형태의 착취를 자행하는, 자본가들의 기생적이고 수탈적인 삶의 방식은 경제적인 흡혈행위로 그려지고 있는 것이다.

하드보일드 추리소설에서 자본가계급에게 주어진 흡혈귀적 이미지는 팜므 파탈의 재현에도 사용된다. 그럼으로써 팜므 파탈과 자본가계급과의 유사성을 더욱 뚜렷하게 부각시킨다. 『깊은 잠』에 자매로 등장하는 비비안과 카르멘은 팜므 파탈이 흡혈귀로 재현된 대표적인 경우다. 카르멘은 "작고 날카로운 육식동물의 이빨"과 "가늘고 지나치게 긴장된 입술" "핏기 없는 얼굴"을 지닌, "쉭쉭대는 소리"를 내는 뱀파이어의 이미지로 그려진다.

그녀는 내게 다가와 입으로 미소를 지었는데 오렌지 안쪽 껍질처럼 하얗고 도자기처럼 빛나는 작고 날카로운 육식동물의 이빨을 가지고 있었다. 그녀의 이빨들은 가늘고 지나치게 긴장된 입술 사이에서 빛났다. 그녀의 얼굴은 핏기가 없었고 매우 건강해보이지는 않았다. … 그녀의 이가 딱딱 부딪히고 쉭쉭대는 소리는 날카롭고 동물적이었다.

비비안 역시 외모와 행태에서 흡혈귀적인 특징을 잘 보여준다. 그녀는 "어두운 밤의 일부"를 이루는 "반으로 갈라 빗은 검은 머리카락"과

"붉고 가혹한" 입술, "사악한 눈", "창백하고 경직된" 얼굴을 지녔다. 불쾌해지면 그녀는 "이빨을 딱딱 부딪치고", 화가 나면 이빨로 손수건을 갈기갈기 찢는다. "그녀는 가방을 뒤져 손수건을 꺼내 이빨로 물었다. … 손수건이 찢어지는 소리가 내게 다가왔다. 그녀는 이빨로 손수건을 천천히 되풀이하여 찢었다." 특히 비비안이 "단지 목덜미 바깥으로 무엇이 흘러나올지 보기 위해" 목을 물어뜯겠다고 말로우를 위협하는 장면은, 팜므 파탈의 흡혈귀적 속성을 극명하게 드러냄으로써 팜므 파탈과 자본가계급의 유사성을 극적으로 부각시킨다.

여성혐오와 팜므 파탈, 그 타협과 협상

고전추리소설과 하드보일드 추리소설을 가르는 결정적인 요소는 로맨스와 결혼서사가 나타나느냐에 있다. 고전추리소설에는 로맨스와 결혼이 중요한 모티프로 기능한다. 그러나 하드보일드 추리소설에는 로맨스와 결혼서사 대신 응징과 처벌의 서사가 나타난다. 고전추리소설에는 보호의 대상인 이상적인 여성이 존재하지만, 하드보일드 추리소설에는 혐오와 공포의 대상인 팜므 파탈이 등장하기 때문이다.

  팜므 파탈에 대한 처벌은 일반적으로 여성이 새롭게 획득한 성적 또는 정치적 자유에 대해 남성이 느끼는 공포와 적대감의 반영으로 본다. 그렇기 때문에 둘 중 어디에 집중하는가에 따라 팜므 파탈에 대한 응징을 바라보는 시각도 나뉜다. 한편에서는 팜므 파탈의 처벌을 "순수하게 사악한 섹슈얼리티"[32]에 대한 징계로 보지만, 다른 편에서는 "여성권력에 대한 두려움"[33]으로 인한 반작용, 또는 여성의 사회적 성취 욕구에 대한 견제[34]로 해석한다.

다시 한 번 이야기하지만, 팜므 파탈에게 가해지는 처벌을 여성의 사회진출로 인한 여성권력의 확장이나 혹은 여성의 성적 향유에 대한 적대감의 표출로 해석하는 시각은 모두 팜므 파탈과 자본가계급의 유사성을 간과하는 결과를 가져온다. 팜므 파탈과 자본가 사이의 유사성에 주목할 때에야 비로소, 팜므 파탈에 대한 공포에는 자본가계급의 탐욕에 대한 대중의 공포가 투영되어 있음을 파악할 수 있다. 그럴 때에만 팜므 파탈에 대한 처벌을, 부패하고 탐욕스러운 자본가에 대한 분노를 자본가의 이미지로 재현된 여성에게 대리 투사시키는 행위로 읽을 수 있는 것이다.

대공황기 미국의 자본가계급은 공공이 누려야 할 권리를 침해하여 사적으로 막대한 부를 축적했다. 이들의 무자비하고 기생적인 생존방식에 대해 당대 대중은 적대감과 분노를 표출했다. 하드보일드 추리소설에서 자주 보이는 자본가계급의 탐욕과 불법성에 대한 적개심은 이러한 시대상황을 반영한 것이다. 『깊은 잠』에서 말로우가 자본가계급의 불법적이고 기괴한 삶의 양태에 대해 드러내는 경악과 분노를 다시 떠올려보자. 말로우는 자본가들에 대한 극단적인 증오와 분노를 드러내면서 "부자들은 지옥에나 떨어져버려라. 그들은 나를 역겹게 한다"는 저주의 감정까지 표출하고야 만다.

하드보일드 추리소설의 자본가계급에 대한 들끓는 분노와 적개심을 감안한다면, 응징과 처벌 역시 이들 계급을 대상으로 삼는 것이 자연스러울 것이다. 그러나 놀랍게도, 하드보일드 추리소설에서 처벌은 자본가가 아니라 자본가의 이미지로 재현된 팜므 파탈을 향한다. 자본가계급은 어떤 피해도 입지 않고 건재한 반면에, 팜므 파탈은 가혹한 응징을 당하거나 비참한 처지로 전락하는 것이다.

『피의 수확』에 등장하는 윌슨은 자본가의 악덕을 모두 한 몸에 지닌 인물이다. 그러나『피의 수확』에서 처벌의 대상으로는 악명 높은 자본가 윌슨이 아니라 팜므 파탈인 다이너가 선택된다. 윌슨은 어떠한 신체적인 손상이나 물질적인 손해도 입지 않는다. 오히려 윌슨의 지위를 위협하던 자들과 세력들이 모두 제거되었기 때문에, 그는 "다시 도시를 되돌려받을 수 있게" 된다. 소설의 종결부에서 탐정 오프는 윌슨에게 다음과 같이 선언한다.

시장 혹은 주지사는, 어느 관할이든 간에 둘 다 당신의 소유물이오. 그들은 당신이 하라고 말하는 것을 할 것이오. … 그렇게 될 수 있고 그렇게 되어야만 하오. 그러면 당신은 당신의 도시를 돌려받을 것이오.

『피의 수확』은 자본가계급의 불법성과 폭력성을 대표하는 윌슨에게, 퍼슨빌에 대한 지배력을 다시 회복하는 해피엔딩을 선사한다. 하지만 윌슨과는 극명하게 대조적으로, 다이너는 잔인하게 살해당하는 것으로 처리된다. 그녀는 "얼음 깨는 송곳의 날카로운 6인치짜리 날이 왼쪽 가슴에 박혀 있는" 시체로 식당 마룻바닥에서 발견된다.

그녀는 반듯이 누워 있었고, 죽어 있었다. 길고 근육질인 두 다리가 부엌문을 향해 뻗어 있었다. 오른쪽 다리의 스타킹에는 실올 하나가 아래로 풀려 있었다. … 그녀가 입은 푸른색 실크드레스에는 얼음 깨는 송곳이 뚫어낸 구멍 주위로 1달러 은화 크기만 한 핏자국이 배어 있었다.

『안녕 내 사랑』에서도 끔찍한 최후를 맞이하는 인물은 팜므 파탈인 벨마로 설정된다. 소설 속에는 브루넷Laird Brunette이라는 악질적인 자본가가 나온다. 그는 정치인들과의 친분관계를 이용해 공권력을 우롱하고 마약거래와 불법도박장 영업을 통해 자본을 증식한다. 하지만 브루넷은 "어떤 혐의도 받지 않은" 채 건재함을 과시하며 살아간다. 반면에 벨마는 총으로 "자기 심장을 정통으로 두 번 관통시켜" 자살함으로써 "머리가 걸레 옆에 늘어뜨려진" 비참한 모습으로 삶을 마감한다.

형사들이 문을 부셨을 때 그녀의 총에는 총알이 두 발 남아 있었다. 그녀가 총알을 사용하기도 전에 형사들은 방을 반쯤 가로질러 왔다. 그녀는 총알을 두 발 다 사용했다. 하지만 두 번째 총알은 순전히 반사적으로 쏜 것임에 틀림없었다. 그들은 그녀의 머리가 바닥에 부딪치기 전에 그녀를 붙잡았다. 하지만 그녀의 머리가 이미 걸레 옆에 늘어뜨려졌다.

『몰타의 매』에서도 가혹한 처벌은 자본가가 아니라 팜므 파탈을 향한다. 팜므 파탈로 등장하는 브리지드는 경찰에게 체포되어, "샌 퀜틴San Quentin 감옥에서 20년 후에 풀려나면 행운이고" 아니면 "고귀하고 향기로운 목 주위에 밧줄이 걸리는 교수형"에 처할 신세로 전락한다.

하드보일드 추리소설에는 계급 지배구조에 대한 급진적이고 저항적인 시각이 분명히 존재한다. 우리는 이미 그것을 자본가에 대한 적대적인 재현에서 확인했다. 그럼에도 불구하고 하드보일드 추리소설은 거대한 경제권력에 대해 저항을 시도하지 못한다. 하드보일드 추리소설은 자본가계급과의 투쟁 대신, 자본가의 이미지로 재현된 여성에 대한 폭력적인 응징을 선택한다.

팜므 파탈에 대한 처벌은 하드보일드 추리소설이 시도한 타협과 협상의 방식을 잘 보여준다. 하드보일드 추리소설은 자본가계급에 대한 대중의 적개심을 여성에게 대리 투사하여 집행해버렸다. 그럼으로써 하드보일드 추리소설은 전복적인 계급담론을 희석시킬 수 있었다. 팜므 파탈은 하드보일드 추리소설이 지배계급의 우려와 경계의 시선을 약화시키기 위해 협상과 타협의 제단에 바친, 한낱 번제물일 뿐이다.

모래처럼, 풀처럼, 먼지처럼

이제 하드보일드 추리소설과 팜므 파탈에 관한 이야기를 마치도록 하자. 터프 가이는 충분히 터프하지 못했다. 그는 거대권력과 자본가를 우회해 여성에게 폭력을 행사했다. 하드보일드 추리소설이 찬양한 노동계급 남성성에는, 바깥에서 받은 모멸감을 가슴에 안고 집에 돌아와 아내와 아이들에게 폭력을 행사하는 노동계급 남성의 모습도 섞여 있었다.

팜므 파탈의 처벌을 통해 드러난 것은 하드보일드 추리소설이 "모래처럼, 풀처럼, 먼지처럼" 작은 사내들의 이야기였다는 사실이다. 김수영의 시에는 이런 자신을 향한 자괴감과 반성적 사유가 포함된다. 그렇기 때문에 김수영의 시에서 바람에 쉽게 누웠던 풀들은, 마침내 바람보다 먼저 일어설 수 있었다. 하드보일드 추리소설의 거친 사내들은 결코 그러지 못했다. 그들은 단지 거친 몸짓으로, 일어서지 못하는 수치심과 모멸감을 덮으려 했을 뿐이다.

경합하고 타협하는
범죄소설

이 책을 시작하며 나는 "범죄소설은 문학적 시민권을 받을 자격이 있는
가?"라는 질문을 던졌다. 이제 그 질문에 답을 할 때가 된 것 같다. 대답
은 "충분히 그렇다"이다. 지금까지 함께한 독자라면 같은 대답을 하리
라 생각한다. 더 이상 우리는 범죄소설을 불온하거나 상투적이거나 저
속한 삼류소설로 여기지 않을 것이기 때문이다.

서장에서 나는 범죄소설에 관한 여덟 개의 질문을 작성했다. 그 질문
하나하나에 답하기 위해 여덟 개의 장을 마련했고, 19세기에서 20세기
초반까지의 영미 범죄소설을 살펴보았다. 100여 년의 시간이 흐르는 동
안 범죄소설은 뉴게이트 소설에서 추리소설로, 추리소설에서 하드보일
드 추리소설로 새롭게 모습을 바꾸어갔고, 우리는 이들의 부상과 몰락
을 함께 목격했다.

대중적인 열광을 별개로 친다면, 범죄소설은 온당한 대우를 받지 못
했다. 정치적으로 급진적인 사상을 담고 있다는 이유로, 창조성이 결여
된 장르소설이라는 이유로, 폭력과 섹스가 범람한다는 이유로 범죄소설

은 저평가되었다. 뉴게이트 소설, 추리소설, 하드보일드 추리소설로 이어진 범죄소설은 비난과 폄하 속에서 배제되거나, 몰락하거나, 잊혔다.

범죄소설은 이제 새롭게 인식되고 평가받기 시작했다. 그러나 범죄소설이 획득한 문학적 지위를 바라보는 부정적인 시선은 지금도 존재하며 여전히 막강한 영향력을 행사하고 있다. 대중적인 인기의 절정을 향유했던 뉴게이트 소설은 디킨스나 새커리 같은 정전작가의 작품 말고는 대부분 출판되지 않는다. 아직도 추리소설은 학문적인 연구대상으로 삼기에는 문학적 가치가 낮다는 의심의 눈초리에 시달린다. 하드보일드 추리소설은 거부감과 편견이 가장 강하게 작용하는 범죄소설 장르로 남아 있다.

이 책에서 나는 줄곧 범죄소설이 소설문학의 중요장르임을 주장했다. 이런 주장을 뒷받침하기 위해, 범죄소설은 한 번도 가볍게 소비되던 오락물이었던 적이 없었음을 증명하려 했다. 범죄소설은 범죄라는 소재를 유희적으로 소비하지 않았다. 오히려 범죄소설은 범죄를 계급, 인종/민족, 젠더 같은 당대의 주요의제에 맞닿도록 하고자 분투했다. 범죄소설은 사회적·정치적·문화적으로 뜨거운 담론을 만들어낸 문학적 요충지였다.

새롭게 알게 된 범죄소설에 관한 진실을 이야기해보자. 범죄소설은 경합하고 또 협상한다. 다시 반복하자. 범죄소설은 충돌하고, 타협한다. 뉴게이트 소설, 추리소설, 하드보일드 추리소설은 시대의 변화에 반응하면서 낡은 가치와 치열한 경합을 벌였다. 그러나 범죄소설이 항상 지배담론과 투쟁을 벌인 것만은 아니었다. 뉴게이트 소설, 추리소설, 하드보일드 추리소설은 지배 이데올로기와 타협하거나 협상하면서 순응의 길을 걷기도 했다. 그리고 타협을 통해 성공적으로 순치된 범죄소설은 용납되거나 승인되었다.

뉴게이트 소설은 지배적인 범죄담론과 거칠게 충돌했다. 경합의 정도만으로 범죄소설을 평가한다면, 뉴게이트 소설이 가장 순정했다. 뉴게이트 소설은 뒤돌아보거나 옆으로 물러나지 않았다. 뉴게이트 소설은 계급적 분노와 변혁의 열정을 드러내며 가장 치열하게, 일직선으로 질주했다.

추리소설은 뉴게이트 소설과의 대립구도 속에서 등장했고, 뉴게이트 소설이 공격한 계급적 기득권을 철저하고도 노골적으로 방어했다. 추리소설은 상류계급 출신 남성을 탐정으로 호출해서 그를 영웅적으로 재현했다. 그 계급적 대비효과는 분명했다. 상류계급의 교양과 기품을 지닌 탐정 옆에 선 하류계급 출신 범죄자는 천하고 혐오스러운 존재로 보였기 때문이다. 현재 뉴게이트 소설의 전무한 존재감과 추리소설이 차지하고 있는 확고한 위상을 비교해보라. 추리소설은 뉴게이트 소설과의 경합에서 승리를 거두었다.

여성탐정 추리소설은 경합과 타협을 동시에 수행했다. 여성탐정 추리소설은 여성의 배제와 남성성의 이상화라는 추리소설의 젠더기획과 정면으로 충돌했다. 그러나 여성탐정 추리소설은 타협의 몸짓도 분명하게 보여주었다. 여성탐정 추리소설은 여성탐정을 비정상적이거나 예외적인 여성으로, 탐정업무는 여성에게 어울리지 않는 일로 그렸다. 무엇보다도 여성탐정을 결혼과 함께 수사현장을 떠나 가정으로 복귀하는 존재로 처리했다.

노처녀탐정 추리소설은 경합이나 투쟁보다는 협상과 순응에 집중했다. 노처녀탐정 추리소설은 결혼제도 밖에 위치한, 나이 들고 보수적인 젠더관을 지닌 여성을 탐정으로 선택하는 협상책을 제시했다. 그렇게 함으로써 여성이 탐정이 되어 범죄수사를 담당한다는 설정이 가져오는 젠더규범과의 충돌을 최소화시켰다. 노처녀탐정 추리소설이 가장 대중적인 인기를 구가하는 추리소설 장르로 자리 잡은 성공비결이다.

하드보일드 추리소설은 고전추리소설과 가장 격렬하게 충돌한 장르다. 하드보일드 추리소설은 자본가계급의 범죄성을 비난하고 노동계급 남성성을 강조함으로써, 추리소설의 계급 지배구조와 첨예하게 경합했다. 동시에 하드보일드 추리소설은 여성혐오를 이용한 타협과 협상의 방식도 사용했다. 처벌과 응징이 자본가계급이 아니라 자본가의 이미지로 재현된 팜므 파탈을 향하도록 한 것이다. 하드보일드 추리소설의 헬 아메리카에는 여성을 위한 자리란 존재하지 않았다.

19세기와 20세기에 그랬듯이 범죄소설은 21세기에 들어와서도 지배적인 범죄담론을 만들어낸다. 범죄소설은 계급, 인종, 젠더를 둘러싸고 보수적이거나 퇴행적인 범죄담론을 구성하고 생산하는 것이다. 계급과 인종적 속성, 성별 외에 범죄소설에 새롭게 추가된 의제가 있다면, 그것은 섹슈얼리티가 될 것이다.

범죄소설에는 계급적·인종적·성적 약자나 소수자가 범죄자로 소환되는 경우가 많다. 범죄자는 많은 경우 대도시의 빈민가에 거주하는 하류계급 성원으로 설정된다. 고전추리소설에서 인도로 대표되는 식민지 출신이 범죄성을 구현했다면, 이제는 무슬림이 범죄성을 가장 효과적으로 드러내는 집단으로 동원된다. 9·11 테러 이후 이들은 야만성과 잔혹성을 상징하는 인종적·종교적·문화적 타자로 각인되었기 때문이다. 인종적·종교적 소수자의 범죄화를 통해 촉발된 증오마케팅은, 트럼프의 대통령 당선이라는 초현실적인 현상으로까지 이어졌다.

섹슈얼리티 역시 범죄성을 드러내는 기호로 호명된다. 성적 소수자는 동성애 혐오범죄의 희생자로 재현되지 않는다. 오히려 가장 끔직한 범죄는 게이나 레즈비언이 저지르는 것으로 그려진다. 이질적이고 기이하고 도착적인 섹슈얼리티의 소유자가 행하는 범죄는, 공포와 경악의 반응을 극대화하기 때문이다.

19세기와 20세기에 그랬듯이 여전히 범죄소설은 충돌하고 대립하고, 경합한다. 기자 출신의 스웨덴 작가 라르손Stieg Larsson이 쓴 밀레니엄Mil-lennium 연작을 예로 드는 게 좋겠다. 『용 문신을 한 소녀(The Girl with the Dragon Tattoo)』, 『불을 가지고 노는 소녀(The Girl Who Played with Fire)』, 『벌집을 발로 찬 소녀(The Girl Who Kicked the Hornet's Nest)』로 구성된 밀레니엄 연작은, 2005년 스웨덴에서 출판된 이후 5년에 걸쳐 세계 40여개 국가에서 2,700만 부 이상 팔린, 21세기의 가장 대표적인 추리소설 중 하나다.

밀레니엄 3부작에서는 자본가계급과 언론권력이 범죄자로 등장한다. 반면에 거대권력이 저지른 범죄를 수사하고 해결하는 탐정의 역할은, 하류계급 출신 20대 여성인 살란데르Lisbeth Salander가 맡는다. 범죄자를 하류계급에서 자본가/권력자로, 탐정을 상류계급 출신 남성에서 하류계급 출신 여성으로 전환함으로써 밀레니엄 연작은 고전추리소설과 경합한다. 계급적으로 급진적인 입장을 드러낸다는 점에서 밀레니엄 연작은 고전추리소설과 충돌한다. 젠더적으로 전복적인 상상력을 보여준다는 점에서 하드보일드 추리소설과도 경합한다.

다시 반복하자. 21세기에 들어와서도 범죄소설은 충돌하고 경합할 뿐 아니라, 타협하고 협상한다. 협상의 대상은 우리 시대의 가장 강력한 지배 이데올로기인 '정치적 올바름'이 된다. 범죄소설은 인종, 젠더, 섹슈얼리티에 관한 차별적이거나 비하적인 재현을, 인종적 소수자, 여성, 성적 소수자를 탐정으로 선택함으로써 상쇄하려고 한다. 범죄소설이 보이는 이러한 태도는, 정치적으로 올바르지 못한 것을 배제하여 시대적 흐름과의 충돌을 피하려는 타협의 몸짓이다.

영상매체는 더 빠르게, 더 적극적으로 협상한다. 가장 자주 또 쉽게 볼 수 있는 협상의 방식은 탐정의 재현을 통해 나타난다. 미국 수사 드라마에서는 이미 수사의 주체를 남미계 남성, 흑인남성, 백인여성 등으로 빠르게 전환시켰다. 영화의 경우에는 타협이 좀 더 대담해진다. 탐정은 동성애자이거나 동성애적 성향을 암시하는 여성으로 설정되기도 한다. 젠더와 섹슈얼리티와의 협상이 동시에 수행되고 있는 것이다.

이제 긴 이야기를 마칠 때다. 범죄소설은 계급, 민족, 인종, 젠더를 향한 서로 다른 시각과 입장이 경합하고 충돌하고 타협하는 문학의 요충지로 존재해왔다. 뉴게이트 소설, 추리소설, 하드보일드 추리소설이라는 범죄소설의 흐름 속에서 뒤에 나타난 장르는 앞서 나온 장르에 대해 공격의 칼을 휘두르기도 했고, 때로는 협상의 손길을 내밀기도 했다. 범죄소설은 대립하고 경합하고 타협했고, 그런 과정 속에서 새롭게 변모하며 지금까지 소설문학의 주요장르로 남아 있다. 앞으로도 오랫동안 그럴 것이다.

참고문헌

계정민. 「"거슬리는 늙은 고양이들" : 노처녀탐정 추리소설의 성정치학」. 『영어영문학』 59권 4
　　호 (2013): 511-26.

_____. 「계급, 남성성, 범죄 : 하드보일드 추리소설의 사회학」. 『영어영문학』 58권 1호 (2012):
　　3-19.

_____. 「계급, 인종, 범죄 : 빅토리아시대 영국 추리소설」. 『근대영미소설』 16집 3호 (2009):
　　5-22.

_____. 「범죄라는 질병과 추리소설의 치유 : 대커리의 『캐더린』과 디킨즈의 『올리버 트위스
　　트』」. 『영어영문학』 52권 4호 (2006): 785-806.

_____. 「"위험한 동결자본" : 하드보일드 추리소설에서의 팜므 파탈의 경제학」. 『근대영미소
　　설』 22집 1호 (2015): 5-22.

_____. 「젠더, 범죄, (여성)탐정 : 초기 영미 추리소설의 성정치학」. 『영어영문학』 56권 5호
　　(2010): 931-46.

_____. 「초기 빅토리아시대 소설에서의 범죄담론 : 불워-리튼과 에인즈워드의 범죄소설을
　　중심으로」. 『영어영문학』 45권 1호 (1999): 157-76.

_____. 「탐정 역할의 수행과 남성성의 재구성 : 『흰옷 입은 여인』을 중심으로」. 『근대영미소
　　설』 20집 3호 (2013): 5-19.

_____. 「『흰옷 입은 여인』에서의 젠더적 협상 : 여성탐정 재현을 중심으로」. 『영미문화』 12권
　　2호 (2012): 1-18.

김수영. 『김수영 전집 1』. 서울: 민음사, 2003.

서명숙. 『흡연여성 잔혹사』. 파주: 웅진지식하우스, 2004.

Adam, Ruth. *A Woman's Place, 1910~1975*. London: Persephone, 2000.

Aiken, Albert W. *The Actress Detective; or, The Invisible Hand: The Romance of an Implacable Mission*. New York: Beadle and Adams, 1889.

_____. *The Female Barber Detective: or, Joe Phoenix in Silver City*. New York: Beadle and Adams, 1895.

Ainsworth, William Harrison. *Jack Sheppard*. Philadelphia: Barrie, 1900.

_____. *Rookwood*. London: Routledge, 1898.

Allen, Grant. *Hilda Wade*. London: Grant Richards, 1900.

Altick, Richard. *The Presence of the Present: Topics of the Day in the Victorian Novel*. Columbus: Ohio State UP, 1991.

_____. *Victorian Studies in Scarlet*. New York: Norton, 1973.

Babbage, Charles. *The Exhibition of 1851*. Hants, England: Gregg, 1969.

Bargainnier, Earl. *The Gentle Art of Murder: The Detective Fiction of Agatha Christie*. Bowling Green: Bowling Green State UP, 1980.

Beaver, Patrick. *The Crystal Palace, 1851~1936: A Portrait of Victorian Enterprise*. London: Jarrold, 1970.

Belton, John. *American Cinema/American Culture*. New York: McGraw-Hill, 1994.

Berglund, Brigitta. "Desires and Devices: On Women Detectives in Fiction." *The Art of Detective Fiction*. Ed. Chernaik Warren. New York: St. Martin's, 2000. 138-52.

Binyon T. J. *'Murder Will Out': The Detective in Fiction*. Oxford: Oxford UP, 1989.

Braddon, Mary E. *Lady Audley's Secret*. Ed. David Skilton. Oxford: Oxford UP, 1987.

Brantlinger, Patrick. *The Rule of Darkness: British Literature and Imperialism*. Ithaca: Cornell UP, 1988.

Briggs, Asa. *Iron Bridge to Crystal Palace: Impact and Images of the Industrial Revolution*. London: Thames and Hudson, 1979.

Brinkley, Alan. *The End of Reform: New Deal Liberalism in Recession and War*. Vintage: New York, 1996.

Britton, Andrew. "Betrayed by Rita Hayworth: Misogyny in *The Lady from Shanghai*." *The Book of Film Noir*. Ed. Ian Cameron. New York: Continuum, 1993. 213-21.

Bulwer-Lytton, Edward. *Eugene Aram. A Tale*. 3 vols. London: Colburn, 1832.

_____. *The Last Days of Pompeii*. New York: Buccaneer, 1976.

_____. *Paul Clifford*. London: Routledge, 1874.

_____. *Pelham*. New York: Epic House, 2015.

Cain, James M. *Double Indemnity*. New York: Vintage, 1989.

Catt, Carrie Chapman and Nettie Rogers Shuler. *Woman Suffrage and Politics: The Inner Story of The Suffrage Movement*. New York: Hein, 2004.

Cawelti, John. *Adventure, Mystery, and Romance: Formular Stories as Art and Popular Culture*. Chicago: Chicago UP, 1976.

Chandler, Raymond. *The Big Sleep*. New York: Vintage, 1976.

_____. *Farewell, My Lovely*. New York: Vintage, 1988.

_____. *The Little Sister*. New York: Vintage, 1988.

_____. *The Long Goodbye*. New York: Ballantine, 1978.

_____. *Selected Letters of Raymond Chandler*. Ed. Frank MacShane. New York: Columbia UP, 1981.

_____. "The Simple Art of Murder." *The Art of the Mystery Story*. Ed. Howard Haycraft. New York: Simon, 1946. 222-37.

Christie, Aagtha. *At Bertram's Hotel*. New York: Pocket, 1968.

_____. *The Body in the Library*. London: Collins, 2002.

_____. *The Murder at the Vicarage*. New York: Putnam's, 1995.

_____. *The Murder of Roger Ackroyd*. New York: Harper, 2011.

_____. *Nemesis*. New York: Pocket, 1973.

_____. *A Pocketful of Rye*. London: Collins, 1997.

_____. *Sleeping Murder*. London: Collins, 1978.

_____. *They Do It with Mirrors*. London: Collins, 1997.

Cochran, David. *American Noir: Underground Writers and Filmmakers of the Postwar Era*. Washington, D.C.: Smithsonian Institution P, 2000.

Collins, Wilkie. *The Moonstone*. Ed. John Sutherland. Oxford: Oxford UP, 1999.

_____. *The Woman in White*. Ed. John Sutherland. New York: Oxford UP, 1996.

Copjec, Joan. *Read My Desire: Lacan Against the Historicists*. Cambridge: MIT P, 1994.

Corber, Robert. *Homosexuality in Cold War America: Resistance and the Crisis of Masculinity*. Durham: Duke UP, 1997.

Cowie, Elizabeth. "Film Noir and Women." *Shades of Noir*. Ed. Joan Copjec. London: Verso, 1993. 121-66.

Craig, Patricia and Mary Cadogan. *The Lady Investigates: Women Detectives and Spies in Fiction*. London: Gollancz, 1981.

Cranny-Francis, Anne. *Feminist Fiction: Feminist Uses of Generic Fiction*. London:

Polity, 1990.

Crook, G. T., ed. *The Complete Newgate Calendar*. Vol. 3. London: Navarre Society, 1926. 4 vols.

Daly, Carroll John. *The Snarl of the Beast*. New York: Clode, 1927.

Dickens, Charles. *Oliver Twist*. Oxford: Oxford UP, 1999.

Dixon, Roger and Stefan Muthesius. *Victorian Architecture*. London: Thames, 1978.

Doane, Mary Ann. *Femmes Fatales: Feminism, Film Theory, Psychoanalysis*. New York: Routledge, 1991.

Dodds, John. "Thackeray as a Satirist Previous to *Vanity Fair*." *Modern Language Quarterly* 2 (1941): 163–78.

Doyle, Arthur Conan. *Sherlock Holmes: The Complete Novels and Stories*. 2 vols. Ed. Loren Estlerman. New York: Bantam, 1986.

Dyer, Richard. "Postscript: Queers and Women in Film Noir." *Women in Film Noir*. Ed. Ann Kaplan. Rev. ed. London: BFI, 1998. 123–29.

Eco, Umberto and Thomas Sebeok, ed. *The Signs of Three: Dupin, Holmes, Peirce*. Bloomington: Indiana UP, 1983.

Eliot, T. S. "Wilkie Collins and Dickens." *Selected Essays*. London: Faber, 1999. 460–70.

Ellis, Havelock. *The Criminal*. Montclair: Patterson Smith, 1973.

Ellis, Stewart Marsh. *William Harrison Ainsworth and His Friends*. Vol. 1. London: Lane, 1911. 2 vols.

Fay, Jennifer and Justus Nieland. *Film Noir: Hard-Boiled Modernity and the Cultures of Globalization*. London: Routledge, 2010.

Fielding, Henry. "An Enquiry into the Causes of the Late Increase of Robbers, &c,. with Some Proposals for Remedying the Growing Evil." *Works*. Vol. 10. London: Strahan, 1874. 12 vols.

Fitzgerald, F. Scott. *The Great Gatsby*. New York: Scribner, 2004.

Ford, Richard. "*Oliver Twist*." *Quarterly Review* 64 (1839): 83–102.

Foucault, Michel. *Discipline and Punish: The Birth of the Prison*. Trans. Alan Sheridan. New York: Vintage, 1979.

_____., ed. *I Pierre Riviere, having slaughtered my mother, my sister, and my brother··· A Case of Parricide in the 19th Century*. Trans. Frank Jellinek. Harmondsworth: Penguin, 1978.

Gibbs-Smith, C. H., comp. *The Great Exhibition of 1851: A Commemorative Album*.

London: His Majesty's Stationery Office, 1950.

Gilbert, Sandra and Susan Gubar. *The Madwoman in the Attic: The Woman Writer and the Nineteenth-Century Literary Imagination.* New Haven: Yale UP, 1979.

Green, Anna Katharine. *The Circular Study.* New York: Phillips, 1900.

_____. *Lost Man's Lane.* New York: Putnam's, 1898.

_____. *That Affair Next Door.* New York: Putnam's, 1897.

Grossman, Julie. *Rethinking the Femme Fatale in Film Noir: Ready for Her Close-Up.* New York: Palgrave, 2009.

Halsey, Harlan P. *The Lady Detective.* New York: Ogilvie, 1895.

Haltunnen, Karen. *Murder Most Foul: The Killer and the American Gothic Imagination.* Cambridge: Harvard UP, 1998.

Hamilton, Cynthia. *Western and Hard-Boiled Fiction in America: From Noon to Midnight.* Iowa City: U of Iowa P, 1987.

Hammett, Dashiell. "The Black Hat That Wasn't There." *Ellery Queen Mystery Magazine* Jun. 1951: 132-46.

_____. *The Dain Curse.* New York: Vintage, 1989.

_____. *The Maltese Falcon. The Novels of Dashiell Hammett.* New York: Knopf, 1965. 293-440.

_____. *Red Harvest.* New York: Vintage, 1989.

Haycraft, Howard. *Murder for Pleasure.* New York: Carroll, 1984.

Hayne, Barrie. "Anna Katharine Green." *10 Women of Mystery.* Ed. Earl F. Bargainnier. Bowling Green: Bowling Green State UP, 1981. 152-78.

Hayward, W. S. *Revelations of a Lady Detective.* London: George Vickers, 1894.

Heron-Maxwell, Beatrice. *The Adventures of a Lady Pearl-Broker.* London: New Century, 1899.

Hill, Fredric. *Crime: Its Amount, Causes, and Remedies.* London: The British Library, 2007.

Hobhouse, Christopher. *1851 and the Crystal Palace.* London: John Murray, 1951.

Hollingsworth, Keith. *The Newgate Novel 1830~1847: Bulwer, Ainsworth, Dickens & Thackeray.* Detroit: Wayne State UP, 1963.

Horsley, Lee. *The Noir Thriller.* New York: Palgrave, 2009.

Houghton, Walter E. *The Wellesley Index to Victorian Periodicals, 1824~1900.* Vol. 2. Toronto: U of Toronto P, 1966. 5 vols.

Hutter, Albert D. "Dreams, Transformations, and Literature: The Implications of Detective Fiction." *The Poetics of Murder: Detective Fiction and Literary Theory.* Ed. Glenn W. Most and William W. Stowe. New York: Harcourt, 1983. 231–50.

Jeffreys, Shelia. *The Spinster and Her Enemies: Feminism and Sexuality 1880~1930.* London: Pandora, 1985.

Jessop, Bob. "Post-Fordism and the State." *Post-Fordism: A Reader.* Ed. Ash Amin. Oxford: Blackwell, 2000. 251–79.

Johnston, Claire. "Double Indemnity." *Women in Film Noir.* Ed. Ann Kaplan. London: British Film Institute, 1994. 100–11.

Jordanova, Ludmilla. *Sexual Visions: Images of Gender of Science and Medicine between the Eighteenth and Twentieth Centuries.* Madison: U of Wisconsin P, 1993.

Joyce, Simon. "Resisting Arrest/Arresting Resistance: Crime Fiction, Cultural Studies, and the 'Turn to History'." *Criticism* 37 (1995): 309–35.

Knepper, Mary. "Agatha Christie." *Great Women Mystery Writers.* Ed. Kathleen G. Klein. Westport: Greenwood, 1994. 58–65.

Knight, Stephen. *Form and Ideology in Crime Fiction.* Bloomington: Indiana UP, 1980.

Knox, Ronald A. *The Best Detective Stories of the Year 1928.* London: Faber, 1929.

Lambert, Gavin. *The Dangerous Edge.* London: Barry and Jenkins, 1975.

Larsson, Stieg. *The Girl Who Kicked the Hornet's Nest.* Trans. Reg Keeland. New York: Vintage, 2012.

_____. *The Girl Who Played with Fire.* Trans. Reg Keeland. New York: Vintage, 2011.

_____. *The Girl with the Dragon Tattoo.* Trans. Reg Keeland. New York: Vintage, 2011.

Layman, Richard. *Shadow Man: The Life of Dashiell Hammett.* New York: Harcourt, 1981.

Lee, William. *Daniel Defoe: His Life and Recently Discovered Writings.* Vol. 3. New York: Franklin, 1969. 3 vols.

Leighton, Marie Connor. *Joan Mar, Detective.* London: Ward & Lock, 1910.

Liebow, Ely. *Dr. Joe Bell: Model for Sherlock Holmes.* Bowling Green: Bowling Green State UP, 1982.

Linebaugh, Peter. *The London Hanged: Crime and Civil Society in the Eighteenth*

Century. Cambridge: Cambridge UP, 1992.

Lucas, Alec. "Studies in the Newgate Novel of Early Victorian England, 1830~1845." Diss. Harvard U, 1951.

Lytton, Victor Alexander. *Bulwer-Lytton*. Denver: Swallow, 1948.

MacShane, Frank. *The Life of Raymond Chandler*. London: Hamilton, 1986.

Maginn, William. "A Good Tale Badly Told." Rev. of *Eugene Aram. A Tale*, by Edward Bulwer-Lytton. *Fraser's Magazine* 5 (1832): 107-13.

Mandel, Ernest. *Delightful Murder: A Social History of the Crime Story*. London: Pluto, 1984.

Marcus, Laura, ed. *Twelve Women Detective Stories*. New York: Oxford UP, 1997.

Margetson, Stella. *Victorian London*. London: Macdonald, 1969.

Maxfiled, James. *The Fatal Woman: Sources of Male Anxiety in American Film Noir*. London: Associated UP, 1996.

Merrick, Leonard. *Mr Bazalette's Angels*. London: Routledge, 1888.

Miller, D. A. *The Novel and the Police*. Berkeley: U of California P, 1988.

Mitchell, Gladys. *Speedy Death*. New York: Chivers, 1999.

Monsarrat, Ann. *An Uneasy Victorian: Thackeray the Man 1811~1863*. New York: Dodd, 1980.

Morgan, Janet. *Agatha Christie: A Biography*. London: Collins, 1984.

Morton, H. V. *The Call of England*. London: Methuen, 1950.

Murch, A. E. *The Development of the Detective Novel*. Westport: Greenwood, 1969.

Oakley, Ronald. *God's Country: America in the Fifties*. New York: Norton, 1986.

Oram, Alison. "Repressed and Thwarted, or Bearer of the New World? The Spinster in Inter-War Feminist Discourses." *Women's History Review* 1 (1992): 412-33.

Orczy, Emmuska. *Lady Molly of Scotland Yard*. New York: Arno, 1912.

Ousby, Ian. *Bloodhounds of Heaven: The Detective in English Fiction from Godwin to Doyle*. Cambridge: Harvard UP, 1976.

Pagila, Camile. *Sexual Personae: Art and Decadence from Nefertiti to Emily Dickinson*. London: Penguin, 1990.

Pirkis, Catherine Louisa. *The Experience of Loveday Brooke, Lady Detective*. New York: Dover, 1986.

Place, Janey. "Women in Film Noir." *Women in Film Noir*. Ed. E. Ann Kaplan. Rev. ed. London: BFI, 1998. 47-68.

Poe, Edgar Allan. "The Murders in the Rue Morgue." *Edgar Allan Poe: Poetry and Tales.* Ed. Patrick F. Quinn. New York: Library of America, 1984. 402-29.

———. "The South Vindicated from the Treason and the Fanaticism of the Northern Abolitionists." *The Complete Works of Edgar Allan Poe.* Ed. James A. Harrison. Vol. 8. New York: Dumont, 1902. 265-75. 17 vols.

Porter, Dennis. *The Pursuit of Crime: Art and Ideology in Detective Fiction.* New Haven: Yale UP, 1981.

Priestman, Martin. *Crime Fiction: From Poe to the Present.* Plymouth: Northcote, 1998.

Pyket, Lyn. *Engendering Fictions.* London: Arnold, 1995.

Rawlings, William. *A Case for the Yard.* London: John Long, 1961.

Reiner, Robert. *The Politics of the Police.* Hempstead: Wheatsheaf, 1992.

Rev. of *Paul Clifford,* by Edward Bulwer-Lytton. *Spectator* 3 (1830): 311-12.

Rev. of *Rookwood,* by William Harrison Ainsworth. *Quarterly Review* 51 (1834): 468-83.

Rich, Ruby B. "Dumb Lugs and Femmes Fatales." *Sight and Sound* 5 (1995): 6-11.

Richards, Thomas. *The Commodity Culture of Victorian England: Advertising and Spectacle, 1851~1914.* Stanford: Stanford UP, 1990.

Ricks, Beatrice. "Characteristics of the Gothic Historical Novel in the Works of William Harrison Ainsworth." Diss. U of Oklahoma, 1954.

Robinson, Kenneth. *Wilkie Collins: A Biography.* Westport: Greenwood, 1972.

Sadleir, Michael. *Bulwer: A Panorama: Edward and Rosina, 1803~1836.* Boston: Little, 1931.

Sandel, Michael. *Democracy's Discontent: America in Search of a Public Philosophy.* Cambridge: Harvard UP, 1996.

Sayers, Dorothy L. *Gaudy Night.* New York: Harper, 1986.

Shaw, Marion and Sabine Vanacker. *Reflecting on Miss Marple.* London: Routledge, 1991.

Sims, George R. *Dorcas Dene, Detective.* London: Greenhill, 1986.

Slotkin, Richard. "The Hard-Boiled Detective Story: From the Open Range to the Mean Streets." *The Sleuth and the Scholar: Origins, Evolution, and Current Trends in Detective Fiction.* Ed. Barbara A. Rader and Howard G. Zettler. New York: Greenwood, 1988. 91-100.

Stables, Kate. "The Postmodern Always Rings Twice: Constructing the Femme Fatale in 90s Cinema." *Women in Film Noir.* Ed. E. Ann Kaplan. Rev. ed. London: BFI, 1998. 164-82.

Stewart, R. F. *And Always a Detective: Chapters on the History of Detective Fiction.* London: David and Charles, 1980.

Stott, Rebecca. *The Fabrication of the Late Victorian Femme Fatale: The Kiss of Death.* Basingstoke: Macmillan, 1992.

Sussex, Lucy. "The Art of Murder and Fine Furniture: The Aesthetic Project of Anna Katharine Green and Charles Rohlfs." *Formal Investigations: Aesthetic Style in Late-Victorian and Edwardian Detective Fiction.* Ed. Paul Fox and Koray Melikoglu. Stuttgart: Ibidem-Verlag, 2007. 159-76.

Sutherland, John. *The Longman Companion to Victorian Fiction.* Harlow: Longman, 1988.

Symons, Julian. *Bloody Murder: From the Detective Story to the Crime Novel: A History.* New York: Viking, 1985.

Thackeray, William Makepeace. *Catherine: A Story.* London: Smith, 1869.

_____. "Going to See a Man Hanged." *Fraser's Magazine* 22 (1840): 150-58.

_____. "Half-a-Crown's Worth of Cheap Knowledge." *Fraser's Magazine* 17 (1838): 279-90.

_____. "Highways and Low-Ways; or Ainsworth's Dictionary, with Notes by Turpin." Rev. of *Rookwood,* by William Harrison Ainsworth. *Fraser's Magazine* 9 (1834): 724-38.

_____. "Horae Catnachiaqnae." *Fraser's Magazine* 19 (1839): 407-24.

_____. *Letters and Private Papers of William Makepeace Thackeray.* Ed. Gordon N. Ray. Vol. 1. Cambridge: Harvard UP, 1945-1946. 4 vols.

_____. *William Makepeace Thackeray: Contributions to the Morning Chronicle.* Ed. Gordon N. Ray. Urbana: U of Illinois P, 1955.

Thompson, Jon. *Fiction, Crime, and Empire.* Chicago: U of Illinois P, 1993.

Thorwald, Jürgen. *The Century of the Detective.* Trans. Richard and Clara Winston. New York: Harcourt, 1965.

Todorov, Tzvetan. *The Poetics of Prose.* Trans. Richard Howard. Oxford: Blackwell, 1977.

Tracy, Robert. "'The Old Story' and Inside Stories: Modish Fiction and Fictional Modes in *Oliver Twist.*" *Dickens Studies Annual* 17 (1988): 1-33.

Tyson, Nancy. *Eugene Aram: Literary History and Typology of the Scholar-Criminal.* Hamden, Archon, 1983.

Wade, John. *British History Chronologically Arranged.* London: Bohn, 1847.

Wilson, Edmund. *Axel's Castle: A Study of the Imaginative Literature of 1870~1930.* New York: Farrar, 2004.

_____. "Who Cares Who Killed Roger Ackroyd?" *Classics and Commercials: A Literary Chronicle of the Forties.* New York: Farrar, 1999. 257-65.

주석

서장 범죄소설은 삼류소설인가?

1 John McAleer, "The Game's Afoot: Detective Fiction in the Present Day," p. 30.

2 Edmund Wilson, *Classics and Commercials: A Literary Chronicle of the Forties*, p. 235.

3 John Cawelti, *Adventure, Mystery, and Romance: Formular Stories as Art and Popular Culture*, p. 34.

4 미스 마플 연작의 대중적인 인기에 관해서는 다음 사이트를 참조하라. http://www. agathachristie.com/characters/miss-marple.

1부 뉴게이트 소설

1 Michael Sadleir, *Bulwer: A Panorama: Edward and Rosina, 1803~1836*, p. 170 재인용.

2 이 시기 영국형법에 관해서는 다음 글을 참조하라. Keith Hollingsworth, "Reform in the Criminal Law," *The Newgate Novel 1830~1847: Bulwer, Ainsworth, Dickens & Thackeray*, pp. 19~27.

3 실존인물이었던 유진 아람에 관해서는 다음 책에 상세하게 기술되어 있다. Nancy Tyson, *Eugene Aram: Literary History and Typology of the Scholar-Criminal*.

4 Michael Sadleir, 앞의 책, p. 245.

5   Stewart Marsh Ellis, *William Harrison Ainsworth and His Friends*, Vol. 1, pp. 277, 332.

6   Keith Hollingsworth, 앞의 책, p. 141.

7   H. V. Morton, *The Call of England*, p. 43.

8   William Lee, *Daniel Defoe: His Life and Recently Discovered Writings*, Vol. 3, p. 335 재인용.

9   Stewart Marsh Ellis, 앞의 책, p. 358.

10   Alec Lucas, "Studies in the Newgate Novel of Early Victorian England, 1830~1845," p. 370.

11   Stewart Marsh Ellis, 앞의 책, p. 366 재인용.

12   John Sutherland, *The Longman Companion to Victorian Fiction*, p. 462.

13   Simon Joyce, "Resisting Arrest/Arresting Resistance: Crime Fiction, Cultural Studies, and the 'Turn to History'," p. 313.

14   Richard Altick, *Victorian Studies in Scarlet*, p. 17.

15   Peter Linebaugh, *The London Hanged: Crime and Civil Society in the Eighteenth Century*, p. 47.

16   Stewart Marsh Ellis, 앞의 책, p. 376.

17   Beatrice Ricks, "Characteristics of the Gothic Historical Novel in the Works of William Harrison Ainsworth," pp. 37~39.

18   Ann Monsarrat, *An Uneasy Victorian: Thackeray the Man 1811~1863*, p. 17.

19   Richard Altick, *The Presence of the Present: Topics of the Day in the Victorian Novel*, p. 601.

20   G. T. Crook, ed., *The Complete Newgate Calendar*, Vol. 3, pp. 28~40.

21   Ian Ousby, *Bloodhounds of Heaven: The Detective in English Fiction from Godwin to Doyle*, p. 82.

2부 추리소설

1   T. S. Eliot, "Wilkie Collins and Dickens," p. 464.

2   Kenneth Robinson, *Wilkie Collins: A Biography*, p. 220.

3   Ian Ousby, *Bloodhounds of Heaven: The Detective in English Fiction from Godwin to Doyle*, p. 159.

4   John Cawelti, *Adventure, Mystery, and Romance: Formular Stories as Art and Popular Culture*, p. 83.

5   Dennis Porter, *The Pursuit of Crime: Art and Ideology in Detective Fiction*, p. 220.

6   Patrick Brantlinger, *The Rule of Darkness: British Literature and Imperialism*, p. 199.

7   Jon Thompson, *Fiction, Crime, and Empire*, p. 72.

8   Julian Symons, *Bloody Murder: From the Detective Story to the Crime Novel: A History*, p. 51.

9   Ely Liebow, *Dr. Joe Bell: Model for Sherlock Holmes*, pp. 15~27.

10 Jürgen Thorwald, *The Century of the Detective*, p. 281.

11 Roger Dixon and Stefan Muthesius, *Victorian Architecture*, pp. 101~103.

12 Thomas Richards, *The Commodity Culture of Victorian England: Advertising and Spectacle, 1851~1914*, p. 25.

13 C. H. Gibbs-Smith, comp., *The Great Exhibition of 1851: A Commemorative Album*, p. 5.

14 위의 책, p. 33.

15 Charles Babbage, *The Exhibition of 1851*, p. 37.

16 Patrick Beaver, *The Crystal Palace, 1851~1936: A Portrait of Victorian Enterprise*, p. 21.

17 Brigitta Berglund, "Desires and Devices: On Women Detectives in Fiction," p. 139.

18 William Rawlings, *A Case for the Yard*, p. 150.

19 위의 책, p. 6.

20 Laura Marcus, ed., *Twelve Women Detective Stories*, p. viii.

21 William Rawlings, 앞의 책, p. 150.

22 Patricia Craig and Mary Cadogan, *The Lady Investigates: Women Detectives and Spies in Fiction*, p. 12.

23 Barrie Hayne, "Anna Katharine Green," p. 176.

24 T. J. Binyon, '*Murder Will Out*': *The Detective in Fiction*, p. 80.

25 Janet Morgan, *Agatha Christie: A Biography*, p. 196 재인용.

26 Alison Oram, "Repressed and Thwarted, or Bearer of the New World? The Spinster in Inter-War Feminist Discourses," p. 425.

27   Marion Shaw and Sabine Vanacker, *Reflecting on Miss Marple*, p. 38.

28   Ruth Adam, *A Woman's Place, 1910~1975*, p. 100.

29   Earl Bargainnier, *The Gentle Art of Murder. The Detective Fiction of Agatha Christie*, p. 71.

30   Lyn Pyket, *Engendering Fictions*, p. 15.

31   Marion Shaw and Sabine Vanacker, 앞의 책, p. 43.

32   Martin Priestman, *Crime Fiction: From Poe to the Present*, p. 107.

33   Barrie Hayne, "Anna Katharine Green," pp. 162~66.

34   Anne Hart, *The Life and Times of Miss Jane Marple*, p. 50.

35   Marion Shaw and Sabine Vanacker, 앞의 책, p. 5.

36   Howard Haycraft, *Murder for Pleasure*, p. 41.

37   A. E. Murch, *The Development of the Detective Novel*, p. 160.

38   Lucy Sussex, "The Art of Murder and Fine Furniture: The Aesthetic Project of Anna Katharine Green and Charles Rohlfs," p. 165.

39   Mary Knepper, "Agatha Christie," p. 60.

40   http://www.agathachristie.com/characters/miss-marple.

3부 하드보일드 추리소설

1   Bob Jessop, "Post-Fordism and the State," p. 253.

2   David Cochran, *American Noir. Underground Writers and Filmmakers of the Postwar Era*, p. 40.

3   Karen Haltunnen, *Murder Most Foul: The Killer and the American Gothic Imagination*, p. 132.

4   John Belton, *American Cinema/American Culture*, p. 195.

5   Jennifer Fay and Justus Nieland. *Film Noir. Hard-Boiled Modernity and the Cultures of Globalization*, p. 148.

6   Lee Horsley, *The Noir Thriller*, p. 130.

7   Julie Grossman, *Rethinking the Femme Fatale in Film Noir. Ready for Her Close-Up*, p. 5.

8   Ronald Oakley, *God's Country. America in the Fifties*, p. 298.

9   Howard Haycraft, *Murder for Pleasure*, p. 168.

10 Dennis Porter, *The Pursuit of Crime: Art and Ideology in Detective Fiction*, p. 176.

11 Richard Slotkin, "The Hard-Boiled Detective Story: From the Open Range to the Mean Streets," p. 99.

12 Frank MacShane, *The Life of Raymond Chandler*, p. 70.

13 위의 책, p. 70.

14 David Montgomery, *Worker's Control in America: Studies in the History of Works, Technology, and Labor Struggles*, p. 14.

15 John Belton, 앞의 책, p. 194.

16 Robert Corber, *Homosexuality in Cold War America: Resistance and the Crisis of Masculinity*, pp. 23~27.

17 William Nolan, *Dashiell Hammett: A Casebook*, p. 7.

18 Kate Stables, "The Postmodern Always Rings Twice: Constructing the Femme Fatale in 90s Cinema," p. 167.

19 Elizabeth Cowie, "Film Noir and Women," p. 136.

20 Janey Place, "Women in Film Noir," p. 48.

21 Camile Pagila, *Sexual Personae: Art and Decadence from Nefertiti to Emily Dickinson*, p. 13.

22 Lee Horsley, 앞의 책, p. 130.

23 Andrew Britton, "Betrayed by Rita Hayworth: Misogyny in *The Lady from Shanghai*," p. 214.

24 Anne Cranny-Francis, *Feminist Fiction: Feminist Uses of Generic Fiction*, p. 157.

25 Lee Horsley, 앞의 책, p. 130.

26 James Maxfiled, *The Fatal Woman: Sources of Male Anxiety in American Film Noir*, pp. 7~16.

27 Cynthia Hamilton, *Western and Hard-Boiled Fiction in America: From Noon to Midnight*, p. 68.

28 Richard Dyer, "Postscript: Queers and Women in Film Noir," p. 127.

29 Mary Ann Doane, *Femmes Fatales: Feminism, Film Theory, Psychoanalysis*, p. 2.

30 Joan Copjec, *Read My Desire: Lacan Against the Historicists*, p. 199.

31 김수영, 「죄와 벌」.

32 Ruby B. Rich, "Dumb Lugs and Femmes Fatales," p. 8.

33 Julie Grossman, 앞의 책, p. 5.

34 Jennifer Fay and Justus Nieland, 앞의 책, p. 148.